연변노교수협회 편찬

조선어의미론 연구

연변노교수협회 편찬

조선어의미론 연구

유은종 著

KSI 한국학술정보(주)

머리말

　유은종 선생의 저서 『조선어의미론 연구』는 우리 중국에 있어서 조선어의미론에 대한 전문저서로는 이 저서가 처음이다.

　유은종 선생은 조선 김일성종합대학에 나가 박사과정을 연수하는 기간 다년간 조선어의미론에 대한 연구 성과에 기초하고 연수 기간에 얻은 새로운 자료와 연구 성과를 보충하면서 이 저서를 완성하였다.

　유은종 선생은 전통적 의미론, 현대의미론의 여러 유파들의 합리적이고 긍정적인 부분을 섭취하면서 단어의 의미, 문자어의 의미뿐만 아니라 언어행위의 의미를 망라하여 조선어의 전반적인 의미체계를 현대적인 높이에서 확립하기에 애썼으며 의미론을 실제에 적용하기 위하여 구체문학작품의 의미 분석까지 가하였다. 그러므로 이 저서는 중국에서의 조선어 연구에서 하나의 공백을 메운 성과작으로 된다.

　의미론은 현대 언어학에서 이미 큰 중시를 받고 있는 언어학의 독립적인 한 분과로 되고 있으며 응용언어학의 연구에서도 큰 의의가 있는 언어학의 한 분과로 되고 있다. 이 저서는 조선어의미론을 학습하고 연구하는 분들과 응용언어학을 연구하는 분들의 좋은 길잡이로, 참고서로 될 것이다.

1995년 8월 10일
최윤갑

차 례

제1장 의미론연구 서설

언어는 민족을 이루는 공통성의 하나이며 문화의 민족적 형식을 특징짓는 중요한 징표이다.

언어는 인류사회발전에 있어서 교제의 도구로 작용하고 있다. 인간은 부단한 사유 활동으로 사회를 발전시키고 세계를 개조하는 능력을 가지고 있다. 사유는 인간에게 고유한 것이며 언어는 사유의 존재형식으로 된다. 언어는 어음이라는 물질적 외피에 의해 객관적으로 실현되며 사상교환과 의사소통의 수단으로 되는데 그 내용으로 되는 것이 바로 의미이다.

언어는 그 의미를 떠나서는 사상교환의 수단, 인간교제의 도구로 될 수 없으며 따라서 인류사회발전에 있어서 교제도구자체의 기능을 수행할 수 없다. 언어의 이러한 의미 구조에 대해 연구하는 것이 바로 의미론이다.

의미론은 어음론, 문법론과 마찬가지로 언어체계에서 주요한 자리를 차지하는 언어학의 한 분과이다.

세계적 범위에서 현대과학의 발전은 의미론연구에 박차를 가하고 있다. 현대 언어학은 문법, 의미, 어음 이 세 부분이 어떻게 유기적으로 결합되어 하나의 언어를 구성하고 완결된 사상을 나타내는가를 해명하여야 할 어렵고도 중요한 과제를 우리 앞에 제기하고 있다.

조선어의미론의 연구는 조선어의 사회적 기능을 한층 높이는 데서 큰 의의가 있을 뿐만 아니라 철학, 심리학, 논리학, 수학 등 언어학과의 접경과학 분야를 발전시키는 데서도 의의가 있다.

또한 의미론의 연구는 계산기언어학의 현대화를 가일층 다그쳐 생산 공정을 자동화, 로봇화하여 근로자들을 힘든 노동에서 벗어나게 함으로써 그들의 세기적인 염원을 실현하는 데 기여할 수 있다는 점에서 그 이론 실천적 의의가 크다고 말할 수 있다.

조선어의미에 대한 연구는 지금까지 어휘론에서 일부 취급되었을 뿐 언어학의 한 분과로서의 체계적인 연구는 아직 진행되지 못하였다. 세계적인 범위에서도 의미론이 언어학의 한 분과로 확립된 역사는 길지 않다. 그리하여 제1장에서는 의미론연구에 대하여 역사적으로 고찰하고 의미와 관련한 여러 학파들의 견해에 대한 비판을 전개하며 그에 기초하여 조선어의미론연구의 방법론적 문제와 그 과업을 제시하기로 한다. 그리고 의미의 다면적인 기능과 그 유형에 대하여 고찰하기로 한다.

제1절 의미론연구의 역사적 개관

의미론은 언어의 의미에 대한 연구를 기본대상으로 하는 언어학의 한 분과이다. 언어는 의미를 떠나서는 교제의 수단으로서의 자기의 기능을 발휘할 수 없다. 언어는 의미로 사상을 교환하고 의사를 전달한다. 언어학에서 어음이나 문법에 대한 연구도 최종목적은 교제를 위한 것이며 의미의 전달을 효과적으로 하기 위한 것이다. 그러나 어음이나 문법은 감각적이고 구체적인데 비하여 의미는 보다 추상적이고 심리적인 것이어서 그것을 독자적인 연구대상으로 삼아 연구한다는 것은 참으로 어려운 일이다.

지난날 언어학에서는 의미를 독자적인 과학체계로 잡아서 연구하지 못하였다. 그렇다고 하여 전혀 도외시된 것도 아니며 언어학의 다른 분과들에서 연관적으로 연구되어왔던 것이다.

예컨대 음운을 연구하자면 의미의 시차성문제가 제기되고, 형태를 고정하자면 의미적 단위가 문제되고, 품사를 가르자면 의미의 기준문제가 나선다. 형태의 변화를 연구하자면 관계적 의미를 다루는 문제가 나서고 문장의 구조와 유형을 취급하자면 의미의 전달방식과 관련한 일련의 문제들이 잇달아 나서게 된다. 이와 같이 의미가 내용적인 것이라면 어음이나 형태는 어디까지나 형식적인 것이라고 할 수 있다.

의미에 대한 연구는 어음론이나 문법론에서 겸하여 진행된 이외에도 단어의 의미를 대상으로 하거나 어원을 캐어 논하는 범위에서는 오랜 역사를 가지고 있다.

1. 주석학의 연구

옛날 고서적을 정리할 때 주석을 달아주는 방식으로 단어의 의미나 문장의 어느 구절의 의미를 해석하는 방식으로 의미가 연구된 시기가 있었다.

고대인도의 5경의 하나인 『태도장』 일천송과 같은 책은 단어의 의미를 해석한 책이었다. 희랍의 알렉산드리아와 퍼가우스는 일부 학자들을 모아서 호메로스의 서사시 「일리아드」와 「오디쎄이」 등을 비롯한 고서적을 정리하고 주석을 달아주었다. 고대희랍으로부터 로마 시대를 거치는 가운데 어원론이 문법의 중요한 부분이 되었다.

중국에서는 주석학이 이룩한 성과가 보다 뚜렷하다.

춘추전국 시기에 벌써 『춘추』에 나오는 「공양전」, 「곡량전」을 주석한 책이 세상에 나왔다. 한조 때는 『시경』, 『주례』, 『의례』, 『예기』 등을 비롯한 고서적들에 주석을 가한 정현의 책이 나오게 되었다. 서한 때 편집된 주공의 『이아』 19편, 양웅의 『방언』, 동한 때 편집된 류희의 『석명(释名)』, 허신의 『설문해자』 등은 후세에 영향력이 있는 사전들이다. 청조 때에 이르러서는 글자의 형태와 의미의 관계를 연구하던 데로부터 글자의 소리와 의미의 연구를 결합시킴으로써 사전편찬을 한층 높은 수준에로 끌어올렸다.

조선에서도 『삼국사기』와 『삼국유사』에서 어원설과 관련한 적지 않은 기록을 남겼으며 16세기부터는 『훈몽자회』, 『류합』, 『역어류해』, 『동문류해』 등과 같은 한자의 뜻을 해석한 책이 나오게 되었다.

그러나 이 시기에 의미해석과 관련한 풍부한 자료들이 수집 정리되고 이와 관련한 새로운 견해가 적지 않게 나왔지만 의미에 대한 전면적이고도 체계적인 이론적 연구는 따라가지 못했다.

2. 전통적인 의미론의 연구

언어학이 어문학으로부터 독자적인 한 분과로 갈라져 나와 언어학의 발전이 이룩되기는 하였지만 의미에 대한 연구는 주로 어휘론에 소속되어 어휘의 체계 내에서만 취급되고 있었다.

세계적 범위에서 언어학이 어문학으로부터 갈라져 나온 것은 19세기 초엽이었다. 언어에 대한 연구는 단순히 고서적을 이해시키기 위한 주석사업에서 한걸음 나아가서 이론적인 면에서 과학적 체계를 독자적으로 갖추게 되었다.

의미에 대한 연구가 주석학으로부터 독자적인 의미론에로 넘어간 것은 의미론 발전에 하나의 비약으로 된다.

1839년에 독일의 언어학자 라이지히가 『라틴어학 강의』에서 처음으로 의미를 문법의 한개 독립된 장으로 다루었다. 제1부는 어원론, 제2부는 의미론, 제3부는 통사론이라고 하였다. 의미론이란 용어는 희랍어 sema(기호), semasia(의미)에 근거하여 라이지히가 썼는데 당시 영어에서는 기호학이 그대로 의미론을 뜻하기도 하였다. 1893년에 프랑스의 언어학자 브레알은 의미론을 '의미작용의 과학' 또는 '의미의 변화를 지배하는 제 법칙의 과학'이라 하고 아직은 너무 새로워 의미조차 생겨지지 않은 것이라고 말한 바 있다. 의미론은 원래 '기호학', '어의학', '의의학' 등 그밖에 여러 가지로 쓰이다가 브레알에 의해 확립되었다.

'의의학'은 논리학에서 단어와 사물과의 관계에 대한 연구를 말하며 이것은 나중에 가서 언어, 사상, 행동과의 관계를 연구하는 것이 되었다. '어의학'은 단어의 의미의 변화에 대한 역사적 연구를 말하는 것이었다. 그러나 의미변천을 연구하는 언어학의 한 분과라고 한 것만큼 의미론에 대한 당시의 경향에서는 전과 다름없었다고 할 수 있다.

20세기 30년대에 이르러 의미론은 주로 의미변천의 분류와 그 법칙을 귀납하는 것으로 인식되었다.

전통적의미론은 철학 및 논리학의 영향을 받아 구체적인 언어의 의미연구에 기초하여 주석학이 이룩한 성과를 섭취하여 형성되었다.

전통적의미론에서는 단어의미와 어음, 객관사물과의 관계, 단어의미와 개념과의 관계, 단어의 의미색채와 관련한 것, 다의어, 동의어, 반의어와 관련한 것, 단어의미의 변화와 관련한 것들이 연구되었다.

전통적의미론에서 연구된 성과들은 어문학교육, 번역, 사전편찬에서와 같은 언어실천에 직접 이용되었으며 각이한 언어들의 의미비교, 사전편찬에서의 파생적의미의 설정, 단어의미의 해석 등과 관련한 연구에서 깊이 있게 전개되었다. 이 시기에 세계의 여러 나라들에서는 여가지 유형의 사전들이 많이 편찬되었다. 그 가운데 영국의 『옥스포드사전』, 미국의 『웨브스터사전』 등은 영향력이 큰 사전이다. 중국에서도 『사원』, 『사해』, 『신화자전』, 『한어사전』 등을 비롯하여 훌륭한 사전들이 많이 나왔다.

조선에서 편찬된 『조선어소사전』, 『조선말사전』, 『현대조선말사전』, 『조선말대사전』 등은 조선말어휘규범의 확립, 어문학교육, 언어연구 사업에 커다란 도움을 주었다.

세계적 범위에서 『술어사전』, 『성구속담사전』, 『동의어사전』, 『반의어사전』, 『학생용사전』 등 여러 가지 사전들이 헤아릴 수 없이 많이 나왔다.

의미에 대한 연구는 주석학 시기로부터 전통적인 의미론 시기로 넘어온 다음 연구범위가 넓어졌다. 고대의 것만 연구하던 데로부터 고대와 현대를 망라하여 연구하게 되었으며 글말만 연구하던 데로부터 입말연구도 겸하여 하게 되었으며 실제적인 것만 연구하던 데로부터 이론적인 새로운 탐구가 있어서 언어학의 한 분과가 새롭게 설정되게 된 것이 그것이다.

전통적의미론은 어음론, 문법론에 비해 연구가 따라가지 못한 빈약한 분야이다. 미국의 구조주의 언어학파인 기술언어학은 언어에서 의미문제를 부차적인 것으로만 보아왔다. 블룸필드로부터 호케트에 이르기까지 문법, 음운, 음소음운을 중심 계통으로 보고 의미나 어음은 부차적인 계통으로 보았다. 호케트의『현대 언어학강의』에서는 언어의 중심 계통을 자세히 논술하였지만 의미계통에 대해서는 언급조차 하지 않았다.

전통적의미론에서 의미에 대한 연구는 문법론에 비해 말할 수 없이 뒤떨어진 셈이다. 그것은 의미의 성분을 분석하지 않고 단어의 의미를 총체적인 것으로 보고 연구한 것, 의미의 계통적인 연구에는 아직 손을 대지 못한 것, 의미의 단위를 단어에만 국한시켜 본 것 등 의미연구에서의 이런 약점으로 하여 단어 안에서의 의미 성분적 단위를 더 갈라낼 수 없었으며 단어들의 결합에 의해 이루어지는 문장의 의미론적 단위에 대해서는 연구할 엄두도 내지 못하였다.

사전편찬, 번역, 수리언어학의 발전과 문법론, 의미론의 비약적인 발전은 의미론의 이론적 면에서의 뒤떨어진 상태를 더는 유지할 수 없는 모순 속에서 헤어나지 않으면 안 될 처지에 놓이게 되었다.

3. 현대의미론의 연구

현대의미론의 서막은 구조의미론이 열어놓았다고 할 수 있다. 그것은 구조의미론에서 확립된 의미론과 의미의 성분분석이 의미론발전에

새로운 전환을 가져오게 하였으며 구조의미론이 현대의미론의 한 유파
로 발전하였기 때문이다.

20세기 초에 일부 언어학자들은 새로운 이론과 방법론에 입각하여
의미에 대한 연구를 깊이 있게 하였다. 1930년대에 언어학자들은 의미
역, 의미단위와 관련한 이론을 내놓음으로써 구조의미론이 세상에 나
오게 되었다.

> ※ 이 시기에 훔볼트를 계승한 트리어가 자기가 저술한 구조의미론에서
>   의미역, 의미단위와 관련한 이론을 내놓았고 소쉬르를 계승한 트리어
>   가 저술한 구조의미론에서 의미역, 의미단위와 관련한 이론을 내놓았
>   고 소쉬르를 계승한 마토레에 의하여 개념역을 중심으로 한 새로운
>   구조적 어휘론을 저술하였다.

1941년에 언어역에 대한 이론의 핵으로 되는 언어 상대성 이론이 나
오고 1957년에 장면문맥에 근거한 의미론이 나왔다.

구조의미론은 1950년대 후반기에 이르러서야 기본 유파로 발전하여
현대의미론의 한 유파로 되었다. 구조의미론의 주요한 성과는 의미역
에 대한 이론의 확립이다. 이 이론이 제기되어서부터 의미에 대한 체
계적인 연구가 시작되었다.

> ※ 언어 상대성 이론은 워프에 의하여, 장면문맥과 관련한 의미론은
>   말리노보스키, 퍼드 등에 의하여 이루어졌다.
> ※ 구조의미론학파에서 영향력이 가장 큰 학자로서는 트리어와 울만을
>   들 수 있다.

1951년에 나온 의미론의 원리, 1961년의 이론언어학개론, 1975년의
의미의 성분분석과 관련한 의미 구조개론 등은 구조의미론에서 어휘의
미론의 수준을 훨씬 높여주었다.

1957년에 문장 구조론이 세상에 나오게 되자 언어학의 관심은 문장의 구조를 기술하는 데 쏠리게 되었다. 이것이 이른바 변형생성문법이다. 그 초기 이론에서는 의연히 의미가 언어체계 밖으로 밀려나갔다. 1963년에 변형문법에서는 의미현상을 어떻게 다룰 것인가 하는 질문이 일부 학자들에 의하여 제기되었다.

   ※ 이 질문은 캐츠-포더가 『의미론의 구조』에서 제기한 것이다.

그들은 언어에도 의미의 부분이 있으며 의미의 투사규칙(投射規則)은 문법의 내면구조에 대하여 의미해석을 가한 것이라고 하였다. 이때로부터 종전의 단어의미론이 문장의미론으로 전환되었고 의미론은 문법에 통합된 구조론적 방향으로 나가게 되었다. 이 이론을 해석의미론이라고 하였다.

   ※ 1970년에 촘스키는 자기의 견해를 고쳐서 의미문제를 해결하기 위한 일련의 이론을 제기하였다. 그는 언어 가운데 투사규칙이라는 규칙이 있다고 인정하였다. 이 규칙은 문장의 내면구조에 대한 의미해석 작용을 하는 것이다.

어휘론과 문장론을 생성이론에 통합시키기 위한 학자들의 노력의 결과로 어휘의미론은 문장의미론으로 바뀌게 되었다.
의미론연구에서 기저부분을 중시하느냐, 변형부분을 중시하느냐에 따라 어휘논자의 입장과 변형논자의 입장으로 갈라져 두개의 각이한 학파가 이루어지게 되었다.

   ※ 촘스키를 비롯한 쟈켄도브, 도우타가 내면구조에서 의미해석을 해야 한다는 표준이론을 내놓았다.

그 후 그들은 내면구조와 표면구조 두 면에서 의미해석을 해야 한다

는 확대표준이론과 표면구조에서만 의미해석을 해야 한다는 수정확대
표준이론(이것을 흔적이론이라고도 한다.) 등으로 이론을 수정하면서
해석의미론을 전개하였다.

문장을 중심으로 한 의미론은 사실에 있어서 해석의미론, 생성의미
론, 격문법으로 갈라볼 수 있다.

※ 필모아는 표면격을 부정하고 문장론과 의미론에 알맞은 두 면의 격
   체계를 세워 '격문법'을 내놓았다.

생성의미론에서는 순수문법의 내면구조의 존재를 인정하지 않았다.
의미를 다루는 투사규칙과 문법과 어음을 다루는 변형규칙을 갈라놓을
것이 아니라 일차적 변형을 거쳐 의미로부터 직접 문장의 어음형식을
만들어낼 수 있다고 인정하였다.

1970년에 일부 학자들은 격문법의 이론에서 더 나아가 의미 구조이론
을 확립하였다. 그들은 언어의 체계를 의미단위가 일정한 구조를 이루
는 데서 시작하여 음운실현으로 연결되는 일련의 과정을 설명하였다.
문장의미론 자들과 다른 점이 있다면 체계화되지 못한 내면구조를 체계
화하여 의미 구조의 규칙으로 그것을 다루고 있다는 점이다. 그들의 견
해에 의하면 전체적인 언어체계는 '의미 구조→의미 후 구조→표면구조
→기저음운구조→중간음운구조→음성구조'로 간략하게 표시할 수 있다.
화살표의 방향으로 나오면서 의미특성이 점차 사라지고 어음특성이 더
해져 점진적인 전이과정이 이루어진다는 것이다.

이밖에 언어행위의미론이 또 다른 하나의 조류를 이루고 있다.

※ 오스틴의 『어휘사용법』(1962년), 앨스틴의 『이야기행위』(1969년), 그리스
   의 『이야기하는 의미와 의도』에서 언어행위의미론이 더욱 발전되었다.

이 이론의 우점이라면 서술문이 진실이냐 허위냐 만을 따져보는 진

리근거 의미론에 매달려있지 않고 이야기하는 사람과 듣는 사람이 무엇을 의도하고 보고 바라는가 하는 점에서 이야기의 의미를 보증하는 '협력의 원칙'과 이야기를 적절히 하게 하는 '적절성'의 조건에 의하여 서술될 뿐만 아니라 의문, 명령, 의뢰, 구속, 제안, 경고, 동의, 선서 등을 포괄적으로 다룰 수 있다는 점이다.

이상의 것을 간단히 종합해보면 구조의미론 자들은 언어표현에 있어서 바른 격식의 형성과정을 기저음운구조 및 표면구조에 두려 하였고 문장의미론 자들은 이것을 표면구조 및 내면구조에 두려 하였음을 알 수 있다. 그리고 생성의미론 자들은 의미 구조만이 언어표현의 바른 격식을 확립하는 입력이며 음운표현은 이것을 전달하기 위하여 나오는 출력이라고 보고 문장의 의미를 다룰 때 문제로 삼는 신정보와 구정보까지도 서술하려 하였으며 언어행위의미론 자들은 언어행위를 중심으로 이야기의도로서의 의미를 기술하려 하였다.

해석의미론과 생성의미론 자들에 의해 언어에서의 의미의 위치가 강조되고 문장의 의미와 의미소분석 등이 깊이 있게 연구되었다. 의미소분석방법은 의미론연구에 있어서 기본방법론으로 되었으며 문장의 의미에 대한 분석은 현대의미론의 특징으로 되었다. 해석의미론과 생성의미론의 출현은 현대의미론의 연구가 번성기에 들어섰음을 의미한다.

근래에 와서 몇몇 학자들은 구조의미론이나 해석의미론, 생성의미론, 언어행위 의미론이나를 막론하고 어느 학파의 견해에도 서지 않고 현대 언어학에서 이룩한 성과들을 도입하면서 의미론에 대한 이론적 탐구를 하고 있다.

※ 이에 대한 것은 리이취(1977년), 라이온즈(1977년), 켐프슨(1977년), 팔머 등의 의미론 저서들을 들 수 있다.

현대의미론은 전통적의미론의 약점을 극복하고 전통적의미론과 주석

의미론들에서 합리적인 부분을 섭취하여 그것을 계승하고 개조하고 발전시켰다.

이를테면 의미역과 관련한 개념들은 18세기의 훔볼트의 이론에 소급될 뿐만 아니라 중국의 『이아』에서 취급한 동의적인 관념과도 관련된다. 의미역은 바로 이런 의미의 체계성의 반영이기도 하다.

이와 같이 주석학이나 전통적의미론은 의미에 대한 연구를 고립적으로 하여왔으나 그때 의미에 대한 체계적인 관념이 벌써 싹트기 시작하였으며 그때로부터 의미론은 완만하게나마 발전하여왔던 것이다.

현대의미론이 세상에 나오자 각이한 학파가 산생되었는데 이것은 자연스러운 일이다. 사실상 각이한 학파의 논쟁과 비판을 거쳐 불합리한 부분을 시정하고 합리적인 부분을 섭취하여 수정보충하면서 의미론을 더욱 체계화하고 그 이론을 완성할 수 있었다.

우리는 의미론연구에서 어느 한 학파의 주장이나 견해에 구애될 것이 아니라 여러 학파의 합리적인 부분을 비판적으로 섭취하여 조선어의 의미론체계를 현대적인 높이에서 확립하여야 한다. 현대의미론연구에서 이룩한 성과가 크다고 하지만 아직 이론적으로 빈약한 점이 많다.

이를테면 문장론과 의미론과의 관계에서 나서는 이론적 문제, 표층층위와 의미층위를 중개하는 언어층위위치와 그 존재의 여부를 인정하는 문제 등 이론적인 문제들이 더 연구되어야 한다. 오늘날 구체적인 언어자료에 대한 분석이 아직 부족하며 이로부터 이론적으로 해명해야 할 많은 문제들이 그대로 남아있다. 개별언어들에서는 자체의 언어체계에 맞는 의미론의 체계를 세워야 하며 구체적인 자료 분석을 통하여 현대의미론의 이론과 방법을 도입하여 교수사업, 사전편찬, 번역 등 실제사업에 이용할 수 있도록 하여야 한다.

의미론은 기술의미론과 역사의미론으로 갈라볼 수 있다. 기술의미론에서는 의미의 성질, 의미의 체계, 단어와 문장의 의미를 공식적으로 연구하고 역사의미론에서는 의미의 변화발전의 법칙과 요인들을 역사적인 견지에서 통시적으로 연구한다.

지금 세계 여러 나라들에서는 기술의미론에 치우쳐 많이 연구하고 있다. 의미에 대한 연구는 단어의 의미부분을 연구할 수도 있고 문장의 의미부분을 연구할 수도 있다. 전통적의미론에서는 의미에 대한 연구를 단어에만 국한시켰고 구조의미론에서도 단어의 한계를 벗어나지 못한 일면성이 있었으며 해석의미론이나 생성의미론에서는 문장의 의미에 관심을 많이 돌려왔다. 물론 의미론연구에서 어느 부분에 대한 연구를 하건 그것은 자의적인 것이며 어느 한 부분을 깊이 있게 연구할 수도 있다.

그러나 의미론의 전반체계를 갖추자면 의미론이 단어의 의미에 국한되거나 문장의 의미에만 매달려 연구하거나 다른 한편을 홀시하면 안 된다.

의미론연구에서 우리는 어떠한 견해와 주장이 합리적인 것이며 실천적으로 유익한 것인가를 가늠하여 의미론연구에서 제기되었던 여러 가지 방법론 문제를 비판적으로 분석하는 것이 필요하다.

현대의미론과 관련한 이론들은 서로 연관되어 있다. 현대의미론을 창시한 사람들의 여러 가지 견해를 다각적으로 고찰하여야만 그 가운데서 긍정적인 점을 찾아내고 부족 점에 대한 비판을 가할 수 있으며 그렇게 하는 가운데 그 견해의 정확성여부가 실증된다.

우리는 어떤 이론에 접하게 되었을 때 전혀 그것을 쓸모없는 것으로 보아서도 안 되며 그것을 무비판적으로 받아들이는 태도를 취해서도 안 된다. 그 이론의 근거가 원리상으로 어떠한가, 그전 이론과 어떤 점에서 차이가 있는가, 그리고 그릇된 것이라면 어떻게 바로잡을 것인가를 곰곰이 따져보고 호상 연관 속에서 합리적인 부분을 섭취해야 할 것이다.

『조선어의미론연구』에서는 의미의 개념으로부터 시작하여 의미의 단위, 단어의 의미, 문장의 의미, 언어행위의 의미를 망라하여 조선어의 전반적인 의미체계를 확립하기 위하여 힘썼으며 더 나아가서 문학작품의 의미 분석까지도 몇 가지 면에서 시도해보았다.

필자는 방법론상에서 어느 입장에 치우친 것이 아니라 여러 학파들이 이룩한 성과를 비판적으로 참작하였으며 현대의미론의 견지에서 의미 분석을 하기 힘든 경우에는 전통적인 방법으로 해결하는 원칙을 취하였다.

제2절 여러 의미설에서의 관념론적 견해에 대한 비판

의미란 무엇인가. 이것은 오랜 세월을 두고 신비로운 수수께끼처럼 학자들 앞에 제기되었다. 의미는 그 자체로는 눈에 보이지도 않고 들리지도 않고 만져서 알아볼 수도 없다. 의미는 말소리라는 물질적 외파를 통해서만 사람들의 청각을 자극하여 거기에 대한 반응이 생기며 상대방과 의사를 주고받게 된다. 사람들 사이에 이야기를 주고받는 내용이 바로 의미가 된다.

그러나 그것을 어떻게 과학적으로 정식화하겠는가 하는 문제에서 많은 학자들이 노력을 아끼지 않았지만 그것이 과학적인 개념이라고 인정될만한 정의는 아직 내리지 못하고 있다.

의미에 대한 정식화에서는 의미론 자들의 입장에 따라 각이한 학파가 형성되고 서로 다른 견해가 표명되어왔다.

지금까지 발표된 의미와 관련한 관념론적 견해들을 종합해보면 개념설, 심상설(心象说), 사상설(思想说), 지시설, 반응설, 장면설, 분포설, 관계설, 사용설, 진리설, 의도설 등으로 갈라볼 수 있다.

여기서 개념설, 심상설, 사상설, 반응설은 심리현상으로서 인간의 사유 활동과 관련되어 있는 것으로 보고 있으며 지시설은 그것이 물리적 현상으로서 사물과 관련되어 있는 것으로 보고 있다. 이것은 단어의 기본적 의미를 규정해준다는 점에서 어느 정도 긍정적 의의를 가진다.

장면설, 분포설, 관계설은 문맥, 장면과 관련시켜 의미를 고찰하였는데 이것은 문맥적 의미를 규정함에 있어서 어느 정도 긍정적 의의를 가진다. 진리설은 논리성과 관련되는 것으로서 문장의 의미를 규정함에 있어서 일정한 의의를 가지며 의도설은 의사소통과 관련된 것으로서 언어행위의 의미를 규정함에 있어서 일정한 의의를 가진다.

그러나 의미규정에 있어서 일정한 관념론적 견해들의 오유는 의미의 다면적인 성질을 규정하는 것이 아니라 의미를 고립적으로 보면서 어느 한 단면적인 것만을 강조하여 의미론의 전반체계를 세우려고 한 데 있다.

의미규정에서 관념론적 견해들이 생기게 된 주요한 원인은 의미를 물리적인 것과 심리적인 것의 대립, 기본적인 것과 주변적인 것의 대립, 어휘적인 것과 문장론적인 것 그리고 언어행위에 의한 것의 대립으로부터 의미의 다면적인 측면을 보려 하지 않고 고립적으로 일면적인 것만을 수립하려는 데 있다고 할 수 있다.

그러면 의미문제와 관련한 여러 학파들의 관념론적 견해에 대한 비판을 통하여 의미에 대한 올바른 견해를 세워보기로 하자.

1. 의미를 심리적 현상이라고 보는 견해에 대한 비판

의미를 인간의 심리현상으로 보는 견해에는 주로 개념설, 심상설, 사상설 등이 있다

소쉬르는 언어기호란 사물과 명칭이 결합된 것이 아니라 개념과 청각영상이 결합된 것이라고 하여 의미를 개념으로 규정하였다.

개념은 의미와 동일한 것이 아니라 단어의 의미에는 대상적 상관성과 논리성 상관성이 표시된다. 논리적 상관성은 개념을 표시할 수 있지만 대상적 상관성은 단어의 명명적 기능과 관련되어 있다. 개념은 단어의 의미에 체현될 수 있고 단어의 의미는 개념을 토대로 하여 이

루어진다고 하지만 개념 그 자체가 의미와 꼭 같은 것은 결코 아니다. 개념에는 민족적 특성이 없으나 단어의 의미는 구체적인 언어구조의 제약을 받으므로 민족성을 띤다. 개념은 대상과 연결시킬 때 밝혀질 수 있으나 단어의 의미는 언어의 체계 안에서만 밝혀지며 단어의 의미를 규정하는 요인들로서는 개념뿐만 아니라 더 많은 언어적 요인들이 관계되기 때문에 단어의 의미가 포괄하는 범위는 개념이 포괄하는 범위보다 훨씬 넓을 수 있다.

개념설의 주장자들은 개념을 어떤 일련의 대상에 공통된 특징의 총화로 보면서 개념이 단어의 의미라는 견해를 내들고 있다. 그러나 이러한 견해에도 무리가 있다.

가령 '물'은 얼어붙거나 증발되거나 흐르거나를 막론하고 그 특성은 H_2O로 표시된다. 그렇다고 하여 '물'의 의미를 H_2O로만 인식하는 것은 아니며 언어습득의 과정도 그런 방식으로 이루어지는 것이 아니다. 그리고 단어의 뜻에는 기본적 의미에 보충적으로 첨가되는 각종 의미론적 색채가 있다. 이런 의미론적 색채는 개념이 체현되지 않으나 단어의 의미론적 구조 속에 들어가게 된다.

또한 개념이 체현되지 않는 감동사, 소리 본딴말, 인명, 지명을 비롯한 고유명사, 불완전명사, 보조적 단어 같은 것들은 개념을 나타내지 않으나 사람들의 교제에서 불가결의 요소로 쓰이는 만큼 의미를 가지고 있는 것이다.

그리고 단어의 의미와 개념의 단위는 같지 않다. 단어의 의미단위는 의미소분석법으로 분석해낼 수 있으나 개념은 그렇게 할 수 없다. 문장의 의미, 언어행위의 의미가 어떤 개념으로 표시되는 경우와 다르다는 것은 더 말할 나위도 없다.

사피어의 심상설이나 옥든의 사상설도 사람마다 특수한 연상이 가능하고 개인적 차이가 다양하여 실증성이 희박하다는 점에서 약점이 있다. 심리적 현상을 동반하는 어휘단위에서는 더구나 그러하다. 예컨대

'책'이라고 할 때 어린애들은 자기가 배우던 교과서나 또는 학습장, 수첩이 떠오를 수 있고 또 사람마다 자기의 취미와 직업에 따라 늘 보던 책들 즉 기술서적, 소설책, 여러 가지 이론서적들이 눈앞에 떠오를 수 있을 것이다.

이와 같이 각양각색으로 떠오르는 심리적 현상을 도저히 그 의미라고 확인할 수 없는 것이다. 의미가 사람들에게 각이하게 떠오르는 심리적 현상이라면 가리키는 대상마저도 명료하게 지적할 수 없으며 교제의 기능을 발휘할 수 없게 된다.

2. 의미를 '지시' 또는 '반응'이라고 보는 견해에 대한 비판

블룸필드는 의미에 대한 이른바 과학적인 규정을 하기 위하여 지시설을 들고 나왔다. 그는 의미를 과학적으로 정확히 정의하려면 이야기하는 사람의 세계에 속해있는 모든 것에 관해 과학적인 지식을 갖지 않으면 안 된다고 하였다.

따라서 '소금'에 대한 과학적인 의미규정은 NaCl이라는 것이다. 이것은 물에 대한 의미규정을 단순히 H_2O로 할 수 없다고 한 개념설에 대한 비판을 통해서도 그 견해의 약점을 쉽게 찾아볼 수 있다.

우리는 과학을 모르지만 단어가 가리키는 대상에 대하여 알 수 있는 경우가 많다. 예컨대 '해'나 '달', '별'과 같은 것들은 화학적 성분분석이나 과학적지식이 없이도 의미를 알고 쓸 수 있으며 또한 과학적인 내용을 아는 사람이라고 하더라도 단어의 의미를 어느 것이나 과학적인 내용에 의해 파악한다고 말하기 어렵다. '사랑'이나 '슬픔'이라는 단어의 의미를 과학적으로 규정하려면 적어도 생물학적인 지식을 동원하여 체온, 심장의 고동, 타액이나 호르몬의 분비, 혈압, 뇌파 등의 특징을 기술해야 하겠지만 단어의 의미는 이런 방식으로 포착되는 것이 아니다. 그리고 '수'라는 개념은 아직 과학적으로 밝혀지지 않았지만 틀림없이 쓰고 있다.

의미를 '지시물'이라고 규정한다면 눈에 보이지 않는 '공기', 구체적
대상으로 더듬어볼 수 없는 '사상', '관념', '생각' 등은 구체적 지시물이
보이지 않는다고 하여 의미가 꼭 같은 것도 아니다. '금성', '새별', '개
밥바라기'에서 '새별'은 새벽에 보이는 것, '개밥바라기'는 개가 밥을 바
랄 저녁 무렵에 보인다는 것 등의 의미의 속성을 가지고 있으면서 다
같은 행성인 '금성'이라는 하나의 대상을 가리키지만 명명의 계기가 다
름에 따라 이름이 달리 주어진 것이다. 이것은 지시의 동일성이 의미
의 동일성을 위한 충분한 조건은 아니라는 것을 말해준다.

어떤 표현의 의미란 그 표현이 지시하는 것이 아니다.

예를 들어 '물'은 마실 수 있으나 의미는 마실 수 없으며 '물'은 흐를
수도 있고 증발할 수도 있고 얼어붙을 수도 있으나 의미는 그럴 수 없
으며 의미는 배울 수 있으나 '물'은 배울 수 없다. 이것은 의미자체가
'지시물'로 될 수 없다는 훌륭한 논박으로 된다.

브라운이나 와트슨은 의미를 지시물에서 전이된 반응이라고 하였다.
이들의 논리대로 한다면 '책'이란 그것을 보였을 때 '읽고 싶어 한다'는
반응이 생기는데 이것이 그 단어의 의미로 된다는 것이다. 이런 주장
은 설득력이 없다.

어떤 사람들은 책을 보이면 이해가 되지 않고 신경이 날카로워 질
수도 있고 어떤 사람은 책을 보이면 그 내용에 따라 다른 반응이 올수
도 있는데 이런 반응이 모두 '책'의 의미로 될 수는 없다.

만일 어떤 표현의 의미를 그 표현의 반응이라고 한다면 적지 않은
문제가 생긴다.

어떤 사람은 책을 볼 때 곁에서 '그만'이라고 하면 책을 보던 행동을
정지해야 할 것이다. 그러나 어떤 사람은 고집을 부리며 자기가 보던
책을 계속 볼 수도 있고 어떤 사람은 엇서서 높은 소리를 내여 왕왕
내리읽을 수도 있고 어떤 사람은 소리를 내여 읽다가 눈으로만 읽을
수 있고 어떤 사람은 재미나는 대목을 더 읽자고 사정할 수도 있을 것

이다. 각자가 처한 환경과 심리적 반응이 다름에 따라 같은 말에 대한 태도가 다를 수 있다. 마음이 내켜 곰상곰상 말을 잘 들을 수도 있고 엇나갈 수도 있다.

어떤 자극을 받았을 때 정신적영상은 변하기 쉬우며 자의적이어서 사람에 따라, 경우에 따라 다를 수 있다. 또 정신적영상과 듣거나 말하는 표현과의 사이에는 전일적인 어떤 관계가 이루어지지 않는다.

의미에 대한 행동주의자들의 견해도 반응설과 다를 것이 없다. 한 표현의 의미란 이야기를 하게 하는 자극상황이고 청자로부터 그 이야기를 이끌어내는 것이 반응이다. 이 이론은 만일 표현들이 똑같은 자극에 의하여 일으켜지며 혹은 일으켜지거나 똑같은 반응을 이끌어낸다면 또 그럴 때만 두 표현은 같은 것을 의미한다고 예언하고 있다.

이 견해는 관념론적이다. '자극상황'과 '반응' 사이에는 일관성의 관계가 지어져 있지 않다. 자극상황의 동일성이 언어행위의 동일성을 확보하지 못한다는 것은 아주 자명한 일이다.

군사훈련에서 구령이나 명령집행과 같은 특수한 환경을 제외하고 자극상황에 대한 일치한 행동을 찾아보기 힘들다. 군사행동에서도 '돌격!' 했을 때 어떤 사람들은 결사적으로 싸우러 나가지만 어떤 사람들은 비겁하여 주저할 수도 있고 어떤 사람은 자기의 몸으로 원수들의 화구를 막고 장렬히 희생될 수 있지만 어떤 사람은 뺑소니칠 수도 있는 것이다. 이것은 자극상황의 동일성이 동일한 반응을 불러일으킬 수 없다는 것을 말해준다.

3. 의미를 문맥장면 또는 용법으로 보는 견해에 대한 비판

의미를 문맥장면 또는 용법으로 보는 견해에는 장면설, 분포설, 관계설, 사용설 등이 있다.

트라이저에 의하면 어떤 표현의 의미란 그것이 쓰이는 모든 장면에 공통되는 특징이라는 것인데 이것이 바로 장면설이다. 여기에서는 언어사용에 있어서 부딪치는 장면이 각양각색이여서 무한한 의미의 출현 가능성을 배제하기 위하여 언어적 표현의 구체적 자극 장면과 반응 장면에 규칙적으로 나타나는 동일한 특징을 규정하려 하였다.

그러나 구체적인 자극 장면과 반응 장면에 일치되는 규칙적인 공동 특징을 찾아내기란 쉬운 일이 아니며 찾아내려 한다고 하더라도 사실상 불가능한 일이 아닐 수 없다.

일정한 양의 술을 마신다 하더라도 사람의 체질, 마실 줄 아는 사람과 모르는 사람, 건강상태나 기분에 따라서 취하고 취하지 않는 정도가 달라질 수 있으며 마신 다음에 어떤 사람은 이야기를 하기 좋아하고 어떤 사람은 노래를, 어떤 사람은 춤을, 어떤 사람은 성을 내기 좋아한다.

자극 장면과 반응 장면의 일치성은 일정한 양의 술을 먹은 다음에 일어나는 흥분일 것이다. 그러나 그 흥분 정도가 사람마다 일치할 수가 없으며 흥분된 표현이 각이하다는 사실을 인정해야 한다.

반응설에서나 장면설에서 제기되는 이러한 문제를 해결하기 위하여 분포설이 나왔다. 해리스는 의미를 측정가능한 분포관계의 함수로 기술할 수 있다고 하였다. 그는 자극어와 반응어의 유사도를 보여주는 분포라는 수량적 개념으로 규정하였고 퍼드는 어휘연결성이라는 언어형식의 상관적요소를 도입하여 의미를 포착하려 하였다.

분포설에서는 의미내용은 그 언어형식이 쓰이는 환경 곧 분포라고 하였으며 의미가 같으면 분포도 같고 의미가 다르면 분포도 다르다고 하였다.

사실 언어 환경에서 의미가 같아도 분포가 다를 수 있고 의미가 달라도 분포가 같을 수 있다.

예를 들면 '개가 족제비를 물었다'나 '족제비가 개에게 물렸다'는 의미가 같지만 토의 연결이 다르고 분포도 같다고 할 수 없다. '개가 닭을 덥석 물었다'와 '개가 족제비를 덥석 물었다'는 의미가 다르지만 분포는 같다고 할 수 있다.

이와 같이 어휘연결성의 경우에도 수식어나 토의 연결이 같아도 의미가 같다고 할 수 없는 경우가 많다.

이밖에도 어떤 언어형식의 의미를 그 형식이 다른 형식에 대해 가지는 선택적, 통합적인 의미관계라고 규정하려는 시도도 있었다. 라이온즈는 한 어휘항목의 의미는 그 어휘 중에서 다른 어휘항목과 맺는 여러 관계로 이루어지는 체계 내에서 그것이 차지하는 위치라고 하였다.

그러나 이런 주장은 이치에 맞지 않는다. 어떤 단어의 의미가 먼저 규정되어야 그와 관련한 다른 단어와의 의미관계가 규정된다. 의미와 의미관계에서 선행적으로 규정되는 것은 의미관계인 것이 아니라 그 단어의 의미이다. 단어의 의미가 그 단어의 의미관계를 규정할 수 있어도 의미관계가 의미를 규정한다는 것은 설득력이 없는 주장이다.

의미에 대한 여러 가지 견해에서는 사용설이 지금 큰 관심사로 되고 있다. 위트겐쉬타인은 단어의 의미란 언어에서 단어의 사용이라고 하였고 한 어휘단위가 그 사용인에게 어떠한 사용조건하에서 사용되는 것으로 받아들여져서 쓰이는가를 아는 것이 곧 어휘의미를 아는 것이라고 하였다. 그리하여 의미를 요구하지 말고 용법을 요구하라고 말하였다.

이 사용설의 과오라면 의미들을 표현과 어떤 특별한 관계에 있는 실체로 본 그것이다. 사실 의미를 명시하는 것은 그 표현이 일부분을 차지하는 체계 내에서 그 표현의 가치를 명시하는 것과 같다.

사용설의 주장자는 언어 내에서의 표현의 역할뿐만 아니라 인간생활에 있어서의 역할도 강조했다. 이리하여 사용설의 포괄범위는 훨씬 넓어졌다. 그 결과 의미자체에 대한 규정보다 문맥장면과 그 주변적인 것에 주의력이 더 돌려져 문체론적, 사회적 제 측면까지 포함하다보니 효용성이 적어졌다.

사용설이 의미론의 기초로 되자면 사용의 개념이 무엇인가 하는 제약을 받아야 한다. 사용설에서는 개개의 용례마다 의미가 다르다고 보

기 때문에 이런 견해에 따르면 단어 하나가 허다한 문맥 속에서 나타
내는 의미가 헤아릴 수 없이 많아진다는 모순에 빠지게 된다.

그리고 언어에는 문맥과 관계없이 언어표현들이 비체계적으로 사용
될 수도 있다. 위험할 때 갑자기 비명을 지르거나 남을 놀래거나 할
경우에는 문맥이나 장면의 도움이 없이 외마디소리로 의미를 나타낼
수도 있다는 사정은 사용설에서는 해석하기 어려운 문제로 된다.

4. 의미를 '진리조건' 및 '의도'로 보는 견해에 대한 비판

의미란 무엇인가를 알기 위하여 논리적으로 풀어보려는 시도에서 진
리조건설이 나왔다.

슐리크는 문장의 의미를 진술하는 것은 문장이 어떠한 규칙에 따라
서 사용되어야 하는가를 진술하는 것이나 같은 것이고 이것은 문장이
어떻게 진리로 입증 '아니면 허위로 입증' 될 수 있는가를 진술하는 것
과도 같은 것이라고 하였으며 '명제의 의미란 그것의 입증방법이다'라
고 하였다.

진리설은 문장의 의미를 다룬다. 우리의 경험과 직관으로 판단해볼
때 의미를 일종의 진리조건이라고는 할 수 있을지 몰라도 진리조건이
면 무엇이든지 그것을 의미라고 할 수도 없는 것이다. 진리조건에 의
한 제약적인 방법은 오로지 의미를 규정하는데 유익한 방법의 하나로
이용될 수 있을 뿐이다. 자연언어에는 논리적인 진리조건을 갖추지 못
했거나 그것을 벗어난 측면이 적지 않으며 아직까지는 우리들이 실용
주의적이거나 이론적인 입증방법을 전혀 적용할 수 없는 유의미적 문
장들도 있을 수 있다. 다양한 의미의 측면을 진리냐 허위냐 하는 문장
의 서술이나 단정의 진리치 해명에만 국한할 필요가 없다.

진리설이 서술문에 대한 의미 분석에서 일정한 성과가 보인다고 하
더라도 명령문, 의문문 등과 같은 문장의 의미에 대해서는 그 의미 분

석이 전혀 불가능하다.

오스틴에 의해 처음으로 주장된 언어행위이론은 진리설에서처럼 서술이나 단정의 진리치 해명에만 국한되지 않고 의문, 명령, 의뢰, 약속, 제안, 경고, 동의, 거부, 선서 등의 다양한 언어행위를 포괄적으로 다룰 수 있다는 점에서 흥미를 끈다.

이야기의 문맥에는 이야기하는 사람과 이야기 듣는 사람이 각각 무엇을 의미하며 믿고 바라는가 하는 점에서 회화에서의 '협력의 원칙'과 '적절성의 조건'이 갖추어져있다.

오스틴의 주장에 의하면 어떤 문장에 표준적으로 사용되는 언어행위들을 명시하는 것이 그 문장의 의미를 명시하는 것이라고 하였다. 그는 언어행위를 표현적 행위, 비표현적행위, 언향적 행위 등 세 가지 종류로 구분하여 설명하였다.

그러나 그가 설정한 적절사용의 조건은 헤아릴 수 없으리만큼 너무 많으며 또한 이러한 조건들이 설명되었다고 하더라도 이야기를 이루는 자체의 의미와는 아무런 관계가 없다. 어떤 문장에 있어서 이러한 조건이 갖추어졌다고 해도 사용의 습관이 고정된 경우가 있는데 이것이 언어이론 가운데 어떤 위치를 차지하는가 하는 것이 명확히 기술되지 않았다. 따라서 의미를 이야기행위에 있어서의 의도라고 설명하려는 이 시도마저 우리는 믿기 어렵게 되었다.

제3절 의미의 다면성과 그 유형

의미에 대한 연구는 오랫동안 진행 되었지만 아직까지 그 개념을 과학적으로 정식화한 사람은 없다. 의미는 그 기능적 측면에서 다면성을 가지기 때문에 어느 한 면만 강조하면 다른 한 면을 홀시하게 되며 연구에서 어느 한 측면에 기울어지게 된다. 이로부터 의미의 다면적인 기능에 유의하면서 언어전달의 복합작용 전체에 부합되는 의미의 개념을 규정하는 문제가 중요하게 제기된다.

우리가 이해하고 있는 의미란 언어전달의 내용으로 되는 부분을 말한다.

언어전달은 이야기하는 사람과 이야기 듣는 사람 사이에서 이루어진다. 언어는 인간교제의 도구로서 사람들 사이의 의사를 소통시키는 작용을 한다. 사람들 사이에 어떤 의사가 전달되었다면 어떤 내용이 있음을 의미한다. 의사소통의 내용은 바로 의미로 되는 것이다.

의사소통의 과정은 언어전달의 복합작용 전체에 걸쳐 이루어진다. 언어적구성의 분석을 하는 기저에는 선택에 의한 대비성의 원리와 통합에 의한 구성소구조의 원리가 작용한다.

대비성의 원리에 의하여 의미표시가 이루어지고 구성소구조의 원리에 의하여 문장론적 표시가 이루어진다.

그런데 의사소통의 과정을 보면 이야기하는 사람의 이야기는 의미론적→문법적→음운론적 기호화를 거쳐 전달되고 이야기를 듣는 사람은 이와는 반대방향으로 그 의미를 이해하게 된다. 따라서 언어분석은 의미표시, 문장론적 표시, 음운표시 등의 기호화와 해득의 절차를 거쳐 실현된다.

이것은 언어구성의 원리로서 음운구현의 원리가 또한 작용하고 있다는 것을 의미한다.

단어의 의미에는 다음과 같은 몇 가지가 있다.

1. 실질적 의미

실질적 의미는 개념을 토대로 하여 이루어진 의미를 말한다. 개념은 철학에서 사물의 본질을 파악하는 사유형식의 하나로 되지만 그것은 언어에 표현되어 의미로 존재한다. 개념을 토대로 하여 이루어진 의미를 이성적 의미라고도 한다. 이성적 의미는 단어뿐만 아니라 단어들의 결합 또는 문장의 의미에서도 파악되어 나온다.

객관적으로 존재하는 사물, 현상이 인간두뇌에 반영되어 인식된 것이면 이성적 인식으로 전환되는데 이런 인식들이 사람들 사이에 의사를 주고받는 교제의 수단으로 표현될 경우에 이성적 의미로 되는 것이다.

개념을 토대로 하여 이루어진 실질적 의미를 파악하기 위하여 먼저 단어의 의미로부터 보기로 하자.

단어의 의미는 다른 단어의 의미와 구별되는 필요한 특징을 가지고 있다. 이것이 단어의미의 시차적 특성이다. 우리가 기술하려는 의미는 바로 이와 같은 시차적 특성을 가진 것이다.

언어에서 의미는 공통차원과 함께 시차성을 나타내는 단위로 특징지어진다. 시차적 특성은 단어의 의미가 부분적으로 유사하거나 부분적으로 다른 일련의 단어를 찾아내는 작업을 통하여 발견된다. 부분적으로 유사한 일련의 단어들은 의미역을 형성하고 부분적으로 다른 일련의 단어들은 시차성에 의하여 구별된다.

의미의 시차성은 유개념에 속하는 종개념 즉 동위개념 가운데서 어느 하나가 가진 고유한 특성으로서 다른 것과 구별되는 징표이다. 철학상에서의 이러한 징표가 의미론상에서 시차성으로 나타난다.

실질적 의미는 의미소, 형태소의 의미, 단어의 의미, 단어결합의 의미, 문장의 의미, 언어행위의 의미, 작품의 의미 등으로 확대되어 나간다.

형태소의 의미는 형태소가 가지고 있는 의미를 말한다. 하나의 단어가 하나의 형태소로 이루어진 것은 단어의 의미이자 형태소의 의미로 된다.

형태소에는 어근과 접사가 있는데 하나의 어근이 홀로 단어를 이룬 경우에는 형태소의 의미가 실질적 의미를 가진다. 이런 단어의 의미단위는 형태소의 의미와 다름이 없다. 그러나 접사와 같은 형태소들은 보충적 의미를 가질 뿐 실질적 의미를 가지지 않는다.

어근의 합성으로 이루어지거나 접사가 붙어 이루어진 단어의 의미는 형태소의 의미의 단순한 총화가 아니다. 이러한 단어의 의미는 의미의 단위들로 갈라지며 단어의 의미에는 접사에 의한 보충적 의미가 덧붙을 수 있는 것이다.

단어결합의 의미나 문장의 의미는 실질적의미의 담당자이다. 물론 여기에는 보충적 의미나 기타 문법적 의미들이 종합적으로 나타난다.

단어결합의 의미는 공고한 단어결합의 의미와 자유로운 단어결합의 의미로 갈라볼 수 있다.

공고한 단어결합의 의미는 하나의 단어의 의미처럼 단일한 개념을 나타낸다. 이러한 의미는 언어 사용자에 의해 임시적으로 창조되는 것이 아니라 이미 언어 속에 마련되어 있다.

자유로운 단어결합의 의미는 그 자체가 사회적 성격을 띠고 있으나 개인의 창조에 의하여 임시적으로 이루어진다. 이런 의미는 문장에서처럼 완결된 사상을 나타내지 못하지만 이야기하는 사람 또는 집필자의 의도에 의해 단어의 의미를 가지고 문법적인 규칙에 맞게 사용함으로써 얻어진다.

문장의 의미도 하나의 의미단위의 유형을 이루는 실질적의미의 담당자이다. 문장은 어음, 문법, 의미 이 3자가 유기적으로 결합되어 인간의 교제에서 사상을 교환하는 가장 작은 기본적 단위로 된다.

문장의 의미는 단어의 의미단위들이 모이여 일정한 문법적 규칙의 지배 밑에서 단어결합의 의미단위를 구성하고 그것이 더 확대되어 완결된 사상을 나타내는 문장의 의미단위를 구성한다.

이와 같이 언어의 의미체계에서 문장의 의미단위는 보다 큰 단위로 분리된다. 현대 언어학이 대두되기 전에는 문장의 의미에 대해서 생각해 보지도 못했었다. 사람들은 문장의 문법구조에 많은 관심을 돌렸지만 의미 구조에 대해서는 깊은 관심을 돌리지 못했다. 근래에 와서 현대 언어학이 급속도로 발전함에 따라 사람들은 문장의 의미 구조에 더 큰 관심을 돌리게 되었으며 그것이 마침내 의미론의 연구대상으로까지 되었다.

문장의 의미단위는 단어, 단어결합의 의미단위들로 구성되며 단어의
의미단위나 단어결합의 의미단위보다 더 크다.

문장은 더 나아가서 작품의 의미단위를 구성한다. 한편의 글이나 저
작들은 거기에 해당한 의미가 있다. 작품의 의미단위는 문장의 의미단
위들보다 한 급 높은 단계에서 이루어지는 의미단위라고 말할 수 있
다. 이러한 의미단위는 주석학에서나 전통적의미론에서는 연구되지 않
고 문체론에서 연구되고 있다.

그런데 이상에서 보여준 여러 의미단위들은 실질적의미의 담당자로
되고 있다.

2. 색채적 의미

색채적 의미는 실질적 의미단위에 의미론적 색채가 보충적 의미단위
로 가해져서 이루어진 것을 말한다.

보충적 의미단위는 종래에 단어의 색채적 의미와 문장에서의 말 밖
의 의미로 다루어져왔다.

> ※ 라이온즈는 문장의 기본성분에 의한 의미단위를 '문장의 의미'라 하고
> 보충성분에 의한 의미단위를 '담화의미'라 하였다. 여숙상은 이 두 가
> 지 의미를 '언어내외의 의미'라고 하였다.

보충적 의미는 단어에 첨가된 색채적 의미와 문장에 첨가된 문맥적
의미로 갈라볼 수 있다. 단어에 첨가된 색채적 의미는 단어의 실질적 의
미단위에 보충적 의미단위가 가해져서 나타난 것이고 문장에 첨가된 문
맥적 의미는 언어표현 밖에서 보충적 의미단위가 가해져 나타난 것이다.

색채적 의미는 감정적 색채, 형상적 색채, 문체적 색채 등으로 구분
되는 감성적 의미를 가리킨다고 하지만 사실은 색채적 의미도 객관사
물, 현상에 대한 인간의 이성적 인식 또는 감성적 인식에 의하여 얻어

진 것이다.

단어의 감정적 색채는 접사의 첨가에 의하여 나타나기도 한다.

예를 들면 '꼬마'에 접미사 '동이', '맹이'가 첨가되면 감정적 색채가 달라진다.

단어	사람	어리다	작다	귀엽다	흘하다
꼬마	+sh	+t	+t	−t	−t
꼬마동이	+sh	+t	+t	+t	−t
꼬맹이	+sh	+t	+t	+t	+t

여기서 '꼬마'에 접미사 '동이'의 첨가에 의하여 '귀엽다'는 감정적 색채를 가진 의미단위가 더 가해지게 되었으며 접미사 '앵이'의 첨가에 의하여 '흘하다'는 감정적 색채를 가진 의미단위가 더 가해지게 되었다.

이와 같이 단어에 감정적 색채를 가진 의미단위가 덧붙어 보충적의미를 나타내는 경우가 많다(이에 대한 것은 133쪽 '정서 문체론적 동의어'를 보라).

○ 심정머리, 욕심쟁이, 장돌뱅이, 늙다리, **빰때기**, 속아지, 꼬랭이, 철딱서니.

부름말에서 부부 사이에 영감이 정답게 '노친네'라고 부르면 '마누라'를 친근하게 이르는 말로 되고 노친이 '영감님'이라고 부르면 대접하여 이르는 말로 되고 '영감태기'라고 하면 흘하게 이르는 말로 된다. '노친'이나 '영감'을 부름말로 쓸 때 어조를 달리하면 각이한 감정적 색채를 나타낼 수도 있다.

부름말 '자네', '여보게', '여보', '여보세요', '여보십시오' 등은 말차림이 다름에 따라 감정적 색채도 달라진다.

어떤 기념비적인 건축물의 이름, 고장 이름, 기관 이름, 역 이름 등에서도 감정적 색채가 나타난다.

○ 천리마동산, 우의탑, 해방탑, 개선문, 봉화역, 혁신역.

이런 이름들은 어떤 기상을 나타내거나 어떤 사실을 기념하거나 칭송하기 위하여 만들어진 것이다.

감정적 색채는 사람의 이름에서도 나타난다.

○ 후남, 꽃분이, 영돌이, 말녀

이런 이름들은 무엇을 바라거나 기탁하는 데로부터 지어진 것이다.

사람의 이름으로 만들어진 학술용어에서도 나타난다.

○ 뉴톤법칙, 와트, 암페아, 헤르쯔

이런 용어들을 사용할 때 발명가, 과학자들을 연상시킨다.

형상적 색채를 가진 의미는 의미단위의 기본성분이 객관대상의 어떤 형상을 반영할 때 곁들여 구체적 형상을 생동하게 연상시킨다.

형상적 색채를 가진 의미는 사람들의 감각기관을 통해 지각된다. 시각적 형상, 청각적 형상, 후각적 형상, 미각적 형상, 촉각적 형상 등은 인간의 감각기관에 의해 이루어지며 형상적 의미를 가진 단어들의 이용과 문체론적 수법들에 의해 형상성이 더욱 두드러진다.

○ 음산하게 흐린 하늘에 쌀쌀한 바람이 분다. 희끗희끗한 눈 꼬치
　가 날린다. 옆에서 터벅터벅 발소리가 난다.

(『한 자위단원의 운명』 제342페이지)

여기서 '쌀쌀하다'는 촉각적 형상, '희끗희끗'은 시각적 형상, '터벅터벅'은 청각적 형상을 나타내는 단어들이 문장 속에 이용되면서 형상적 의미를 나타내었다.

○ 을씨년스럽게 흐린 하늘에 눈발이 날린다. 휘유휘유 세찬 바람
　이 골목길을 줄달음쳐간다. 바람은 골목길에 어지럽게 버려진
　종이장이며 지푸라기며 흙먼지를 휘몰아가지고 달려와서는
　쫓기우는듯 허둥허둥 걸어가고 있는 갑룡이와 만식이를 휘감고
　소용돌이치다가 하늘높이 뽀얗게 회오리쳐올라간다.

(『한 자위단원의 운명』 제342페이지)

이와 같이 형상적의미를 가진 단어들이 문장 속에 이용되는 경우에 그 단어가 가진 실질적의미의 속성이 형상적인 것과 관련을 가진다는 점에도 홀시할 수 없지만 문장 속에서의 형상적 이용은 눈앞에 보듯 사람들에게 입체감을 안겨주며 생동한 화폭으로 펼쳐 보이는 역할을 한다.

형상적 의미는 모양을 본떠서 만들었거나 소리를 본떠서 만든 상징어들에서 전형적으로 나타난다.

○ 터실터실, 울퉁불퉁, 반들반들, 흔들흔들, 재잘재잘, 잘랑잘랑, 풍덩풍덩

이런 형상적 의미는 상징어가 가지고 있는 의미의 속성에 의해 이루어진 것이다. 이런 의미들은 개념적인 의미를 나타내지 않고 오직 형상적 의미만을 나타낼 뿐이다.

고장이름에도 형상적 색채를 부여하여 만들어진 것이 많다.

묘향산의 봉우리 이름들과 폭포 이름, 골짜기 이름만 보더라도 이 점을 알 수 있다.

○ 선녀봉, 강선봉, 원앙봉, 대하폭포, 은선폭포, 2선남폭포, 만폭동, 천태동, 칠성동

형상적 의미는 다양한 문체론적 수법에 의하여 이루어진다.

장편서사시 「밀림의 역사」(박세영)에 쓰인 문체론적 수법에 의하여 형상적의미가 이루어진 경우를 보면 다음과 같다.

직유에 의한 것:

○ 굳은 절개 눈동자처럼 지킨다.

○ 만경창파 망망한 바다의 등댓불 같이 삼천만이 나아갈 길 밝혀준 그분

은유에 의한 것:

○ 싸움마다 원수의 머리 위에 우레가 되고 불벼락이 된…

○ 정의의 총탄, 인간생지옥, 혁신의 불길, 가난의 흔적, 낙원의 노래, 환상의 나래, 노래의 샘물

차유에 의한 것:

○ 번개를 일쿠며 흘러내리는

○ 오랜 세월 죽지 떨어졌던 내 환상의 날개도 맑은 창공에 자유로
워라 달아준 그분

상징법에 의한 것:

○ 태양이여! 힘찬 삶의 불길이여, 너의 불타는 정열이 식지 않듯이
조국은 무진한 힘을 안고 살아가거니

이밖에 '등댓불, 횃불, 붉은 서광, 붉은 별' 등은 상징법으로 쓰이면
서 형상적 색채를 더해주고 있다.

완곡어법에 의한 것:

○ 전사들도, 마을사람들도 서로서로 몇 번이고 붙안는 가슴과 가슴
에 뜨거운 전류가 흘러 대원들은 두 볼의 근육이 떨리고 어머니
들의 눈동자엔 맑은 이슬방울

○ 노인들의 눈동자 가득 맑고 뜨거운 것이 반짝였으니

여기서 '맑은 이슬방울', '맑고 뜨거운 것'은 눈물을 에둘러 형상적으
로 나타낸 것이다.

과장법에 의한 것:

○ 천리 길을 한달음에 주름잡으며

○ 천산만악으로 항일투사를 감싸준 백두의 멧부리들이여, 천리나
넓은 품으로 원수들의 눈 가리어준 천고의 밀림들이여!

여기서 과장법으로 쓰이면서도 '감싸주다', '눈 가리어주다'는 의인법으
로 되어 과장법과 의인법의 융합형태로 형상적 색채를 돋우어주고 있다.

이런 문체론적 수법들은 단어뿐만 아니라 문장의 생동성과 형상성을
높이는 데 큰 역할을 하고 있다.

문체론적 수법들은 문학작품창작에서 작가의 창의고안에 의하여 표
현을 더욱 풍부하고 명료하고 생동하게 하기 위하여 다양하게 쓰이고
있으며 문체론적수법의 다양한 이용은 작가의 풍격적 색채를 뚜렷이

나타내보이고 있다.

어떤 작가들은 전도법, 열거법을 즐겨 쓸 수 있고 어떤 작가들은 대구법, 과장법을 즐겨 쓸 수 있으며 어떤 작가들은 연쇄법, 왕복법을, 어떤 작가들은 의인법, 상징법을, 어떤 작가들은 반문법, 영탄법을, 어떤 작가들은 겹침법, 반복법을 즐겨 쓸 수 있다. 다 같이 직유, 은유, 차유 등 비유법을 다양하게 쓰는 경우에도 그것을 구체적으로 어떤 자료를 이용하여 어떻게 표현하는가 하는 문제는 작가의 개성과 문체에 따라 다를 수 있다. 이것은 작가의 문체적 색채를 그대로 드러내 보일 수 있다.

3. 문맥적 의미

문맥적 의미는 언어의 형식적 내용에만 매달리지 않고 그것을 벗어나서 문맥 또는 이야기장면이나 언어행위에서 나타나는 전달내용을 말한다.

우리들의 언어행위에는 언어형식 그대로 나타내는 실질적의미가 전달내용의 기본바탕을 이루지만 언어생활에는 습관적인 표현, 그밖에 정중한 경의표현 등에 있어서 언어형식 안에 담긴 내용 그대로가 아닌 언어외적인 의미를 전달내용으로 하는 경우가 있다. 이와 같이 언어외적인 의미로 전달되는 내용을 통틀어 문맥적 의미라고 한다.

이런 문맥적 의미가 있음으로 하여 언어의미에 대한 기술은 논리적인 명제계산의 방법에서나 구조의미론에서 개척해놓은 어휘적 의미에 대한 성분분석 그리고 생성의미 이론에서 연구해온 문장론적 의미에 대한 분석도 기껏해야 언어표현 안에서의 의미연구에 지나지 않는다.

최근에 학자들은 언어행위의 의미에 대한 연구에 깊은 관심을 돌려 이야기하는 사람의 의도와도 관련한 의미를 기술할 수 없겠는가에 대해서도 여러모로 시도해보고 있다.

우선 언어표현 밖의 의미의 한계를 어떻게 긋겠느냐 하는 것이다. 언어 밖이라고 해서 언어 환경과 언어행위를 벗어나서 우주공간의 무한대로 확대할 것이 아니라 그것은 어디까지나 언어표현으로는 직접 나타내지 않지만 그 안에서 공간적의미로 이루어지는 부분이다.

그것은 이야기하는 사람의 의도와도 관련되며 언어표현에서 그 내용이 추리되어 나오거나 이야기하는 사람의 의도에 의하여 표현을 달리하는 부분들에서 나타난다.

문맥적 의미는 이야기에 나타나지 않은 어떤 전제적 내용을 보충적으로 나타내기도 한다. 이런 보충적 의미는 문맥 속에서 더듬어내는 것만큼 문맥적 의미에 소속시키기로 한다.

이야기의 전제를 문맥적 의미로 나타낸 경우를 더듬어내자면 이야기된 내용에서 전제적인 것과 결과적인 것을 추리하고 순서를 바꾸어 연역추리의 형식으로 이야기에 언급되지 않은 전제적 내용을 알아낼 수 있다.

예컨대 '다음번에는 어느 나라로 출국하느냐?' 하고 묻는다면 이야기 듣는 사람은 적어도 한번 또는 그 이상 출국했던 사람이었다는 전제를 알 수 있다. '대학을 졸업한지 3년 만에 처음 출국한 적이 있고 이번에는 세 번째입니다.'라고 하면 이 사람의 출신은 대학생이었다는 것, 이미 두 번 출국한 적이 있었다는 것을 전제조건으로 삼고 이야기가 전개된다. 전제적 내용으로 되는 문맥적 의미는 구정보로서 이야기에서 언급되지 않아도 얼마든지 알 수 있는 부분이다.

이와 같은 실례를 장편소설 『한 자위단원의 운명』에서 나오는 채벌장에서의 이야기의 한 장면을 들어보기로 하자.

○ 갑룡이의 뒷모습을 즐겁게 바라보던 철삼이는 씩 웃으면서 '에이, 난 갑룡이 장가밑천이나 한대 찍어볼까.'라고 혼자소리를 하면서 돌아섰다.

여기서 다른 말은 하지 않았어도 갑룡이는 약혼녀가 있다는 것, 오래지 않아 장가간다는 것, 갑룡이와 철삼의 사이는 이만저만이 아니라는 것을 전제로 하여 이야기가 전개된 것이다.

이야기가 비록 혼자말로 된 부분이라고 하지만 그것이 전달의 가치가 없다면 표현이 필요 없다. 표현자체는 전달의 가치를 가지고 있으므로 전달내용으로 되며 문자로 옮겨졌을 때에는 독자가 이야기 듣는 사람의 역할을 한다. 따라서 문자로 옮겨진 그 밖의 문맥에서 나타난 전제적 의미는 문맥적 의미로 된다.

인사말들은 습관적인 말로서 문맥적 의미를 나타낸다.

인사말은 금방 발생하였거나 발생하거나 발생하려는 행위와 사실을 들어 말하는 경우가 많다. 예컨대 '일찍이 일어나셨습니다', '밤새 안녕하십니까?', '식사하셨습니까?', '학교로 가십니까?', '잘 다녀가십시오', '조심하세요', '편안히 주무십시오' 등은 그것이 인사말이 아니라면 필요 없는 말로 된다. 이런 인사말들은 번연히 알면서도 군더더기로 느껴지지 않고 오히려 친절하게 느껴지는 것은 사람들 사이에 주고받는 사의와 경의의 표시로 되기 때문이다. 이런 표시는 인사말의 문맥적 의미에 의하여 나타난다.

인사말에는 묻는 말에 일일이 대답할 필요 없이 인사로 표시만 하면 된다. 인사말은 주고받는 인사의 장면을 떠나서는 전혀 어울리지 않는다. 이것은 인사말 자체가 다른 정보량을 가지고 있지 않다는 것을 말해준다.

문맥적 의미는 초점이 이동되면서 강조점이 달라지거나 시점이 바뀌면서 공감도가 달라지는 등 여러 가지 보충적의미도 포괄적으로 나타낸다.

시점의 이동에 따라 이야기 듣는 사람은 때로는 작중의 인물이 되어 보고 느끼고 동감을 표시할 수도 있는데 이런 복잡한 감정세계를 문맥적 의미로 나타내보이기도 한다.

문맥적 의미는 언어행위에서 말소리흐름과도 관계된다. 부드럽고 친근하거나 표독스럽고 몰인정한 태도는 같은 말이라도 어떤 어조로 말하는가에 따라 달라지며 지어는 정반대의 말로 표현되기도 한다.

4. 문법적 의미

의사소통의 내용으로 되는 모든 부분을 의미에 망라시킨다면 문법적
의미도 예외 없이 의미의 범주에 속한다.

문법적 의미는 한 단어가 다른 단어에 대하여 가지는 관계적 의미를
말한다.

문법적 의미는 단어의 어휘적 의미가 개별적이고, 구체적이고 실질
적인데 반하여 일반적이고 추상적이며 관계적인 점에서 특징적이다.

문법적 의미는 여러 가지 문법적 수단들에 의하여 표현된다.

문법적 의미는 조선어에서 주로 토에 의해 나타난다. 격토에 의하여
주어, 술어, 상황어, 보어, 규정어 등 문장론적 위치관계가 나타나고 규
정토 및 속격토에 의해 규정, 피규정 관계가 나타나며 접속토에 의해
문장들 사이의 호상관계가 나타나며 종결토에 의해 문장이 여러 형태
로 매듭지어지면서 거기에서 계칭, 식, 법의 문법적 의미가 함께 나타
난다.

문법적 의미는 문법적 범주들에 의하여 유형별로 귀납되면서 다양하
게 나타난다. 이를테면 식 범주는 이야기하는 사람이 듣는 사람에게
설정하는 진술의 목적을 나타내고 계칭 범주는 이야기하는 사람이 듣
는 사람에 대하여 가지는 예의적 관계를 나타내며 법 범주는 이야기하
는 사람이 설정하는 행동과 현실과의 관계를 나타낸다.

수 범주는 대상의 양적 측면 즉 단수와 복수를 나타내고 시칭 범주
는 동사, 형용사 등으로 표현되는 행동이나 상태의 순간과 말하는 순
간과의 시간적 관계 즉 과거, 현재, 미래를 나타내며 존칭 범주는 이야
기하는 사람과 문장의 주어로 표현된 인물과의 예의적 관계를 나타낸
다.

상 범주는 동사로 표현되는 행동과 문장의 주어 및 보어와의 관계를
나타내고 자동성은 동사로 표현된 행동이 주어와 맺는 관계를 나타내

며 타동성은 동사로 표현된 행동이 직접보어와 맺는 관계를 나타낸다. 이러한 문법적 의미를 일반화하고 유형화한 것이 문법적 범주이다. 그리하여 문법적 범주와 문법적 의미와의 관계는 일반과 개별과의 관계라고 할 수 있다.

문법적 의미는 문법적 형태에 의하여 구체화되고 개별화되어 나타난다. 예를 들면 '선생님께서 글을 가르치시고 있었습니다'에서 '께서'는 주어가 술어와 맺는 관계를 나타내고 '을'은 직접 보어가 술어와 맺는 관계를 나타내고 '시'는 존경, '었'은 과거시간, '습니다'는 높임과 알림, '있다'는 보조동사로서 행동이 진행되고 있음을 나타낸다.

조선어에서 '있다'에서와 같이 문법적 의미가 보조어로 표현되는 경우에 태적의미를 나타낸다. 예를 들면 '먹어치우다', '먹어버리다'에서 '치우다', '버리다'는 동사 '먹다'에 보조적으로 붙어 행동이 끝남을 나타내고 '웃고 있다', '웃어대다'에서 '있다'나 '대다'는 동사 '웃다'에 보조적으로 붙어 행동이 진행됨을 나타낸다. 여기서 태적의미가 나타내는 행동수행과정과 시간토가 나타내는 현재시간관계는 서로 밀접히 연결되어 있다. 그러나 시간토는 행동이 수행되는 순간과 언어행위가 진행되는 순간과의 선후관계 또는 일치관계로 표시된다면 태적의미는 이와는 달리 그 행동의 양상이 언어행위의 순간과는 관계없이 행동수행과정 그 자체의 성격과 직접 관련을 가지고 표현된다는 점에서 질적으로 다른 성질의 것이다.

그밖에도 문법적 의미는 '에 관하여', '에 대하여', '에 있어서' 등과 같은 후치적 동사에 의해서도 표시된다.

문법적 의미에서 주되는 것은 관계적 의미이다. 즉 관계적 의미는 단어결합관계를 나타내거나 단어 또는 문장을 형태적으로 매듭지어 주면서 나타내는 의미이다. 이런 의미는 의미단위가 결합되어 이루어지는 구조에 대한 인식 또는 그 변화에 대한 인식으로서 이것은 언어의 구조적질서와 관련된다.

문법적 의미는 주로 문법론에서 연구된다. 그러나 현대 언어학은 의미론과 문법론을 유기적으로 결합하여 연구함으로써 언어전반체계에서의 의미에 대한 전면적이고도 깊은 인식을 가질 수 있게 한다.

제2장 단의성과 관련한 단어의 의미 구조

단어의 의미는 단의적인 것과 다의적인 것으로 갈라볼 수 있다.

단의적인 단어의 의미 구조에서는 단어의 의미단위를 확정하는 문제가 선차적으로 나서고 의미단위가 확정된 다음에는 의미단위의 결합관계를 밝혀내는 문제가 또한 중요한 과제로 제기된다.

제1절 단어의 의미적 단위

단어는 언어의 기본단위로서 의미표현의 기본단위이기도 하다. 단어는 내용과 형식의 통일체로서 양면적인 특성을 가진다.

모든 단어는 의미를 짊어진 형식면의 표현단위와 그 속에 담긴 실질면의 의미단위로 구성되어 있다. 단어에서 형식적인 면은 어음으로 나타나고 실질적인 내용은 단어에 담겨진 의미로 이루어진다.

한 단어가 다른 단어와 구별되는 특성은 의미의 시차적 특성이다. 단어의 의미는 공통적인 면과 대립적인 면으로 구성되어 있으며 그것은 단어의 의미 구조의 두 단면을 이루고 있다.

단어의 의미 구조적 특성을 밝히는데서 중요한 자리를 차지하는 것은 의미의 단위를 확정하는 문제이다. 단어의 의미단위는 단어와 단어사이의 의존적인 의미관계를 나타내기 위하여 분석한 의미표식을 말한다. 의미단위도 언어의 다른 단위들과 마찬가지로 다음과 같은 특성을 가진다.

　의미단위도 다른 단위와 마찬가지로 무수한 언어행위에서 재생될 수 있어야 하며 또한 그것은 시차적 특성에 의하여 일정한 요소로 구획될 수 있어야 한다.

　의미의 단위는 언어적 행위의 단위나 다른 언어적 질서의 단위들과 층계적 관계에 놓인다. 의미의 단위에서 보다 높은 질서의 단위는 낮은 질서의 단위에 비하여 새로운 성질을 더 지닌 합성적 단위로 나타나며 합성적 단위들은 그것을 이룬 요소보다 새로운 성질을 더 가진 체계를 형성한다.

　의미자체는 눈에 보이지 않지만 표현단위는 다음과 같은 도식으로 나타낼 수 있다.

표현 단위	음운	형태소	단어
의미 단위	시차소	의미소	어휘소

　그러나 표현단위와 의미단위는 결코 등가물로 되는 것이 아니다.

　그러면 단어의미의 최소단위가 어떤 것인가를 구명하는 데로부터 표현단위와 의미단위의 관계를 보기로 하자.

1. 의미소와 형태소

　언어의 최소의 단위를 음운으로 보느냐 형태소로 보느냐는 견해에 따라 다를 수 있다. 언어의 기본단위인 단어를 그 구성요소로 쪼개면 형태소로 나뉘고 형태소는 뜻으로는 더 나눌 수 없지만 그 어음구성에서 보면 그보다 더 작은 단위인 음운으로 나눈다.

　음운은 단어에서 의미를 식별하여주는 가장 작은 어음적 단위이다. 한 단어의 의미를 다른 단어의 그것과 식별하여주는 '구별적 기능'은

'시차소'의 고유한 특징으로 된다.

시차소는 의미에 대한 구별적 기능을 가지지만 그 자체가 의미의 단위로는 될 수 없다. 의미단위로 되자면 언어적 단위가 지니고 있는 일반적인 징표가 그러한 바와 같이 언어행위에서 재생될 수 있고 언어행위에서 시차적 특성에 의해 구획될 수 있어야 하며 또한 다른 언어적 질서의 단위들과 층계적 관계에 놓일 수 있어야 한다. 그러나 시차소는 의미의 구별적 기능 즉 시차적 특성만을 가지고 있을 뿐 그 어떤 의미의 구성단위로는 될 수 없다.

그러면 의미의 기본단위는 무엇인가?

기본 의미설에 의하면 의미의 기본단위는 의미소로 되며 사용설에 의하면 단어의 용례 개개의 의미가 각각 그 기본단위로 된다. 다의성설에서는 단어에 따라 둘 이상의 의미가 그 기본단위로 된다는 것이다.

여기서 명백한 것은 기본 의미설에서는 개개의 용례마다 기본의미가 있다는 것이고 용법설에서는 개개의 용례마다 의미가 다르다는 것이다. 그리고 다의성설에서는 기본 의미설에서의 용례의미의 공통성이나 용법설에서의 무한한 다의성을 인정하지 않고 제3의 관점에서 어떤 단어에는 둘 이상의 의미인 다의성이 있는 반면에 일정한 범위의 용례에는 같은 하나의 의미인 유의미가 인정된다는 것이다.

단어의 의미소는 의미로 실현되는 기본단위이다. 단어는 하나 또는 그 이상의 여러 개 의미소로 구성될 수 있다. 단의성인 단어의 의미는 하나의 의미소로 이루어진 것이고 다의성인 단어의 의미는 둘 또는 그 이상의 의미소로 이루어진 것이다.

의미소는 어느 것이나 시차적 특성을 다 가지고 있다. 시차적 특성은 어디까지나 상태적 개념으로서 그것은 사회적 성격을 띠고 있으며 한 의미를 다른 한 의미와 식별해주는 구별적 기능을 수행한다.

어떤 의미소는 하나의 시차적 특성을 가지고 나타나고 어떤 의미소는 두개 또는 그 이상의 시차적 특성을 가지고 나타난다.

예를 들면 '산소', '질소' 등 화학원소와 같은 단어의 의미는 시차적 특성의 단일체로 이루어지고 '안개'(<수분>+<기체>+<지상>), '딸'(<자식>+<여성>)과 같은 단어 등은 시차적 특성의 복합체로 이루어진다.

의미소는 단어로 실현되는 의미단위라고 하지만 사실에 있어서 의미소의 실현단위는 형태소라고 할 수 있다.

> ※ 형태소는 블룸필드에 의해 1926년에 의미표현의 최소의 단위로 규정된 후 그 학파들인 블로크 트래이저, 웰즈 호케트에 의해 계승되고 연구되었다.

그러면 형태소와 의미소는 어떤 관계에 있는가를 보기로 하자.

의미소의 실현단위가 형태소인 것만큼 꼭 같은 대응관계로 실현되는 경우가 적지 않다.

예를 들면 '수소', '질소'에서와 같이 과학용어들에서 전형적인 예를 흔히 찾아볼 수 있다.

의미소의 실현단위가 형태소라고 하여 한 의미소가 한 형태소에 언제나 같은 수효로 실현되는 것은 아니다.

첫째, 한 형태소에 대응되는 의미소가 령(∅)인 경우가 있다.

예를 들면 '우리들, 저희들, 여러분들', '이월 달, 삼월 달, 구월 달'에서 '들', '달'은 의미소가 령(∅)이다. 이 경우에 복수 '들'의 의미는 이미 '우리', '저희', '여러분'에 주어져있으며 마찬가지로 '달'의 의미는 '이월', '삼월', '구월'에 주어져있다.

둘째, 한 의미소에 대응되는 형태소가 없이 의미가 실현되는 경우가 있다.

예를 들면 '가-다, 자-오, 먹-소' 등에서 시간적으로 현재의미를 나타내는 의미소는 령(∅) 형태소로 실현되었다. 즉 시간적으로 과거를 나타내는 의미소는 '앗', 미래를 나타내는 의미소는 '겠'으로 실현되지만

현재의미를 나타낼 때에는 그에 해당한 형태소가 없이 실현되는 경우
가 있다는 것이다.

셋째, 한 형태소가 둘 이상의 의미소와 대응되는 경우가 있다.

이런 경우의 형태소는 다의어로 된다.

넷째, 둘 이상의 형태소가 한 의미소와 대응되는 경우가 있다.

입성 \
      > 옷 성함 \
의복 /   명함 / > 이름 년치 \
                          년세 / > 나이

이런 경우의 형태소는 동의어로 된다.

※ 의미소와 형태소의 대응관계는 기본적으로 램, 록쿠드의 성층문법관점
   에서 분석된 것이다. 의미소와 형태소의 대응관계로부터 형태소로 실
   현된 의미 구조는 단어의 의미적 유형에 따라 다음과 같이 고찰된다.
   첫째, 한 형태소에 한 의미소가 대응되거나 한 의미소에 한 형태소가
   대응되는 것은 단의성으로 특징지어진다(단일어)

   S_1 —————————— M_1

   둘째, 한 형태소에 몇 개의 의미소가 대응되는 경우에는 다의성으로
   특징지어진다(다의어).

   $\begin{matrix} S_1 \\ S_2 \end{matrix}$ ⊐— S_3 ———— M_1

   셋째, 한 의미소에 몇 개의 형태소가 대응되는 경우에는 동의성으로
   특징지어진다(동의어).

   S_1 —— M_3 —⊏ $\begin{matrix} M_1 \\ M_2 \end{matrix}$

이상에서 볼 수 있는 바와 같이 의미소와 형태소는 1 대 1의 대응관계로만 이루어지지 않는다는 것, 이 양자는 구성원리로 보아서 서로 달리 특징지어진다는 것, 이 양자의 대응관계는 형태소로 실현된 의미의 구조에 의하여 설명된다는 것을 말하여준다.

2. 의미소와 어휘소

의미소는 형태소로 실현되는 의미의 기본단위이며 단어는 형태소를 단위로 하여 여러 가지 구조로 실현된다.

성층문법의 관점에 의하면 의미소는 어휘소로 실현되고 어휘소는 형태소로 실현된다는 것이다. 이것은 의미소와 어휘소, 형태소와의 3자의 관계를 성층문법의 견지에서 보여준 것이다.

> ※ 어휘소는 워프에 의하여 어휘적 단어의 의미로 설정된 후 나아다와 램 등에 의하여 성층문법에서 독자적인 하나의 단위로 인정받게 되었다.

워프는 어휘소에 대하여 의미와 직결되는 단위로서 형태소보다는 높고 단어보다는 낮은 것이라고 하였다.

의미와 직결되는 단위라고 하는 것은 구조적으로 볼 때 형태소와 단어의 두 측면이 있다는 뜻이다. 대체로 형태소의 형태와 같으나 합성된 단어(또는 파생어)의 경우에는 단어의 형태와도 같다는 것이다.

어휘소와 단어, 형태소를 비교하면 다음과 같다.

단어	쥐|쥐며느리|며느리	개|개나리|나리	문|무녀리－|열이－
어휘소	쥐|쥐며느리|며느리	개|개나리|나리	문|무녀리|열|열이|이
형태소	쥐| － |며느리	개| － |나리	문| － |열 － |이

합성어 '쥐며느리'는 두개의 형태소로 되어 있으나 의미소의 측면에서

볼 때 '쥐'나 '며느리'와는 관계없이 벌레의 이름을 나타내어 원래 형태소가 가지고 있던 의미소와는 관계없이 다른 개념으로 추상화 되었다.

파생어 '개나리'도 두개의 형태소로 이루어졌으나 형태소 '개'는 실질적인 단어로부터 추상화되어 자립성을 상실하고 접두사로 되면서 단어조성의 요소로서의 새로운 의미를 가지게 되었다. '문열이→무녀리'에서 형태소 '이'는 자립적으로 쓰이지 못하고 오직 단어(명사)를 만드는 역할을 할뿐이다.

앞의 표에서 보다시피 합성어 '쥐며느리', 파생어 '개나리', 합성파생어 '무녀리'는 그 자체가 단어이자 어휘소로는 될 수 있지만 형태소는 아니며 그 구성부분을 형태소로 나눌 수 있을 뿐이다. '개나리'에서 '개'나 '문열이→무녀리'에서 '열', '이'는 각각 자립적으로 쓰이지 못한다.

어휘소를 하나의 단위로 볼 때 형태소와 일치한 경우에는 의미소의 표현단위가 형태소이자 어휘소로 된다. 그러나 합성어(또는 파생어)에서는 사정이 이와 다르다. 만일 단어의 의미가 개개의 형태소의미의 단순한 결합으로 이루어진 경우라면 그것은 의미소의 표현단위가 의연히 형태소로 될 수 있다.

예: 폭력+투쟁=폭력투쟁
　　독점+적+고율+이윤=독점적 고율이윤

그러나 형태소가 의미와 유리된 경우이면 어휘소가 의미와 직결된 단위로 된다.

예: 개구리+밥≠개구리밥(잡풀 이름)
　　곧은+뱀+살+버섯≠ 곧은뱀살버섯(병 이름)
　　범+고래≠범고래(물짐승 이름)
　　범+아귀≠범아귀(엄지와 집게 사이)

개+밥+에+도토리≠개밥에 도토리(배척된 사람)

따라서 의미소의 표현단위는 형태소로도 되고 어휘소로도 된다는 것이다. 이러고 보면 어휘소로써만 의미론적 단위인 의미소가 실현될 수 있다는 성층문법의 견해에도 문제가 있다고 볼 수 있다. 성구, 속담, 관용어구들이 하나의 어휘소로 등장되는 경우에 그것이 의미소의 표현단위로 됨은 의심할 바 없다.

어휘소는 단어보다 큰 관용어구와 단어보다 작은 접사에 대응하는 언어적 단위이다. 이것은 형태소와 단어, 거기에 관용어구까지 하나로 묶은 단위로서 의미소에 대응하는 수효가 꼭 같은 것은 아니다. 그 대응관계는 의미소와 형태소의 관계를 방불케 한다.

형태소는 의미를 가진 최소의 표현단위이다. 형태소는 형태 분석상 일정한 의미가 다른 것으로 바뀌거나 파괴되지 않고서는 쪼개지지 않는 특성을 가진다. 따라서 형태소의 의미, 단어의 의미, 나아가서 관용어구의 의미는 서로 다른 층계의 단위로 보아야 한다.

3. 의미소와 단어구조

단어구조는 의미소의 최소표현단위인 형태소를 중심으로 하는 단어의 형태 구조적 특성에 대해서와 단어의미를 중심으로 하는 시차적 특성에 의한 의미소의 내부구조에 대한 두 측면으로 고찰할 수 있다.

형태소는 의미표현의 최소의 단위일 뿐만 아니라 단어를 구성하는 단위이다. 단어는 의미의 핵으로 되는 어근이 몇이냐에 따라 단순단어와 복합단어로 나누인다. 단순단어는 접사가 있고 없음에 따라 단일어와 파생어로 나뉜다. 복합단어는 접사가 있고 없음에 따라 합성어와 합성파생어로 나뉜다.

이 유형을 도표로 작성하면 다음과 같다.

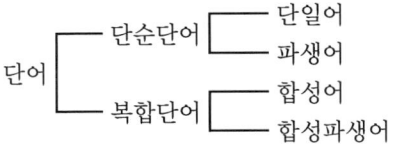

단순단어는 어근 하나만으로 구성된 단어를 말하고 복합단어는 어근이 둘 이상으로 구성된 단어를 말한다. 단일어는 접사가 없이 단순히 어근 하나만으로 이루어지고 파생어는 어근 하나에 접사가 어울리어 이루어지고 합성어는 어근이 둘 이상으로 이루어지고 합성파생어는 둘 이상의 어근에 접사가 어울리어 이루어진다.

이제 어근을 'B'로 표시하고 접사를 'a'로 표시하여 형태소의 결합형식을 유형별로 고찰하면 다음과 같다.

단일어(B형)

단일구조(B형);

　사과, 나무, 책, 고무, 얼굴, 집, 아버지, 소리, 보리

파생어[(a)B(a)(a···)형]

평행적 구조(aa형);

　헛짓, 새것, 별것, 헌것

상승적 구조[(a)aB형];

　갓 서른, 군말, 덧문, 돌미나리, 뭇별, 뒤범벅, 맏시누이, 맏외삼촌

하강적 구조[Ba(a···)형];

　털보, 게으름뱅이, 부엌데기질, 아첨쟁이질, 지게질, 따님네

상승 하강적 구조[aBa(a···)형];

　덧붙이, 되풀이, 맏아드님, 헛손질, 외조모님네

합성어[BB(B···), (BaB)형];

평행적 구조[BB(B···)]형;

　나뭇잎, 너털웃음, 들창, 눈코, 팔다리, 앞뒤, 봄가을, 아들딸

하강 상승적 구조(BaB형);

  길짐승, 궂은비, 디딜방아, 닭의장, 된소리, 외딴집, 비빔밥

합성파생어[(a)B(B···), (a)B(B···)(a···)형];

  상승 평행적 구조[aBB(B···)형];

    돌배나무, 개사철 쑥, 개다래나무, 엇치량집

  평행 하강적 구조[BBa(a···)형];

    알붙이기, 공치기 짓, 젖먹이, 줄넘기기

  평행 하강 상승적 구조(BBaB형);

    모내기철

  하강 상승 하강적 구조(BaBa형);

    높이뛰기

  상승 평행 하강적 구조[aBB(a···)형];

    덧이박이

이 단어구조에서 의미소가 단일한 단위로 된 단일어를 제외하고는 형태소들의 결합적 질서에 따라 일정한 구조적층계가 이루어지고 있다. 단어의 외적구조는 형태소의 결합관계가 주요한 자리를 차지하지만 단어의 의미 구조에서는 형태소를 통하여 실현되는 의미의 기본단위인 의미소의 내적구조를 파악하는 것이 무엇보다 중요하다.

  의미의 기본단위인 의미소를 더 작은 단위로 쪼갤 수는 있으나 그 가운데 시차적 기능을 가진 특성만이 의미구별에 불가결의 요소로 되며 가치가 있는 것으로 된다.

  의미구별에서 시차적 기능을 가진 특성을 시차성(또는 시차적 특성)이라고 한다.

  시차적 특성은 한 단어의 의미를 다른 단어의 의미와 구별함에 있어서 필요한 특성이다. 시차적 특성은 순전히 언어의 구조적 특성에 의하여 규정된다. 같은 특성이라도 한 언어에서 시차적인 것이 다른 언어에서는 시차적이 아닐 수 있다.

이와 같이 시차적 특성은 언어의 민족적 특성을 나타내는 주요 측면의 하나로 된다.

우리가 단어를 알고 있다면 또한 그 단어를 배우고 습득할 수 있다면 그것은 곧 단어의미의 시차적 특성을 알고 배워낼 수 있다는 것이다. 우리가 말하는 의미는 시차적기능이 있는 특성이며 그 특성이 시차적 기능을 가지게 되는 것은 의미의 대립에 대한 차원이 인간에게 의식되기 때문이다.

우리가 단어의미의 시차적 특성을 찾는다는 것은 단어의미가 부분적으로 유사하거나 부분적으로 다른 일련의 단어를 찾아낸다는 것을 말한다. 같은 유개념 속에 속하는 둘 이상의 종개념 즉 동위개념 가운데 어느 하나에만 특유한 특징을 잡아내어 다른 것과 비기는 과정에서 구별되는 징표를 찾아내는데 이 징표가 의미론상의 시차성이다.

의미의 시차적 특성을 찾아내는 작업을 잘하자면 우선 의미가 서로 비슷한 단어들에서 의미의 공통성을 찾아내어 그것을 그 의미특성의 차원에서 규정해놓아야 한다.

예하면 '교과서'와 '필기장'이란 단어의 의미의 공통성은 '책'으로 귀납되는데 이것이 두 단어 사이의 공통차원을 나타내는 항목이 된다.

단어들 사이의 공통차원을 찾아낸 다음에는 단어들 사이의 구별되는 징표를 찾아낸다. 공통차원에 시차성을 가해서 그것을 나타내는 단어가 있으면 시차성이 발견되고 그런 단어가 따로 없으면 시차성이 발견되지 않는다. '교과서'와 '필기장'의 의미단위를 대조해보면 그 시차성은 명백히 나타난다.

'교과서'=<책>+<교수>+(글을 가르침)

'필기장'=<책>+<필기>+(글을 씀)

그런데 <수분>+<고체>의 뜻을 나타내는 '얼음', <수분>+<기체>의 뜻을 나타내는 '김', <수분>+<기체>+<지상>의 뜻을 나타내는 '안개', <수분>+<기체>+<공중>의 뜻을 나타내는 '구름'이란 말은 있어도 <수분>+<기체>+<지하>의 뜻을 나타내는 말은 따로 없다. 따라서 '얼음', '김', '안개', '구름'에는 시차적 특성이 작용하나 <수분>+<기체>+<지하>에는 그런 뜻을 가진 말이 없으므로 시차적 특성이 작용할 수 없다.

이것을 도표로 보면 다음과 같다.

단어	의미소	시차적 특성
얼음	수분+고체	고체
김	수분+기체	기체
안개	수분+기체+지상	지상
구름	수분+기체+공중	공중
×	※ 수분+기체+지하	×

의미의 시차적 특성은 언어구조의 한 부분이다. 단어의 의미 분석은 위에서 보다시피 논리학적인 종차적 개념을 도입하여 의미의 특성을 밝혀내는바 유개념은 의미의 차원이 되고 종개념은 의미의 특성이 된다. 의미의 특성은 개인에 따라 달라지는 성질인 것이 아니다. 그것은 객관적인 사회적 존재로서 엄연히 사회적 성격을 가진다.

시차적 특성은 의미론적 견지에서 보는 것과 음운론적 견지에서 보는 것이 다르다. 음운론적 견지에서 본 시차적 특성은 논리학적인 종차적 개념을 도입하지 않는 만큼 유개념적이거나 종개념적 관계로 의미의 차원과 특성이 갈라지지 않는다.

의미론적 견지에서 본 시차적 특성은 의미소를 쪼갠 단위가 각각 흔히 형태소로 실현되는 특성을 가지며 자립적으로 그 언어의 의미소로 될 수 있는 성격을 가진다.

이것을 공식으로 표시하면 다음과 같다.

$S = S_1 + S_2 + S_3 + \cdots + Sn$

'아들'=<직계>+<세대$^{-1}$>+<남자>

그러나 음운론적견지에서 본 시차적 특성은 그 자체가 본질적으로 그 언어의 어떤 한 음소로 될 수 없는 단위이다. 즉 음운론적 특성의 어느 하나만으로 된 음소는 있을 수 없다.

ㄷ	+자음	-모음	-입술	+혀끝	+터침	-유향	-비음	+순한	-	된	-거센
ㄸ	+	-	-	+	+	-	-	-		+	-
ㅌ	+	-	-	+	+	-	-	-		-	+

음운론적견지에서 본 시차적 특성은 다른 음소의 특성에 포괄되는 일이 전혀 없는 단위이다.

위에서 든 /ㄷ/, /ㄸ/, /ㅌ/에서 순한 소리, 된소리, 거센소리에 의한 시차성이 알리지 않는다면 세 어음은 그 기능적 차이가 없어져서 똑같은 음운으로 되며 존재적 가치를 상실하고 만다. 만일 어음에서 /T/가 /d/나 /t/에 포괄되는 음운으로 나타난다면 그것은 언어의 통신적 기능을 발휘하는 데 막대한 지장을 가져다주게 될 것이다.

그러나 의미론에서는 이와 형편이 다르다.

의미론적 시차성	음운론적 시차성
'어머니'='직계'+'세대$^{+1}$'+'여성'	/t/+터침+혀끝-순한
'아버지'='직계'+'세대$^{+1}$'+'남성'	/d/+터침+혀끝+순한
'어버이'='직계'+'세대$^{+1}$'	/T/+터침+혀끝(가정함)

보다시피 의미론적견지에서는 다른 의미소에 포함된 <직계>+<세대$^{+1}$>은 그것만으로도 얼마든지 한 의미소가 되어 의사전달에 손색이 없으나 음운론적 견지에서 /T/가 /t/나 /d/에 포괄된 시차적 특성의 존재를 가정한다면 <+터침+혀끝>은 하나의 음소로 되지 못한다.

제2절 동사적 단어의 의미단위

인간의 개념세계는 주로 두 영역으로 갈라볼 수 있다. 하나는 주로 사물의 움직임이나 변화를 나타내는 동작과정과 관련된 것과 사물의 성질, 상태와 관련된 것인데 이 부류를 포괄하는 서술부를 동사적 단어의 영역으로 본다. 다른 하나는 추상적이며 구체적인 사물을 포괄하는 변항, 즉 명사적 단어의 영역으로 갈라본다. 문장이 구성되자면 이 두 영역을 떠나서는 생각할 여지도 없다.

문장에서 의미의 중심이 되는 것은 동사이며 이 동사는 문장의 기타 성분의 성격을 결정한다고 할 수 있다.

동사적 단어들의 성격에 의하여 이와 어울리는 명사적 단어는 어떤 것이며 그러한 명사는 동사와 어떤 관계를 가지며 의미적으로 어떻게 규정되는가를 결정한다. 명사적 단어들은 동사적 단어들의 제약에 의해 수반되는 주변적인 것이라고 생각된다. 따라서 문장에서는 무엇보다 먼저 문장의 의미 중심을 이루고 있는 동사의 의미단위를 유형별로 고찰한다.

현대 언어학은 언어의 본질적해명이 의미의 특성을 밝히는 데 있다고 인정한다. 언어의 본질을 밝히는 근본작업은 기저에 자리 잡고 있는 의미 구조의 성질을 해명하는 것이다. 의미의 본질을 구명하기 위하여 그 기본적인 분석단위이며 의미의 중심을 이루고 있는 동사의 의미 구조를 밝히는 데로부터 출발한다.

동사의 의미단위에는 어휘적 측면에서 볼 때 기본 동사의 유형을 구분해주는 선택단위가 있고 의미의 자질을 규정하는 파생단위, 동사의 외부적인 양태를 표면구조에 표시해주는 굴절단위가 있다.

1. 동사적 의미의 선택단위

동사적 의미라고 하는 것은 우리가 말하는 사물의 성질, 상태를 나타내는 형용사의 의미와 행동과정을 나타내는 동사의 의미를 아울러 말하며 술어화 된 단어의 뜻도 포함한다. 형용사나 동사의 기본적인 의미단위들에 의하여 수반되는 명사의 특성을 보나 명사와 맺어지는 선택 관계에서 보나 동사와 형용사를 엄밀하게 갈라서 설명해야 할 필요성을 느끼지 않는다.

구체적인 문맥에 따라서 규정되는 상태, 과정, 행동, 싸임과 같은 기본적인 단위에 의해 명사가 선택되고 명사와 맺어지는 관계가 선택되며 동사적 단어의 어근이 선택된다는 의미에서 선택단위라고 한다. 이런 선택단위에 따라 동사의 기본적 유형이 갈라져 나온다. 즉 상태 동사, 과정동사, 행동동사, 과정행동동사로 구분된다. 그리고 싸임이라는 의미단위에 의해 싸임 상태 동사와 싸임 행동동사가 구분된다.

기본 동사는 또한 2차적 명사관계를 가진다. 2차적 명사관계에 의하여 경험자명사를 수반하는 경험동사와 수익자명사를 필요로 하는 기여동사, 보어명사를 필요로 하는 기본 동사, 위치명사를 필요로 하는 위치적동사가 있다. 과정행동동사의 존재를 전제로 하는 도구명사는 필수적인 것이 아니다.

(1) 상태

성질, 상태를 나타내거나 행동, 과정이 아닌 유형의 모든 단어가 상태를 나타내는 동사에 속한다.

상태 동사는 행동성을 가지지 않으므로 행동자명사와는 어울리지 않는다. 상태 동사는 거기에 알맞는 수동자명사가 수반된다.

○ 꽃이 곱다.

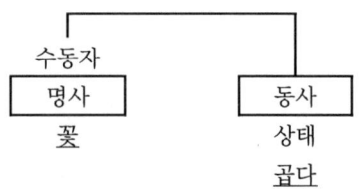

여기서 상태 동사 '곱다'는 수동자명사 '꽃'을 가진 경우이다.

이와 같이 수동자명사를 필요로 하는 상태 동사에는 '길다, 짧다, 굵다, 가늘다' 등 일반 성질, 상태를 나타내는 형용사로 이루어진 것, '신속하다, 민첩하다, 완만하다', '활발하다, 침울하다, 연약하다', '빈번하다, 소란하다', '번거롭다, 한적하다, 바쁘다' 등 운동성질의 형용사로 이루어진 것, '뜨겁다, 시원하다, 시리다, 차다', '보드랍다, 꺼슬꺼슬하다, 매끌매끌하다', '맵다, 시금하다, 달다, 쓰다', '냅다, 향긋하다, 구리다' 등 감각적형용사로 이루어진 것, '존재하다, 위치하다, 병립하다, 있다' 등 공간적 위치관계를 나타내거나 '비치다, 빛나다, 반짝이다' 등 색채거나 일반 상태를 나타내는 동사로 이루어진 것, '인접하다, 연접하다', '상당하다, 당연하다' 등 일반 관계를 나타내는 동사로 이루어진 것, '불변하다, 결근하다, 결석하다', '주저하다, 망설이다' 등 운동과정의 결여로 이루어진 것 등이 있다. 그리고 '춥다, 덥다, 무덥다, 밝다, 환하다, 어둡다, 캄캄하다' 등 온통 둘러싸인 상태를 나타내는 것, '(바로) 오늘이었다'에서와 같이 시간적 성격을 나타내는 것, '옳다, 그르다, 올바르다, 좋다, 나쁘다'에서와 같이 경험을 나타내는 것, '(그에게 그림이) 있다'에서와 같이 수익자가 동반되는 기여상태도 여기에 속한다.

※ 아바쏠로의 『조선어표면구조의 의미론적 선택상태』(1975년, 82)에서 분류한 주요한 몇 가지를 참고로 보이면 다음과 같다. ①단순상태 ②

완전상태 ③존재적 상태 ④위치적 상태 ⑤소유적 상태 ⑥기여상태 ⑦
운동 상태 ⑧포위상태 ⑨방식상태 ⑩타당상태 등등.

(2) 과정

동사는 상태가 아니면 과정을 나타내거나 행동 또는 과정행동을 나
타내기 마련이다. 과정동사에는 물체의 운동, 위치나 상태의 변화 등을
나타내는 단어들에서 흔히 찾아볼 수 있다.
  ○ 풀이 살아나다.
'살아나다'는 죽었던 것이 되살아나는 상태를 과정적으로 보여주는
과정동사이다. 과정동사 '살아나다'는 생물체 '풀'이라는 수동자명사를
수반한다.

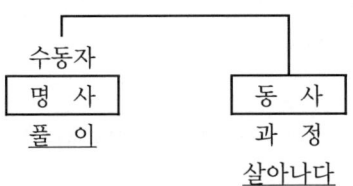

수동자명사를 필요로 하는 과정동사에는 '돌다, 회전하다, 공전하다',
'(해가) 뜨다, (달이) 지다, 옮겨지다'에서와 같이 위치의 변화를 나타
내는 것, '돋아나다, 유행하다, 성행하다, 전염하다'에서와 같이 물체의
운동을 나타내는 것, '(얼음이) 녹다, (물이) 끓다, (감자가) 익다', '성
장하다, 발전하다, 진보하다', '죽다, 쇠퇴하다, 팽창하다', '부패하다, 변
화하다', '살찌다, 여위다'에서와 같이 상태의 변화를 나타내는 것 등이
있다.
  과정동사는 '지다, 되다, 당하다' 등이 동사어근에 붙어 이루어지거나
'기, 리, 히, 이' 등 상 형태를 나타내는 접미사들이 동사어근에 붙어 파

생되면서 파생과정동사가 이루어지기도 한다.

   ○ 엎어지다, 열려지다, 풀려지다, 놓여지다, 기억되다, 해방되다, 긴
      장되다, 석방되다, 사용되다, 고용되다, 거부당하다, 감시당하다,
      망신당하다, 축출당하다, 밟히다, 입히다, 조이다, 모이다, 빼앗기
      다, 쫓기다, 벗기다, 놀리다, 날리다, 갈리다, 빨리다

과정동사는 '쌀이 밥이 된다'에서와 같이 상태가 바뀜을 보이는 동사
'된다'가 수동자명사 '쌀'을 필요로 하여 이루어진 것이다.

이와 같이 상태변화의 과정을 보여주는 파생과정동사의 표면구조는
'～어지다, ～게 되다, ～게 하다'로 나타난다.

(3) 행동

행동동사는 상태 또는 상태변화와는 상관없이 행동자가 수행하는
일, 즉 행동을 보이는 동사이다.

   ○ 사람이 걷는다.

여기서 행동동사 '걷다'는 어떤 행동을 보여주는 것으로서 행동자
'사람'이라는 명사를 동반한다.

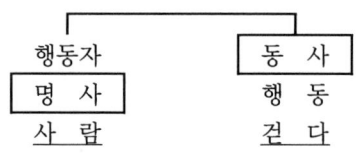

수동자를 동반하지 않고 행동자명사만 필요로 하는 행동동사는 자동
사로 많이 실현된다.

   ○ 가다, 오다, 걷다, 날다, 서다, 눕다, 앉다, 오르다, 운동하다, 산보
      하다, 방황하다, 울다, 웃다, 성내다, 졸다

(4) 과정행동

과정행동동사는 어떤 상태변화를 나타내면서 행동자가 하는 행동을 아울러 나타낸다.

○ 트랙터가 밭을 간다.

여기서 과정행동동사 '갈다'는 행동자 '트랙터'와 수동자 '밭'을 필요로 한다.

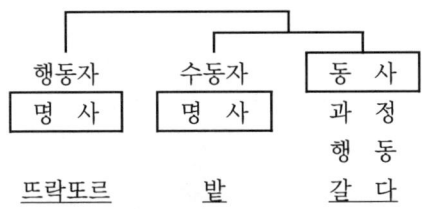

행동자와 수동자가 아울러 동반되는 과정행동동사는 일반적으로 타동사로 이루어진다.

과정행동동사에는 수동자가 물체인가, 사람인가, 유생물인가에 따라 갈라 쓰이는 것도 있다. '교육하다, 양성하다, 봉사하다, 양육하다, 부양하다' 등은 수동자명사가 사람에 한하여 쓰이고 '당기다, 흔들다, 펴다', '나누다, 모이다, 버리다', '방송하다, 몰수하다, 이동하다', '잡다, 마시다, 문지르다', '삶다, 긷다, 갈다, 캐다, 묻다', '질문하다, 선언하다' 등은 수동자명사가 물체에 한하여 쓰이고 '가꾸다, 심다, 치료하다, 먹이다, 기르다, 길들이다, 보살피다' 등은 수동자명사가 유생물에 한하여 쓰인다.

과정행동동사에는 단수, 복수에 분별 있게 쓰이는 것과 분별없이 쓰이는 것이 있다. '결합하다, 통일하다, 비교하다, 산포하다, 수집하다, 거두다, 채집하다', '상의하다, 의논하다, 토론하다' 등은 대상이 복수일 때 쓰이고 '격파하다, 존경하다, 발사하다' 등은 단수나 복수에 관계없이 쓰인다.

과정행동동사에는 수익자명사와 수동자명사를 필요로 하는 기여 동사도 있다.

○ 분이에게 꽃을 주다.

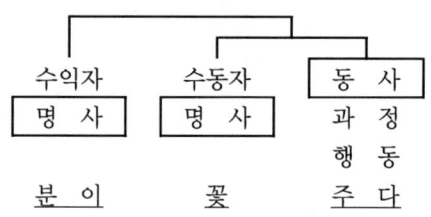

(5) 싸임

어떤 특정된 상태가 아니라 온통 둘러싸인 전체의 상태를 나타내거나 행동자 없이 주위의 전체에 걸쳐 이루어지는 행동을 나타내는 동사를 싸임이라고 한다.

싸임은 동사의 성격이 상태를 나타내는 것이냐, 행동을 나타내는 것이냐에 따라 상태 싸임과 행동 싸임으로 그 유형을 갈라볼 수 있다.

상태 싸임은 '덥다, 무덥다, 춥다, 선선하다, 환하다, 밝았다, 저물었다, 새벽이다' 등에서와 같이 상태 동사에서 이루어진 것이다.

○ 어둡다   동 사
          상 태
          싸 임

행동 싸임은 행동자가 없이 주위의 전체가 행동으로 이루어진 것이다.

○ 비 온다   동 사
           행 동
           싸 임

싸임은 흔히 상태 싸임으로 이루어지는 경우가 많다.

싸임은 문장의 서술이 무엇에 관계되는 것인가를 나타내는 사물이 없이 술어부동사만으로 이루어지는 것이 특징적이다.

이상에서 우리는 동사의 기본적인 특수화인 상태, 과정, 행동, 과정행동이 수동자, 행동자와 관계되고 나아가서 제2차적으로 경험자, 수익자 등과도 관계되면서 의미 구조를 이루는 기초로 되고 있다는 것을 알 수 있다.

이 관계를 다음과 같은 몇 가지로 귀납할 수 있다.

첫째, 상태 동사는 일반적으로 수동자명사를 필요로 한다.

상태 동사에서 경험상태는 경험자를 동반하고 기여상태는 수익자를 동반한다. 싸임 상태를 나타내는 '(날씨가) 춥다'에서는 싸임상의 의미 구조를 가진다. '(철이가) 춥다'에서는 경험자를 동반하면서 동시에 경험동사로도 된다.

경험동사는 동사에 대하여 경험자관계를 갖는 명사가 수반된다. 싸임이 아니며 진행의미가 없는 비행동동사만이 경험동사로 될 수 있다. 경험동사는 감각기관에 의한 지각의 성격을 띤다.

둘째, 과정동사는 거개가 수동자명사를 필요로 한다.

무생물의 움직임이나 위치, 상태의 변화를 나타내는 과정동사들은 어느 것이나 수동자명사가 동반되면서 과정동사를 이룬다.

셋째, 행동동사는 행동자만 필요로 하고 수동자는 동반하지 않는다. 왜냐하면 행동동사는 그 자체가 본질적으로 자동사로 이루어지기 때문이다.

넷째, 과정행동동사는 수동자와 행동자를 아울러 가진다. 과정행동동사가 이런 의미 구조를 가지게 되는 데는 그 자체가 타동사로 이루어지기 때문이다.

과정행동동사가 수익자와 수동자를 함께 가지면 기여 동사로 된다. 기여 동사는 반드시 수익자를 동반한다.

네 가지 기본유형의 동사 가운데 본질적인 행동동사를 제외하고는 싸임이 아닌 경우이면 기여 동사가 될 수 있다.

　　과정행동동사는 수동자나 행동자도 아니고 경험자나 수익자도 아닌 행동을 하는데 쓰는 도구명사를 수반하는 경우가 있다. 도구명사를 수반하는 동사는 본질적으로 행동자나 수동자가 수반되므로 과정행동동사라 할 수 있다.

　　다섯째, 동사에서 과정동사 이외에는 보어동사로 될 수 있다.

　　표면구조상의 목적어를 의미 구조에 있어서 보어라고 하고 그 동사를 보어동사라고 한다.

　　○ 학생이 글을 썼다.

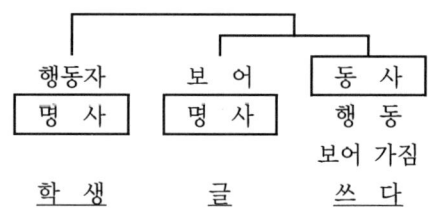

　　여섯째, 상태 동사가 위치명사를 동반하면 위치동사로 특수화된다.

　　○ 책이 책상 위에 있다.

　　여기서 특수화된 위치동사라고 할 수 있는 '위에 있다'에서 기본의미는 '위'이며 '에 있다'는 거기에 따르는 보충적의미를 나타내고 있다.

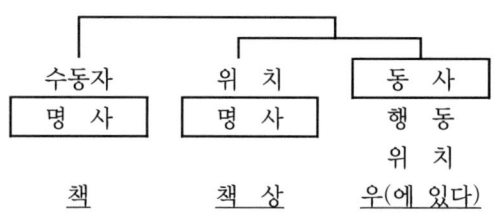

　　상태의미에 과정이거나 행동 또는 과정행동동사가 위치명사를 동반하면서 위치동사로 특수화되어 이루어지는 경우도 있다.

○ 철이가 침대 위에 눕다.

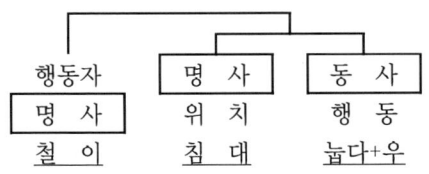

이에 대한 예를 몇 가지 들면 '빠지다, 쓰다, 올라가다, 침몰하다'에서와 같이 과정을 나타내는 것, '엎디다, 눕다, 서다'에서와 같이 행동을 나타내는 것, '놓다, 두다, 앉다'에서와 같이 행동과정을 나타내는 것 등이다.

일곱째, 동사에 수반되는 명사의 기본적관계로 제기되는 것은 수동자, 행동자이고 그 다음으로 경험자, 수익자, 도구, 보어, 위치 등의 관계가 제기된다. 이 가운데서 도구를 제외하고는 동사적 의미의 선택단위에 의해서 여러 가지 명사의 관계가 결정된다.

상태 동사나 과정동사는 수동자를 필요로 하고 행동동사는 행동자를 필요로 한다. 경험동사는 경험자명사를, 기여 동사는 수익자명사를, 보어동사는 보어명사를, 위치적 동사는 위치명사를 각각 필요로 한다.

이상의 관계에서도 의미 구조적으로 문장의 중심에 놓이는 것은 동사이며 동사의 의미에 의하여 기타 요소들이 지배되고 있다는 것을 강조하지 않을 수 없다.

2. 동사적 의미의 파생단위

동사의 기본적 자질에 영향을 주는 동사적 의미의 기본파생단위로는 과정 되기, 결과 되기, 행동되기, 행동 멈추기, 과정 멈추기 등 유형이 있다.

※ 이 유형은 기본적으로 체이프, 아바쏠로의 견해에 의하여 기본유형을
  검토하여 다룬 것이다.

(1) 과정되기

과정되기는 상대적인 상태를 나타내는 개념들이 시간 또는 공간을
걸쳐서 변화되는 과정으로 바뀌는 의미파생을 말한다.

상태를 나타내는 개념은 절대적인 상태를 나타내는 것과 상대적인
상태를 나타내는 것으로 구별된다. 예를 들면 '길이 막혔다'에서는 '막
혔다'의 상태가 절대적인 고정개념으로 인식된다. '키가 크다'에서 '크
다'는 '나무가 크다', '집이 크다', '손이 크다'에서와 같이 대상이 달리
주어짐에 따라 그 기준이 달리 규정되는 상대적인 개념이다.

상대적인 개념들은 상대적인 상태를 과정동사로 바꿀 수 있는 가능
성을 가진다.

※ 아바쏠로는 본질적으로 과정인 동사에서 과정동사를 만드는 '-어지다'
  가 붙지 않는다고 하였다.

'-어지다'와 같이 과정동사를 만드는 '-히, -기, -리, -이' 등도
상대적인 상태를 나타내는 어근 뒤에 붙어서 과정 되기의 파생을 한다.

과정 되기의 파생은 상대적인 상태를 나타내는 의미단위를 다른 의
미단위인 과정동사로 바꾸는 역할을 한다.

굵다   → (나무가) 굵어지다.

실하다→ (몸집이) 실해지다.

길다   → (시간이) 길어지다.

넓다   → (길이) 넓어지다. (길을) 넓히다.

높다   → (둑이) 높아지다. (둑을) 높이다.

낮다   → (높이가) 낮아지다. (높이를) 낮추다.

(2) 결과되기와 상태되기

결과되기는 본질적으로 과정을 나타내는 단어가 과거형을 가지면 결과로 되는 의미파생을 말한다.

상태되기는 과정의 의미단위가 결과의 의미단위로 바뀌어 과정적인 의미는 없어지고 절대적인 상태를 나타내는 의미파생을 말한다.

○ 얼다 → (얼음이) 얼었다.

까다 → (적의 화점을) 깠다.

쪼개다→ (통나무를) 쪼갰다.

막다 → (강을) 막았다.

꺼지다→ (땅이) 꺼졌다.

오르다→ (언덕을) 올랐다

푸다 → (밥을) 펐다.

과거형으로 된 이러한 단어들의 의미는 이야기하는 시간보다 앞서 현실적으로 어떤 일이 실현된 결과임을 보여준다. 과정적인 이런 동사가 결과의 의미를 나타내면 그것은 과정의 의미단위가 상태의 의미단위로 바뀌었음을 표시한다. 이때 과정동사는 상태 동사로 되고 만다.

(3) 행동되기

행동되기는 본질적으로 과정을 나타내는 동사에 행동되기라는 의미단위가 가해져서 과정적이면서도 행동적인 의미단위로 되게 하는 의미파생을 말한다.

○ 철이는 물을 식힌다.

여기서 '철이'는 행동자이고 행동을 일으키는 대상으로 된다. '물'은 수동자이다. '식히다'는 본질적으로 '식다'라는 과정을 나타내는 동사에 행동되기라는 파생단위가 가해져서 이루어진 것이다.

○ 익다→익히다→익힌다(과일을 ～)

끓다→끓이다→끓인다(물을 ～)

뜨다→띄우다→띄운다(연을 ～)

돌다→돌리다→돌린다(팽이를 ～)

덥다→덥히다→덥힌다(방을 ～)

여기서 '덥다'는 상태 동사로부터 파생되어 과정 되기가 되고 과정
되기가 다시 파생되어 행동되기의 의미단위로 바뀌었다.

(4) 행동 멈추기

행동 멈추기는 일정한 조건하에서 본질적으로 과정이면서 행동이던
동사가 행동 멈추기라는 파생단위에 의하여 행동의 의미는 없어지고
과정적인 동사로 바뀌는 의미파생을 말한다.

○ 천이 잘 찢어진다.

칼이 잘 든다.

대패가 잘 먹는다.

여기서 행동 멈추기는 과정이라기보다 오히려 성질을 나타내는 상태
로 보이기도 한다. '천이 잘 찢어진다'에서 '찢어진다'는 질적으로 못하
거나 그런 성질을 가진다는 의미를 나타내며 '칼이 잘 든다'에서 '든다'
는 '칼날'이 날카로운 상태를 보여주기도 하며 '대패가 잘 먹는다'에서
'먹다'는 깎기는 과정이라기보다 오히려 대팻날이 날카롭게 선 상태를
보여주기도 한다.

(5) 과정 멈추기

과정 멈추기는 원래 과정 및 행동적인 동사어간에 과정 멈추기라는
파생단위가 가해져서 수동자 없이 행동자의 행동만으로 동사가 쓰이면
과정의 뜻이 없어지는 의미파생을 말한다.

○ 내일은 영희가 짓는다.

○ 다음번에 영희가 친다.

여기서 만일 '영희가 밥을 짓는다'라고 하면 '영희'는 행동자이고 '밥'
은 수동자이다. '짓는다'는 행동을 수행하는 과정이다. 시간적으로 지금
이 아니라 미래와 연계되면서 수동자 '밥'은 없어지고 행동자 '영희'의
행동만 쓰이게 되었다. 수동자가 없어짐에 따라 과정적인 의미는 사라지
고 행동자가 동반됨으로 하여 행동의 의미만 남게 되었다. 또한 '영희가
정구를 친다'에서는 수동자 '정구'가 동반되어 과정적의미가 작용하나
'다음번에는 영희가 친다'에서는 수동자가 동반되지 않고 행동자 '영희'
만 동반되므로 과정적 의미는 없어지고 행동적 의미만 남게 되었다.

이상에서 볼 수 있는바와 같이 조선어의 의미단위를 표면구조에서
나타내는 문형과 연결시켜 비교할 필요가 있다.

※ 아바쏠로의 견해에 의하면 다음과 같은 분류가 가능하다.

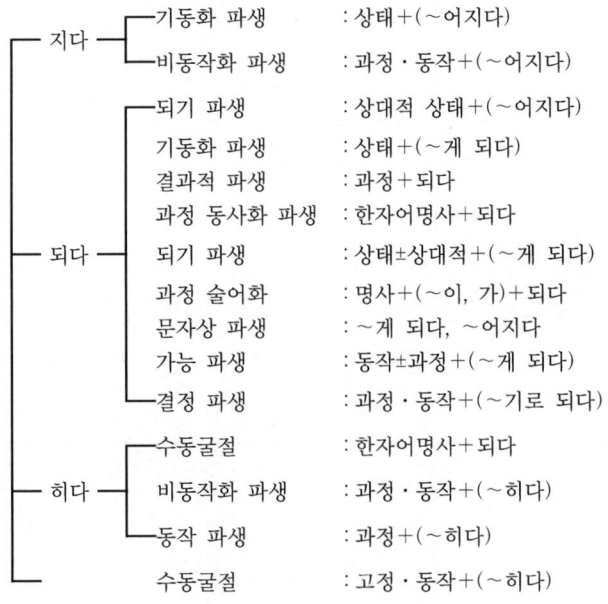

지다	기동화 파생	: 상태+(~어지다)
	비동작화 파생	: 과정·동작+(~어지다)
되다	되기 파생	: 상대적 상태+(~어지다)
	기동화 파생	: 상태+(~게 되다)
	결과적 파생	: 과정+되다
	과정 동사화 파생	: 한자어명사+되다
	되기 파생	: 상태±상대적+(~게 되다)
	과정 술어화	: 명사+(~이, 가)+되다
	문자상 파생	: ~게 되다, ~어지다
	가능 파생	: 동작±과정+(~게 되다)
	결정 파생	: 과정·동작+(~기로 되다)
히다	수동굴절	: 한자어명사+되다
	비동작화 파생	: 과정·동작+(~히다)
	동작 파생	: 과정+(~히다)
	수동굴절	: 고정·동작+(~히다)

이런 것들은 물론 조선어의미 구조에서 해명할 문제인 것이 아니라 표면구조와 관련하여 연구될 문제이지만 오늘날 의미론연구에서 이런 비교가 어느 정도 필요하다고 본다.

의미의 파생단위에서 나서는 몇 가지 문제와 표면구조에서 제기되는 몇 가지 문제를 귀납하면 다음과 같다.

첫째, 동사적 의미의 주요 파생과정은 상태, 과정, 행동에 관련되는 과정을 가진다.

이것을 도식화하여 보여주면 다음과 같다.

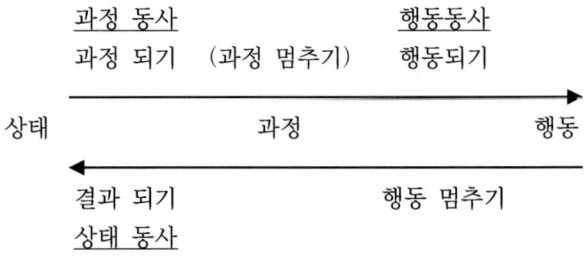

의미단위가 바뀌는 이러한 과정은 의미파생의 과정이기도 하다. 이런 의미 구조는 표면구조와 밀접히 연관된다. 도식에서 과정은 중간에 놓인 것만큼 과정 멈추기는 두 화살표가 지나가는 사이에, 이를테면 과정 되기와 행동되기 사이에 놓인다고 할 수 있다. 따라서 과정 멈추기 의미단위는 주로 과정동사를 행동동사로 바꾸는 역할을 한다. 과정동사를 상태동사로 바꾸는 역할도 할 수 있다는 가능성을 배제하지 않는다.

둘째, 의미파생에는 상대적인 경우와 절대적인 경우가 있다.

(물이) 덜 뜨겁다, 뜨겁다, 더 뜨겁다, 매우 뜨겁다, 뜨거워진다, 뜨거워졌다.

상대적 [상태]	[과정]	절대적
		[결과]
		[상태]

이와 같이 문장에서 '뜨겁다'가 '덜 뜨겁다', '더 뜨겁다', '매우 뜨겁다'에서와 같이 함께 쓰일 경우에 상대적 상태를 나타내고 '뜨거워진다'에서는 과정 되기의 의미파생에 의해 과정동사로 되었다. '뜨거워졌다'의 경우에는 '과정 되기＋절대＋결과'라는 의미단위가 가해져서 절대점에 이르면 '결과'가 된다. 이와 같이 상태 동사가 과정동사로 바뀌었다가 다시 상태 동사로 된다.

셋째, 동사적 의미의 파생단위를 명확히 구명하기 위하여 표면구조와의 비교 속에서 파악하는 것은 동사의 기본적 자질과 의미적 특성을 이해하는 데 도움이 크다.

과정되기 파생 : 상태＋(～어지다)

상태＋(～게 되다)

행동되기 파생 : 과정＋(～이－, ～기－, ～히－, ～리－)

결과되기 파생 : 과정＋과거형

상태되기 파생 : 과정＋과거형＋결과

행동 멈추기 파생 : 행동＋잘(정도)＋현재형

과정 멈추기 파생 : 과정·행동－수동자＋미래표현＋현재형

넷째, 기본적인 의미단위 이외에 반대말, 비교, 말 바꾸기 의미단위가 작용한다.

'키가 크다'에서 '크다'는 '작지 않다'의 뜻을 나타내는데 이때 반대말의 의미단위가 작용한다. '키가 아버지보다 더 크다'에서 '보다'는 기준점의 위치를 확정해줌으로써 비교의 파생단위가 가해짐을 알 수 있다. '키가 커졌다'는 '키가 더 크게 되었다'로 표현할 수 있는데 이때 두 의미 구조는 달라도 동일한 의미에 집중되는 현상이라고 말할 수 있다.

이와 같이 서로 다른 표현구조가 아주 비슷한 의미를 반영하는 언어 현상을 말 바꾸기라고 한다.

3. 동사적 의미의 굴절단위

동사적 의미의 굴절단위는 동사의 어휘단위를 선택 규정하는 등 기본자질을 변화시키지는 못하지만 경우에 따라 그 외부적 특수변화만을 부여하는 역할을 한다. 동사적 의미의 굴절은 전체 문장의 굴절과 직접적으로 연관되어 있으며 표면구조상으로는 같지만 문맥과 환경에 따라 다른 굴절을 하는 경우가 많다는 것을 알아야 한다.

동사적 의미의 굴절단위는 총칭, 완료, 진행, 예상, 과거, 추측, 의무, 가능 등의 유형으로 나뉜다.

(1) 총칭

총칭은 어떤 조건으로 지정되는 대상의 전집합을 가리키는 수동자명사를 수반하는 것을 말한다.

○ 영수가 씨름하였다.

여기서 '영수'가 씨름꾼일 수도 있고 아닐 수도 있다. 씨름꾼이 아닐 경우에는 일시적으로 한번 맞다들어 한 것이 되고 씨름꾼으로서 선수일 경우에는 한번 우연히 한 것이 아니라 무수히, 씨름을 일삼는 사람이 일상적으로 하는 것으로 간주된다. 따라서 영수가 씨름꾼일 경우에는 동사 '씨름하였다'가 대상의 전집합으로 이루어진 '총칭'으로 된다.

(2) 완료, 과거, 진행

완료는 완료상을 가리킨다. 완료상은 어떤 상태가 이루어진 일이 이야기하는 시간보다 앞서 일어났음을 보이며 비상태적인 동사일 경우에는 그 결과가 사실임을 보여준다. 상태 동사는 일반적으로 수동자명사를 수반하며 동사가 행동이 아닌 경우에는 비총칭이 완료상으로 될 수 있다.

조선어에서는 문법구조상 완료의 굴절이 표현되지 않는 것이 일반적이다.

○ 밥을 다 먹었다.

이와 같이 비상태적인 동사에서는 '~버렸다', '~게 되었다'가 동반되는 것으로 하여 완료상이 적용될 수 있다.

○ 문이 꽁꽁 닫혔다.

여기서 상태의 완료는 '문이 닫혀있는 상태'를 말한다. 이와 같이 특수한 경우를 제외하고는 상태완료가 잘 포착되지 않는다.

완료의 굴절은 동사의 과거형과 함께 표현된다.

과거는 단순히 시간적으로 어떤 행동이나 상태가 이야기하는 순간보다 앞서있음을 나타낸다. 과거굴절의 표현구조는 과거의 시간관계를 나타내는 '았, -었'에 의하여 표현된다.

○ 철이가 집에 갔다.

과거는 문맥과 환경에 따라 진행, 예상, 총칭, 비총칭 등에 걸쳐 모두 가능하다.

진행은 진행상을 가리킨다. 진행상은 되어지는 어떤 일의 연속이 이야기하는 시간보다 앞서 일어나서 일정한 시간에 걸쳐 연장되어지고 있음을 표시하는 굴절이다.

○ 철이는 학교에 간다.

표면구조에서 진행상은 '~ㄴ다' 또는 '~고 있다', '~는 중이다'와 같은 형태로 표현된다.

조선어에서 상태 동사 가운데는 진행 동사와 똑같은 표면구조를 가지고 나타나는 경우가 있으나 이는 과정이나 행동의 진행이 아니므로 진행상으로 될 수 없다.

(3) 의도, 예상, 미래, 가능

행동자가 앞으로 하려고 하는 행동이 현재의 시간에 대하여 가지는 관계로부터 이야기하는 사람의 의지를 표시하는 경우에는 의도라 하고 앞으로 일어나게 될 것으로 미리 가상하는 것을 표시하는 경우에는 예상이라 하며 단순히 앞으로의 일에 대하여 표시하는 경우에는 미래라고 한다.

조선어에서 의도, 예상, 미래에 대한 굴절의 표면구조는 '~겠다', '~ㄹ 것이다'와 같이 나타나는 것이 일반적인 표현이다. 이와 같은 굴절 단위는 문맥과 구체적인 언어 환경에 따라서 총칭으로 또는 비총칭으로 해석을 달리할 경우가 있게 된다.

아래의 의도, 예상, 미래에 대한 굴절단위들을 구별하기 위한 표식을 도식으로 보이면 다음과 같다.

동사+(~겠다), (~ㄹ 것이다)

의도→ −미래, −예상

예상→ −의도, −미래

미래→ −의도, −예상

여기서 표면구조로 나타나는 동사의 표시가 같다 하지만 의도의 굴절단위로 되면 미래나 예상의 굴절단위로 될 수 없고 예상의 굴절단위로 되면 의도나 예상의 굴절단위로 될 수 없다.

○ 이 애는 대학을 갈 것이다.

동사

행동

가다

예상

○ 나는 대학을 다니겠다.

동사

행동

다니다

의도

○ 이제 책을 보겠다.

(ㄱ) (그 애는 글을 배워서) 오래지 않아 책을 <u>보게 될 것이다.</u>

동사
행동
<u>보다</u>
예상

(ㄴ) 좀 있다가 책을 <u>본다.</u>

동사
행동
<u>보다</u>
미래

가능은 현실적으로 실현될 수 있는 의미의 굴절이다.

표면구조에서는 '~ㄹ수 있다'에 의하여 전형적으로 표현된다. '~겠다'는 '~ㄹ수 있다'와 함께 가능의 굴절의미의 표현으로 나타날 때도 있다.

○ 그 정도이면 설계를 <u>할 수 있다.</u>

동사
행동
<u>하다</u>
가능

(4) 추측, 의무

추측은 '틀림없다'라는 한정을 받으면 더욱 뚜렷하게 알려지는 미리 짐작되는 의미의 굴절이다.

표면구조에서는 '~ㄹ 것이다'로 나타난다. 강력한 추측을 보일 경우에는 '~ㄴ다'로 표현된다.

○ 그 약을 먹였으니 병이 <u>나았을 것이다.</u>

동사
상태
<u>낫다</u>
추측

추측의 굴절은 상태, 총칭, 진행, 완료, 과거의 어느 것이나 한 가지 이상 존재할 때에 이루어진다. 그러지 않을 경우에는 이루어지지 않는다.

의무는 어떤 사실이 마땅히 이루어져야 한다는 타당성을 부여하는 의미의 굴절이다.

의무의 굴절은 표면구조에서 '~아야 한다', '~어야 된다'로 흔히 표현되며 또한 '하지 않으면 안 된다'라는 이중부정의 형식으로 자주 표시된다.

○ 사회는 <u>발전하여야 한다.</u>

동사
행동
<u>발전하다</u>
의무

조선어에서 의무굴절은 총칭, 비총칭, 과거 등과 함께 자유롭게 나타날 수 있다.

○ 닭은 울었어야 하였을 것이다.

(ㄱ) 새날이 되어 닭이 울 시간이 지났다.

동사
행동
<u>울다</u>
총칭
과거
의무

(ㄴ) 닭이 제시간에 울어 일이 그르치지 않도록 깨워주어야 하였을
　것이다.

┌─────┐
│ 동사 │
└─────┘
행동
울다
과거
의무

제3절 명사적 단어의 의미단위

　문장에서 의미의 중심을 이루는 것은 서술의 위치에 놓이는 동사적
단어이며 이에 수반되는 명사는 의미관계를 맺어주는 단위들이다.
　명사의 선택단위에는 헤아림, 능력, 유생물, 인간, 유일성 등이 있고
명사의 파생단위에는 헤아림 되기, 서술어 되기 등이 있고 명사의 굴
절단위에는 특정, 총칭, 집단, 복수, 전이기준, 한계, 유일, 수량한정사
등이 있다.

1. 명사적 의미의 선택단위

　명사의 선택단위는 헤아림, 능력, 유생물, 인간, 유일성 등의 유형으
로 나뉜다.

(1) 헤아림과 능력

　헤아림은 명사 가운데 개체화될 수 있는 의미단위이다. 헤아림으로
특수화된 명사적 의미단위는 개체의 집합을 나타내는 경우가 많다. 예

컨대 '소, 말' 등과 같은 명사는 개체화될 수도 있고 개체의 집합으로 되기도 한다.

능력은 행동동사로 될 수 있는 명사가 무엇을 수행할 수 있는가 하는 것을 가리키는 의미적 단위를 말한다. 예를 들면 '사람'은 개체화의 헤아릴 수 있는 단위로 되며 또한 행동을 할 수 있는 자체의 능력을 가지고 있음으로 하여 헤아림, 능력의 의미단위를 동시에 가진다.

명사
사람
헤아림
능력

그러나 '연필'과 같은 명사는 헤아릴 수 있는 단위로 특수화 되어 '헤아림'이라는 의미단위를 나타내지만 그 자체가 움직일 수 있는 능력을 가지지 못하고 있다.

명사
연필
헤아림
－능력

명사 가운데 '바람'과 같은 것은 헤아릴 수 없는 단위이지만 그 자체가 움직일 수 있는 능력을 가진다. 따라서 이런 명사는 '헤아림'이라는 의미단위를 가질 수 없으나 '능력'이라는 의미단위만은 가진다.

명사
바람
능력
－헤아림

명사 가운데는 개체화될 수도 없으며 움직일 수도 없는 그런 내재적 요소로 특징지어진 유형도 있다. 예를 들면 '흙'과 같은 것은 '헤아림' 또는 '능력'이라는 의미단위를 가지지 못한다.

```
┌─────────┐
│  명사   │
└─────────┘
    흙
  －헤아림
  －능력
```

이와 같이 명사는 헤아림과 능력이라는 의미단위를 동시에 가지고 나타나는 것과 헤아림이나 능력 가운데 어느 하나의 의미단위만을 가지고 나타나는 것, 헤아림이나 능력 가운데 어느 의미단위도 가지지 않고 나타나는 것 등의 유형으로 갈라볼 수 있다.

(2) 유생물, 인간, 유일성

명사의 선택단위에는 헤아림, 능력 이외는 유생물, 인간, 유일성이 있다.

유생물은 일반적으로 동물의 범주에 속한 것을 특수화한 의미단위이다. 유생물은 헤아림과 능력이라는 의미단위를 함께 나타낸다.

인간은 일반 동물에 속한 것이지만 그것과 구별되는 특성으로 하여 그곳에서 따로 갈라낸 특수화한 의미단위이다. 인간으로 특수화된 명사는 남자와 여자로 구분된다.

○ 꽃분이와 어머니는 을남이가 잡아온 고기를 보았다.

여기서 명사 '꽃분이', '어머니', '을남이'와 '고기'의 의미단위를 분석하여 보이면 다음과 같다.

명사	명사	명사	명사
꽃분이	어머니	을남이	고기
헤아림	헤아림	헤아림	헤아림
능력	능력	능력	능력
유생물	유생물	유생물	유생물
인간	인간	인간	
여성	여성	-여성	
유일		유일	

여기서 '꽃분이'와 '을남이'는 유일성이란 의미단위를 더 가졌다.

유일성을 '꽃분이'와 '을남이'에서처럼 '유일'로 표시한다. 유일은 인간이라는 집합을 이루는 일개인의 원소의 이름을 말한다. 즉 고유명사로 이루어진 것은 유일이라는 의미단위를 가진다.

동사는 선택단위를 통하여 자체의 동사어근을 선택할 뿐만 아니라 동반되는 명사어근도 선택하는 제한을 한다. 예를 들면 행동동사는 능력명사로 이루어진 행동자명사를 동반한다.

○ 꽃분이는 꽃을 판다.

　　행동자명사　　행동동사

　　능력

어휘가 층계적이며 또한 분류적 성격을 가지고 있어서 어휘단위에는 선택 단위의 기능을 가지고 있는 것이 있다.

동물-집짐승, 들짐승, 곤충

집짐승-소, 말, 돼지, 개, 닭, 오리

들짐승-범, 사슴, 노루, 두더지, 원숭이, 승냥이, 고래, 박쥐

곤충-벌, 나비, 풍뎅이, 송충이, 개미

이런 단어들의 층계적 관계를 집합론의 기호로 보이면 다음과 같다.

　　소⊂집짐승, 집짐승⊂동물

　　∴ 소⊂동물

이와 같이 충계적이며 분류학적인 어휘들은 상위적 개념을 나타내는 단어들과 하위적 개념을 나타내는 단어들로 나뉜다. 이런 단어들은 어휘단위와 선택단위의 두 가지 기능을 함께 가진다.

2. 명사적 의미의 파생단위

명사의 파생단위에는 헤아림 되기와 서술어 되기가 있다.

(1) 헤아림되기

헤아림 되기는 본래 헤아림이라는 의미단위가 아니었으나 헤아림되기의 의미파생을 거쳐서 헤아림의 의미단위로 바뀐 것을 말한다.

○ 석유 3톤을 실어오다.

여기서 '석유'는 개체화될 수 없는 것이지만 일정한 기준에 의해 나누어지면서 헤아림이라는 의미단위를 가지게 되었다. '물, 맥주, 기름, 휘발유, 모래, 돌, 목재, 쇠' 등과 같은 명사들도 원래 헤아림이라는 의미단위가 없는 명사였으나 일정한 기준에 의한 양을 나타내기 위하여 이름수의 단위와 어울리는 경우에는 헤아림 되기의 의미파생을 거쳐서 헤아림이라는 의미단위로 바뀐다.

○ 물 두 키로, 돌 두 개, 목재 세 입방, 쇠 열 톤, 모래 한 입방, 석유 한 병, 휘발유 다섯 통.

(2) 서술어되기

서술어 되기는 명사가 서술어 되기의 의미파생을 거쳐 서술어로 된 상태 동사를 말한다.

싸임이 아닌 한에서 이런 상태 동사는 서술어 되기 파생에 의해 이루어진다.

○ 어머니는 혁명가이다.

'혁명가'는 서술어 되기의 파생에 의해 상태 동사로 된 것이다.

이것을 집합론의 기호로 표시하면 다음과 같다.

어머니 ∈ 혁명가

의미 구조는 다음과 같다.

3. 명사적 의미의 굴절단위

명사적 의미의 굴절단위에는 총칭, 특정, 비특정, 집단, 복수, 전이기준, 한계, 유일, 수량한정사 등이 있다.

(1) 총칭, 특정, 비특정

총칭은 화제에 오른 사물의 전체, 집합의 전체를 가리킨다.

○ 사람은 배워야 한다.

여기서 '사람'은 총칭이다. '사람'이라고 하면 어느 누구나 할 것 없이 배워야 한다는 보편적 진리를 말한 것이다.

어느 개별적인 특정된 '사람'이거나 한 부류의 '사람'을 가리키는 것이 아니라 '사람' 전반을 가리킨다. '사람이 왔다'에서 '사람'은 한 사람일 수도 있고 여러 사람일 수도 있지만 사람 전반을 가리키는 것이 아니므로 총칭이 아니다. 또한 화제에 오른 특정된 사람이 아니므로 특정이라는 의미단위를 가질 수 없다.

○ 그 사람이 왔다.

이때 '사람'은 화제에 오른, 이야기하는 사람과 이야기 듣는 사람 사이에 공통적으로 알려진 것으로 인정되는 특정된 사람으로서 '특정'이라는 의미단위를 가진다.

이와 같이 특정은 이야기하는 사람과 듣는 사람 사이에 어느 특례에 대하여 이미 알려진 것으로 인정되는 명사의 굴절단위를 말한다.

명사	특정	비특정(비총칭)	총칭
책	그 책을 보았다	책이 많다	책은 지식을 준다
돼지	그 돼지는 먹새가 좋다	돼지가 크다	돼지는 먹기만 한다
옷	그 옷을 입었다	옷이 좋다	옷은 입는다

이상의 비교에서 총칭과 특정의 관계는 서로 대립을 이루기는 하나 비총칭이 전부 특정으로 되는 것도 아니고 비특정이 전부 총칭으로 되는 것도 아니라는 것을 알 수 있다. 그 사이에는 비특징(비총칭)이 존재한다.

비특정(또는 비총칭)은 의미의 굴절단위에서 총칭도 아니고 특정도 아닌 대상을 두루 가리켜 말한다.

비특정은 단수로 이루어질 수도 있고 복수로 이루어질 수도 있다.

'책이 많다'에서 '책'은 복수로 이루어진 비특정이고 '옷을 껴입다'에서 날씨가 추우니 아무 옷이나 하나 껴입다는 뜻에서 말한 것이며 명사 '옷'은 단수로 이루어진 비특정이다. '책 한권을 읽으면 된다'에서 소설책으로 지정된 경우이면 특정이고 단수를 나타낸다. 아무 책이나 가리지 않고 한 권만 읽으면 된다는 뜻에서는 비특정이고 단수를 나타낸다. '책은 보기 마련이다'에서 복수와는 관계없이 총칭으로 된다.

총칭과 특정, 비특정의 의미의 굴절단위를 갈라내자면

첫째, 먼저 화제에 오른 사물이 그 전체 또는 전반과 관련되는가, 아니면 그 구성요소의 한 특례로 되는가를 보아야 한다. 사물의 전체, 사물의 일반과 관련된 것이면 그 의미단위는 총칭이고 그 구성요소의 한 부분 또는 한 특례로 된 것이면 그 의미단위는 특정이거나 비특정이다.

둘째, 화제에 오른 어느 특례가 청자에게 알려져 있는가를 보아야 한다. 알려져 있는 것이면 그 의미단위는 특정이고 알려져 있지 않은 것이면 그 의미단위는 비특정으로 된다.

셋째, 수적개념은 총칭, 특정, 비특정과 일정한 관계가 있다. 총칭은 그 사물의 전체 또는 그 사물의 일반과 관계되므로 단수나 복수로 헤아리는 문제가 아니다. 그러나 특정이나 비특정은 단수로 이루어질 수도 있고 복수로 이루어질 수도 있다.

(2) 집단, 복수, 유일

집단은 총칭의 하위분류로서 개별적구별이 없는 헤아림 명사로 이루어진 의미단위를 말한다.

○ 승냥이 떼가 몰려왔다.

'승냥이'는 개별적으로 구별되는 특정된 어느 승냥이인 것이 아니라 여럿으로 떼를 뭉친 것을 말한다. 집합론의 견지에서 보면 집단이란 의미단위는 전집합이거나 개별적인 원소로 이루어진 것이 아니라 부분적집합으로 이루어지는 경우가 많다.

집단이란 의미단위는 '떼, 무리' 등과 같은 단어와 어울려 쓰일 경우에 자연스럽게 알려진다.

○ 소 떼, 말 떼, 양 무리, 염소 무리

복수는 선택단위가 단수가 아닌 둘 또는 그 이상의 여러 수를 나타
내는 의미단위를 말한다.

○ 여러 학생이 자리를 바꾸었다.

○ 동무들은 한마음이 되었다.

여기서 '학생'과 '동무'는 복수의 의미를 가진다. '학생'은 그 앞에 수
적개념의 규정을 받아 이루어지고 '동무'는 복수를 나타내는 형태가 붙
어서 이루어졌다.

의미단위에서 집단이라는 의미단위가 아니고 유일이라는 의미단위가
아니면 복수로 된다. 복수는 개체화된 헤아릴 수 있는 단위로 구성된다.
헤아림이라는 의미단위가 안받침 되지 않으면 복수가 이루어지지 않는다.

○ <u>아이들은</u> 눈사람을 만들었다.

복수

| 명사 |

헤아림

－유일

－집단

복수는 총칭으로 이루어질 수도 있다.

○ 농군들은 농사를 짓는다.

복수는 집단으로 이루어질 수도 있다.

○ 개미들이 떼를 지어 욱실거렸다.

복수는 특정이라는 의미단위로 이루어진 것도 있다.

○ 그 개들이 짖어댔다.

유일이라는 의미단위는 사물의 구성요소가 단 하나뿐임을 보여주는
것이다.

예컨대 '해'나 '달'이라는 사물은 단 하나뿐이다. 나라의 '주석', '총리',
'대통령', '왕' 그리고 당, 국가, 행정기구와 같은 것은 그 구성요소가 하

나이다.

어떤 사물의 구성요소가 하나인 유일명사는 청자에게 화제에 오른 대상이 무엇인가가 알려져서 특정이란 의미단위로 될 수밖에 없다.

(3) 전이기준, 한계

전이기준은 상대적인 상태의 가변적기준이 상위적인 개념의 분류단위에로 옮겨지는 새 의미단위를 말한다. '문이 좁다', '길이 좁다', '기폭이 좁다'에서 '좁다'는 상대적인 상태를 나타내는 개념이다. 이와 같은 상대적상태의 가변적 기준은 상태의 주동자 '문', '길', '기폭'에 의해 결정된다. 그런데 수동자가 총칭이라는 의미단위로 이루어진 경우에는 사정이 다르다. 예컨대 '칼치는 좁고 길다'에서 '칼치'가 총칭인데 이때 '좁다', '길다'의 기준으로 되는 것은 수동자명사 '칼치' 자체가 아니라 그보다 상위적인 개념인 '물고기'라는 분류이다. 이때 전이기준이라는 의미단위가 이루어진다.

한계는 가리키는 구체대상에 따라 일정한 경계가 존재하게 되는 의미단위를 말한다.

○ 조선 사람은 흰쌀을 주식으로 한다.

이 예문에서 '조선 사람'은 외국에서 사는 조선 사람만 상대할 수도 있고 또 어느 나라에서 살든 관계없이 조선민족 전체를 상대하여 말할 수도 있고 조선에서 사는 사람을 상대하여 말할 수도 있다.

이와 같이 한계는 가리키는 대상에 따라 일정한 경계가 주어져 포괄

범위가 달라지는 의미단위를 말한다.

(4) 수량한정사

수량한정사는 '모든, 어떤, 몇, 약간의, 각, 어느' 등으로 표현되는 표면구조가 수량이 얼마인가와 관계되는 의미적 요소를 가리킨다.

사실 명사의 굴절단위들은 어느 것이나 수량한정사와 관계된다고 할 수 있다. 명사의 굴절단위에서 수량한정사는 가장 주요한 자리를 차지한다.

수량한정사는 전칭 수량한정사와 특징 수량한정사로 구별된다. 전칭 수량한정사는 사물전체의 수량 또는 일반과 관계되므로 총칭으로 이루어진다.

○ 새들은 낟알을 좋아한다.

○ 새들은 모두 낟알을 좋아한다.

○ 어느 새나 낟알을 좋아한다.

전칭 수량한정사 '새'는 총칭과 복수의 결합으로 이루어진 것도 있고 단수형태의 총칭으로 이루어진 것도 있다.

이와 같이 전칭 수량한정사는 전집합으로 되어있는 것이 특징적이다.

특징 수량한정사는 사물전체의 수량을 나타내는 것이 아니라 부분적 수량과 관계되며 부분집합 또는 원소로 되어 있는 것이 특징적이다.

○ 어떤 사람은 나오지 않았다.

○ 몇 사람이 한 일이다.

여기서 '사람'은 사람 전체의 수량과는 관계없이 부분적인 수량과 관계되는 특징 수량한정 사이다.

'어떤'이나 '몇'의 의미 구조를 보면 비총칭적 성격이 강조되고 막연성이 부가되며 총칭명사라도 '어떤'이나 '몇'이 어울리기만 하면 동반되는 명사를 총칭으로 될 수 없게 한다.

○ 모든 새가 낟알을 좋아한다.

○ 어떤 새가 낟알을 좋아한다.

○ 그 새의 어떤 것은 낟알을 좋아한다.

'모든 새'에서 '새'는 총칭전집합으로 이루어지고 '어떤 새'에서 '새'는 '어떤'의 총칭명사가 되지 못하고 비총칭부분 집합으로 이루어졌으며 '그 새의 어떤 것은'에서의 '새'는 특정부분집합 또는 원소로 이루어졌다.

제4절 의미단위의 결합관계

언어에 대한 연구는 실상 언어적 단위들과 그 이용규칙에 대한 연구가 주요한 자리를 차지한다. 언어적 단위들의 이용은 언어행위과정, 사상교환과정에 생겨나서 정리되고 정돈된 단위들의 결합규칙의 적용이다.

언어행위의 연쇄는 문장으로 분해 되고 문장은 완결된 사상을 전달하는 언어행위의 단위이다. 언어행위의 기본단위로서의 문장은 음운, 형태소, 단어들이 체계적으로 정돈되는 한정된 연결로 이루어진다.

문장의 구성에는 언어의 모든 질서의 단위들이 참여한다. 언어행위가 진행되면 언어적 단위들은 해당한 질서의 고유한 성질에 따라 서로 결합되면서 문장을 이룬다.

언어적 단위들의 특성과 밀접한 연관이 있는 충계성과 연속성도 언어적 단위의 결합능력의 실현방식을 제한한다. 언어체계의 각이한 질서에 속하는 단위들의 결합방식이 같지 않고 그 결합의 결과들이 각이한 성질을 지니게 되는 것만큼 언어적 단위들의 결합양식은 언어학의 해당분야에서 고찰하여야 한다.

의미론에서의 의미단위의 결합관계에서는 주로 의미소들이 어떤 질서로 배열되어 있고 그 결합적 유형이 어떠한가를 고찰한다.

단어의 복합체는 일련의 의미단위가 결합된 구성체이다. 그 단위 사

이의 결합의 방식을 해명하는 것은 의미단위의 결합관계를 과학적으로
해명함에 있어서 무엇보다 주요한 자리를 차지한다.

의미단위의 결합방식에는 연합형, 잠입형, 전제형 등이 있다.

※ 와인라이히는 의미단위의 결합방식을 '연결'과 '비연결'이라는 두 유형으
로 구별하였다. 이 구분에서 연결은 연합형에 해당하고 비연결은 잠입형
에 해당한다. 전제형과 같은 유형에 대해서는 따로 논의하지 않았다.

※ 한 의미소는 단일한 단위로 된 경우와 복합된 단위로 된 경우로 갈라
본다. 복합된 단위에서의 의미소의 결합방식은 대등한 관계로 이루어
진 연합형, 존속적인 관계로 이루어진 잠입형, 문장의 성격을 가진 전
제형으로 갈라보는 견해가 그래도 합리적이라고 생각된다.

※ 의미이론을 최초에 제기한 캐츠는 와인라이히의 비판을 받고 의미는
단지 의미표식의 집합으로 규정되는 것이 아니라 내부구조를 가진 것
으로 보아야 한다고 하였다. 이 견해는 의미 구조의 유형을 언어구조
의 일부로 본 데서 일정한 의의가 있다고 할 수 있다.

1. 연합형

연합형은 의미단위가 대등한 관계로 결합되어 이루어진 의미구성을
말한다.

○ '젊은이'='인간'+'젊음'

  '남아'='인간'+'어린이'+'남성'

  '수탉'='닭'+'수컷'

  '뒤'='위치'+'반대쪽'

  '친척'='인간'+'혈연'

연합형은 실상 잠입형의 특수현상으로 볼 수 있다.

'인간'+'젊음'에서 의미소의 결합은 '인간의 젊음'보다 '젊은 인간'이

라는 의미적 연계가 심리적으로나 언어구성상으로 볼 때 훨씬 자연스
럽다. '위치'＋'반대쪽'에서 '위치의 반대쪽'이나 '반대쪽의 위치'는 그 결
합이 논리적으로나 언어학적으로 다 가능하다. 그러나 '반대쪽의 위치'
가 '위치의 반대쪽'보다 더 자연스러운 것은 사실이다.

그러나 '인간'＋'혈연'에서 '혈연적인 인간'은 그 결합이 자연스럽게
이루어지지만 '인간인 혈연'은 논리적으로는 통하지 않는다.

그러나 이런 결합들의 공통성은 의미 중심이 둘인 것이 아니라 하나
이며 형식적으로는 대등하나 실제상 의미 중심이 어느 한쪽으로 기울
어져있다. 본질상에서 이런 결합은 잠입형에 속한다.

전형적인 연합형은 의미 중심이 둘인 의미 구조를 말한다. 예컨대
단어 '남여'의 의미 구조는 '남자와 여자'로 이루어진 것과 마찬가지로
의미 중심이 어느 한쪽에 기울어져있는 것이 아니다.

연합형은 형식적 면에서 의미소가 대등한 관계에 놓여있다고 여겨지
는 유형을 가려잡았을 뿐이다. 실상 의미소의 결합형식의 일반적인 경
우는 잠입형이며 연합형은 잠입형의 일종 특수현상에 지나지 않는다고
보아야 할 것이다.

2. 잠입형

잠입형은 의미단위가 종속적인 관계로 하여 이루어진 의미구성을 말한다.

잠입형은 구조적으로 마치도 수식어와 피수식어와의 결합으로 이루
어진 것과 마찬가지로 되어있다.

'필기장'＝'문화용구'←['목적'－'필기']

'가락지'＝'장식용구'←['사용범위'－'손']

'풍선'＝'완구'←['특성'－'뜨다']

'옷장'＝'가구'←['사용범위'－'옷']

'바래다'＝'이동'←['목적'－'보내다']

'기다'='이동'←['방식'−'손발로']

'뛰다'='이동'←'급히'

'따르다'='이동'←'뒤를'

'뜨다'='이동'←'위로'

'건너다'='이동'←'가로'

'날다'='이동'←'날개로'

잠입관계에서 종속되는 의미단위를 보면 '뛰다', '날다', '기다' 등은 내속특성의 구조를 가지고 '따르다', '뜨다', '건너다' 등은 관계적 특성의 구조를 가지며 '가락지', '필기장', '풍선' 등은 관계적 특성 및 내속적 특성의 구조를 아울러 가지고 있다.

잠입형은 의미적 잉여의 어울림 여하를 판정하기 위한 필요로부터 의미소의 의미단위를 의무적 요소의 의무적 잠입('건너다'의 요소 '가로'의 잠입)과 의무적 요서의 임의적 잠입('뚫다'의 요소 '꿰'의 잠입)이라는 두 유형으로 갈라볼 필요가 있다.

※ 그루버는 잠입현상을 변형문법의 관점에서 검토한 바 있다. 그는 의미적 단위가 시차성이 있고 없음에 따라 잠입형을 ① 의무적 요서의 의무적 잠입 ② 의무적 요서의 임의적 잠입 ③ 임의적 요소의 임의적 잠입 등 세 가지 유형으로 구분하였다. 그러나 의미단위의 유형분석에서 임의적 요소의 임의적 잠입이란 의미소의 의미단위로서는 필수적이 아니다. 그것은 시차성이 없는 의미소는 불가결의 요소로 될 수 없기 때문이다. 사실에 있어서 ③은 ②에 귀속되므로 ①과 ②의 두 가지 유형으로 구분된다.

잠입형에 종속되는 단위가 표현될 때 의미적 잉여로 하여 어울림관계가 허용되는 경우와 허용되지 않는 경우가 있다. '어린아이', '가로 건넘', '급히 달림' 등은 시차적 특성의 강조에 의하여 자연스럽게 어울리나 '사내아들', '건너 건넘', '급히 급함' 등은 의미적 잉여로 하여 어울리지 않는다.

집합론의 관점에서 보면 잠입형은 부분집합으로서 $S_1 \supset S_2$ 로 표시된다.

○ 해가 서산에 다 져가도 걸어간다.

  '지다'='이동'←'아래로'

  '걷다'='이동'←'걸음'

여기서 S_1 은 '이동'이고 S_2 는 '아래로'와 '걸음'을 표시한 것이다. S_2 가 의미의 중심 S_1 에 종속되어 있는 관계를 부분집합으로 표시한다.

3. 전제형

전제형은 외재적으로 행동의 주체를 따로 예상하여 의미단위로 포함시킨 의미구성을 말한다.

○ 하늘엔 종달새 지종지종 우짖고

  '지종'='활동'←['종달새'-'울다']

  '우짖다'='활동'←['새'-'울다']

○ 영이 내리자 한결같이 모이었다.

  '내리다'='활동'←['결과'-'전달']

  '모이다'='내왕'←['결과'-'공존']

이상의 예들을 집합론의 관점에서 기호공식으로 표시하면 다음과 같다.

$$S_1 \supset (\gamma \supset S_2)$$

'우짖다'의 예를 들면 S_1 은 '활동'을 가리키고 S_2 는 '울다'를 가리키며 γ 는 '새'와 '울다'와의 관계이다.

의미단위의 결합방식을 보면 전제형은 다분히 외재적 성질을 가지면서도 잠입형(또는 연합형)에서와 같이 내재적성질도 가진다. 외재적 성질은 γ 와의 관계에서 나타나고 내재적 성질은 S_1 과 S_2 의 관계에서 나타난다.

γ 는 맺어진 관계를 나타내는 의미단위이고 γ 라는 규정 가능한 관계

를 통하여 S_2가 S_1에 종속되는 잠입형임을 표시한다. γ는 어디까지나 행동의 주체로 예상되는 외재적 행동주체와의 관계를 의미단위로 포함하고 있는 것만큼 이것은 전제형에 속한다. 그리고 외재적 성질을 가진 γ는 관계특성이고 내재적 성질을 가진 S_1과 S_2는 내속특성이다.

전제형의 외재적 성질은 의미소의 어떤 단위가 다른 단위를 결합상대로 하여 요구하는 현상이다. 외재적 성질은 의미소의 어떤 '대상'을 나타내는 단위를 '속성', '행위', '상태' 등을 나타내는 단위가 예상하는 관계이다. 예를 들어 '움직이다, 흐르다, 말하다, 우짖다'가 행동의 주체를 예상하는 범위를 보면 '생물', '무생물', '인간', '새'와 같은 외재적 성질로 이루어진 대상들이다. 예상하게 되는 대상의 범위는 넓고 좁은 차이가 있어서 층계적이기는 하나 분류에서 중복이 생기면서 복잡하게 된다.

이를테면 구체물은 '생물' 대 '무생물'로 분류되고 생물과 무생물은 각각 '헤아림' 대 '비헤아림'으로 분류되고 구체물에서 헤아림이 다시 '생물' 대 '무생물'로 분류될 수도 있다. 생물인 경우에는 '나이'와 '성별'로 구분된다.

이상의 세 가지 유형에서 의미소의 내부구조는 내재적 특성을 가진 잠입형(또는 연합형)과 외재적 특성을 가진 전제형이 있고 내재적 또는 외재적 특성을 아울러 가진 잠입형 또는 전제형으로 이루어진 의미소들의 결합도 있다.

'지다'='이동'←'아래로'
'뜨다'='이동'←'위로'

※ 위에서 이런 유형을 주되는 특성으로 보아 잠입형에 넣었는데 엄밀하게 구별하면 잠입형 또는 전제형으로 보아야 할 것이다.

제3장 다의성과 관련한 단어의 의미 구조

앞에서 우리는 하나의 형태소에 하나의 의미소가 대응되는 관계에서 나서는 의무구조를 고찰하였다.

다의성에 따르는 의미 구조에서는 한 형태소가 둘 이상의 의미소와 대응되는 다의적인 경우와 한 의미소가 둘 이상의 형태소와 대응되는 동의적인 경우를 포괄적으로 다룬다. 즉 몇 개의 형태소가 하나의 의미소와 대응되거나 몇 개의 의미소가 하나의 형태소와 대응되는 관계에서 나서는 의미 구조 문제를 여기서 보기로 한다. 이와 같이 다의적인 것, 동의적인 것을 망라하여 의미소들의 대립관계에서 나서는 반의어의 의미 구조와 하나의 단어처럼 쓰이는 성구, 속담과 관련한 복잡한 의미 구조도 함께 보여주려 한다.

제1절 다의성에 작용하는 요소

단어의 다의성에 작용하는 요소들로는 단어의미의 자의성과 유연성, 의미역과 연상군을 들 수 있다.

자의성은 단어의미의 다의성을 허용하는 요소로 작용하고 유연성은 그것을 제어하는 방향에서 작용한다. 의미역과 연상군은 서로 다른 단어들 사이에서 그들 사이의 공통적 의미로 작용하는 요소들이다. 다의성과 관련한 단어의 의미 구조를 파악하기 위하여 이 개념과 언어 체계 속에서의 그것들의 호상관계를 보기로 하자.

1. 단어의미의 자의성과 유연성

단어의미의 자의성은 단어의 어떤 형태가 그 어떤 의미를 얼마든지 가질 수 있다는 원리를 말한다.

단어의미의 유연성은 단어의 어떤 형태가 어떤 의미를 제멋대로 가지게 되는 것이 아니라 어떤 이유가 있어서 그 의미를 가진다는 원리를 말한다.

단어의미의 자의성은 단어에서 다의성을 얼마든지 허용하나 유연성은 그것을 제어하는 서로 상반되는 방향에서 작용한다. 그렇다고 하여 단어의 다의성에는 자의성의 원리만 작용하고 유연성의 원리는 작용하지 않는다는 말은 아니다. 단어의미의 유연성은 다의어의 한 의미에서 다른 한 의미가 갈라져나갈 때 유연성의 원리에 의하여 기본적 의미와 파생적 의미 사이의 연계가 지어져있게 된다. 유연성의 원리는 다의어들의 의미 사이의 연계를 확보하게 하며 그 연계가 끊어지는 경우에는 동음이의어적 방향으로 나아가게 된다. 따라서 다의어의 의미는 주로 자의성과 유연성의 호상작용의 원리에 의하여 이루어진 것이라고 보아진다. 다의어의 한 의미가 원래의 대상과 연계되면서 다른 여러 대상과 연계를 가지게 되는 것은 단어의미의 자의성의 원리가 작용하는 것이고 원래의 대상과 새로운 대상들 사이에 연계가 지어지게 되는 것은 단어의미의 유연성의 원리가 작용하고 있기 때문이다.

이에 대한 예를 『현대조선말사전』에서 들어보면 다음과 같다.

그윽하다:

① 느낌이 은근하다(그윽하고 향긋한 냄새).

② 깊숙하고 으늑하다(그윽한 골짜기).

③ 고요하고 웅심 깊다(사람들의 가슴에 그윽한 파문을 일으켰다).

④ 뜻이나 생각, 표정 등이 깊고 무게 있다(그윽한 생각, 그윽한 미소, 그윽한 정, 그윽한 눈길).

여기서 ① ③ ④는 어떤 느낌이나 심리적 상태와 관련되고 ②는 어떤 고장과 관련된다. '그윽하다'의 여러 의미들에서 의미의 중심이 될 수 있는 것은 '은근하고 깊숙하다'는 것이다. 일정한 느낌으로부터 심리상태와 관련되고 일정한 대상과 연상되면서 여러 개의 뜻을 가지게 되었다. 이때 단어의미의 유연성은 연상관계에 의해 이루어지며 한 대상으로부터 다른 대상을 가리키게 되는 것은 단어의미의 자의성이 이를 허용하기 때문이다.

울만에 의하면 유연성은 세 개의 측면에서 인정되었다. 음성적 유연성은 의성어에서, 형태적 유연성은 합성어나 파생어에서, 의미적 유연성은 어떤 단어의 어떤 의미가 그 단어의 다른 의미와 관련성이 있는 경우에 이루어진다는 것이다. 울만의 이러한 견해는 조선어의 경우에도 확인되고 있다. 그러나 이런 유연성은 언제나 자의성과의 호상관계에서 호상작용하면서 이루어진다는 점을 잊어서는 안 된다. 의성어에서 기차가 가는 소리를 '칙칙폭폭', 수탉이 우는 소리를 '꼬끼오'라고 청각적 감각에 의한 소리 본딴말로 나타내어 음성적 유연성이 발현되지만 각 민족들 사이에서는 언어의 민족적 특성과 감각의 습관적 차이에 의해 기본적으로 비슷하면서도 어음전사가 다를 수 있다는 사실은 자의성에 의한 것이라고 보아야 한다. 합성어 '검버섯'(검＋버섯), '날짐승'(날＋짐승)에서나 파생어 '햇곡식'(햇＋곡식), '마당질'(마당＋질)에서 볼 수 있는 바와 같이 새롭게 이루어진 단어의 의미는 그 형태구조를 이루는 형태소들의 의미와 연계되며 그 구성요소들의 의미에 의해 정해지는 것은 단어의미의 유연성에 의한 것이지만 그것이 또한 다른 대상과 연관된다는 점에서는 자의성의 원리가 작용한 것으로 보아야 한다. 그리고 기본적 의미와 파생적 의미 사이의 관계에서도 위에서 보여준 바와 같이 단어의 유연성과 자의성의 원리가 기본적으로 작용한다.

다의성을 구성한 의미들의 폭은 얼마나 넓고 얼마나 많은 의미와 연계가 맺어지는가 하는 것은 이루 다 그 한계를 그을 수 없을 정도이다. 예를 들면 '보다'라는 단어는 의미적으로 '살피다'(병을~), '대상을 알다'(눈으로~), '감상하다'(영화를~), '읽다'(책을~), '생기다'(아들을 ~), '지키다'(집을~), '맡아하다'(사무를~), '치르다'(잔치를~), '평가하다'(만만히~), '(일을)당하다'(손해를~) 등과 연계를 가진다. 이외 문법적으로 동사의 '아, 어, 여'형으로 쓰이거나 말체로서 '보니'형, '보고'형, 용언의 'ㄴ가(는가), ㄹ가'형 다음에 쓰이는 경우, 동사의 'ㄹ가'형 다음에 '봐'형으로 쓰이거나 용언 토 '고' 다음에 '보니', '보면'형으로 쓰이는 경우의 뜻을 일일이 밝혀나간다면 그야말로 포괄 범위가 얼마나 넓고 추상적으로 의미가 어떻게 뻗어나가겠는가 하는 것은 가늠하기 어려울 정도이다.

한 단어 안에서 의미 사이의 관계는 결국 의미소들 사이의 관계문제이며 다의성이 성립되는 과정의 형식은 한 의미에서 파생되는 다른 의미와의 두 요소 사이의 문제에 귀결된다. 그러면 두 의미소 사이의 유연성은 어떤 연상에 의하여 어떤 방식으로 이루어지는가를 해명해야 한다.

다의어에서 의미소 사이의 유연성은 연상의 유사성과 인접성에 의하여 이루어진다. 연상의 유사성은 모양의 유사성과 기능의 유사성으로 이루어진다. 연상의 인접성은 시간 공간적 인접성과 논리적 인접성으로 이루어진다.

이루어지는 과정을 공식으로 표시하면 다음과 같다.

$$
M \begin{cases} ① \ a \\ ② \ a \cdot b \\ ③ \ a \cdot b \\ ④ \ b \end{cases}
$$

여기서 M는 형태소, a나 b는 의미소이다. 점을 찍은 표시는 의미의 중심이 놓이는 부분이다. 의미소 사이의 유연성은 ② ③단계의 매개를 거쳐 ①과 ④의 의미적 연계가 맺어진다. ②와 ③의 단계는 의미의 중심이 옮겨짐에 따라 두 단계로 갈라볼 수도 있고 매개의 역할을 하는 하나의 단계로 볼 수도 있다. 연상의 유사성에서는 대체로 ②와 ③이 하나의 단계로 고찰되고 연상의 인접성에서는 대체로 두 개의 단계로 갈라져 고찰된다.

의미소 사이의 유연성이 모양의 유사성에 의하여 이루어진 것:

귀
┌ ① '듣는 기관'
│ ② '듣는 기관' : (머리의 양쪽에 위치함.)
│ ③ '모서리'   : (책상 등의 양쪽 끝에 위치함.)
└ ④ '모서리'

배
┌ ① '복부'
│ ② '복부'   : 몸뚱이에 위치한 부분
│ ③ '가운데' : 길쭉한 물건의 가운데 위치함
└ ④ '가운데'

이와 같이 위치한 모양의 유사성에 의하여 연상되고 파생된 바탕의미에서 갈라져 나온 의미는 의연히 구체적인 한 대상을 가리키는 데로부터 구체적인 다른 한 비슷한 대상까지 가리키는 데로 옮겨지면서 의미 폭이 넓어진다. 이를테면 '집'은 '사람이 들어있는 데'로부터 연상되어 '무엇을 담거나 끼워두는 물건'도 가리키게 되었으며 '바가지'는 '박을 쪼개어 물건을 퍼 담게 만든 그릇'으로부터 연상되어 '무엇을 퍼 담는 기계의 부분품'도 가리키게 되었다. '잡물'은 '잡동사니 물건'을 가리키던 것이 '물질 속에 섞여있는 불필요한 것'도 가리키게 되었고 '국밥'은 '국과 밥'을 가리키던 것이 '끓인 국에 밥을 만 음식'도 가리키게 되었다.

이와 같이 단어의 의미가 연상의 유사성에 의하여 폭이 넓어지면서 한 대상, 현상의 이름을 다른 대상에 쉽게 옮길 수 있는 것은 대상과 대상의 이름 사이에 그 어떤 필연적 연관이 없다는 사실에 기초한 것

이다. 이러한 사실은 유사한 여러 대상에 대하여 하나의 이름으로 나
타낼 수 있는 가능성을 준다.

의미소 사이의 유연성이 기능의 유사성에 의하여 이루어진 것:

다리
- ① '교량'
- ② '교량' : (공간을 건넘.)
- ③ '과정' : (중간에 거쳐야 함.)
- ④ '과정'

먹다
- ① '먹다'
- ② '먹다' : (자기의 배속에 넣음.)
- ③ '가지다' : (자기의 것으로 함.)
- ④ '가지다'

여기서 '교량'과 '과정' 사이의 의미적 연계는 '공간을 건넘'과 '중간에
거쳐야 함'을 통하여 이루어지고 '먹다'와 '가지다'의 사이의 의미적 연계
는 '자기의 배속에 넣음'과 '자기의 것으로 함'을 통하여 이루어졌다.

이것은 기능의 유사성에 의하여 연상된 것이다. 기능의 유사성에 의
하여 이루어진 바탕 뜻과 갈라진 뜻 사이의 관계는 모양의 유사성에서
가리키는 대상이 구체적인 사물 사이에서 옮겨지던 경우와는 달리 구
체적인 사물로부터 추상적인 사물에로 옮겨지는 것이 보통이다.

이를테면 '빛발'은 '빛의 줄기'만 가리키던 데로부터 '앞길을 밝혀주
는 사상'까지 가리키게 되었으며 '좀'은 '좀벌레'만 가리키던 데로부터
'겉에 드러나지 않고 조금씩 해독작용을 하는 존재'도 가리키게 되었고
'풋내'는 '풋나물 같은 것으로 된 음식물에서 나는 풀냄새'만 가리키던
데로부터 '아직 익숙하지 못한 것'을 비겨 이르는 뜻도 가졌다. 이와
같이 기능이 유사성에 의하여 이미 있던 단어를 가지고 단어의 실질적
인 의미에서 추상적인 의미를 더 가지게 되는 사회적 요인은 현실세계
의 대상, 현상, 성질, 과정 등이 헤아릴 수 없이 다양하고 많은데 비하

여 말소리의 수효가 제한되어 있다는 데 있다. 무한히 복잡하고 다양
한 현실세계는 끊임없이 사람들의 인식에 의하여 인간두뇌에 반영되며
또 그것을 나타내야 할 수효도 그만큼 많아야 하겠지만 그것은 극히
제한되어 있다. 따라서 모든 대상마다 매번 새로운 단어를 만들어 쓴
다는 것은 불가능한 일이며 그렇게 할 수도 없다. 기능의 유사성에 의
해 연상된 대상, 현상을 이미 있던 단어를 가지고 의미 폭이 확대되는
방식으로 나타나게 된다.

의미소 사이의 유연성이 시간, 공간적 인접성에 의하여 이루어진 것:

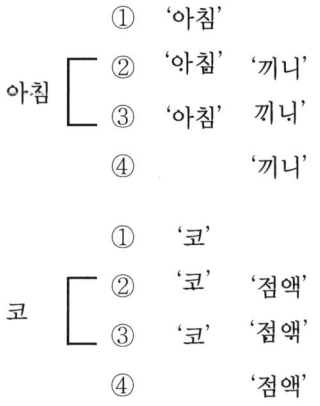

여기서 방점이 붙은 곳이 의미의 중심이 놓이는 부분이다. ② ③은
인접성의 특성에 의해 연상되는 과정이다.

'아침'은 아침의 시간을 나타내던 것이 아침시간에 먹는 '끼니'를 가
리키면서 시간적 인접성에 의한 연상으로 새로운 대상을 나타내게 되
었다. '아침'과 마찬가지로 '점심', '저녁'도 이런 방식으로 점심에 먹는
'끼니', 저녁에 먹는 '끼니'를 가리키게 되었다. 두 의미소 사이의 유연
성은 시간적 인접성에 의한 연상으로 이루어진 것이다.

'코'는 숨 쉬고 냄새 맡는 인체기관임을 나타내던 것이 그 안의 '점
액'도 가리키게 되었다. '상을 차리다', '상이 비다'에서 '상'은 '밥상'을

가리키던 데로부터 '상 위에 차린 음식'을 가리키게 되었다. 이런 뜻은 공간적 인접성에 의해 이루어진 것이다.

의미소 사이의 유연성이 논리적 인접성에 의하여 이루어진 것:

검다
① 검다
② 검어 음흉하다
③ 음흉하여 검다
④ 음흉하다

이것은 논리적 인접과정을 보여준 것이다. 논리적 인접성에 의해 연상되면서 새로운 의미소가 생기게 되는 것은 의미소 사이의 특성의 유사성이 있기 때문이다. 특성의 유사성은 논리적 인접관계를 가지게 한다. 색깔이 '검다'와 사람의 속이 '음흉하다' 사이에는 특성의 유사성에 의해 논리적 연계가 이루어졌다. 특성의 유사성이 없다면 색깔과 속심 사이에는 그 어떤 연계가 지어질수 없다. 따라서 특성의 유사성은 논리적 인접관계가 이루어지는 기초로 된다.

○ 붉다: 색깔 → 마음(충성하다)

　낳다: 아이 → 기적(나타나다)

　맑다: 물　→ 소리(트이다)

　　　　　→ 마음(순진하고 깨끗하다)

이와 같이 특성의 유사성에 의하여 논리적 인접관계가 이루어진 것은 실질적인 사물을 가리키던 것이 추상적인 사물을 가리키면서 의미의 폭이 넓어지는 것이 특징적이다.

이와 같이 새로운 대상을 가리키면서 의미 폭이 넓어지는 요인의 하나는 단어의 의미가 결코 개념과 같지 않으며 이루어지는 과정 또한 다르다는 데 있다. 위에서 든 예에서 보다 시피 바탕의미에서 갈라진 의미개념의 여러 속성적 표식 가운데서 어느 한 표식의 특성이 유사한 다른 대상과 관계를 발생하여 새로운 뜻이 이루어졌다. 단어의 의미는 개념을 토대로 하여 이루어지지만 개념을 나타낼 수도 있고 개념의 여러 속성적 표식들 가운데서 어느 한 부분과만 관련되어 나타낼 수도 있으며 또한 개념의 본질적 표식과 관련이 없는 대상의 부차적인 표식과 관련되어 나타낼 수도 있다. 이런 사실은 대상의 여러 속성과 관련시켜서 서로 다른 대상에 같은 이름을 줄 수 있는 가능성을 가지게 한다.

단어의 의미의 일반화특성은 다의어가 이루어지는 다른 한 요인으로 된다.

한 단어의 여러 개 의미가 기본적 의미와 직접적으로 연계되었거나 간접적으로 연계되었거나 비유적으로 연계되었거나와 관계없이, 그것이 연상의 유사성으로 이루어지거나 인접성으로 이루어지거나와 관계없이 오직 기본 뜻에서 벗어나지 않는 것이기만 하면 일반화된 단어의 뜻은 다의적 성격을 가진다.

2. 의미역과 연상군

의미역은 문법적 범주에 따라 규정된 공통적의미를 가진 것으로서 어휘 사이에서 형성된 연상군을 말한다.

의미역의 이론은 언어역에 대한 연구의 성과로 이루어진 것이다. 일련의 어휘로 구성된 연상군은 일찍부터 언어역이란 개념의 대상으로 논의되었었다.

※ 언어역의 이론은 독일의 훔볼트의 뒤를 이은 트리어를 비롯한 신훔볼트학파의 의미역 이론과 스위스의 소쉬르의 뒤를 이은 마토레를 비롯한 제네바-파리학파의 관념역 이론에 의하여 발전되었다. 언어역의 이론에서는 의미론의 연구에 구조적 견해를 도입한 점이 중요하다. 그러나 방법론에서 모호한 점이 있다면 그것은 한 역에 속하는 단어의 범위나 그 내부의 구분기준이 분명하지 않는 점이고 언어이론상의 문제라면 어휘의 의미 구조로서 예상되는 모든 구조형을 기술하는 포괄적 성격을 가지지 못하고 대상의 어느 일면만을 문제로 삼았다는 점일 것이다.

　언어학자들에 의하여 구명된 의미역은 어휘 사이에서 형성된 연상군
이다. 어휘 사이에서 의미적으로 밀접한 연관성이 느껴진다면 그 어휘
적 의미에는 틀림없이 공통성이 있다는 원칙이 작용한다. 이런 공통성
은 어디까지나 언어학적이며 의미특성의 공통적인 것으로 귀결된다.
　어휘 사이의 연상군을 규정함에 있어서 범위를 지나치게 확대할 필
요는 없다. '하늘'과 '땅'은 '넓다'는 의미에서, '종이'와 '눈'은 '희다'는
의미에서 어느 정도 공통성을 가진다고 볼 수 있지만 의미적 특성의
공통성으로 이루어진 것이 아니다. 의미의 공통성의 특성은 심리적으
로 느껴지지만 다양한 양상을 띠고 있다. 연상군은 의미적공통성과 시
차적 기능을 가진 것에만 제한할 필요가 있다.
　의미역은 연상군으로 이루어지는 것만큼 의미역을 구성하는 성원들
이 연상관계에 의하여 어떻게 집결되는가를 보기로 하자.
　단어의 의미를 규정하는 언어역은 의미역을 구성하는 성원들로 집결된다.
　예컨대 조선에서 군대직함을 나타내는 단어 '장령'의 뜻은 오직 '원
수', '좌관', '위관', '사관', '병사' 등의 언어역에서만 규정된다. 아래에
그 군사직함을 나타내는 의미역의 도해를 그려 보이면 다음과 같다.

| | 1급 | 2급 | 3급 | 4급 | 5급 | 6급 |
	원수	장령	좌관	위관	사관	병사
1	대원수	대장	대좌	대위	상사	상등병
2	원수	상장	상좌	상위	상사	전사
3	차수	중장	중좌	중위	중사	
4		소장	소좌	소위	하사	

　이런 것들은 언어체계 속에서 의미의 규정을 호상 가능하게 한다.
　단어 개개의 의미는 다른 단어와의 호상관계에 의해 규정되는데 그
규정을 성립시키는 것이 바로 의미역이다.
　의미역은 동의어 계열과 같은 데서도 이루어진다.

○ 비방하다, 중상하다, 모욕하다, 비난하다

○ 방긋, 방긋방긋, 벙긋, 벙긋벙긋, 벙실, 벙실벙실, 방실, 방실방실, 방글, 방글방글, 벙글, 벙글벙글, 빙글, 빙글빙글, 방끗, 벙끗, 빵끗, 뻥끗, 방싯, 빵싯, 벙싯, 뻥싯, 빵긋, 뻥긋, 빵글, 뻥글, 빵실, 뻥실

○ 하얗다, 허옇다, 새하얗다, 시허옇다, 샛하얗다, 싯허옇다, 새하얘지다, 샛하얘지다, 시허얘지다, 싯허얘지다

○ 어머님, 어머니, 어미, 에미, 어멈

※ 기로의 형태의미역과 그 어휘적공분모의 이론에 의하면 어떤 대립관계에 있는 단어의 모든 표현에 따라 형태의미역이 규정된다고 하였으며 그 역의 모든 항에 공통되는 요소가 어휘적공분모로 된다고 하였다. 위에 든 예에서 '희다', '어머니'는 공분모로 된다 동의어 계열을 벗어나서 공분모에 의한 형태 의미역은 얼마든지 찾아볼 수 있다. '어머니'를 공분모로 하여 이루어진 형태 의미역을 더 들면 '어미고기, 어미나무, 어미닭, 어미품종, 어미회사, 에미나이, 에미네' 등이다.

의미역은 서로 모순 되거나 대립되는 의미관계에 있는 단어들 사이에서도 이루어진다.

○ 밤-낮

삶-죽음

아침-저녁

사랑하다-미워하다

좋다-나쁘다

희다-검다

입다-벗다

늙다-젊다

서다-앉다

때리다-맞다

    열다-닫다
    삼키다-뱉다
    잘하다-못하다
본질적의미관계에 있는 단어는 본질적의미역을 이룬다.
○ 걷다-발
    잡다-손
    보다-눈
    듣다-귀
    핥다-혀
    맛-음식
    생각-머리
    사랑하다-대상
    젖-어머니
    마시다-물

※ 포르지히는 언어적인 역의 개념으로서 '걷다-발', '듣다-귀'에서와 같
    이 짝을 이룬 단어들이 본질적의미역을 이룬다고 하였다. 그는 또 두
    의미역의 구성요소가 차유에 의하여 결합된 표현은 예컨대 '불꽃이
    핥다'에서 '불꽃'은 '타다'와 관련되고 '핥다'는 '혀'와 관련되어 '타다'와
    '혀' 사이의 두 의미역의 교차로써 성립되었다고 하였다.

    의미역은 문장론적 의미특성이 같은 단어들로 구성된 연상군으로 이
루어진다.
    러시아의 언어학자 아프레샨은 트리어의 의미역에 형태적기준이 없
음을 비판하고 분포상의 특징을 근거로 하여 문법적 범주에 따라 규정
할 것을 시도하였다. 의미역은 문법적 범주에 따라 규정된 공통적의미
를 갖게 된다는 것, 같은 문장론적 의미특성을 가진 단어로써 구성된
연상군에 해당한다고 하였다.

아프레샨에 의하면 S_1 로 특징지어진 의미역에 속하는 동사 V_1, V_2 등이 E_1, E_2, E_3 의 환경에 출현한다면 역으로 E_1, E_2, E_3 의 환경에 출현하는 동사는 반드시 S_1 로 특징지어진 의미역에 속한다고 하였다,

출현환경	V_1	V_2
E_1 고기가 물을	좋아한다	즐긴다
E_2 나는 농구를	좋아한다	즐긴다
E_3 그는 밥을	좋아한다	즐긴다

여기서 '좋아한다', '즐기다'는 같은 언어 환경에 출현하므로 한 의미역에 속한다. 여러 언어 환경에서도 같은 의미적 특성을 가지고 출현하는 단어들은 의미의 시차적 특성을 나타내는 동의어의 계열로 묶어지는 경우가 많다.

시차성이 없더라도 관련성이 전제형으로 이루어진 것은 의미역에 속한다.

○ 날다─새, 비행기, 나비…

이와 같이 의미역은 연관성을 가진 연상군으로 이루어지기도 한다. 이런 연관성은 의미특성만 아니라 그 어휘가 가지고 있는 발음 면에서나 형태 면에서의 공통성 또는 문장론적 공통성에 의해서도 이루어진다.

○ 구축[1] : 몰아내는 것 / 구축[2] : 쌓는 것

자라다[1] : 커지다 / 자라다[2] : 모자람이 없다 (옷감이~)

○ 얼[1] : 정신이나 넋 / 얼[2] : 남 때문에 당하는 해 (~을 입다) /

얼[3] : 어중간하게 된 (~죽음)

○ 배다[1] : 스미어 젖어들다 (땀이~) / 배다[2] : 새끼를 배속에 가지다

이와 같이 어음적 특성의 동일성에 기초한 연관성으로 하여 연상관계가 이루어지기도 한다.

형태론적 및 문장론적 특성의 동일성에 기초하여 연상관계가 이루어진 경우를 보면 다음과 같다.

○ 튼튼히, 섭섭히, 거뜬히, 뚱뚱히, 자연히, 공고히, 겸손히, 간곡히, 천천히…

○ 뚜렷이, 갸웃이, 우렷히, 몫몫이, 일일이, 집집이, 알알이…

이런 단어들은 단어의 형태구조 면에서 부사를 만드는 접미사 '히'로 이루어진 계열과 접미사 '이'가 붙어 이루어진 계열로 나누어볼 수 있다. 형태적 면에서 동일한 단어들은 문장론적 위치에서 공통성을 가진다.

단어의 연상역은 복잡한 그물 같은 연상에 따라 형성되어 어떤 것은 유사성으로, 어떤 것은 인접성으로, 어떤 것은 의미 혹은 형태상으로 연상관계를 맺고 있다.

단어 '소'의 연상역은 다음과 같다.

소 ┌ ① 암소, 황소, 송아지
  │ ② 노동, 쟁기, 멍에
  └ ③ 힘, 인내력, 느림, 소극성

이상의 복잡한 연상관계들을 추상적인 기호로 간략해보이면 연상군이 어떻게 이루어지는가를 알 수 있다.

분류 순서	형태소 사이의 연상군	의미소 사이의 연상군
(1)	$M_1 \sim M_2 / M_1 \leftrightarrow M_2$	$S_1 \sim S_2 / S_1 \leftrightarrow S_2$
(2)	$M_1 \sim M_1, M_2 / M_1 \leftrightarrow M_2$ $M_2 \sim M_1, M_2 / M_1 \leftrightarrow M_1$	$S_1 \sim S_1 S_2 / S_1 \leftrightarrow S_2$ $S_2 \sim S_1 S_2 / S_1 \leftrightarrow S_2$
(3)	$M_1 \sim M_3 / M_1 \leftrightarrow M_2, M_3 \leftrightarrow M_2$ $M_2 \sim M_4 / M_1 \leftrightarrow M_2, M_1 \leftrightarrow M_4$	$S_1 \sim S_3 / S_1 \leftrightarrow S_2, S_3 \leftrightarrow S_2$ $S_2 \sim S_4 / S_1 \leftrightarrow S_2, S_1 \leftrightarrow S_4$

여기서 M는 형태소, S는 의미소, ~는 연상관계, ↔는 더불어 일어나는 관계, /는 전제조건이다. 도표의 좌측에 있는 공식은 형태소 사이의 연상군에 대한 것이고 우측에 있는 공식은 의미소 사이의 연상군에 대한 것이다.

※ 이 두 공식을 비교해보면 아주 흥미 있는 사실을 알 수 있다. 이 공식은 형태소의 결합가능성과 연상관계에 있는 의미소의 범위를 어느 정도 규정할 수 있는 원칙으로 작용할 수 있기 때문이다. 그러나 포괄범위가 얼마나 넓은가 하는 것은 검토해보아야 한다.

이 공식은 주로 형태소의 연상관계에 있는 범위와 의미소의 연상군을 규정한 것이다. 형태소나 의미소에 형식상 같은 공식이 작용하는 것은 의미소가 형태소로 실현되고 형태소에서 의미소에 대응하는 연상군을 규정할 수 있기 때문이다.

공식의 예들로 연상군을 이루는 범위를 각이한 측면에서 보여주면 다음과 같다.

첫 번째 공식의 예:

여러～사람 / 여러↔사람

말하다～사람 / 말하다↔사람

첫 번째 공식은 형태소 사이의 연상군이 통합적 관계에 의하여 이루어진 것이다. 예컨대 '여러 사람', '몇 사람', '그 사람', '젊은 사람', '사람이 온다', '사람이 서다', '사람이 걷다', '사람이 말하다' 등에서 '사람'과 결합할 수 있는 모든 형태소들은 통합적 관계에 의하여 연상군을 이룬다.

이에 대한 것을 그림으로 보이면 다음과 같다.

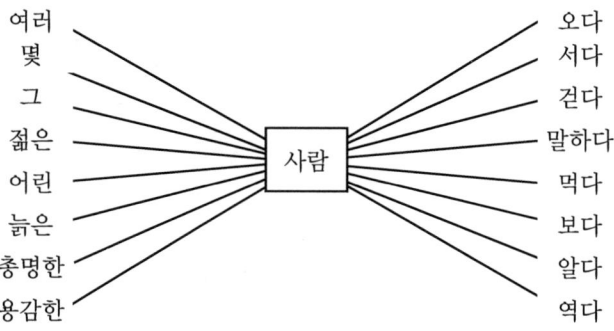

두 번째 공식의 예:

몇~몇 사람 / 몇↔사람

사람~몇 사람 / 몇↔사람

예컨대 형태소들의 결합인 '몇 사람'은 '몇'이거나 '사람'과의 사이에서, '여러 사람'은 '여러'나 '사람'과의 사이에서, '그 사람'은 '그'나 '사람'과의 사이에서 이루어진 연상군이다.

의미소들 사이에서 이루어진 연상군을 보면 다음과 같다.

걷다 ⟨ 사람~'걷다'+'사람'/ 걷다↔사람

동물~'걷다'+'동물'/ 걷다↔동물

사람~늙은 사람, 사람~어린 사람

늙다~늙은 사람, 어리다~사람이 어림

젊다~사람이 젊음, 사람~젊은 여자

동물~어린 동물, 동물~새끼동물

동물~늙은 동물, 곰~늙은 곰

돼지~수돼지, 돼지~암돼지

날다 ⟨ 새~'우짖다'+'새'/   '우짖다'↔'새'

비행기~'날다'+'비행기'/ '날다'↔'비행기'

우짖다~우짖는 종다리, 종다리~우짖는 종다리

우짖다~우짖는 제비

새~우짖는 새, 제비~우짖는 제비

낡다~낡은 비행기, 비행기~낡은 비행기

낡다~낡은 물건, 물건~낡은 물건

낡다~낡은 집, 집~낡은 집

낡다~낡은 기와, 지붕~낡은 지붕

낡다~기와가 낡음, 낡다~지붕이 낡음

세 번째 공식의 예:

사유하다~말하다 / 사유하다↔사람

말하다↔사람

사람~총명하다 / 사유하다↔사람

말하다↔총명하다

사유하다~말하다, 사유하다~총명하다, 사유하다~생각하다, 사유하
다~헤아리다

사람~늙음, 사람~젊음, 사람~어림, 사람~총명함, 사람~어리석음…

제2절 동의어의 의미 구조

동의어의 의미 구조에서는 주로 동의어의 한계, 의미 구조적 특성에
의한 동의어의 유형들과 동의어 성원들의 공통적인 뜻에 기초한 의미
의 차이를 밝혀내는 것을 기본과업으로 한다. 동의어의 의미적 차이를
분석함에 있어서는 동의어의 미세한 의미적 차이를 낱낱이 분석하지
않고 구별되는 의미의 기본표식들을 찾아내는 데 중심을 두려한다.

동의어연구는 오랜 역사적 시기에 걸쳐 진행 되었다. 문헌자료에 의
하면 고대희랍학자 아리스토텔레스는 뜻이 가까우나 어음이나 형태가
다른 단어를 동의어로 보았다. 중국의 한조 때 양웅은 '방언'에서 동의
어를 '대용어(代用语)'라 하였는데 그 뜻인 즉 바꾸어 쓸 수 있다는
것이다. 기원전 2~3세기에 나온 『시자(尸子)』, 『이아(尔雅)』와 같은 책
들에서는 상고한어의 동의어를 체계적으로 정리하여 수록하였고 위명
제 때 장읍의 『광아(广雅)』를 비롯하여 그 후에 나온 여러 책들에서도
동의어를 수집 정리하였다. 청조 때 『설문해자(说文解子)』는 동의어에

대하여 자세한 분석을 가하였다. 18세기에 이르러 서구라파에서 동의
어문제를 둘러싸고 토론이 벌어지면서부터 동의어에 대한 이론적 연구
가 더 깊이 있게 전개되었다. 영어에서 동의어분석을 처음으로 시도한
사람은 파이오지이다.

동의어들을 구별하기 위해 거기에 알맞는 문맥을 이용하여 쓰임에서
의 차이를 밝히었다. 용례에 의한 의미평정법이 제기된 후 그 뒤를 이
어 의미 분석에서 성과를 올린 사람은 그라함이었다.

그는 200여 개의 동의어를 둘씩 짝을 무어 차이를 밝히었다. 그는
일반적인 것과 특수적인 것, 능동적인 것과 수동 적인 것, 의미의 강도
차이, 적극적인 것과 소극적인 것 등의 차이를 밝히는 기준을 설정하
였다.

동의어에 대한 연구가 깊어짐에 따라 여러 가지 동의어 묶음, 동의
어 사전들이 적지 않게 나오게 되었다.

1. 동의어의 개념과 한계

동의어란 의미의 공통성에 의하여 연상되는 단어들의 계열을 말한
다. 동의어에서 의미의 공통성은 단어의 의미가 같거나 비슷한 데서
이루어진다. 적지 않은 사람들은 발음은 다르지만 뜻이 같거나 비슷한
단어를 동의어라고 정의를 내리고 있다. 여기서 어음논적 표식은 동의
어의 본질적 특성을 규정하는 데서 필수적표식으로 되는 것이 아니라
단어의 의미는 서로 배타적인 분포를 지향하는 만큼 한 의미체계 내에
서 뜻이 전적으로 같은 동의어는 의미충돌을 일으켜 일방은 사멸되거
나 분화되어 뜻 비슷한 관계를 이루면서 공존한다. 동의어의 이런 특
성은 한 언어체계에서 동음이의어의 존재는 허락되나 동음동의어의 존
재는 표의문자를 사용하는 언어들에서 간혹 쓰일 뿐 조선어의 언어현
실에서는 독자적인 체계를 확립하지 못하고 있으며 점차 사멸의 길,

하나로 통합되는 길을 걷고 있다는 것을 말해준다.

조선말동의어에서 어느 표식을 주되는 표식으로 잡을 것인가 하는 문제는 의연히 동의어를 연구하는 사람들의 논쟁의 초점으로 되고 있다. 동의어를 연구하는 이들은 대상의 표식, 개념의 표식, 형식적 표식 가운데서 어느 한 표식만을 주되는 표식으로 내세우면서 동의어의 정의를 내리고 있다. 의미의 공통성에 의하여 연상되는 단어들의 계열을 동의어라고 하는 것은 단어의 의미의 공통성을 동의어를 가려잡는 표식으로 내세운 것이라고 할 수 있다.

단어의 의미는 대상적 상관성과 논리적 상관성의 호상관계에서 이루어지는 대상논리적인 뜻, 대상을 이름 짓기만 하는 명명적인 뜻, 논리 대상적인 뜻을 중심으로 거기에 덧붙어 이루어지는 뜻 빛깔, 사용에서 구별을 보여주는 표현적인 뜻을 포괄적으로 나타낸다.

그러면 동의어의 의미의 공통성은 어떤 데서 체현되는가?

동의어에서의 개념의 측면, 대상의 측면, 기능의 측면이 동의어를 가려잡는 유일한 기준으로는 될 수 없지만 어느 한 측면에서 기준의 하나로 된다는 것은 의심할 바 없다. 만일 개념, 대상, 기능의 측면이 의미의 공통성과 아무런 관련이 없다면 의미의 공통성이란 너무 광범하고 막연한 개념일 것이고 전혀 무의미할 것이다. 단어는 논리 대상적으로 파악되는 이상 의미의 공통성은 동일한 대상, 동일한 개념을 나타내는 데서 집중적으로 반영된다. 그 기능의 동일성은 상하문맥 속에서 서로 바꾸어 쓸 수 있는 일정한 언어적 환경에서 나타난다. 따라서 이 모든 측면을 유기적으로 결합시켜 단어들 사이의 비교분석을 거쳐서만 의미의 공통성을 귀납해낼 수 있다.

의미의 공통성을 판정하는 방법으로 동의어를 가려내자면 다음과 같은 몇 가지에 주의를 돌려야 한다.

첫째, 연상되는 단어들 가운데 동일한 개념을 나타내는 것이 있는가를 보아야 한다.

여기서 동일한 개념이란 일반적으로 개념의 외연과 내포가 같은 말로 이루어진 단어들의 계열을 말한다. 개념이 같은 말들은 완전동의어거나 문체론적 동의어에서 흔히 고찰된다.

○ 연필심-연필알

아버지-아버님, 부친

개념이 같은 말이라도 고어거나 비표준적인 말이거나 방언이 표준적인 문화어와 쌍을 이루어 쓰인다면 그것은 동의어가 아니다. 동의어는 어디까지나 현대조선말 문화체계 안에서 고찰되어야 한다. 물론 역사적견지에서 단어의 의미의 변화발달을 고찰하거나 비교언어학의 견지에서 각이한 민족어 사이에서의 단어의 의미를 비교하거나 하나의 민족어 안에서도 방언과 문화어의 대조연구를 목적으로 할 때에는 통시적 또는 공시적 상태의 여러 측면에서 나서는 동의어적 관계를 넓은 범위에서 비교연구 할 수도 있을 것이다. 이것은 한 언어의 단어들의 의미적 분류에 의한 동의어체계연구를 목적한 것과는 다른 분야에서의 고찰로 보아야 할 것이다.

둘째, 연상되는 동일한 대상을 나타내는 것이 있는가를 보아야 한다.

논리적 측면에서 대상의 동일성은 개념에서의 외연의 동일성으로 표현된다. 따라서 동일한 대상을 반영한 것이라면 그 단어들에 의하여 표시된 개념의 외연은 일치하게 되지만 동일한 대상을 반영한 것이 아니라면 개념의 외연이 합치될 수 없다.

개념과 대상과의 관계를 보면 엄밀한 의미에서 개념이 같은 것이면 대상도 같을 수 있으나 대상이 같다고 하여 개념이 꼭 같은 것은 결코 아니다. 왜냐하면 개념이 같은 것은 언제나 개념의 외연의 동일성으로 표시되기 때문에 대상이 다를 수 없으나 개념의 외연이 같고 내포가 다른 것은 개념이 꼭 같지 않아도 외연의 동일성으로 표시된 대상만은 언제나 같기 때문이다.

같은 대상에 대하여 명명의 계기가 달리 주어져 이루어진 단어들은 개념의 내포가 달라짐에 따라 개념은 같지 않게 되었으나 의연히 대상의 동일성으로 표시되므로 동의어인 것이다.

  ○ 샀팔이-샀벌이

    개살구-산살구

대상의 동일성이 동의어를 가려잡는 표식의 하나로 될 수 있는 까닭은 이러하다.

단어 뜻이나 개념의 형성과정에서 객관대상과의 직접적인 연계의 성격으로부터 보면 단어는 논리 대상적으로 파악된다. 단어의 뜻이 객관적인 대상자체와 연계된다는 점에서 단어가 객관대상에 대한 명명으로 이루어진다는 점에서 그것은 대상적으로 파악된다. 또한 단어의 뜻이 대상의 개념과 밀접히 연계되어 있다는 점에서 하나의 대상을 가리키는 단어들은 동의어 계열에 들어갈 수 있는 것이다.

논리 대상적으로 파악되지 않는 형상적 의미, 각종 의미론적 색채, 문맥적 의미 등은 논리 대상적 의미에 붙어서 그 의미를 보충적으로 윤색하여줄 뿐 대상을 직접 가리키지 못한다.

예컨대 '낯, 낯짝'에서 '낯'은 대상 논리적으로 파악되고 '낯짝'은 문체론적으로 속된 의미가 덧붙어서 파생된 단어이므로 논리 대상적으로 파악되지 않는다. '낯짝'은 오직 논리 대상적으로 파악되는 '낯'이라는 단어를 통하여 객관대상과 연계를 맺는다. 문체론적 색채에 의하여 구별되는 동의어들은 직접적이고 자의적인 명명적 의미를 가지지 못하여 기본적 의미를 직접 나타내지 못하고 뜻에서도 기본적인 단어 또는 중심적인 단어를 통하여 나타낸다. 중심적 단어의 명명적 의미만이 직접적으로 현실로 통하는 일련의 동의어의 계열을 이루는 기초로 된다. 이러한 부류의 단어들은 대상의 동일성으로 나타내며 대상의 동일성은 또한 이 부류의 동의어를 판정하는 표식으로 되는 것이다.

그러나 하나의 대상에 서로 다른 표식이 들어있는 단어들은 동의어로 될 수 없다(예: '낮잠, 늦잠'과 같은 것). 이러한 단어들은 하나의 대상을 가리킨다 하더라도 그 대상을 특징짓는 표식이 다르기 때문에 개념의 내포가 달라지면서 이에 따라 단어의 의미도 달라진다.

셋째, 연상되는 단어들 가운데 동일한 개념, 동일한 대상을 나타내지 않는 것은 개념의 외연이 대부분 합치되는가를 보아야 한다.

동일한 대상을 나타내지 않으나 개념의 외연이 대부분 합치되는 동의어들은 의미가 꼭 같다고 볼 수 없어도 매우 가깝거나 대부분 같다고 볼 수 있는 뜻 비슷한 단어들로 연상되는 동의어 계열이다.

○ 구속하다, 속박하다

숨기다, 은폐하다

나르다, 운반하다, 운송하다

개념의 외연이 같지 않은 세 가지 유형을 그림으로 보이면 다음과 같다.

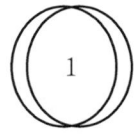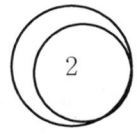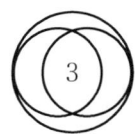

여기서 첫 번째 유형은 개념의 외연이 대부분 합치되면서도 일부는 서로 합치되지 않는 경우이다. 이때 개념들 사이에서 유개념과 종개념 사이의 관계가 아니기만 하면 동의어가 설정된다. 고유어와 한자어 사이에서 이런 동의어의 계열을 흔히 찾아볼 수 있다.

동의어 계열에서 중심에 놓이는 단어들은 일반적으로 문체론적 색채를 띠지 않고 중성적의미를 가지며 의미 폭이 보다 넓을 수 있다.

예컨대 '공책, 학습장, 필기장'에서 '공책'은 이 동의어 계열의 중심에 놓이면서 다른 동의어 계열을 묶어세우는 역할을 한다.

동의어 계열에서 중심적 단어로 표시되는 경우를 그림으로 보이면 다음과 같다.

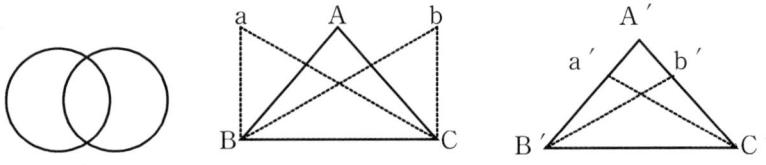

　원으로 표시되거나 3각형으로 표시된 가운데 공통적으로 어울리는 부분이 가장 많은 것은 동의어 계열에서 중심적 단어로 된다. 이와 같이 개념의 외연이 대부분 합치되는 경우라야 동의어 계열에 들어간다.

　개념의 외연이 대부분 합치되지 않고 일부가 합치된다면 동의어로 될 수 없다. 이를테면 상위개념과 하위개념 사이에서는 어느 정도 의미의 공통성이 이루어진다 하더라도 개념의 외연의 일부만 합치되므로 동의어가 이루어지지 않는다.

　이것을 그림으로 보이면 다음과 같다.

그림 1　　　　　그림 2　　　　　그림 3

　그림1에서 상위개념으로 표시된 것은 '가금'이고 하위개념으로 표시된 것은 '게사니, 닭, 오리'이다. 하위개념 사이에서는 병렬적 관계에 놓여 있는 것만큼 개념의 외연이 어느 한 점에서만 합치될 뿐 포개어져 들어가면서 합치된 곳은 찾아볼 수 없다. 따라서 하위개념 사이에서는 의미의 공통성이 이루어지지 않는다. 상위개념과 하위개념 사이에서는 의미의 공통성이 이루어지지 않는다. 상위개념과 하위개념 사이에서는

개념의 외연이 부분적으로 합치되었다. 이것은 '가금'이라는 상위개념 안에 '게사니, 닭, 오리' 등 종개념이 포괄되면서 이루어진 것이다. 이와 같이 하위개념은 상위개념 안에 들어있어도 상위개념에서는 개념의 외연이 그 일부가 합치되는 위치에 놓여있게 되어 의미의 공통성이 어느 정도 이루어진다고 볼 수 있지만 동의어 계열에 들어설 수 있는 정도에서 의미가 가까운 것은 아니다.

그림2는 모순관계에 놓인 두 하위개념의 외연이 상위개념의 외연 안에 들어있거나 상위개념의 외연과 합치되는 경우이다. 공식으로 표시하면 M′>M＝A＋B이다. 여기서 M′는 제일 큰 상위개념으로서 '물질'을 표시한 것이고 M는 모순관계에 놓인 하위개념을 통합한 상위개념으로서 '고체'를 표시한 것이고 A와 B는 모순관계에 놓인 하위개념, 즉 '금속'과 '비금속'을 표시한 것이다.

그림3은 반대관계에 놓인 두 하위개념의 외연이 상위개념의 외연과 합치되는 경우이다. 공식으로 표시하면 M＝a＋b이다. 여기서 M는 상위개념의 외연 '수'를 표시한 것이고 a와 b는 반대관계에 놓인 두 하위개념의 외연 '정수'와 '부수'를 표시한 것이다.

이상의 것들은 모두가 상위개념과 하위개념 사이거나 또는 하위개념 사이의 관계이므로 동의어로 될 수 없다.

넷째, 구조적 특성의 동일성에 의하여 연상되는 단어들은 의미적 중심에 놓인 형태부들과의 관계가 어떠한가를 보아야 한다.

○ 검다:

거멓다, 거무스름하다, 거무데데하다, 가맣다, 가무스름하다, 가무레하다, 까맣다, 꺼멓다, 새까맣다, 시꺼멓다…

하나의 어근을 중심으로 하여 소리 바꿈의 수법에 의하여 모음이 바뀌고 자음이 바뀌면서 많은 단어들을 산생시키거나 접사들이 덧붙어 이루어진 파생어들이 동의어 계열에 들어가게 된 까닭은 같은 어근이 언제나 구조적 중심에 놓이면서 그 의미가 변함없이 공통적으로 어울

리지만 접사들은 기껏해야 부차적으로 보충적의미를 보태어주면서 섬
세한 차이를 나타내기 때문이다.

한자어로 이루어진 단어들에서도 어느 한 형태부의 구성요소가 중심
을 이룰 때에는 의미의 공통성이 이루어진다.

○ 구하다:

구원하다, 구출하다, 구조하다, 구제하다, 구완하다

동의어 계열에서 어떤 구성요소들은 서로 엇물리거나 위치가 엇바뀌
어 구조적공통성을 이룬 경우도 있다.

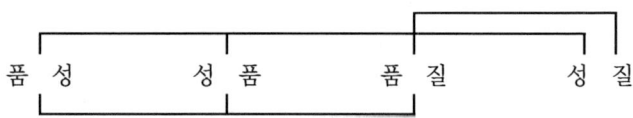

품 성   성 품   품 질   성 질

이러한 단어들은 아주 유사한 대상을 반영하는 단어들에서 특징적으
로 반영되며 본질적, 일반적 의미와 비본질적 개별적 특성의 호상작용,
호상제약 속에서 동의어 계열이 이루어진다.

합성어에서는 같은 어근이 공통적으로 어울리고 다른 한 어근이 뜻
비슷한 말로 어울린 경우에도 동의어 계열에 들어갈 수 있다.

○ 일어서다, 일떠서다, 일어나다, 일떠나다

동의어는 소리가 바뀌거나 같거나 비슷한 형태가 되풀이되어 이루어
진 것도 있다.

○ 빡빡, 뻑뻑, 뿍뿍, 박박, 벅벅, 북북

○ 매끈매끈, 미끈미끈, 매끌매끌, 미끌미끌

다섯째, 문법적 특성의 공통성으로 연상되는 단어들은 동일한 품사
로 이루어졌는가를 보아야 한다.

품사는 문법적으로 형태의 표식, 문장론적 표식의 통일성에 의해서
도 갈라지지만 또 하나의 주요한 조건으로 되는 것은 대상을 표시하느
냐, 행동과정을 나타내느냐, 성질, 상태를 나타내느냐, 모양을 나타내느

냐 하는 문제이다.

예를 들면 '높이가 얼마냐'에서 '높이'는 명사로서 대상을 나타내며 '뚝을 높이다'에서 '높이다'는 동사로서 행동과정을 나타내며 '산이 높다'에서 '높다'는 형용사로서 성질을 나타내고 '높이 올리다'에서 '높이'는 부사로서 행동을 꾸며준다. 따라서 '높'이라는 동일한 형태부가 질적으로 다른 개념을 나타내는 단어로 되었다. 어원이 같은 말이 서로 다른 품사로 되는 단어들을 더 들어보면 상징부사 '개굴개굴'은 개구리의 울음소리를 나타내나 명사 '개구리'는 개굴개굴 우는 동물을 명명한 명칭이고 상징부사 '느물느물'은 느물거리는 모양을 나타내나 동사 '느물거리다'는 능글능글한 태도로 끈덕지게 군다는 뜻을 나타낸다. 이와 같이 동일한 어원을 가진 단어라 하더라도 명명적 표현인가, 수식적 표현인가, 서술적 표현인가에 따라서 단어의 성질이 다르게 되며 개념상으로나 형태상으로나 질적으로 다른 단어로 된다.

2. 동의어의 의미 구조적 유형

지금까지 동의어의 의미 구조적 유형을 어떻게 볼 것인가 하는 문제에 대하여 어떤 사람들은 가리키는 대상을 기준으로 하여 동일한 대상을 명명하느냐, 유사한 대상을 명명하느냐에 따라서 그 유형을 갈라보기도 하고 어떤 사람은 나타내는 개념을 기준으로 하여 동일한 개념을 나타내느냐, 서로 가까우면서도 다른 개념을 나타내느냐에 따라서 갈라보기도 한다. 이외에도 단어의 품사소속, 신분적 관계 또는 정도의 차이에 따라 분류한 것도 있다.

동의어의 의미 구조적 분류에서 완전동의어 부분에 대해서는 다른 견해가 별로 없다. 다만 개념성질에서 일부 같지 않은 견해들이 있을 뿐이다. 동의어의 의미 구조적 유형 설정에서 상대적으로 뜻이 같거나 비슷한 부류를 어떻게 설정하고 그것을 구체적으로 어떻게 갈라볼 것

인가, 조선어에서 유의어를 따로 설정할 것인가 아니면 동의어에 넣을
것인가, 동의어에 넣으면 어느 부류에 귀속시킬 것인가 하는 일련의
문제가 제기된다.

필자는 동의어의 유형을 조선어특성에 기초하여 의미 구조적 견지에
서 갈라보아야 한다고 생각한다.

동의어는 우선 뜻이 기본적으로 같은가 비슷한가에 따라서 뜻 같은
동의어와 뜻 비슷한 동의어로 나눌 수 있다. 뜻 같은 동의어는 뜻이 전
적으로 같으냐, 기본 뜻에서 같으냐에 따라서 전적으로 뜻 같은 동의어
와 상대적으로 뜻 같은 동의어로 나눌 수 있다. 상대적으로 뜻 같은 동
의어는 문체론적 동의어와 의미 분화적 동의어로 나눌 수 있다. 뜻 비
슷한 동의어는 기본적 의미에서 뜻이 비슷한가, 파생적 의미에서 뜻이
비슷한가에 따라서 기본적 동의어와 부분적 동의어로 나눌 수 있다.

동의어의 의미 구조적 유형을 도표로 보이면 다음과 같다.

	큰 유형	구분조건	기본유형	공식
동의어	뜻이 같은 동의어	전적으로 뜻이 같은 동의어	완전동의어	$a=b$
		상대적으로 뜻이 같은 동의어	문체론적 동의어	$a=b+x$
			의미 분화적 동의어	$a \approx b+x'$
	뜻이 비슷한 동의어	기본적 의미에서 뜻이 비슷한 동의어	기본적 동의어	$a \approx b+y$
		파생적 의미에서 뜻이 비슷한 동의어	부분적 동의어	$a \approx b+y'$

※ 동의어의 유형에서 동의어의미 구조를 표시하는 공식을 보면 a는 동
   의어에서 중성적이며 전형적인 동의어의 성원으로 표시되고 b는 의미
   의 공통성 또는 그와 맞먹는 동의어성원으로 표시된다. x나 x′는 상대
   적으로 뜻 같은 동의어성원들의 의미의 차이를 가리키고 y나 y′는 뜻
   비슷한 동의어성원들의 의미의 차이를 가리킨다. =는 동의어의 의미
   가 전적으로 같은 것, ≃는 동의어의 의미가 상대적으로 같은 것, ≈
   는 동의어의 의미가 비슷한 것임을 표시한다.

뜻 같은 동의어는 일반적으로 동일한 대상을 나타내므로 문맥의 도움이 없이도 인차 파악되나 뜻 비슷한 동의어에서는 문맥의 도움이 없이는 파악하기 힘든 부류가 있다. 뜻 비슷한 동의어에서 부분적 동의어들은 주어진 문맥 속에서 의미의 공통성이 맺어지는 조건하에서 동의어 계열이 파악되어 나온다.

그럼 아래에 동의어의 의미 구조에 상응되는 유형들의 포괄범위와 다른 유형들과의 호상관계, 이런 유형들이 이루어지는 조건, 서로 다른 유형에 따르는 의미론적 및 구조적 분석을 하기로 하자.

(1) 완전동의어

완전동의어의 의미 구조는 $a=b$로 표시된다. 완전동의어는 대응되는 단어들의 의미자체가 공통적의미로 되어 의미용적이 전적으로 같은 단어들의 부류이다. 완전동의어는 주어진 상하문맥 속에서 바꾸어놓아도 전체의 의미에 아무런 손색이 없다. 완전동의어는 동일한 대상에 대한 개념의 여러 가지 색채로 표현되는 것이 아니라 대상의 동일성과 단어 의미의 일치성으로 표현된다. 따라서 완전동의어 계열속의 단어들은 동일한 대상을 가리키며 의미용적이 언제나 일치하다.

완전동의어의 공식 $a=b$는 의미소의 견지에서 보면 $s_1 = s_2$ 이다. 의미소의 s_1 이 형태소 m_1 으로 실현되고 의미소 s_2 는 형태소 m_2 로 실현되는 경우에 $m_1 = m_2$ 이다. 형태소를 단어로 표시하면 $a=b$로 된다(예: 원=동그라미).

완전동의어는 $m_1 = s_1 + s_2$, $m_2 = s_1 + s_2$ 인 경우에도 $a=b$로 된다.

$m_1 = s_1 + s_2$ $m_2 = s_1 + s_2$

$\downarrow$ $\downarrow$

a(본고장) $=$ b(본 곳)

완전동의어에서 단어들 사이의 차이라면 사용빈도, 어감 등에서 좀 달라질 수 있다.

완전동의어가 이루어지는 경우를 보면 다음과 같다.

어원적 측면에서 기원이 다름에 따라 동일한 대상에 대하여 명명이 달라진다.

한자어휘와 고유어휘에 의하여 동의어가 이루어진다.

○ 구두어 - 입말

조소 - 비웃음

원 - 동그라미

의복 - 옷

소위 - 이른바

외래어휘와 고유어휘에 의하여 완전동의어가 이루어진다.

○ 템포 - 속도

시멘트 - 양회

모멘트 - 계기

뉴스 - 시보

합성어 또는 파생어에서 기원이 다른 구성요소들의 교체에 의하여 완전동의어가 이루어진다.

○ 본고장 - 본 곳

왕거미 - 말거미

도배지 - 도배종이

노란색 - 노란빛

방언이 문화어로 되면서 완전동의어가 이루어진다.

○ 당콩 - 강낭콩

열 - 쓸개

잰내비 - 원숭이

매돌 - 망돌

합성어 또는 파생어로 이루어진 구성요소들에서 일정한 형태가 줄어들거나 덧보태어지면서 완전동의어가 이루어진다.

○ 거위배앓이 - 거위앓이

　　달음박질　 - 달음질

　　외올실　　 - 외실

　　비스듬하다 - 비듬하다

　　낮추보다　 - 낮보다

　　늦은 여름 - 늦여름

　단어의 어떤 형태가 보태어지거나 줄어드는 현상은 고유어나 한자어가 자체의 어휘체계 속에서 흔히 일어난다. 한자어에서 '고사기관총'이 '고사총'으로 되고 '창문틀'이 '창틀'로 되며 고유어에서 '갈대밭'이 '갈밭'으로 되고 '갈림길목'이 '갈림목'으로도 될 수 있는 것은 어음축약의 결과로서 그것은 언어생활에서 의미파악에 아무런 손색이 없다.

　어떤 합성어 또는 파생어들은 합성어의 구성요소로 되기 전에는 의미 폭에서나 의미색채에서 서로 다른 것이 합성어의 구성요소로 이루어지면서 구체적 차이가 없어지고 공통성으로 추상된 결과 의미의 전등성이 보장되면서 이루어진 것도 있다. 이때 그것은 표현상 어떤 형태부가 보태어지거나 줄어진 형태로 나타나기도 한다.

　예하면 '돌멩이'는 '낱개로 된 그리 크지 않은 돌'을 두루 이르는 말로서 '돌'과 구별되지만 '돌질', '돌멩이질'에서는 그 뜻에서 조금도 다름이 없이 꼭 같은 것으로 되었다. '전기용 일용품'과 '전기일용품'에서는 단어의 뜻에서 용도의 측면을 명료하게 하기 위하여 '용'을 보태었으나 의미의 전등성은 파괴되지 않는다.

　어근에 접미사가 붙어서 이루어질 경우에 그 접미사에 의하여 의미 용적이 뜻 빛깔로 보태어지지도 않고 단어의 문법적 성격에도 변함없이 단지 그 단어의 어감이 좀 달라지면서 이루어진 것도 있다.

○ 겨드랑 - 겨드랑이

　　단연 - 단연히

걸채다-걸채이다

수리-수리개

합성어를 이룬 어근 중의 하나가 이미 대상을 이름 짓고 있음에도 불구하고 유개념적인 어근을 덧붙여 단순어근으로 된 단어와 합성어 사이에 완전동의어 관계가 이루어진 것도 있다.

○ 갈비-갈비뼈

　오막살이-오막살이집

　돋보기-돋보기안경

　설기-설기 떡

　각기-각기병

　창호지-문창호지

　장풍-장풍풀

　바-밧줄

이상에서 볼 수 있는바와 같이 어떤 것은 이미 대상을 분명히 이름 짓고 있음에도 불구하고 어원망각이 작용하여 그 뒤에 유개념적인 어근을 덧붙인 것이고 어떤 것은 대상을 이름 짓는 어근에 소속성을 명료하게 하기 위하여 유개념적인 어근을 덧붙여준 것이고 어떤 것은 단음절로 이루어진 까닭에 그 뒤에 유개념적인 어근을 덧붙여 단어로서의 안정성을 보장하기 위한 것이었다. 그 외에도 '춤-허리춤', '꽁무니-뒤꽁무니', '도리-도리머리' 등에서와 같이 대상을 이름 짓는 어근에다가 다시 그 대상의 위치나 장소를 나타내는 어근을 덧붙여 이루어지는 경우도 있다. 이것은 합성어를 이루는 어근 중의 하나가 한 대상에 대한 명명의 기능을 충족시키고 있지만 일련의 언어적계기로 하여 거기에 새로운 어근이 덧붙게 된 것이다.

합성어 또는 파생어로 이루어진 완전동의어 가운데는 일부 형태부가 바뀌어 이루어진 것도 있다.

○ 애벌김-아시김

　　호랑나비 - 범나비

　　겨냥대 - 겨눔대

　　허튼말 - 허튼소리

　　욕심쟁이 - 욕심꾸러기

　　울구다 - 우리다

　이러한 단어들은 이름 짓는 실마리는 대체로 같다하더라도 합성어를
이룰 때 뜻에서 같거나 비슷한 단어들 가운데 선택의 여지가 있어서
지방에 따라 사용자 또는 사용집단의 구미에 따라 달리 구성하여 쓰다
보니 그것이 또한 사회적으로 다같이 일반화되어 같은 자격으로 동등
하게 쓰이는 가운데 지방적 색채, 개인적 색채도 사라지고 나중에는
뜻에서 같거나 비슷한 형태부가 엇바뀌면서 동의어가 이루어진 것이라
생각된다.

　합성어(또는 파생어)의 구성요소로 되는 일부 형태부가 뜻에서 서로
다른 형태부와 엇바뀌어 완전동의어를 이룰 경우에 흔히 동일한 대상
에 대하여 이름 짓는 실마리가 달라져 이루어지기도 한다.

　○ 굳잠 - 속잠

　　접동새 - 소쩍새

　　물너울 - 물놀

　　분석기 - 감각기

　　통장갑 - 벙어리장갑

　합성어 또는 파생어의 구성요소로 되는 일부 형태부가 바뀌어 완전
동의어가 이루어지는 경우에 이름 짓는 실마리는 같으나 단어조성법이
다름에 따라 달라진 것도 있다.

　○ 부엉새 - 부엉이

　　종달새 - 종다리

　　뻐꾹새 - 뻐꾸기

　　소낙비 - 소나기

여기서 어근합성법으로 단어를 만드느냐, 접사에 의한 첨가적 수법으로 단어를 만드느냐가 문제로 된다.

단어를 만들 때 품사소속, 단어조성법, 단어의 기원이 다름에 따라 일부 소리가 바뀌거나 형태가 바뀌어 이루어진 것도 있다.

○ 갈래길-갈림길

　　오름길-올림길

　　골똘히-골몰히

　　갈이기계-가는 기계

　　가물-가뭄

이외에도 '쌍까풀눈-쌍꺼풀눈', '이럭저럭-이렁저렁' 등은 일정한 어음이 규칙적으로 바뀌었으나 의미가 변화되지 않았고 '광솔불-솔광불'은 형태부의 차례가 바뀌었으나 의미용적에는 아무런 변화가 없다.

(2) 문체론적 동의어

문체론적 동의어의 의미 구조는 a≃b+x로 표시된다. 공식에서 보여주다시피 문체론적 동의어에서의 의미 구조는 공통적 의미 b에 감정 정서적으로 채색된 뜻 빛깔 x가 보태어져 이루어진다. 이런 의미 구조를 가진 단어는 중성적이며 공통적인 의미를 가진 단어와 동의어의 쌍을 이룬다.

단어의 의미에는 기본적의미가 있는 외에 보충적인 의미가 있다. 기본적 의미는 홀로 개념을 나타낼 수 있으나 보충적인 의미는 홀로 개념을 나타내지 못하고 오직 기본적 의미에 의존해서야 개념의 여러 가지 색채를 표현할 수 있을 뿐이다. 기본적의미가 같은 동의어의 유형은 동의어 계열 내에서 기본적 의미가 변함없이 보장되는 조건하에서 보충적인 뜻 빛깔이 이러저러하게 보태어져 나타난다.

문체론적 동의어는 기본적 의미가 같은 조건하에서 새로운 보충적 뜻 빛깔을 분화시키는 것보다도 감정적 및 기능적 측면에서 문체의 표현적 효과를 높이는 것이다.

문체론적 동의어의 유형들 가운데는 동일한 대상에 대한 사람들의 각이한 감정 정서적 태도를 보여주는 정서 문체론적 동의어와 반영한 대상은 같으나 사용분야 또는 결합관계만 다른 기능 문체론적 동의어를 들 수 있다.

① 정서 문체론적 동의어

정서 문체론적 동의어는 동일한 대상, 현상을 반영하는 면에서 단어의 보충적의미가 인간의 감정정서를 불러일으키는 역할을 한다. 교제의 목적에 맞는 여러 가지 감정, 정서가 동반되는 것은 진술의 통신적 효과를 더욱 높여주는 데 이바지된다. 감정, 정서의 표현성에는 대상, 현상에 대한 이야기하는 사람의 여러 가지 평가적 입장 즉 존경, 애무, 겸손, 친밀, 풍자, 조소, 경멸, 멸시, 증오, 질책, 정중, 엄숙, 점잖음, 귀여움, 예스러움, 낮춤, 얕잡음, 홀함, 속됨, 기타의 색채들이 실현된다.

조선어의 문체론적 동의어에는 신체부분을 나타내는 것들과 친척관계, 성별관계 등을 비롯한 기타 보충명사로 이루어진 것이 많고 늘 쓰는 말들에서도 동사, 부사 등 여러 품사로 이루어진 것도 적지 않다.

정서 문체론적 동의어의 의미 구조를 밝혀내려면 $a \simeq +x$에서 x의 성분을 분석하면 알 수 있다. x는 여러 가지 감정색채로 윤색된 의미소의 표시이다. 정서 문체론적 동의어 성원들의 차이는 바로 x의 의미소에서 밝혀진다. 의미소 x의 여러 가지 유형을 보면 다음과 같다.

높이어 이르는 것:
  ○ 내외분-내외
    진지-밥
홀하게 이르는 것:
  ○ 갓난 것-갓난아이
    부아통-부아

주책머리 - 주책

결딱지 - 결

얕잡아 이르는 것:

○ 눈방울 - 눈알

번대머리 - 대머리

소견머리 - 소견

배돌다 - 베돌다

낮잡아 이르거나 낮추어 이르는 것:

○ 골딱지 - 골

귀때기 - 귀

아비 - 아버지

싸지르다 - 싸다니다

속되게 이르는 것:

○ 등살 - 등

사잣밥 - 주검

처먹다 - 먹다

속여먹다 - 속다

증오하거나 낮잡아 이르는 것:

○ 낯짝, 낯바닥, 낯바대기 - 낯

대가리 - 머리

배때기 - 배

대갈통 - 머리통

욕으로 이르는 것:

○ 지껄이다 - 말하다

개소리 - 말

개 - 앞잡이

놈, 자식, 녀석 - 남자

업신여기거나 낮추어 이르는 것:

○ 계집 - 여자

　작자 - 사람

욕으로 이르는 말 가운데 '년, 자식 놈, 녀석' 등은 해당한 어린아이를 가리켜 말할 때 '요, 고, 조'와 어울려 쓰이면 '요놈, 고놈, 조놈'에서와 같이 욕으로가 아니라 귀엽게 이르는 말로 된다. 이외에도 '배고프다'를 좀 점잖게 이르는 말로 '시장하다', '먹다', '자다'는 '잡다', '쉬다'라고 하고 '젊은이'를 친근하게 이르는 말로 '젊은네, 젊으신네'라고 한다. '해'를 다정하게 이르는 말로 '해님'이라 하고 '오빠'를 정중하게 이르는 말로 '오라버니'라 한다.

정서문체론적 동의어가 이루어지는 가운데 접미사 '-님'이 붙어서 존경의 뜻 빛깔을 나타내거나 접미사 '-쟁이, -머리, -갱이(-깽이), 뱅이, -꾸러기, -때기, -따귀, -보, -뜨기, -치, -퉁이, -아치, -딱지' 등이 붙어서 속된 그리고 여러 가지 감정 정서적 뜻 빛깔을 나타내는 경우가 적지 않다. 이 경우에 어떤 접사들은 주로 감정 정서적으로만 작용하고 어떤 접사들은 보충적인 새로운 의미를 분화시키면서 감정 정서적으로 작용하는 것이 특징적이다.

때로는 존경하는 대상에 대한 존경의 마음은 그 대상에게만 그치는 것이 아니라 그에게 딸린 자식들마저도 함께 존경을 표시하여 '자제분, 아드님, 따님'에서와 같이 부르게 된다. '사돈댁, 시댁'에서의 '댁'은 '사람'을 존경하는 데로부터 그 사람이 거주하는 '집', 또는 '가정'까지 존경하여 이르는 말로 된 까닭에 이런 말들은 감정 정서적 뜻 빛깔이 없는 중성적인 말과 짝을 이루어 정서 문체론적 동의어가 이루어지게 되었다.

대명사 '이', '그', '저'와 그로부터 여러 품사로 이루어진 파생어계열들이 서로 대응되면서 그것을 얕잡아 이르거나 귀엽게 이르는 정서 문체론적 동의어 부류가 특수현상으로 존재한다. 이 부류는 '요, 고, 조'로부터 수많은 단어들이 파생되어 동의어를 이루는 바 대명사 '이, 고,

저'에 대응되는 '요, 고, 조'와 거기에 불완전명사 '것'이 어울리면 '얕잡거나 귀엽게' 이르는 감정적 뜻 빛깔을 가진다.

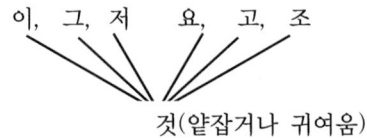

이, 그, 저   요, 고, 조

것(얕잡거나 귀여움)

아래에 '이, 그, 저'와 '요, 고, 조'에 의하여 파생되면서 이루어진 동의어의 계열을 대조적으로 예를 들어 보이면 다음과 같다.

'요, 고, 조'의 계열은 '이, 그, 저'의 계열보다 얕잡거나 귀엽게 이르는 감정적 뜻 빛깔을 더 가진다.

이(그, 저)계열	요(고, 조)계열
이것	요것
이다지	요다지
이러하다	요러하다
이리하다	요리하다
이러루하다	요러루하다
이만하다	요만하다
이마마하다	요마마하다
이러이러하다	요러요러하다
이맘때	요맘때
이리	요리
이까짓	요까짓
이만저만하다	요만조만하다
이러저러하다	요러조러하다
이래저래	요래조래
이럭저럭	요럭조럭
이렁저렁	요렁저렁
이러쿵저러쿵	요러쿵조러쿵
이리뒤척저리뒤척	요리뒤척저리뒤척
이러나저러나	요러나조러나
이리저리	요리조리

준말로 이루어진 경우에도 마찬가지다. '요' 계열에서 '요거'는 '요것'에서 준말로 이루어진 것이고 '요건, 요걸, 요게'는 '요것은, 요것을, 요것이(요기에)'에서, '요렇다'는 '요러하다'에서 준말로 이루어진 것이다. 이런 준말도 '이, 그, 저'와 '요, 고, 조' 계열에서 마찬가지로 대칭적으로 감정적 뜻 빛깔을 가지고 동의어 계열을 형성한다.

② 기능 문체론적 동의어

기능 문체론적 동의어는 동일한 대상, 현상을 가리키나 사용분야에서와 다른 단어와 결합하여 쓰이는 기능적 측면에서 정서 문체론적 동의어와 차이를 보일 뿐이다. 완전동의어 관계에 놓여있는 단어들도 기능적 측면에서 차이가 보이면 기능 문체론적 동의어 계열에 들어갈 수 있다.

기능 문체론적 동의어와 정서 문체론적 동의어와의 관계를 보면 정서 문체론적 동의어에서는 일반적으로 정서 문체론적으로 정도상 차이가 있는 윤색된 단어와 윤색되지 않은 단어들로 짝을 이룬다. 이때 정서 문체론적으로 뚜렷이 윤색될수록 그 사용범위는 협소하여지고 덜 윤색될수록 그 사용범위는 넓어진다. 정서 문체론적으로 윤색되지 않은 단어들은 정서문체론적견지에서나 기능문체론적견지에서나 중성적이다. 따라서 존경의 의미색채를 가진 단어들은 점잖은 문장에 많이 쓰이고 속된 의미색채를 가진 단어들은 비속한 문장 또는 허물없는 사이의 문장에 많이 쓰인다. 문체론적으로 윤색되지 않은 중성적 단어 '말하다'는 두루 널리 쓰이나 '말씀하다'는 존경의 대상에 대하여 정중한 또는 점잖은 문장에 쓰이며 '지껄이다, 씨불이다, 뇌까리다, 짖어대다' 등은 비속한 문장에서 대상을 낮잡거나 욕으로 이르는 경우에 쓰인다.

문체론적 동의어 가운데도 고유조선어휘와 한자어휘가 쌍을 이루거나 고유조선어휘와 외래어휘가 쌍을 이루어 존재하는 경우가 있다. 이때 한자어휘, 외래어휘가 점잖은 문장, 유식한 문장이거나 직업적 문장에 쓰이는 경우를 볼 수 있다. 한자어휘와 외래어휘가 쌍을 이루는 경우에는 외래어휘가 더 전문적인 직업적 문장에 쓰이는 경우가 있다. 이와 같은 현상은 어휘 층의 특수화와도 관련된다. 한자어휘가 고유어휘에 비하여 사용범위가 좁아지면서 특수화되는 것은 오랫동안 입말에서보다 서사어로 쓰인 사정과 관련되며 외래어휘가 한자어휘보다 사용범위가 좁아지면서 특수화되는 것은 서사어에서도 전문용어에서 흔히 쓰이는 사정과 관련된다.

고유어휘와 한자어휘 사이에서:

○ 나이 - 연치, 연세

　허파 - 폐

　아들 - 자제분

　나라 - 국가

고유어휘와 외래어휘 사이에서:

○ 재물 - 가성소다

　소금 - 염화나트륨

한자어휘와 외래어 사이에서:

○ 학질 - 말라리아

　금계랍 - 염산키니네

여기서 감정적으로 윤색된 단어들이 개별적 특성에 따라 사용범위가 제한된 것은 정서 문체론적 동의어유형에 기본적으로 귀속되지만 사용분야가 다른 기능적 측면을 홀시할 수 없으므로 기능 문체론적 동의어에서는 감정 정서적으로 윤색되지 않고 사용분야만 다른 그런 부류도 있다.

예를 들면 '각별하다', '거짓말' 등은 입말에서나 글말에서 두루 쓰이나 '각별나다', '거짓부리'는 입말에서만 쓰인다. '허재비'는 주로 입말에서, '허수아비'는 주로 글말에서 많이 쓰이지만 이런 단어들은 다른 감정적 색채를 가지지 않는다.

기능 문체론적 동의어에서 입말로 쓰이는 말들과 글말로 쓰이는 말

들이 중성적인 단어들과 쌍을 이루어 동의어 계열을 이룬 경우가 적지
않다.

　○ 곱쟁이 - 곱절
　　얼른 - 곧, 얼핏
　　우정 - 일부러
　　틈사구니 - 틈서리, 틈
　　어버이 - 아버지, 어머니
　준말로 된 것이 입말에 쓰이는 경우가 있다.

　○ 게 - 거기
　　외려 - 오히려
　　그게 - 그것이
　　되려 - 도리어
　한자어휘와 고유어휘가 쌍을 이룬 경우에 가벼움이나 통속함을 나타
내는 고유어휘가 입말에 쓰이고 정중성이나 예스러움을 나타내는 한자
어휘가 글말에 쓰인다.

　○ 늘상 - 항상
　　입성 - 의복
　　부러 - 고의로
　　붓대, 붓끝 - 필봉
　　알리다 - 고하다
　　그러나 - 단
　　머리 - 두뇌
　고유어휘나 한자어휘끼리 이루어진 동의어 계열에서도 예스러운 색
채를 나타내거나 점잖음, 정중성, 엄숙성 등의 표현적 뜻 빛깔을 띠면
그것은 글말에 쓰인다.

　○ 날아예다 - 날아가다
　　어이 - 어찌, 어떻게

　　노고지리 －종달새
　　서한－편지
　　스승－선생

　이와 같이 입말로 쓰이는 어휘들과 중성적인 어휘와의 차이, 글말에 쓰이는 어휘들과 중성적인 어휘와의 차이가 생기고 어휘사용분야에서 일정한 층이 이루어지는 것은 어떤 표현적 문체론적 뜻 빛깔을 가지는가와도 관계된다. 문체론적으로 중성적인 표현적 특징이 뚜렷하지 않은 단어들은 언어행위의 여러 경우에 어떠한 문체에서나 모두 쓰일 수 있다.

　단어가 문체론적 뜻 빛깔을 가지게 되는 것은 그 유형의 단어가 일정한 문맥 속에서 여러 번 반복적으로 사용된 결과 인간의 의식에 습관적으로 고착되어 문체론적 측면에서 구별이 생기게 되었으며 교제가 진행되는 일정한 분야와 장면에 의하여 표현적 뜻 빛깔에도 차이가 생기게 된 것과도 관련된다.

　기능 문체론적 동의어에는 단어의 기본적 의미에서는 다름없으나 다른 단어와의 결합관계 또는 단어 조성적 측면에서 기능의 차이가 있는 동의어들이 있다. 예를 들면 ‘값’이나 ‘가격’은 ‘상품의 가치를 돈으로 나타낸 것’의 뜻에서 다름이 없다. ‘상품의 값(가격)을 정하다’, ‘가격(값)을 낮추다’에서는 서로 바꾸어 쓸 수 있으나 ‘값을 치른다’, ‘값을 물다’에서는 가격을 쓸 수 없으며 ‘가격정책’, ‘가격의 일반화’에서는 ‘가격’ 대신에 ‘값’을 쓸 수 없다.

　‘철’과 ‘쇠’는 같은 뜻으로 쓰이나 ‘쇠고랑, 쇠갈고리, 쇠못’ 등에서는 ‘철’이 어울리지 않으며 ‘철갑모, 철광, 철광석’ 등에서는 ‘철’ 대신에 ‘쇠’가 어울려 쓰이지 않는다.

　이와 같이 결합관계 또는 단어 조성적 측면에서 차이를 보이는 것은 ‘날씨’와 ‘일기’, ‘염통’과 ‘심장’, ‘비료’와 ‘두엄’, ‘국가’와 ‘나라’, ‘서적’과 ‘책’ 등에서 많이 찾아볼 수 있다.

(3) 의미 분화적 동의어

의미 분화적 동의어란 주로 단어조성의 여러 가지 수법에 의하여 의미가 세분화되면서 동의어의 계열이 이루어진 것을 말한다.

의미가 분화되면서 새로운 동의어 계열을 이루게 하는 수법으로는 어근에 접사가 보태어져 이루어진 첨가적 수법과 뜻이 같거나 비슷한 어근이 합치면서 이루어진 소리 바꿈의 수법을 들 수 있다. 이런 수법들은 어디까지나 기본적 의미가 같고 의미론적 뜻 빛깔이 달라지는 한에서 동의어의 계열이 이루어진다.

의미 분화적 동의어의 의미 구조는 $a \approx b + x'$로 표시된다. 공식에서 보여주다시피 의미 분화적 동의어에서의 의미 구조는 공통적 의미 b에 분화된 의미론적 뜻 빛깔 x'가 보태어져 이루어진다.

의미 분화적 동의어에서는 분화된 의미를 가진 단어가 분화되기 전의 본래형태의 단어와의 사이에서 동의어가 이루어진다.

① 접사의 첨가에 의한 의미 분화적 동의어

접사의 첨가에 의한 의미 분화적 동의어는 보충적의미를 가진 형태부인 접사가 어근적 단어의 앞이거나 뒤에 첨가되면서 의미가 분화된 단어와 원래 있던 단어 사이에 이루어진 동의어의 부류를 말한다.

우선 접두사에 의한 의미 분화적 동의어의 계열을 보기로 하자.

○ 마흔－갓 마흔

　　짐승－뭇짐승

　　적수－맞적수

　　소리－군소리

　　울음－강울음

접두사에 의한 의미 분화적 동의어에서 의미론적 뜻 빛깔의 차이는 전적으로 접두사의 의미적 특성에 의하여 이루어진다. 위의 예들에서 보여주다시피 '갓 마흔'에서 '갓-'은 나이를 말하는 수사 '스물, 서른, 마흔, 쉰, 예순, 일흔, 여든,…' 등의 앞에 붙어서 '겨우', '바로'의 뜻을 나타낸다. '뭇별, 뭇사람, 뭇소리, 뭇 새, 뭇짐승, 뭇매, 뭇 발질, 뭇입' 등에서 '뭇-'은 '여러, 수많은'이란 뜻을 나타낸다. '맞바늘질, 맞돈, 맞불, 맞장구, 맞흥정, 맞절, 맞총질' 등에서 '맞-'은 '서로 비슷한'의 뜻을 나타낸다. '군손질, 군침, 군소리, 군일, 군말, 군대답'에서 '군-'은 '쓸데없는'의 뜻을 나타내고 '군불, 군음식, 군식구, 군입질'에서 '군-'은 '가외에 더한'의 뜻을 나타낸다. '강다짐, 강울음, 강기침, 강주정'에서 '강-'은 '그것만으로 이루어진', '순전한'의 뜻을 나타낸다. 이런 뜻 빛깔은 접두사의 첨가에 의해 이루어지며 어근적 단어와 파생어 사이의 의미론적 뜻 빛깔의 차이도 접두사에 의해 조성된다. 따라서 접두사에 의한 첨가적 동의어의 의미론적 뜻 빛깔의 차이를 밝혀내자면 접두사의 뜻을 알면 된다.

  ○ 헛-: '속이 빈', '실속이 없는', '거짓'의 뜻을 나타낸다.

    헛웃음-웃음
    헛걸음-걸음
    헛기침-기침
    헛소문-소문
    헛손질-손질
    헛치레-치레

  짓-: '함부로', '몹시', '세게'의 뜻을 나타낸다.

    짓구기다-구기다
    짓누르다-누르다
    짓마스다-마스다
    짓부수다-부수다
    짓이기다-이기다

  드-: '아주', '몹시'의 뜻을 나타낸다.

드높다-높다

드넓다-넓다

드세다-세다

드세차다-세차다

재-: '매우', '아주'의 뜻을 나타낸다.

재빨리-빨리

접두사에 의한 의미 분화적 동의어는 명사에서 가장 많이 이루어지고 그다음 동사에서 많이 이루어진다. 형용사, 수사에서는 희소하게 이루어질 뿐이다. 대명사, 관형사에서는 접두사에 의한 의미 분화적 동의어가 이루어지지 않는다. 단순히 접두사에 의한 의미 분화적 동의어는 의미론적 차이를 밝혀내기 어렵지 않으나 같은 어근에 접두사가 바뀌면서 이루어지는 동의어계열에서 단어들 사이의 의미론적 차이는 밝혀내기 어려운 경우가 많다.

동족어근에 접두사가 바뀌어 이루어진 경우에는 새로 이루어진 파생어 사이에서 동의어가 이루어질 뿐만 아니라 파생된 단어와 어근적 단어 사이에서도 동의어가 이루어진다. 이때 접두사에 의한 뜻 빛깔의 차이는 의연히 의미 분화적 동의어의 차이로 된다.

어근은 같으나 접두사 '생-'과 '날-' 또는 '풋-'이 바뀌면서 동의어가 이루어지는 호상관계를 그림으로 표시하면 다음과 같다.

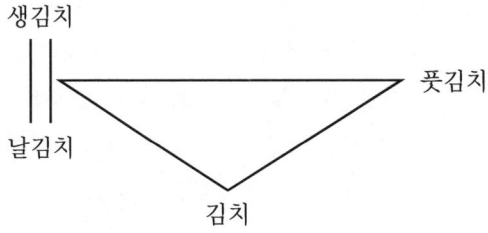

여기서 '풋김치'와 '김치', '생김치'와 '김치', '날김치'와 '김치'의 뜻에서의 차이는 접두사의 의미론적 차이에 의해 뚜렷이 나타난다.

'생김치'와 '날김치'는 '덜 삭은 김치'라는 뜻에서 같은 말로 표시된다. '풋김치'와 '생김치'의 의미론적 차이는 이루어진 자료와 김치 맛에서 구별할 수 있다.

'풋김치'는 '풋절이로 담근 김치'로서 그 자료는 어린 무나 배추 같은 것이다. 이런 남새들은 덜 익어서 풋내가 나는 것이 아니라 '덜 자라서' 풋내가 난다. 그러나 '생김치(날김치)'는 다 자란 무나 배추로 절인 것이라도 아직 삭지 않아 맛이 들지 않은 것이면 그렇게 말할 수 있는 것이다. 따라서 '풋김치'와 '생김치'의 구별이라면 김치를 만드는 자료의 견지에서 말하는 것인가 아니면 김치의 맛이 들고 들지 않은 견지에서 말하는 것인가에 따라서 다른 표식을 찾은 것이라 볼 수 있다.

접두사 '엇-'과 '맞-'이 향하는 방향이 '마주'의 뜻에서는 '엇대다'와 '맞대다', '엇걸다'와 '맞걸다', '엇서다'와 '맞서다'가 동의어로 쓰인다. 그러나 접두사 '엇-'은 '어긋나게'의 측면에서 '맞-'은 '마주'의 측면에서 강조되면서 뜻 빛깔이 달라진다. '맞대하여 보다'라고는 말하지만 '엇대하다'라고 말하지 않는다. '엇대다'는 '어긋나게 대다'의 뜻을 나타내고 '맞대다'는 '마주 대다'의 뜻을 나타낸다. '이마를 맞대다'라고는 말하지만 '이마를 엇대다'라고는 말하지 않는다. '단추를 맞걸다(엇걸다)'에서 '맞걸다'와 '엇걸다'는 통해 쓸 수는 있으나 '맞걸다'는 '양쪽이 어긋나게 걸다'의 뜻을 나타낸다. '엇서다'와 '맞서다'에서 '엇서다'는 '양보하거나 수그러지지 않고 엇나가며 맞서다'의 뜻을 나타내나 '맞서다'는 '서로 마주 대하여 서다'의 뜻에서 상대방과 충돌이 없을 수도 있다. '목숨을 내걸고 원수와 맞서다'에서는 '마주 겨루어 버티다'의 뜻으로서 '맞서다'는 '엇서다'에서보다 상대방과 충돌이 더 강함을 나타낸다.

접두사 '새-'와 '샛-', '시'와 '싯'은 빛깔을 나타내는 형용사어근에 붙어 빛깔이 같은 정도가 상대적으로 매우 세고 약함을 표시한다.

○ 새하얗다 - 샛하얗다

　새노랗다 - 샛노랗다

　새말갛다 - 샛말갛다

　시허옇다 - 싯허옇다

　시누렇다 - 싯누렇다

　시멀겋다 - 싯멀겋다

여기서 '샛'은 '새'보다, '싯'은 '시'보다 빛깔이 더 짙고 셈을 나타낸다.

접미사에 의한 의미 분화적 동의어의 계열을 접두사에 의한 의미 분화적 동의어의 계열과 마찬가지로 어근적 단어와 접미사의 첨가에 의한 파생어 사이에서 동의어가 이루어지는 것과 접미사가 다양하게 바뀌면서 파생어와 파생어 사이에서 동의어가 이루어지는 두 가지 경우가 있다.

접미사의 첨가에 의한 파생어와 어근적 단어 사이에서 이루어지는 동의어적 관계를 보면 다음과 같다.

○ -매: '맵시', '생김새'의 뜻을 나타낸다.

　눈 - 눈매

　몸 - 몸매

　옷 - 옷매

　손 - 손매

　-치: '강조'의 뜻을 나타낸다.

　부딪다 - 부딪치다

　놓다 - 놓치다

　깨다 - 깨치다

　밀다 - 밀치다

　-다랗: '무던히 어떠어떠하다'의 뜻을 나타낸다.

　가늘다 - 가느다랗다

　굵다 - 굵다랗다

높다-높다랗다

좁다-좁다랗다

-금: '강조'의 뜻을 나타낸다.

다시-다시금

이따-이따금

접미사에 의한 의미 분화적 동의어는 명사, 동사, 형용사에서 흔히 이루어지고 부사에서는 간혹 이루어지며 수사, 대명사, 관형사에서는 이루어지지 않는다.

접사의 첨가에 의한 의미 분화적 동의어는 접두사보다도 접미사에 의한 의미 분화가 보다 다양하고 풍부하다고 할 수 있다.

이에 대한 예로 빛깔을 나타내는 단어들에서 접미사가 다양하게 바뀌면서 섬세한 뜻 빛깔의 차이를 나타내는 동의어의 계열을 보기로 하자.

빛깔을 나타내는 단어는 조선어에서 동의어 성원이 가장 많이 파생되어 나가는 단어의 부류이다. 빛깔을 나타내는 기본단어 '검다, 붉다, 푸르다, 희다, 누르다'를 예로 들면 '검다'에서 파생되어 이루어진 동의어가 약 85개나 되고 '붉다'에서 파생되어 이루어진 동의어가 약 65개나 되고 '푸르다'에서 파생되어 이루어진 동의어가 약 42개, '희다'에서 파생되어 이루어진 동의어가 약 38개, '누르다'에서 파생되어 이루어진 동의어가 약 21개이다. 이상 빛깔을 나타내는 다섯 개의 기본단어에서 파생된 단어가 무려 250여 개나 된다. 여기서 접미사의 첨가에 의한 형태론적 체계와 의미론적 체계를 분석하는 데로부터 이 체계들의 호상관계를 보기로 하자.

빛깔을 나타내는 단어에는 접두사보다도 접미사의 수법이 매우 발달하여 접미사에 의하여 수많은 단어가 파생되어 나왔다. 예를 들면 '-앟(-엏), -대대(-데데), -댕댕(-뎅뎅), -레, -무레, -속속(-숙숙), -스름, -스레, -슥, -잡잡(-접접), -족족(-죽죽), -름, -트

름(-무트름), -퇴퇴(-튀튀), -께, -끄름, -끔, -웃, -숭, -실···'
등이다. 이러한 접미사들은 빛깔이 상대적으로 새뜻하고, 밝고, 뚜렷하
고, 진한 정도가 다르며 상대적으로 칙칙하고 어둡고 희미하고 연한
정도가 다르다. 빛깔에 대한 인간의 감정적 뜻 빛깔이 동반됨에 따라
곱고, 밉고, 보기 싫고, 보기 흥한 등의 차별도 있고 색깔이 고르고 고
르지 않은 것, 격에 어울리고 어울리지 않은 것, 같은 정도의 색깔에서
도 범위가 넓은 것과 좁은 것의 구별이 있다. 빛깔은 인간의 시각을
자극하여 감수하게 한다. 빛깔에 대한 인간의 감정이 다름에 따라서
빛깔을 나타내는 단어의 파생체계가 다르다. 앞에서 든 통계수자가 보
여준 바와 같이 검은빛의 파생어가 제일 많고 그다음 붉은빛, 푸른빛,
흰빛, 누른빛의 순으로 내려간다. 접두사 '새-, 샛-, 시-, 싯-'은 여
러 빛깔을 나타내는 단어들에 두루 붙어 쓰일 수 있으나 접미사의 경
우에는 '-앟(-엏)', '-스름', '-웃'의 계열만이 여러 빛깔을 나타내는
단어에 두루 붙어서 파생어의 체계를 이룰 뿐 그 외의 접미사들은 빛
깔의 특성에 따라서 붙여 쓰이는 범위가 각기 다르다.

예를 들면 '-대대(-데데)', '-댕댕(-뎅뎅)', '-족족(-죽죽)'은 흰
빛, 누른빛을 나타내는 단어들에 붙어 쓰일 수 없으며 '-속속(-숙숙)',
'-레', '-스레'는 검은빛과 붉은빛을 제외한 다른 빛깔을 나타내는 단
어에 붙어 쓰일 수 없다. '-잡잡(-접접)', '-퇴퇴(-튀튀)', '-트름(-
무트름)'은 검은빛에 한해서 순한 소리에나 된소리에나 할 것 없이 두
루 붙어 쓰이나 '-숭, -실, -끄름'은 빛깔에서 '붉다'의 순한 소리 계
열에만 붙어 쓰이고 '-께'는 '누르다', '푸르다'의 'ㅏ', 'ㅜ' 계열에 붙어
쓰인다. '-끔'은 '희끔하다, 해끔하다', '잇-'은 '거밋하다, 불깃하다, 푸
릿하다, 부잇하다'에서와 같이 쓰일 뿐이다.

빛깔을 나타내는 의미 분화적 동의어의 의미체계를 옳게 파악하기
위하여 의미 분화를 일으키는 접미사들의 뜻을 대조적으로 분석하여
빛깔 층을 작성한 도표를 보이면 다음과 같다.

접미사	빛깔의 짙은 정도		빛깔에 대한 감정		고르고 거친 정도
-앟(-엏)	짙다				넓고 고르다
-댕댕(-뎅뎅)	좀 칙칙하다	좀 짙 다	좀 거칠고 어울리지 않게	보기 흉하 다	거칠다
-대대(-데데))					
-잡잡(-접접))			거칠게	보기 싫다	
-족족(-죽죽)					
-퇴퇴(-튀튀)	흐리터분하다		깨끗지 못하게 좀 투박하다		
-속속(-숙숙)	수수하다				
-트름(-무트름)			트인 맛이 없이		

접미사	빛깔의 짙은 정도	빛깔에 대한 감정	고르고 거친 정도
-끄름 -소름(-스레) -께	어지간하다 (짙지도 연하지도 않다)	곱지도 밉지도 않다	고르다
-숭 -실 -레	좀 연하다	좀 곱다 (발그레하다)	고르다
-웃, -잇 -슥	연하다		고르다

접미사에 의하여 파생된 단어들에서 빛깔의 짙은 정도는 도표에서 보여주다시피 '-앟(-엏)'이 붙은 계열이 상대적으로 가장 짙은 층을 나타내고 짙지도 연하지도 않은 중간층은 주로 '-스름하다'가 붙은 계열로 나타내었다. 가장 연한 빛깔 층을 나타내는 것으로는 '-웃'이 붙어 이루어진 계열이다. 이 세 층은 계선이 비교적 뚜렷하며 접미사들은 여러 빛깔을 나타내는 단어들에 두루 붙어서 자체의 계열을 이루어 빛깔 층을 나타내는 특성을 가진다. 이 세 층을 기준으로 하여 빛깔이 아주 짙은 것, 짙은 것, 좀 짙은 것, 짙지도 연하지도 않은 것, 좀 연한 것, 연한 것으로 갈라볼 수 있다.

도표에서 짙지도 연하지도 않은 층에는 '-께, -끄름, -스름(-스

레)'이 있는데 왜 '－스름'이 붙은 파생어를 중간층에서의 기준으로 잡
는가 하는 까닭은 '－께'와 '－끄름'이 붙어 쓰이는 접미사에 의한 파생
어는 극히 제한된 범위에서 이루어지기 때문이다. 다음으로 이 몇 개
의 접미사에 의한 파생어들은 기본상 중간층의 빛깔을 나타내면서도
정도상의 약간의 차이를 보이는데 이 차이 역시 '－스름'이 붙어 쓰이
는 파생어들을 기준으로 하여 밝혀내기 때문이다. '－스름'이 붙은 파
생어는 중간층의 빛깔에서 기준으로 될 뿐만 아니라 좀 짙거나 좀 연
한 빛깔 층을 밝혀내는 데서도 기준으로 된다. 좀 짙은 빛깔 층은 접미
사 '－속속'이 붙은 파생어를 제외하고는 죄다 '보기 싫거나 보기 흉한'
감정적 뜻 빛깔을 가지므로 쉽사리 갈라져 나온다.

의미 분화적 동의어에는 소리가 바뀌거나 접사가 바뀌면서 파생되는
일련의 단어들이 죄다 한 계열 속에 집합된다. 그러나 여기서는 접사
에 의한 의미 분화적 동의어들이 뜻 체계에서 나서는 호상관계를 보여
주기 위한 것이다. 아래에 '푸르다'에서 'ㅏ'계열을 중심으로 하여 분화
된 동의어의 차이를 보여주면 다음과 같다.

○ 파랗다: 산뜻한 맛이 나게 푸르다.

　파르댕댕하다: 격에 어울리지 않게 파르스름하다.

　파르대대하다: 산뜻하지 못하게 파르스름하다.

　파르족족하다: 트인 맛이 없이 파르스름하다.

　파르께하다: 곱지도 짙지도 않게 파르스름하다.

　파르스름하다: 빛깔이 어지간하게 파랗다.

　파르무레하다: 옅게 파르스름하다.

　파릇하다: 약간 파란 듯하다.

　'붉다'의 'ㅏ'계열에서 이와 같은 실례를 들면 다음과 같다.

　발갛다: 산뜻한 맛이 나게 붉다.

　발그댕댕하다: 격에 어울리지 않게 발그스름하다.

　발그족족하다: 트인 맛이 없이 발그스름하다.

발그속속하다: 수수하게 발그스름하다.
발그스름하다: 어지간히 발갛다.
발그레하다: 좀 곱게 발그스름하다.
발그무레하다: 옅게 발그스름하다.
발긋하다: 약간 발간듯하다.

※ 이상의 뜻풀이는 『현대조선말사전』의 것을 참고하였다.

의미 분화적 동의어 가운데 어떤 것은 그 차이를 밝혀내기 매우 힘든 경우가 있다. 이를테면 '검숭하다'와 '검실하다'는 그 쓰임에서 다른 측면을 찾아서 밝혀내야 한다. '검숭하다'는 구레나룻의 빛깔과 같은 데 많이 쓰이고 '검실하다'는 햇빛에 그슬린 얼굴빛깔 같은 데 많이 쓰인다. '거밋하다'도 그 뜻에서 '검숭하다, 검실하다'와 별로 차이가 없다. 그러나 '거밋하다'는 그림자, 흙, 기와의 빛깔과 같은 데 많이 쓰인다.

접미사의 첨가에 의한 뜻 빛깔의 차이를 밝히기 어려운 경우를 몇 가지만 들어 보이면 다음과 같다.

'-ㅁ하다'와 '-ㅅ하다'에 의한 차이:

여기서 접미사로 볼 수 있다면 '-ㅁ'일 것이다. '-ㅅ'는 유의미적 형태부로 보기 어렵다. 그러나 이것들이 '하다'와 어울려 새로운 뜻 빛깔을 가지게 한 것이다.

○ 노릇하다 ― 노름하다
　해끗하다 ― 해끔하다
　희끗하다 ― 희끔하다
　파릇하다 ― 파름하다

이 동의어들은 서로 비슷하나 대체로 어감상에서 차이를 보일 뿐이다. '-ㅁ하다'에 의하여 파생된 단어들은 어감상에서 '-스름하다'의 계열에 견주게 되고 '-ㅅ하다'는 '보기에 그런 빛을 띤 것 같다'로 이해된다. 따라서 '노름하다'는 '좀 노르스름하다'로, '노릇하다'는 '조금 노란

듯하다'로 풀이 된다. '-스름하다'가 어울리지 않은 '희끔하다', '해끔하다'에서는 어감에서 달라질 뿐 뜻풀이에서도 '희끗하다', '해끗하다'와 다름없이 '조금 흰 듯하다', '조금 하얀 듯하다'로 될 수밖에 없다. 그러나 '희끗하다'는 '희끗희끗하다'와 의미론적으로 연계되어 있어 '(군데군데)하얀 빛깔이 섞여있는 모양'을 형용한 말로 이해된다. '머리털이 희끗하다'라고 하면 흰 머리털이 검은 머리와 섞여있어 총체적으로 '조금 흰 듯하다'의 뜻을 나타낸다.

'-잡잡(-접접)'과 '-족족(죽죽)'에 의한 차이:

○ 가무잡잡하다 - 가무족족하다
  거무접접하다 - 거무죽죽하다
  까무잡잡하다 - 까무족족하다
  꺼무접접하다 - 꺼무죽죽하다

여기서 '-접접'에 의해 파생된 '거무접접하다'나 '꺼무접접하다'에서는 빛깔이 '칙칙하고 트인 맛이 없음'을 나타내고 '-잡잡'에 의해 파생된 '가무잡잡하다'나 '까무잡잡하다'에서는 빛깔이 '환하게 트인 맛이 없음'을 나타낸다. '-족족'에 의해 파생된 '가무족족하다, 까무족족하다'에서는 빛깔이 '밝지 못하고 트인 맛이 없음'을 나타내고 '-죽죽'에 의해 파생된 '거무죽죽하다. 꺼무죽죽하다'에서는 빛깔이 '고르지 못하고 거칠게'의 뜻을 나타낸다. 따라서 '거무접접하다'는 '칙칙하게 거무스름하다'로, '거무죽죽하다'는 '고르지 못하고 거칠게 거무스름하다'로 뜻을 나타낸다.

'-트름'과 '-끄름'에 의한 차이:

○ 가무트름하다 - 가무끄름하다
  거무트름하다 - 거무끄름하다
  까무트름하다 - 까무끄름하다
  꺼무트름하다 - 꺼무끄름하다

여기서 '가무트름하다, 거무트름하다, 까무트름하다, 꺼무트름하다'는 '-트름'에 의하여 '빛깔이 좀 투박함'을 나타내고 '가무끄름하다, 거무끄름하다, 까무끄름하다, 꺼무끄름하다'는 '-끄름'에 의하여 '빛깔이 산 뜻하지 못함'을 나타낸다. 따라서 '거무트름하다'는 '좀 투박하게 거무스 름하다'로, '꺼무트름하다'는 '좀 투박하게 꺼무스름하다'로 풀이 되고 '가무끄름하다'는 '산뜻하지 못하게 가무스름하다'로, '까무끄름하다'는 '산뜻하지 못하게 까무스름하다'로 풀이된다.

접사의 첨가에 의한 의미 분화적 동의어에는 접두사와 접미사가 함께 첨가되면서 이루어지는 경우도 있다. 이에 대한 예를 들면 다음과 같다.

몰다 － 휘몰다 － 몰리다 － 휘몰리다

볶다 － 들볶다 － 볶이우다 － 들볶이우다

갈다 － 엇갈다 － 갈리다 － 엇갈리다

매다 － 처매다 － 매이다 － 처매이다

여기서 '휘몰리다'는 기본적 단어 '몰다'에 접두사 '휘-'가 첨가되어 '말을 휘몰다', '양떼를 휘몰아가다'에서와 같이 '급히 내몰다', '휩쓸어서 한 방향으로 내몰다'의 뜻을 나타내고 여기에 또 접미사 '-리'의 첨가 에 의하여 피동의 뜻을 나타내었다. 이와 같은 의미 분화적 동의어의 단계적 성격은 접사의 첨가에 의해 특징지어진다. 이런 단계적성격의 절차는 접두사가 먼저 붙고 후에 접미사가 다시 첨가되어 이루어질 수 도 있고 접미사가 먼저 붙고 후에 접두사가 다시 첨가되어 이루어질 수도 있는 것이다.

② 소리바뀜에 의한 의미 분화적 동의어

조선어동의어 가운데 대부대를 이루고 있는 한 유형으로는 소리바뀜 에 의한 의미 분화적 동의어가 있다. 소리바뀜에 의한 의미 분화적 동 의어는 한 어근으로부터 첫소리, 가운데 소리, 끝소리 등 어느 부분이 규칙적으로 바뀌어 이루어진다. 소리의 규칙적인 변화에 의하여 분화 된 동의어는 하나의 공통적인 어근에 의하여 의미의 공통성이 실현되 면서 소리바뀜에 의하여 미세한 뜻 빛깔이 분화되어 나간다. 소리바뀜에 의한 의미 분화적 동의어는 상징어에서 가장 특징적으로 나타나며 소리바꿈에 의한 다양한 표현은 그 의미의 측면에서 다른 단어들과 구별하여주는 뚜렷한 표식으로 된다.

소리바꿈에 의하여 의미 분화적 동의어가 이루어지는 조건을 보면 다음과 같다.

첫째, 분화된 동의어가 하나의 공통적인 어근의 범위를 벗어나지 말 아야 한다. 둘째, 모음의 교체에 의한 의미 분화적 동의어는 일반적으로 모음의 성질이 다른 음성모음과 양성모음이 교체되면서 동의어의 쌍이 이루어진다. 셋째, 자음의 교체에 의한 의미 분화적 동의어는 음절의 첫소리 구성에서는 일반적으로 순한 소리, 된소리, 거센소리가 바뀌면서 이루어지고 받침에서는 일부 자음의 교체에 의하여 이루어진다. 넷째, 소리바꿈에 의하여 이루어진 의미 분화적 동의어는 기본적 의미가 변함없는 조건하에서 뜻 빛깔만 달리하면서 파생되어야 한다.

이러한 기준에 의하면 '알 - 얼', '발 - 팔', '지르다 - 찌르다', '좇다 - 쫓다' 등은 역사적으로 일부 소리가 바뀌어 이루어진 것이 분명하나 현재 기본적 의미에서 동의어라 할 수 없다.

이상의 몇 가지 경우의 예들을 도표로 보이면 다음과 같다.

동의어유형 / 어음교체		소리바꿈에 의한 동의어의 예	뜻 비슷한 동의어	비교
모음 교체	ㅗ/ㅏ ㅜ/ㅓ	옴폭하다, 옴팍하다 움푹하다, 움퍽하다	옴쑥하다	ㅍ/ㅆ
	ㅏ/ㅓ ㅗ/ㅜ	하비다, 허비다 호비다, 후비다	오비다(우비다)	ㅎ탈락
	ㅣ/ㅐ	히물거리다, 해물거리다	시물거리다	ㅎ/ㅅ
	ㅗ/ㅜ	호물호물, 후물후물	오물오물(우물우물)	ㅎ탈락
	ㅣ/ㅏ/ㅓ	피뜩, 파뜩, 퍼뜩	문뜩(문득)	ㅍ/ㅁ
자음 교체	ㅈ/ㅊ	허정허정, 허청허청	허영허영	ㅈ(ㅊ)탈락
	ㄷ/ㄸ	도렷도렷하다, 또렷또렷하다	또랑또랑하다	ㅓ/ㅏ, ㅅ/ㅇ
	ㄱ/ㄲ	굼틀굼틀, 꿈틀꿈틀	굼실굼실	ㅌ/ㅅ, ㅡ/ㅣ
	ㅈ/ㅉ/ㅊ	징얼징얼, 찡얼찡얼, 칭얼칭얼	중얼중얼	ㅣ/ㅜ

앞의 도표에서 소리바뀜에 의한 의미 분화적 동의어는 자음이 변함 없는 조건하에서는 모음만 규칙적으로 바뀌고 모음이 변함없는 조건하에서는 자음만 3계열 내에서 규칙적으로 변하였을 뿐이다. 보다시피 오른쪽의 뜻 비슷한 의미 분화적 동의어 란의 단어들은 왼쪽의 의미 분화적 동의어 란의 단어들과 하나의 공통적인 어근으로 이루어진 것이 아니며 음절의 첫소리 구성도 3계열 체계 안에서 규칙적으로 변하여 이루어진 것도 아니다. 따라서 이러한 유형은 뜻 비슷한 동의어 계열을 이룰 뿐이다.

소리바뀜에 의한 의미 분화적 동의어에는 일부 모음이 바뀌어 이루어진 것과 자음이 바뀌어 이루어진 것이 있다.

모음이 바뀌어 이루어진 의미 분화적 동의어의 유형은 크게 음성모음 계열과 양성모음 계열 사이에서 서로 바뀌는 경우가 일반적이고 음성모음은 음성모음끼리, 양성모음은 양성모음끼리 바뀌는 경우도 간혹 있다. 어간의 모음 전체 또는 일부가 바뀌거나 합성어(또는 파생어)에서 어근의 전체 또는 일부의 모음이 규칙적으로 바뀌는 경우들이 있다.

모음이 바뀌는 유형을 종합하여 도표로 보이면 다음과 같다.

1	2	3	4	5	6	7	8	9	10	11
ㅓㅜ	ㅠ	ㅕ	ㅔ	ㅟ	ㅓ	ㅜ	ㅔ	ㅢ	ㅣ ㅏ,ㅓ,ㅗ,ㅜ,ㅑ, ㅛ,ㅐ,ㅔ,ㅚ,ㅟ	ㅡ ㅏ,ㅗ,ㅐ,ㅓ, ㅑ,ㅜ,ㅣ
ㅏㅗ	ㅑ	ㅛ	ㅚㅐ	ㅚㅐ	ㅘ	ㅘ(ㅟ)	ㅙ	ㅐ		

이 도표에서 보다시피 1부터 8까지 위쪽에 위치한 부분이 음성모음 계열이고 아래쪽에 위치한 부분이 양성모음 계열로 이루어진 것으로서 위와 아래 사이에서는 모음의 성질이 서로 다른 계열(즉 음성과 양성 모음)로 교체되는 경우이고 'ㅚ/ㅐ', 'ㅚ/ㅙ', 'ㅘ/ㅙ'의 교체는 음성모음끼리 교체되는 경우이다. 그리고 'ㅣ'와 'ㅡ'는 중성모음으로서 음성모음

이나 양성모음이 두루 교체될 수 있다. 'ㅢ'는 'ㅡ'와 'ㅣ'의 합성모음으로서 'ㅚ/ㅐ'가 교체되어 이루어지는 경우가 있다.

이에 대한 뜻풀이에서 의미색채의 차이를 대조적으로 보이면 다음과 같다.

단어	대상	조건	소리 또는 모양
텀벙	큰 사람이	깊은 물에 뛰어들어 잠길 때 나는	소리
탐방	작은 사람이	깊은 물에 뛰어들어 잠길 때 나는	소리
파닥파닥	작은 물고기 같은 것이	꽁지를 칠 때 나는	소리 또는 모양
퍼덕퍼덕	큰 물고기 같은 것이	꽁지를 칠 때 나는	소리 또는 모양
핑핑	총알 같은 것이	빠르게 공기를 가르고 나가는	소리 또는 모양
팽팽	작은 총알 같은 것이	빠르게 공기를 가르고 나가는	소리 또는 모양
아삭	연하고 싱싱한 과일이나 남새 같은 것을	가볍게 베물어 씹는 것과 같은	소리
어석	조금 단단하고 싱싱한 과일이나 남새 같은 것을	가볍게 베물어 씹는 것과 같은	소리
통탕	좀 탄탄한 물건을	가볍게 두드리거나 발로 구르는 것과 같은	소리
퉁탕	탄탄한 물건을	가볍게 두드리거나 발로 구르는 것과 같은	소리
도닥도닥		짧은 사이를 두면서 가볍게 두드리는	소리 또는 모양
두덕두덕		사이를 두면서 가볍게 두드리는	소리 또는 모양
박		야무지게 긁거나 가볍게 두드리는	소리
벅		세게 긁거나 문대는	소리
북		거칠게 긁거나 문대는	소리
자박자박		가볍게 발자국소리를 내며 걷는	소리
저벅저벅		크게 발자국소리를 내며 걷는	소리

단어	뜻 풀 이
얄브스름하다	좀 얇은 듯하다
열브스름하다	좀 엷은 듯하다
해반드르르하다	해말쑥하고 반드르르하다
희번드르르하다	희멀쑥하고 번드르르하다
까부장하다	키가 작고 허리가 좀 까부러져 보이다
꺼부정하다	키가 크고 허리가 좀 꾸부정해 보이다
볼그레하다	좀 곱게 볼그스름하다
불그레하다	좀 연하게 불그스름하다

이상의 예에서 모음이 바뀌면서 이루어진 의미 분화적 동의어의 뜻 빛
깔의 차이는 대체로 'ㅏ, ㅗ'를 비롯한 양성모음 계열과 'ㅓ, ㅜ'를 비롯한
음성모음 계열의 모음이 바뀌면서 이루어진 것이다. 대상의 부피가 크고
작음, 물건의 성질이 연하고 단단함, 탄탄하고 탄탄하지 않음, 반드러움
과 번드러움, 움직임의 가벼움과 요란스러움, 소리가 되바라진 것과 되바
라지지 않은 것, 새된 것과 새되지 않은 것, 상대적으로 야무진 것과 거
칠거나 센 것, 발자국소리가 크고 작음, 숨소리가 고르고 고르롭지 않음
등으로 구별된다. 이런 뜻 빛깔의 차이는 상대적으로 미약하나 구체적
대상에 따라 달라질 수 있다. 빛깔에서 밝고 어두운 것, 짙고 연한 것, 똑
똑하고 희미한 것, 새뜻하고 칙칙한 것, 속도에서 빠르고 더딘 것, 행동이
민첩하고 굼뜬 것, 성질이 명랑하고 음울한 것, 상태가 뻑뻑하고 설핀 것,
공간이 좁고 널찍한 것, 통이 가느스름하고 굵직한 것, 길이가 짤막하고
길쭉한 것, 무게가 가볍고 묵직한 것, 부피가 작고 큰 것, 거리가 가깝고
먼 것, 소리가 높고 낮은 것, 강하고 약한 것 등 구체대상에 따라 헤아릴
수 없이 많은 뜻 빛깔이 분화되어 나간다. 이때 전자에 속하는 것은 대체
로 양성모음 계열에서 나타나고 후자는 음성모음 계열에서 나타난다. 이
러한 차이는 의미의 대조 속에서 찾아볼 수 있으며 문맥에 따라 약간씩
변형되면서 여러 가지 뜻 빛깔을 아울러 나타내기도 한다.
　모음의 조음상 특성을 그 물리 음향적 특성과 연계시켜볼 때 낮은 모

음이고 열린 모음일수록 향도가 높고, 높은 모음이고 닫힌 모음일수록
향도가 낮다. 예컨대 모음 'ㅗ'는 'ㅏ, ㅓ'보다 높은 모음, 닫힌 모음이고
원순모음으로서 'ㅏ'보다 여리고 귀엽고, 잦은 느낌을 준다. 양성모음 또
는 상대적으로 향도가 높은 모음은 향도가 낮은 모음에 비하여 작으면서
도 명랑하고 귀여운 인상을 주고 음성모음 또는 향도가 낮은 모음은 상
대적으로 크면서도 어둡고 귀엽지 않은 느낌을 주게 된다.

  모음이 바뀌면서 의미가 분화될 때 상징어에서는 물리 음향적 특성과
생리 음향적 특성이 작용한다. 예컨대 웃음소리를 본다면 못 참을 듯이
웃을 때 내는 '깔깔'은 되바라진 목소리, '껄껄'은 시원스럽게 울리는 목
소리, '낄낄'은 입속으로, '깰깰'은 입속으로 조금 새되게 웃는 소리 또는
모양을 나타낸다. 웃음소리는 입을 벌리는 정도, 입술 모양과도 관계된
다. '하하'는 입을 한껏 벌리고 '허허'는 입을 예사롭게 벌리고 크게 웃는
소리 또는 그 모양일 것이고 '호호'는 입을 오므려 간드러지게, '흐흐'는
입술을 조금 벌린 듯이 하며 은근히, '히히'는 입을 모양 없이 벌리며 주
책없이 자꾸 웃는 소리 또는 모양을 나타낸다. 울음소리를 나타낼 때 보
면 '앙앙'은 어린애가 크게 우는 소리 또는 그 모양을 나타내고 '엉엉'은
목놓아서, '응응'은 응석을 부리면서, '잉잉'은 추근추근하게 우는 소리 또
는 모양을 나타낸다.

  자음이 바뀌어 이루어진 의미 분화적 동의어는 조선어 어음체계 가운
데 가장 특징적인 3계열 체계 내에서 자음들이 규칙적으로 바뀌면서 뜻
빛깔을 달리하고 있다. 순한 소리, 된소리, 거센소리가 바뀌면서 이루어
지는 의미 분화적 동의어는 모음에서보다 단조롭고 제한된 범위에서 진
행되나 비교적 활기를 띠게 되는 것은 자음들이 음절마다에서 바뀔 수
있고 그것이 또한 모음이 바뀌는 것과 밀접히 배합되어 진행될 수 있기
때문이다. 예를 들면 '잘각'에서 음절의 첫소리 'ㅈ'와 'ㄱ'가 각각 된소리,
거센소리로 엇바뀌어 9개의 단어로 파생되면서 뜻 빛깔이 분화된다. 게
다가 모음 '아'계열이 'ㅓ'계열로 바뀌면서 곱절 더 늘어나 18개의 단어로

파생되면서 뜻 빛깔이 더 세분화되어 나간다. '잘각, 잘깍, 잘칵, 찰각, 찰
깍, 찰칵, 짤각, 짤깍, 짤칵, 절걱, 절꺽, 절컥, 철걱, 철꺽, 철컥, 쩔걱, 쩔
걱, 쩔꺽 쩔컥' 등이 그러하다. 여기서 끝소리 'ㄱ'가 'ㅇ'으로 바뀌면 '잘
각 - 잘강', '잘깍 - 잘깡'에서와 같이 18개가 36개로 갑절 더 늘어난다.

자음이 음절 첫머리에서와 받침에서 바뀌는 현상을 그림으로 보이면
다음과 같다.

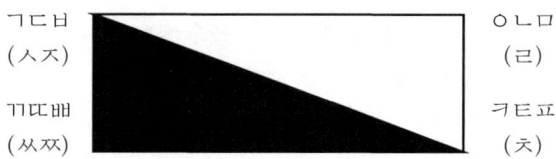

자음에서 본디부터 대응관계는 순한 소리, 된소리, 거센소리, 울림소
리로 구분된다. 음절 첫머리에서는 삼각형을 이룬 자음의 3계열 체계
내에서 서로 대응되는 음들끼리 바뀌고 음절의 끝에서는 원래의 대응
관계가 파괴되어 일부 순한 소리와 울림소리 사이에서거나 울림소리끼
리, 특수하게 순한 소리끼리 바뀌는 경우가 있다.

어감의 크기를 공식으로 표시하면 다음과 같다.

순한 소리 < 된소리 < 거센소리

모음에서는 음성모음 쪽이 양성모음보다 어감이 크다면 자음에서는
정도의 세기가 거센소리 쪽이 제일 세고 그 다음 된소리이며 순한 소
리로 이루어진 것이 제일 약하다. 뜻 빛의 차이는 소리의 세기 정도의
차이뿐만 아니라 행동을 일으키는 대상의 크고 작음, 묵직하고 가벼움,
속도의 빠르고 느림, 급박하고 느슨함, 끈기 있고 없음, 둔하고 가벼움,
이외에도 거칠고 야무지고 실없는 것 등 정도의 차이도 보인다.

어감의 크기는 음절 안의 어음의 배열순서와도 관계된다.

○ 방긋   < 방끗   < 빵긋   < 빵끗
  잘가닥 < 잘까닥 < 짤가닥 < 짤까닥

절거덕 < 철거덕 < 철꺼덕 < 철커덕

이와 같이 앞 음절이 뒤 음절에 비하여 어감의 세기에서 더 우세한
자리에 놓이게 된다.

○ 순옥이는 방긋 웃으며 고개를 숙인다.

○ 인순이는 달빛이 어린 얼굴을 쳐들며 방끗 웃었다.

○ 옥점이는 신철이가 웃는 것을 보니 좀 더 성을 내고 싶었으나 그는
　　따라 웃지 않고는 견디지 못하였다. 그래서 빵긋 웃고 내려왔다.

이와 같이 어감의 세기는 음절의 배열 순서와도 직접적으로 연관되
어 있다.

음절 끝에서 자음이 바뀌어 이루어진 의미 분화적 동의어는 음절의
첫머리에서 자음이 바뀌면서 이루어진 경우와는 달리 뜻 빛깔의 차이
가 비교적 법칙적으로 선명하게 나타나지 못하고 있다. 일부 자음들에
서만 뜻 빛깔의 차이가 뚜렷이 알려지고 대부분 경우에는 극히 미세한
차이를 나타낼 뿐이다.

음절 끝에서 자음이 바뀌는 경우를 보면 다음과 같다.

소리바뀜	예	소리바뀜	예
ㄱ/ㅇ	물컥물컥, 물컹물컹	ㄴ/ㅁ	슬근슬근, 슬금슬금
ㄹ/ㅅ	구불구불, 구붓구붓	ㄴ/ㄹ	미끈미끈, 미끌미끌
ㄹ/ㄱ	하늘하늘, 하늑하늑	ㄱ/탈락	흐르륵, 흐르르
ㅅ/ㅁ	할긋할긋, 할금할금	ㅇ/탈락	꽈르룽, 꽈르르
ㄱ/ㅁ	질룩질룩, 질름질름	ㄹ/탈락	폴싹폴싹, 포싹포싹
ㄱ/ㅅ	비슥하다, 비슷하다	ㅁ/ㅇ	촘촘하다, 총총하다
ㄹ/ㄹㄹ	우렁우렁, 울렁울렁	ㄱ/ㅂ	짝짝, 짭짭
ㄴ/ㅅ	사뿐사뿐, 사뿟사뿟	ㄹ/ㅇ	얼크러지다, 엉크러지다

소리 본딴말에서 뜻 빛깔 또는 어감에서의 차이는 어음구성과 밀접
히 연계되어있는 경우가 적지 않다. 예컨대 '달가닥, 달가당', '절그럭,
절그렁', '툭탁, 퉁탕' 등에서 음절의 끝소리 즉 울리는 특성이 없는 'ㄱ'
이 울리는 특성이 있는 'ㅇ'으로 바뀌면서 울리어나는 소리의 특성을

더 가진다. 그리고 '다르르, 다르륵', '드르르, 드르륵', '대구르르, 대구르륵'에서 볼 수 있는 바와 같이 'ㄱ'의 고착성의 특성이 소리 본딴말에 반영되어 마지막 음절이 '륵'으로 끝난 경우에 'ㄱ'받침에 의하여 굴러가다가 딱 멎었음을 나타낸다. 'ㄹ'은 혀의 굴러서 움직이는 소리를 본떠 만든 것과 관련하여 굴러가는 특성을 반영하고 있다.

③ 같거나 비슷한 어근이 되풀이되어 이루어진 의미 분화적 동의어

뜻이 같거나 비슷한 어근이 어울리어 이루어진 의미 분화적 동의어는 뜻 빛깔의 차이가 동작, 상태의 지속, 회수의 차이, 강조적 차이, 수량의 차이 등으로 나타난다. 이와 같은 동의어는 상징어에서 특징적으로 나타나고 일부 동사, 형용사, 명사, 관형사 빛 기타 부사에서 같거나 비슷한 어근이 되풀이되면서 이루어진다.

○ 딸랑딸랑 — 딸랑

　딸자식　 — 딸

　더더구나 — 더구나

　굶주리다 — 주리다

　별별　　 — 별

뜻이 기본적으로 같거나 비슷한 자립적인 어근이 되풀이되어 이루어진 의미 분화적 동의어는 뜻 빛깔에서 강조되는 측면이 달라진다.

○ 그 처녀는 조금만 뚱겨주면 뽀로통해서 왜쭉비쭉하는 축이었다.

'왜쭉비쭉'은 걸핏하면 성이 나서 못마땅한 표정을 지으며 왜쭉거리

고 비쭉거리는 모양을 나타낸다. '왜쭉왜쭉'인 경우에는 성이 나서 시
뚱하여지는 측면이 강조되고 '비쭉비쭉'인 경우에는 못마땅한 표정으로
입을 내미는 모양을 나타낸다.

　같은 어근의 특수한 변종으로 되풀이되어 이루어진 경우는 같은 어
근이 되풀이된 경우보다 더 강조되는 뜻 빛깔을 나타낸다.

　○ 어정버정　　어정어정　　(ㅂ첨가)
　　옹송망송　　옹송옹송　　(ㅁ첨가)
　　울긋불긋　　불긋불긋　　(ㅂ탈락)
　　옹긋쫑긋　　쫑긋쫑긋　　(ㅉ탈락)

어떤 것은 크기가 상대적으로 고르고 고르지 못한 차이, 색깔이 고
르고 고르지 못한 차이가 뜻 빛깔의 차이로 나타난다.

　○ 온몸에 얼룩덜룩 눈이 게발리었다.
　○ 노랗고 빨갛고 알락달락한 크고 작은 꽃을 피운다.

여기서 '얼룩덜룩'은 크기가 고르지 않게 눈이 게발린 모양을 나타내
었는데 '얼룩얼룩'으로 되어있다면 크기가 상대적으로 고르게 눈이 게
발린 모양을 나타낼 것이다.

　여기서도 볼 수 있는바와 같이 여러 가지의 빛깔 또는 무늬, 점 같
은 것이 '고르게 섞여있는 모양'을 나타낼 경우에는 같은 어근의 되풀
이 형으로 이루어진 '알락알락, 얼럭얼럭, 아롱아롱, 알롱알롱, 어룽어
룽, 얼룽얼룽, 알록알록, 얼룩얼룩' 등이 쓰이고 '고르지 않게 뒤섞여있
는 모양'을 나타낼 경우에는 같은 어근의 변형적 되풀이에 의하여 이
루어진 '알락달락, 얼럭덜럭, 아롱다롱, 알롱달롱, 어룽더룽, 얼룽덜룽,
알록달록, 얼룩덜룩'이 쓰인다.

(4) 기본적 동의어

기본적 동의어는 단어들의 기본적 의미에서 의미의 공통성이 이루어

지는 동의어의 계열을 말한다.

기본적 동의어의 의미 구조는 $a \approx b + y$로 표시된다. b는 공통적 의미를 표시하고 y는 기본적 의미들 사이의 차이를 표시한다.

보다 단의적인 단어에서는 의미 폭에서 차이가 크지 않는 것만큼 뜻이 거의 같거나 비슷한 단어들의 유형으로 동의어 계열이 이루어질 수 있으나 다의적 단어에서는 부차적인 파생적 의미에서가 아니라 어디까지나 단어에서 기본이 될 수 있는 의미에서의 공통성이 이루어져야 한다.

기본적 동의어의 의미론적 차이는 다음과 같은 몇 가지로 구별할 수 있다.

첫째, 구체적인 개념으로 개괄 되었는가 추상적인 개념으로 개괄되었는 가로 구별할 수 있다.

○ 날개 치다(구체): 새가 ~

　　나래 치다(추상): 미래에로 ~

둘째, 뜻이 개괄된 범위가 넓은가, 좁은가로 구별할 수 있다.

○ 흉내(넓다): 말소리나 동작

　　시늉(좁다): 동작

　　※ 공통성은 '본떠서 꾸며내다'이다.

셋째, 어떤 대상과 관련되어 쓰이는가에 따라 구별할 수 있다.

○ 껍데기: 달걀, 호두, 조개, 밤 등

　　껍질: 과실, 나무 등

　　※ 공통성은 '물체의 거죽을 싸고 있는 물질'이다.

넷째, 단어의 뜻에서 치중점, 강조점, 경중에 의한 차이 등 각이한 측면에서 구별할 수 있다.

○ 사람 - 인간 - 인물 - 인류

이 동의어에서는 중심적인 단어 '사람'에 의하여 의미의 공통성이 이루어졌다. 그러나 '사람'은 의식적인 활동으로 말할 줄 알고 일할 줄 안다는 측면에서 동물과 구별되는 점이 강조되고 '인간'은 사람이 사회적 존재라는 점에서, '인물'은 큰일을 할 만한 무게 있는 사람이라는 점에서, '인류'는 사람을 다른 생물과 구별하는 점에서 뜻에서의 차이가 있다. '인류해방', '인간지옥', '큰 인물이 되다', '사람구실을 하다'에서 서로 바꾸어 쓸 수 없는 까닭은 강조되는 서로 다른 의미적 측면이 작용하기 때문이다.

○ 사업 — 위업

'여러 분야에서 수행되는 일'이라는 뜻에서 공통성을 가지나 '위업'은 혁명위업에서와 같이 '위대한 사업'을 이르는 말로서 일반적인 일로서의 '사업'보다 무게 있게 쓰인다.

다섯째, 어떤 행동, 상태, 성질 등이 이루어지는 방식, 수단, 정도, 방향, 심도, 세기 등에서 동의어의 차이를 구별해낼 수 있다.

○ 작별 — 이별 — 송별

'서로 갈라지다'의 뜻에서 공통성을 가진다. 그러나 서로 갈라지는 방식 또는 행동방향에서 다를 수 있다. '작별'은 다시 만날 것을 기약하고 헤어지는 것을 의미하고 '이별'은 기약 없이 서로 갈라지는 것을 의미하고 '송별'은 떠나가는 사람을 작별하여 보내는 것을 의미한다. '송별'은 '보내는' 행동방향이 뚜렷하다. '작별인사', '송별인사'는 잘 쓰이나 '이별인사'로는 잘 쓰이지 않으며 '이별가', '이별시', '송별사', '송별연'은 쓰이지만 '작별가', '작별시', '이별사', '이별연'으로는 쓰이지 않는다.

○ 충고 — 권고

'타일러주는 것'의 뜻에서 같은 점이 있다. 그러나 '충고'는 진심으로 타일러주는 것, '권고'는 권하여 타일러주는 것의 차이가 있다.

○ 자빠지다 — 엎어지다

'넘어지다'의 뜻에서 공통성을 가지나 '자빠지다'는 넘어지는 방향이 뒤로이고 '엎어지다'는 넘어지는 방향이 앞으로이다.

여섯째, 이루어지는 전제, 조건, 과정 또는 시간적관계가 어떠한가에 따라서 동의어의 차이를 구별할 수 있다.

○ 굴복 — 항복 — 굴종 — 복종

'머리 숙이고 따라 좇다'의 뜻에서 공통성을 가진다. '굴복'은 주장이나 뜻이 굽혀진 조건에서 '복종하는 것'의 뜻을 나타내고 '항복'은 투쟁, 전쟁, 싸움 등에서 패배를 당한 전제하에서 '투항하고 굴복하는 것'의 뜻을 나타내고 '굴종'은 자주성을 잃은 전제하에서 '따라 좇다'의 뜻을 나타내고 '복종'은 명령이나 의사, 요구 등을 그대로 받아들이는 전제하에서 '따라 좇다'의 뜻을 나타낸다.

○ 정지 - 중지

'일을 하다가 그치는 것'의 뜻에서 공통성을 가진다. '정지'는 일을 시작하자고 하다가 그만두거나 진행되는 과정에서 멎거나 그칠 수 있으나 '중지'는 하다가 도중에서 그만두는 것을 의미한다. '중지'는 '정지' 보다 그만두기 전에 '과정'적인 뜻이 더 첨부되어 있다.

일곱째, 이루어지는 결과, 목적 및 의의가 어떠한가에 따라서 동의어의 차이를 갈라볼 수 있다.

○ 개량 - 개변 - 개선 - 개진 - 개혁

'좋은 방향으로 고치다'의 뜻에서 공통성을 가진다. '개량'은 원래의 기초 위에서 더 좋게 고치는 것을 의미하고 '개변'은 원래의 개초와는 관계없이 근본적으로 고쳐서 바꾸는 것을 의미하고 '개선'은 훌륭하게 고치는 것을 의미하고 '개진'은 고쳐서 진보를 꾀하는 것을 의미한다. '개혁'은 새롭게 뜯어고치는 것을 의미하고 여기서 결과적인 측면을 본다면 '개량'은 '더 좋게', '개변'은 '근본적으로 다르게', '개선'은 '훌륭하게', '개진'은 '진보를 꾀하여', '개혁'은 '새롭게 뜯어' 고쳐나가는 것을 의미한다.

○ 늪 - 호수 - 저수지

'물을 가두어놓음'의 뜻에서 공통성을 가지나 이루어지는 조건, 규모, 목적에서 다른 점이 있다.

'늪'은 반드시 자연적으로 이루어져야 하며 '호수'는 자연적으로 또는 인공적으로 이루어질 수 있으나 규모가 커야 한다. '저수지'는 주로 인공적으로, 그 목적은 논밭에 물을 대기 위하여 물을 모아둔 점이 다르다.

여덟째, 단어가 나타내는 어휘적의미가 긍정적인 것인가 부정적인 것인가에 따라서 동의어의 차이를 갈라낼 수 있다.

○ 부추기다 - 꼬드기다

'어떤 일을 하도록 남을 추기다'의 뜻에서 같은 점이 있다. '부추기다'는 '뒤에서 부추기다', '조직 선동사업에 적극적으로 나서도록 부추겨주었다'에서와 같이 '어떤 일에 마음을 움직여 적극 나서도록 권하거나 충동하다'의 뜻을 나타내고 '꼬드기다'는 '철이가 꼬드기는 말에 못 이겨서 싸움판에 끌려갔다', '꼬드김에 넘어가다'에서와 같이 '남을 꾀여서 어떤 일을 하도록 하다'의 뜻을 나타낸다. 여기서 '꼬드기다'는 부정적인 뜻으로 쓰이고 '부추기다'는 경우에 따라 나쁘게 혹은 좋게 쓰일 수 있다.

○ 조장시키다 - 길러주다

'더 자라게 하다'의 뜻에서 같은 점이 있다. '조장시키다'는 '나쁜 습성을 조장시키다'에서와 같이 주로 부정적인 세력에 대하여 '도와서 더 자라게 하다'의 뜻을 나타내고 '길러주다'는 '인재를 길러주다', '새싹을 길러주다'에서와 같이 '키우거나 가르쳐서 자라게 하다'의 뜻으로 쓰인다.

아홉째, 동의어 가운데서 중심적 단어를 찾아서 단어의 의미를 대조하거나 상응하는 반의어를 찾아서 대조하는 형식으로 차이를 밝혀낼 수 있다.

○ 비슷하다 - 흡사하다 - 유사하다 - 상사하다

이 동의어들의 공통적 의미는 중심적 단어 '비슷하다'에 의하여 이루어진다. 그러나 이 중심적 단어와 대조하면 '흡사하다'는 거의 같을 정도로 비슷하다, '유사하다'는 한 부류에 넣을 만하게 비슷하다, '상사하다'는 모양이 비슷하다는 뜻을 나타내므로 차이가 알려진다.

○ 잠시 - 임시

'얼마 되지 않는 동안'이라는 뜻에서 공통적이다. '잠시'는 '오래'와 반의적 관계를 가지면서 '얼마 되지 않은 짧은 동안'의 뜻을 나타내고

'임시'는 일반적으로 '고정'과 반의적 관계를 가지면서 '일시적으로 얼마 동안'의 뜻을 나타낸다. '임시노력'은 '고정노력'과 반의적 관계를 이루고 '잠시 동안'은 '오랫동안'과 반의적 관계를 이룬다.

열째, 문법적 특성의 차이에서 동의어의 차이를 찾을 수 있다.

○ 단결하다 - 단합하다

'한데 뭉치여 힘을 합치다'의 뜻에서 공통적이다. '단결하다'는 자동사로만 쓰이어 '동지들과 단결하다'로 쓰인다. '단합하다'는 자동사로도, 타동사로도 될 수 있어 '인민을 단합하다'로 쓸 수 있다. 그러나 '인민을 단결하다'로는 쓰이지 않는다.

○ 낙후 - 낙오

'사상, 행동에서 뒤진 것'의 뜻에서 같은 점이 있다. 그러나 문법적 특성에서 보면 '낙후'는 '교만하면 낙후해 진다'에서와 같이 '하다'가 붙어서 용언적 특성을 가지고 다른 단어와 결합할 수 있으나 '낙오'는 '하다'가 붙어 쓰이지 않는다.

(5) 부분적 동의어

부분적 동의어란 의미 폭이 서로 다른 동의어들에서 기본적 의미에서는 의미의 공통성이 이루어지지 않으나 파생적 의미와의 관계에서 의미의 공통성이 이루어지는 동의어의 계열을 말한다.

부분적 동의어의 의미 구조는 $a \approx b + y^1$로 표시된다. b는 공통적 의미를 표시하고 y^1는 파생적 의미와의 사이에서의 차이를 표시한다.

부분적 동의어에서 파생적 의미에 의한 의미의 공통성은 파생적 의미와의 교차관계에 의하여 이루어진다. 파생적 의미와 파생적 의미, 파생적 의미와 기본적 의미 사이에서 의미의 공통성이 이루어지는가, 이루어지지 않는가를 검증하자면 제한된 문맥과 단어결합 속에서 바꾸어 쓸 수 있는가 없는가를 보아야 한다. 바꾸어 쓴 결과 전체 의미전달에 크게 영향이 없는 것은 의미의 공통성이 이루어져 부분적 동의어의 계열 속에 들어갈 수 있으나 의미전달이 달라질 정도로 영향이 있는 것은 의미의 공통성이 이루어질 수 없으므로 부분적 동의어 계열 속에 들어갈 수 없다. 다시 말하여 문맥 속에서만 이루어지는 일시적 의미, 문맥적 의미에 의하여 이루어지는 의미공통성만으로는 부분적 동의어 계열 속에 들어갈 수 없는 것이다. 왜냐하면 그것은 정착된 의미로 고착되지 않았기 때문이다.

문체론적 효과의 측면에서 본다면 기본적 동의어는 주로 언어표현의 정확성, 명료성, 평이성을 위해 복무한다면 부분적 동의어는 주로 언어표현의 생동성, 형상성을 위해 복무하는 것이 특징적이다.

○ 달빛이 흐르는 밑에는 초가집이 궁전과 같이 아름답다.(흐르다 - 비추다)

○ 이마며 관골이며 턱이며 모든 것이 굵고 큼직큼직하게 생긴 철삼이의 사나이다운 얼굴에는 느닷없이 심란한 빛이 흐르고 있었다 (흐르다 - 어리다).

○ 어쩐지 천박한 세속티가 흐르는 것 같다.(흐르다 - 있다)

○ 침묵이 잠시 흘렀다.(흐르다 - 계속되다)

여기서 '흐르다'는 각각 '비추다', '어리다', '있다', '계속되다' 등과 부분적 동의어를 이룬다. '달빛이 흐르다'에서 '흐르다'는 비추어 퍼지다는 뜻에서 '비추다'와 동의어적 관계가 이루어지고 '얼굴에는 심란한 빛이 흐르다'에서 '흐르다'는 어떤 심리적상태가 얼굴에 차 넘치게 드러나다의 뜻에서 '어리다'와 동의어적 관계가 이루어지고 '세속 티가 흐르다'에서는 어떤 표정이 얼굴에 나타나있다의 뜻에서 '흐르다'가 '있다'와 동의어적 관계가 이루어지고 '침묵이 흐르다'에서는 어떤 상태가 계속되다의 뜻에서 '흐르다'가 '계속되다'와 동의어적 관계가 이루어져 특정된 언어 환경에서 서로 바꾸어 쓸 수도 있다. 파생적 의미를 가진 단어들은 문맥 속에서 기본적 의미를 가진 단어들보다 문장을 더 생동하고 표현력 있게 꾸며주는 역할을 한다.

○ 공포에 질린 사람들은 불안에 떨고 있었다.

○ '대학생'의 이야기를 듣고 난 방안의 모든 사람들의 얼굴은 불안
과 공포에 굳어져있었다.

두 예문에서 '질리다'와 '굳어지다'는 '긴장되어 기를 펴지 못하다'의 뜻에서 의미의 공통성이 이루어졌다. '공포에 질리다'에서는 그것이 '주먹에 가슴을 질리다'에서와 같이 기본적 의미로 쓰이는 것이 아니라 '겁에 질리다', '기가 질리다'에서와 같이 '두려워서 기세가 눌리어 맥을 추지 못하다'라는 파생적 의미로 쓰인 것이다. '공포에 굳어지다'에서 '굳어지다'는 '땅이 굳어지다'에서와 같이 기본적 의미로 쓰인 것이 아니라 '몸이 굳어지다', '가슴이 굳어지다'에서와 같이 '긴장하게 되다'의 파생적 의미로 쓰인 것이다. 이와 같이 '질리다'와 '굳어지다'는 파생적 의미 사이에서 의미의 공통성이 이루어져 부분적 동의어 관계를 이루었다. 문맥 속에서 '질리다'는 기세가 눌리는 측면이 강조되고 '굳어지다'는 긴장한 측면이 강조된다.

제3절 반의어의 의미 구조

인간은 말을 하면서부터 사유가 발전하여 오늘날 인류의 현대문명을 창조할 수 있었다.

인간의 논리적 사유는 2분법을 바탕으로 하여 발전하여왔다. 무질서하게 보이는 사물이나 현상에 대하여 두 쪽으로 갈라보려는 심리적 활동은 인간의 본능으로 간주할 수 있다.

연상심리학은 주어진 자극에 대하여 보여준 반응어 가운데 의미가 대립되는 대비성 단어가 상대적으로 높은 비중을 차지하고 있는데 대

하여 강조하였다. 우드로우와 로웰이 1916년에 작성한 연상유형의 상
대적 빈도에서도 이와 유사한 현상이 나타났으며(적어도 반응어의
20% 이상이 반의어에 속함) 브라운의 기본원칙, 웰즈의 임상편람 등에
서도 의미대비의 중요성이 지적되었다.

　지난날 전통적인 논리학에서는 반의어의 유형을 개념론에서 다음과
같이 구분하였다. 이를테면 반의어를 교차점이 없는 선언(選言)적 개
념, 호상 연관성을 가진 상관적 개념과 상대적 개념, 중간자의 개입여
부에 따르는 모순개념과 반대개념 등으로 갈랐다.

　옥든은 1967년에 인체의 구조적 특성에서 그 발상을 얻어서 위치의
상사적 대칭이 반대의 기본구조를 이룬다고 보았다. 옥든은 반대관계
를 만드는 구성요소들로 중간치, 차별성, 대칭구성, 상관성, 방향인자
(方向因子) 등의 개념을 사용하였다. 그의 분석은 등차(等差)와 절단(切
斷)에 방향인자를 설정하여 위치의 상사적 대칭을 가지는 기하학적 도
형 및 기호로써 모든 반대현상을 표시했다.

　1974년에 이르러 리이취는 어휘의미론의 견지에서 반의어를 2분법, 다
분법, 극반대, 관계반대, 계층, 연반대 등 여섯 개 유형으로 갈라보았다.

　이상의 연구 성과를 귀납하면 반의어를 구성한 단어의 쌍은 동질성
과 이질성으로 특징지어진다고 할 수 있다.

1. 반의어의 특성

　반의어를 가려잡는 기준을 바로 세우자면 반의어의 쌍을 이루는 동
질성의 조건과 이질성의 제약규칙들을 찾아내야 한다.

　반의어란 서로 반대되는 뜻을 가진 단어들을 말한다. 반의어가 이루
어지자면 동질성의 조건이 구비되어야 한다. 반의어가 이루어지는 동
질성의 조건은 동일한 개념의 외연을 가리키는가, 동일한 상위개념으
로 묶일 수 있는가 하는 것이다. 예를 들면 '겉'과 '속'은 '물체'라는 하

나의 대상에서 바깥쪽과 안쪽을 향한 부분을 말하고 '왼쪽'과 '오른쪽'
은 맞선 '위치'를 말한다. '피동'과 '능동'은 '행동'을 어떻게 수행하는가
에 따라 대립되는 것이고 '가볍다'와 '무겁다'는 '무게'가 어떠함을 말한
다. '볼록하다'와 '오목하다'는 물체의 겉모양이 어떠함을 가리키고 '얇
다'와 '두껍다'는 물체의 두께가 어떠하다는 것을 이르는 말이다. 이러한
단어들은 모두 대립되는 두 측면을 나타내지만 동일한 상위개념으로
묶어지거나 가리키는 범위가 같을 수 있다.

　품사가 다른 단어들은 일반적으로 가리키는 범위가 다르고 동일한
상위개념의 외연을 가질 수 없으므로 반의어가 이루어지지 않는다. 예
를 들면 '희다'와 '검다'는 색깔의 대립으로 반의어가 이루어지거나 '희
다'와 '거매지다'는 대립되는 뜻을 가지고 있다고 하지만 반의어로 될
수 없다. '희다'는 사물의 성질상태를 나타내는 단어로서 형용사이고
'거매지다'는 색깔의 변화상태를 과정적으로 나타내는 동사이기 때문이
다. 따라서 형용사와 동사 사이에는 일반적으로 반의어가 이루어지지
않는다. '허애지다'와 '거매지다'는 모두 동사로서 색깔의 대립 측면을
반영한 동사이기 때문에 반의어로 될 수 있다.

　동일성은 공통성을 전제로 하여 이루어진다. 동일차원에 있는 대립
되는 개념이 하나의 상위개념으로 묶일 수 있다면 다음과 같은 공식으
로 표시할 수 있다.

$$S_1 = X \quad \begin{matrix} S_2 = X+Y \\ \updownarrow \\ S_3 = X+Y' \end{matrix}$$

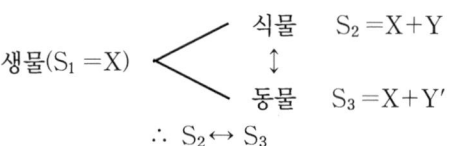

여기서 Y와 Y´가 대응하여 동일차원에 속해있고 배척관계의 의미소를 가졌다면 S₂와 S₃은 배척관계에 있는 반의어의 쌍을 이룬다고 할 수 있다.

이와 같은 예들은 많이 찾아볼 수 있다.

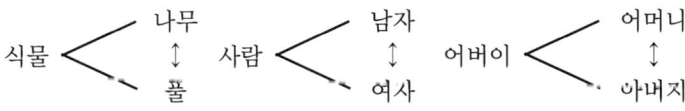

반의어가 이루어지는 한 쌍의 단어들은 동위개념의 성격으로 파악될 수 있어야 한다. 상위개념으로 묶어지는 유개념적인 단어의 품사소속과 동일차원에 있는 종개념적인 단어들의 품사소속이 서로 다른 성격으로 구성될 수 없다. 따라서 품사성격이 서로 다른 단어들은 참다운 동질성의 단어들로 파악될 수 없으며 반의어의 쌍을 구성할 수 없는 것이다.

반의어에서 동질성의 다른 한 조건은 동일언어사회 내에서 심리학적으로 동시 연상이 가능한 한 쌍의 단어들로 파악되어야 한다는 것이다. 이것을 단어의 공존쌍이라고 한다. 연상 심리학자들의 통계에 의하면 우리가 생각하는 반응어의 공존쌍 가운데서 적어도 20%의 정도가 반의어를 구성한다고 하였다. 예컨대 '아버지'라고 하면 '어머니', '아들', '딸'이 동시 연상의 범위에 들어갈 것이다. 그러나 '조카'거나 '외삼촌'은 '아버지'의 연상 범위에 들지 않는다. '아버지, 어머니, 아들, 딸'에서 반의어의 쌍을 찾을 수 있지만 '아버지'와 '조카'거나 '외삼촌'에서는 그것들이 동시 연상의 범위를 벗어난 것이기 때문에 반의어의 쌍의 존재여부를 운운할 수 없다. 동시 연상의 범위 안에서는 반의어의 쌍이 있을 수도 있고 없을 수도 있지만 동시 연상 범위를 벗어난 반의어의 쌍이란 객관적으로 존재할 수 없는 것이다. 참다운 반의어의 공존쌍은 반드시 동시 연상의 가능성이 존재하며 그것은 또한 동질성의 징표로 되는 것이다.

반의어의 공존쌍을 찾자면 동시 연상이 가능한 범위를 먼저 확정하는 것이 무엇보다 중요하다. 그다음 반의어의 다른 한 기준인 이질성의 징표를 찾아내는 것이다. 반의어의 동질성과 이질성의 표를 도표로 보이면 다음과 같다.

공존성 의미특성	X	Y
동질성	+	+
이질성	±	∓

반의어의 반의성은 의미가 반대되는 이질적인 특성에 의하여 결정된다. 이질성을 특징짓는 하나의 중요한 조건은 의미의 배타성이 지정되어 있는 것이다. 그것은 이질성의 내포를 포괄하고 있다. 기호로 표시하면 ＋ －, ○ × 또는 방향성의 기호 ↓ ↑, ↔, → ← 등과 같다.

의미의 배타성은 논리상에서 서로 배척하는 관계로 특징지어진다. 예를 들면 '묶다'와 '풀다', '입다'와 '벗다', '꼽다'와 '펴다' 등은 행동상의 배타성으로 하여 서로 본래의 상태로 되게 하는 작용을 한다. 기호는 '→ ←'로 표시할 수 있다.

한 현상의 양면성을 나타내는 단어들에서도 배척관계를 찾아볼 수 있다. 예를 들면 '주다'와 '받다', '팔다'와 '사다', '지다'와 '이기다' 등은 하나의 현상에서 서로 상반되는 행동을 볼 수 있다. 기호는 '＋－'로 표시할 수 있다.

서로 양립할 수 없는 사물, 현상에서 배척관계를 찾아볼 수 있다. 예를 들면 '전쟁'과 '평화', '구속'과 '자유', '죽다'와 '살다', '자다'와 '깨다' 등은 어떤 사물이나 현상들이 중간상태가 없이 사물의 양극성에 의하여 배척관계가 이루어진다. '성공'과 '실패', '주관'과 '객관' 등 제3자의 개입이 현실적으로 불가능한 모순관계에서도 중간의미가 존재하지 않는다.

중간적 의미를 가진 제3자의 존재가 현실적으로 가능한 모순관계에서는 모순의 대립이 심한 쌍방이 반의어를 이루고 제3자는 반의어의 대상이 될 수 없다. '위'와 '아래' 사이에는 '중간'이 있고 '아침'과 '저녁' 사이에는 '점심'이 있고 '상류'와 '하류' 사이에는 '중류'가 있지만 이런 중간적 의미를 가진 대상들은 모순쌍방의 심한 대립 속에 중간상태로 끼어 있을 뿐이다. 따라서 모순관계에 의한 대립 면이 여럿이 있을 때 반의어를 가려잡자면 대립이 가장 심한 모순쌍방을 반영한 대상들을 찾아내야 한다.

반의어는 대립되는 객관사물의 본질적 속성을 반영하나 그것 자체가 본질적 속성은 아니며 어디까지나 언어적 현상으로 존재한다.

반의어는 언어적 현상인 것만큼 동질적인 사물현상의 대립관계를 가지고 있지 않다고 하여 반의어가 아닌 것은 아니다. 예를 들면 '하늘'과 '땅'은 대립되는 현상을 나타낼 수 없지만 사람들이 오랫동안 습관된 의식에서 보면 '하늘'은 높고 '땅'은 낮으므로 반의어를 이룬다. 친속관계에서 성별에 의해 대립되는 '아버지'와 '어머니', '며느리'와 '아들', '딸'과 '사위' 등은 의존관계를 나타내며 순서에 의하여 대립되는 '맏아들'과 '막내아들', '큰아버지'와 '작은아버지' 등은 그자체가 대립을 이룬 것이 아니라 언어적 습관에 따라 대립으로 인정되는 것이다.

'교원'과 '학생', '부모'와 '자식', '바다'와 '육지' 등은 논리적견지에서 보면 대립관계로 나타나는 것이 아니라 양자 사이에 어느 하나가 없으면 다른 하나도 존재할 수 없는 불가분리의 관계에서 서로 의존되고 있다. 이런 상관적이며 상대적인 개념의 관계가 의존관계에 의해 반의어를 이룬다.

반의어가 이루어지자면 의미의 교차가 생기지 말아야 한다. 예를 들면 '잡수다'와 '처먹다', '사망하다'와 '뒈지다'는 높이어 이르는 말과 낮추어 욕으로 이르는 말로서 감정적 색채에서만 대립적 정서가 나타날 뿐 본질적 의미에서는 대립관계가 이루어질 수 없다. 이러한 단어들은 동일한 대상을 가리키므로 동의어 계열 속에 들어갈 수는 있어도 반의 어의 공존쌍으로는 존재하지 않는다.

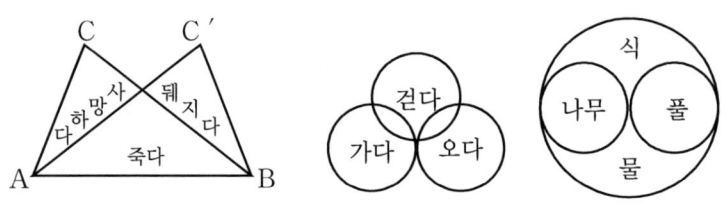

그림에서 볼 수 있는바와 같이 '사망하다'와 '뎨지다'는 '죽다'라는 공통적인 의미를 가지고 동의어를 이루었다. 공통적 의미는 의미의 교차에 의하여 이루어진 것이다. '걷다'와 '가다', '걷다'와 '오다'는 의미의 교차가 부분적으로 이루어져 동의어도 아니고 반의어도 아니다. 그러나 '가다'와 '오다'는 의미의 교차가 생기지 않으므로 방향의 대립을 나타내는 반의어의 공존쌍으로 될 수 있다. '식물'과 '나무', '식물'과 '풀'은 유개념과 종개념의 관계에서 의미의 교차가 생긴 것이므로 동의어도 반의어도 아니다. 종개념적인 '나무'와 '풀' 사이에서는 의미의 교차가 이루어지지 않아 반의어의 공존쌍이 될 수 있다. 이와 같이 동위적 개념들에 의하여 이루어진 반의어의 공존쌍은 의미상의 분리성 또는 배타성의 작용으로 말미암아 의미의 공통성과 유의성이 배제된다. 동위적 개념들의 공존쌍 호상간에 의미의 교차가 생기지 말아야 한다는 것은 논리학의 견지에서 볼 때 교집합(交集合)이 의미영역에서 발생하지 말아야 한다는 뜻이다.

반의어는 연상되는 단어군이 쌍이 아니고 셋으로 되어있을 때 그것을 정삼각형으로 추상화하여 생각할 수 있다.

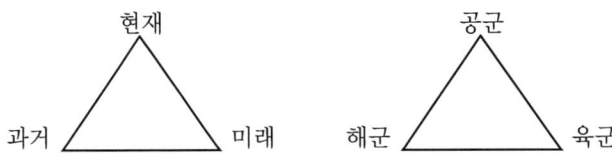

정삼각형으로 가상한 그림에서 '과거, 현재, 미래'는 시간적관계의 대립으로, '해군, 공군, 육군'은 싸우는 조건과 환경의 대립으로 반의어쌍을 가가 묶을 수 있다. 이것을 동질성과 이질성의 준칙으로 검증하면 다음과 같다.

		과거	현재	미래	반의어쌍
동질성	시간범주	+	+	+	
이질성 (시간적 관계)	과거	○	×	×	과거↔현재 과거↔미래
	현재	×	○	×	현재↔과거 현재↔미래
	미래	×	×	○	미래↔현재 미래↔과거

		육군	해군	공군	반의어쌍
동질성	군대	+	+	+	
(싸우는 지점)	육지	○	×	×	과거↔현재 과거↔미래
	바다	×	○	×	현재↔과거 현재↔미래
	공중	×	×	○	미래↔현재 미래↔과거

　도표에서 보여주다시피 반의어쌍은 세 단어들 가운데 임의로 어느 한 단어를 빼어버리면 나머지는 반의어의 훌륭한 쌍이 된다.
　이러한 판단은 사람들 개개인의 인식의 범위가 반의어의 동질성과 이질성을 구별하는 준칙을 세울 수 있게 한다. 이러한 준칙은 동일언어사회 안에서 다른 사람에게 공인되는 객관성이 있어야 한다.
　공존단어가 여럿 가운데서 어느 것이 반의어의 쌍을 이루는가를 알아내자면 대립현상의 특성을 찾는 방법으로 감별해낼 수 있다. 예를 들면 절기를 나타내는 '춘, 하, 추, 동'에서 기후가 춥고 더운 계절의 대립으로 '여름(하)'과 '겨울(동)'이 맞서고 농작물을 심고 거두는 계절의 대립으로 '봄(춘)'과 '가을(추)'이 맞선다. 방향을 나타내는 '동, 서, 남, 북'에서 '동'과 '서', '남'과 '북'이 공간적 위치에서 상대되는 쪽으로 맞선다. 이와 같은 대립현상의 특성은 사람들의 언어의식에 작용하여 인차 반의어의 쌍을 연상시킨다. 만일 '봄'과 '여름', '가을'과 '겨울', '겨울'과 '봄'으로 공존쌍이 이루어진다면 그것은 시간적 연속성으로 하여 교집합이 생길 수 있으며 여기에서는 대칭적 상반성이란 표식은 전혀 찾을 수 없다. 이런 경우에 대칭적 상반성은 반의어를 가려잡는 징표로 된다.

하나의 상위개념 속에서 하위개념으로 묶이는 단어들이 여럿일 경우에도 임의의 두 단어가 반의어의 공존쌍으로 될 수 있다. 이때 감별방법은 역시 동일사회 내의 경험이 반의어의 동질성과 이질성의 표식을 마련하게 된다. 예컨대 감각을 나타내는 '시각, 청각, 후각, 미각, 촉각'에서 '시각'과 '청각'은 눈으로 보고 귀로 듣는 데서 이루어지는 감각이다. '눈'과 '귀'가 사람의 감각기관의 기능의 서로 다른 작용으로 이질성의 표식을 세운다면 '시각'과 '청각'은 반의어를 이룬다고 보아진다. 이때 이질성은 상대방이 가지고 있는 특성의 결여성으로 표시된다. 금속류에 속하는 '금, 은, 동, 철, 연'에서도 '금'과 '은'은 가장 일반화된 귀금속으로서 값의 높고 낮음과 색깔에서 누렇고 흰 것은 사람들의 의식에서 대립물로 공인되었다. 이와 같이 동일사회 안에서 사람들의 경험에 의해 공인되는 동질성과 이질성의 구별은 반의어의 공존쌍을 찾아내는 데서 큰 역할을 한다.

특히 친척관계를 나타내는 단어들에서는 배타성이 가장 명료하게 지정되는 단어들을 반의어로 가려잡아야 한다. 예를 들면 '할아버지, 외할아버지, 할머니, 외할머니'에서 '할아버지'라고 할 때 성별관계에 의한 대립으로 '할머니'가 연상되고 '친할아버지'라고 할 때 '친가'와 '외가'에 의한 대립으로 먼저 '외할머니'를 연상시키지 않고 '외할아버지'를 연상시킨다. 현실생활에서도 '할아버지'와 '할머니', '외할아버지'와 '외할머니'가 짝을 이루는데 이것은 성별관계의 배타성으로 하여 반의어를 구성하고 '친할아버지'와 '외할아버지', '친 할머니'와 '외할머니'는 '친가'와 '외가'에 의한 친척관계에서의 배타성으로 하여 반의어를 이룬다. '친할아버지'와 '외할머니'는 앞에서와 같이 배타성이 명료하게 지정되지 않으므로 반의어의 쌍으로 가려잡기 어렵다.

조선어에서 긍정과 부정에 의한 모순관계는 흔히 부정을 나타내는 형태부가 단어의 앞에 붙어서 이루어지는 경우가 적지 않다. 예를 들면 '혁명'과 '반혁명', '현실적'과 '비현실적', '정의'와 '부정의' 등은 반의어의 공존쌍으로 될 수 있다. 그러나 모순관계를 나타내는 가운데 부정부사 또는 부정의 뜻을 가진 단어가 단어결합을 이루게 되면 반의어의 공존쌍으로 될 수 없다. 예를 들면 '감각하다'와 '무감각하다'는 반의어로 될 수 있으나 '감각이 없다'는 '감각하다'와 반의어를 이루지 못한다. '밝다'와 '어둡다'는 반의어를 이루나 '밝지 못하다'거나 '아니 밝다'는 단어결합으로 이루어진 것이므로 '밝다'와 반의적 관계를 이루지 못한다. 긍정과 부정관계에서 이루어지는 반의어의 쌍을 기호 'O ×' 또는 '+ −'로 표시할 수 있다.

반의어의 공존쌍은 색채적 의미에서도 같아야 한다. 일반적으로 중성적인 단어와 색채적의미가 덧붙은 단어 사이에는 반의어가 이루어질 수 없다. 예를 들면 '자다'와 '깨어나다'는 반의어로 될 수 있으나 '주무시다'와 '깨어나다'는 반의어로 될 수 없으며 '살다'와 '죽다'는 반의어로 될 수 있지만 '살다'와 '썩어지다'는 반의어로 될 수 없다. '가느다랗다'와 '굵다랗다'는 반의어로 될 수 있으나 '가느다랗다'와 '굵다'는 반의어로 될 수 없고 '높직이'와 '나직이'는 반의어로 될 수 있으나 '높이'와 '나직이'는 반의어로 될 수 없다.

반의어는 일반적으로 같은 어휘 체계 내에서 이루어진다. 고유어휘와 고유어휘, 한자어휘와 한자어휘끼리 반의어를 이루는 경우가 많다.

예를 들면 '기쁨'과 '슬픔', '웃음'과 '울음', '늙은이'와 '젊은이', '추위'와 '더위' 등은 고유어끼리 반의어를 이룬 것이고 '대(大)'와 '소(小)', '상급'과 '하급', '노년'과 '소년'은 한자어끼리 반의어를 이룬 것이다. 일반적으로 한자어와 고유어가 반대되는 뜻을 가진 단어들이 있어도 반의어의 쌍을 이루지 않는다. 예컨대 '위'와 '아래', '상'과 '하'는 반의어의 쌍을 이루나 '위'와 '하'는 반의어의 쌍을 이루지 않으며 '고'와 '저', '높다'와 '낮다'는 반의어의 쌍을 이루나 '고'와 '낮다'는 반의어의 쌍을 이루지 않는다.

2. 반의어의 의미 구조적 유형

반의어는 포괄하는 범위가 넓고 내용이 다양하다. 반의어의 유형은 반의어가 담고 있는 내용에 따라 갈라볼 수도 있고 반의어를 구성하는 요소에 따라 갈라볼 수 있으나 편의상 반의어를 이루는 내용과 존재형식에 따라 다음과 같이 갈라볼 수 있다.

(1) 사회의 모순관계에 의하여 이루어진 반의어

여기에는 사회의 불상용적인 모순에 의하여 생겨난 반의어가 가장 뚜렷이 나타난다.
　○ 무산계급-자산계급
　　사회주의-자본주의
　　전쟁-평화
일반 정치경제생활에서도 모순의 대립으로 이루어진 반의어를 흔히 찾아볼 수 있다.
　○ 집단-개인
　　객체-주체

　　보수－진보
　　이득－손실
　　공동소유－사적소유
　사회의 모순관계에 의하여 생겨난 반의어들은 정치적인 색채를 다분
히 띠고 있다.

(2) 시간적 관계 및 양적관계에서 대립을 나타내는 반의어

○ 밤－낮
　　다량－소량
　　상질－하질
　순차적 관계에서도 시간적 대립이 나타난다.
○ 선배－후배
　　선동이－막동이
　　올감자－늦감자
　　올벼－늦벼
　　맏아들－막내아들
　양적 및 질적 관계에 의하여 대립이 이루어진 것도 있다.
○ 많다－적다
　　좋다－나쁘다
　이런 유형의 반의어들은 대립되는 관계를 나타내는 A와 B 사이에
C를 설정할 수 있다면 'A는 C에 비하여, B는 C에 비하여 각기 대립되
는 방향에서 같은 정도로 어떠함'을 나타낸다. 이러한 대립으로 이루어
진 반의어들은 성질, 상태, 정도를 나타내거나 대상의 특성을 특징지어
나타내는 단어 등에서도 나타난다.
○ 가늘다－굵다
　　곱다－밉다

기쁘다－슬프다

어렵다－쉽다

가볍다－무겁다

밝다－어둡다

용감하다－비겁하다

(3) 서로 상반되는 행동, 방향, 위치 관계에 의하여 이루어진 반의어

○ 접다－펴다

매다－풀다

묻나－파내나

높이다－낮추다

살찌다－여위다

이런 반의어를 구성한 동사는 상대방향에로의 호상작용에 의하여 원상태를 회복할 수 있는 가능성을 가지게 한다.

○ 가다－오다

오르다－내리다

밀다－당기다

서로 상대방향으로 움직이는 이러한 행동은 쌍방의 위치이동에 따라 중심의 어느 한 곳에서 교차점이 생길 수 있고 중심에서 상반되는 쪽으로 멀리 떨어져 나갈 수도 있으며 서로 가까운 방향에로 이동할 수 있다.

상대방의 존재를 자기 존재의 조건으로 삼는 행동의 대립에서도 반의어가 이루어진다.

○ 때리다－맞다

주다－받다

　　지불하다-영수하다

　　대여하다-차용하다

이러한 반의어는 대방의 행동을 연이어 일어나게 하는 것이 특징적이다.

상대방의 감정정서에 직접 작용하는 반의어들도 있다.

○ 기리다-헐뜯다

　　사랑하다-미워하다

　　옹호하다-반대하다

　　존경하다-멸시하다

상반되는 위치공간적인 개념으로 반의어를 이룬 것도 있다.

○ 동-서

　　위-아래

　　앞-뒤

　　왼쪽-오른쪽

　　머리끝-발끝

(4) 호상의존관계에 의하여 대립되는 반의어

○ 스승-제자

　　남자-여자

　　부모-자식

　　바다-육지

　　호상의존 관계에서 일방의 존재는 다른 일방의 존재를 전제로 한다.
쌍방에서 어느 일방의 존재가 불가능하다면 다른 일방도 따라서 존재
할 수 없게 된다. 이 유형은 'A가 있게 되니 B가 따라서 있게 되고 B
가 있게 되니 A도 따라서 있게 된다'는 형식으로 이루어진다.

　　이런 반의어의 쌍은 행동성을 가진 명사적 단어들에서도 나타난다.

○ 종합－분석
　취임－해임
　해돋이－해넘이
반의어를 이룬 어느 일방이 없으면 다른 일방의 존재가 전혀 불가능
하다.

(5) 긍정과 부정관계에서 이루어진 반의어

합성어 또는 파생어로 이루어진 단어들에서 앞 형태부가 반의적 관
계로 이루어지고 뒤에 어근이 공통적으로 어울리어 동질적 사물의 대
립 면을 구성한 반의어들이다.
○ 혁명－반혁명
　공개－비공개
　신임－불신임
　저항－무저항
　해결－미해결
긍정과 부정의 관계로 이루어진 반의어는 긍정의 관계를 나타내는
단어 앞에 '반, 비, 불, 무, 미' 등이 붙어서 긍정과 부정의 雙을 이룬다.
이러한 반의어들에서 공통적으로 어울린 어근은 상사성의 특성을 가지
고 있으나 부정의 관계를 나타내는 형태부의 작용에 의해 상반성의 특
성을 가지게 되면서 반의어의 雙이 이루어지게 되었다.
긍정과 부정의 관계로 이루어진 반의어의 雙은 하나의 형태부로 볼
수 있는 정도로 굳어진 단어들에서도 찾아볼 수 있다.
○ 기정－미정
　가결－부결
　긍정－부정
이러한 단어의 구성은 한자어에서 긍정, 부정관계의 의미를 가진 요

소들이 한데 어울리어 이루어진 것이다.

(6) 언어 환경에서 의미가 부분적으로 맞서면서 이루어진 반의어

단어의 의미가 부분적으로 맞서면서 이루어진 반의어의 쌍은 구체적인 문맥 속에서 찾아낼 수 있다. 예를 들면 '걷다'의 반의어는 문맥 가운데서 찾지 않으면 도저히 찾아볼 수 없다. '빨래를 걷다'에서 '걷다'의 반의어는 '널다'로 되고 '자리를 걷다'에서는 '걷다'의 반의어가 '펴다' 또는 '깔다'로 되고 '문발을 걷다'에서는 '걷다'의 반의어가 '치다'로 되고 '안개가 걷다'에서는 '걷다'의 반의어가 '끼다'로 된다.

이와 같은 예들을 더 들면 다음과 같다.

○ 맞다 : ① 손님을 ~ ↔ 바래다
　　　　② 논리에 ~ ↔ 틀리다
　　　　③ 뺨을 ~ ↔ 때리다
　먹다 : ① 밥을 ~ ↔ 굶다
　　　　② 꼴을 ~ ↔ 넣다
　달다 : ① 단추를 ~ ↔ 달다
　　　　② 불을 ~ ↔ 끄다
　귀하다: ① 손님이 ~ ↔ 천하다
　　　　② 약재가 ~ ↔ 흔하다
　바로 : ① ~ 세우다 ↔ 거꾸로
　　　　② 금을 ~ 긋다 ↔ 비뚜로

이런 반의어는 다의성을 가진 단어들에서 파생적의미의 특성에 의하여 한 단어가 여러 개의 반의어쌍을 가지게 되었다.

단어의 의미가 부분적으로 맞서면서 이루어진 반의어 가운데는 문맥을 벗어나면 반의어로 보기 어려우나 구체적인 문맥 속에서는 단어의 의미가 상대적으로 맞서면서 반의어를 이루는 것이 있다.

○ 그래 소 새끼가 사람보다 더 중하단 말이요? 밤낮 소 똥칠하고
　다니지만 대접은커녕 육이나 먹지 않으면 대덕이지요.

‘욕’은 일반적으로 ‘칭찬’과 반의어의 쌍을 이루고 ‘대접’과는 반의어
를 이루지 않는다. 위의 예에서와 같이 특정된 언어 환경에서만 ‘욕’과
‘대접’이 상대적으로 의미가 맞서면서 반의어를 이룬다.

○ 그럴 때면 장녕이는 이 밉살스럽기도 하고 사랑스럽기도 한 피
　리를 다시금 집어 드는 것이었다. 아, 그 누가 이 기쁨과 고뇌
　를 알아주랴.

여기서 ‘밉살스럽다’와 ‘사랑스럽다’, ‘기쁨’과 ‘고뇌’는 구체적인 문맥
속에서 의미가 상대적으로 맞서면서 반의어로 되었다. 원래 ‘밉살스럽다’
와 의미가 맞서는 관계는 ‘곱살스럽다’이고 ‘기쁨’과 의미가 맞서는 관계
는 ‘슬픔’이지만 문맥 속에서 상대적으로 다른 단어들과 맞서게 되었다.

문맥과 언어 환경에 따라 한 단어의 파생적 의미가 갈라져서 반의어
를 구성할 수 있다.

○ 이 편에서는 부리나케 일손을 놀려 모를 꽂고 있는데 저편에서는
　자기네가 맡은 일이 끝났다고 일손을 놀게 하였다.

여기서 ‘일손을 놀리다’에서는 ‘놀리다’가 ‘일하다’의 뜻이 되고 ‘일손
을 놀게 하다’에서는 ‘놀다’가 ‘휴식하다’의 뜻이 된다.

제4절 고유어성구의 의미 구조

조선말 고유어성구의 구조를 밝혀내는 작업은 지금까지 학자들의 주
목을 끌지 못하고 있었다. 「현대조선어의 공고한(성구론적) 용언적 단
어결합에 대하여」란 논문에서 고유어성구와 관련한 몇 가지 문제가 제

기된 외에 이와 관련한 논문들은 찾아볼 수 없을 정도이다.

조선말 고유어성구 연구에서는 다음과 같은 문제들이 시급히 해결되어야 한다.

첫째, 고유어성구의 개념과 그 한계문제에서 고유어성구와 합성와의 한계, 고유어성구와 단어결합과의 한계, 고유어성구와 속담을 비롯한 기타 관용구와의 한계 문제.

둘째, 성구의 구조적 고찰과 관련하여 외적구조의 기본모형, 내적구조의 결합적 특성, 성구의 구성요소들을 연결하는 작용을 감당한 토들의 유형과 그 기능 문제.

셋째, 고유어성구의 유형적 고찰과 관련하여 성구의 외형적 유형, 성구의 결합적 특성에 의한 분류, 기타 표식에 의한 소분류 문제.

넷째, 고유어성구의 기능적 고찰과 관련하여 성구의 문장론적 기능, 성구의 의미기능 문제.

다섯째, 성구의 의미 구조적 유형과 그 특성 문제.

이밖에 언어행위의 견지에서 언어와 언어행위 속에서의 고유어성구의 위치, 그 기능과 역할문제, 문체론적 특성 등과 관련된 문제가 연구되어야 한다. 그리고 성구의 어원론적 고찰과 기타 소여현상에 따르는 각이한 측면에서의 종합적인 연구도 또한 필요하다.

본 논문에서는 주로 고유어성구의 외적구조의 기본모형, 내적구조의 결합적 특성 및 그에 따르는 분류, 성구의 의미 구조적 특성에 대하여 고찰하기로 한다.

1. 고유어성구의 특성

성구는 둘 또는 그 이상의 단어가 결합되어 하나의 단어처럼 함께 쓰이면서 전일적인 고정된 뜻을 나타내는 관용구를 말한다.

성구는 그 구성요소들의 의미만으로서는 전체의 의미를 명확히 이해할 수 없는 특이한 의미 구조를 가지고 있다. 따라서 성구를 이루고 있는 하나하나의 어휘소는 자립적인 의미를 가지고 결합되나 그것이 단일성구의 구성요소로 된 다음에는 전체로서의 의미는 구성요소들의 의미에 구애됨이 없이 새로운 의미를 산생하는 특성을 가진다.

고유어성구는 문장론적인 외형구조를 가지고 있는 단어와 같다. 형태적으로 문장론적 성격을 가지나 의미적으로는 새로운 하나의 의미소를 창조하는 입장에서 하나의 단어와 같이 본다.

> ※ 학자들은 일반적으로 성구를 속담, 격언, 이언 등을 망라하여 말하고 있다. 필자는 성구의 포괄범위를 좁혀서 협의적인 견지에서 다루고 있는 관용구를 성구로 잡고 그것을 속담, 격언, 이언 등과 구별한다. 적지 않은 학자들은 광의적인 견지에서 관용구를 다루면서 그 속에 속담, 격언, 이언, 성구까지 망라시키고 있다. 필자가 말하는 성구까지 포함하여 속담, 격언, 이언 등이 관용구로 되는 요인은 그 자체가 대중성, 실용성을 지니고 있기 때문이며 관용성을 자체의 속성으로 하고 있기 때문이다.

고유어성구는 공고한 단어결합으로서 개별적 단어와 동등하며 전일적인 통일된 의미를 가지고 언어에 준비되어 있다는 점에서 합성어와 동일하다. 그러나 성구가 형태론적 표징으로서 단어들이 제한된 범위 또는 개별적으로 문법적 형태를 갖추고 있다는 사실은 합성어와 구별되는 점이다.

고유어성구는 공고한 단어결합으로서 자유로운 단어결합과도 구별된다. 성구의 의미론적 표징으로 되는 것은 그것이 개별적 단어들의 의미의 단순한 총화가 아니며 단어결합 전체가 하나의 통일된 전일적 의미를 나타낸다는 점이다. 즉 명명의 전일성, 재생산성은 자유로운 단어결합과 구별되는 징표로 된다.

고유어성구는 그 구성에서 한자어성구와 구별된다. 한자어성구는 4

자구를 기본형식으로 하여 그것이 언어에 미리 준비되어있다는 점에서 합성어와 별 차이가 없다.

고유어성구는 그 구성상에서 속담과도 구별된다. 물론 조선어의 문장론적 제 관계를 반영하고 있다는 점에서 고유어성구는 속담과 비슷한 점도 있다. 그러나 그 결합이 아주 단순하다. 속담은 하나의 문장형식을 갖출 수 있고 지어 복합문을 구성할 수 있지만 성구는 어디까지나 단어결합형식으로는 단순결합으로 되어있어 하나의 공고한 단어결합으로 존재한다.

언어행위의 견지에서 볼 때 속담은 그 자체가 독자적으로 사용되는 것이 아니라 외적인 요소, 이를테면 특정사실에 대한 비유로 존재한다. 이것은 속담의 의미의 동질적 기능에 의한 것이다. 물론 성구도 그 자체가 비유의 성격을 가졌거나 속담처럼 문맥 속에서 비유항에 놓일 수 있지만 일반적인 경우에는 하나의 단어처럼 표현적인 말로 쓰이는 것이 특징적이다.

의미론적 구조의 견지에서 볼 때 속담이 미학적 구조를 가지는 경우에는 그 자체 내의 의미 속성들은 상대성과 점충성의 두 가지로 유형화된다. 이것은 속담의 의미의 대립적 기능에 의한 것이다. 예컨대 '내리 사랑은 있어도 올리 사랑은 없다'(상대성), '말 타면 경마 잡히고 싶다'(점충법) 등이다. 그러나 고유어성구는 단순결합에 의한 의미의 전일성으로 하여 속담의 이런 특성을 가질 수 없다.

고유어성구는 결합도가 높아지면서 하나의 단어로 굳어져가거나 완전히 굳어져서 합성어로 되어버린 단어가 적지 않다. 예를 들면 '물러서다, 넘겨받다, 내려앉다, 갈아 물다, 이어받다', '값있다, 일없다, 사정없다, 눈 익다, 낯설다', '내리누르다, 올리 솟다, 내리갈기다' 등이다. 그러나 속담에는 이런 현상이 전혀 없다.

※ 나이다와 스테이지버그의 이론을 바탕으로 일부 학자들은 관용구를

식별하기 위한 검진법으로 상대음미법(相対吟味法)과 부정음미법(否定 吟味法)이라는 이론을 내놓았다.

이 이론은 형태구조적인 일정한 구별표식을 줄 수 있고 의미론적으로 규칙호응과 변칙호응('시계가 자다'의 상형태 '시계가 깨다'가 성립되지 않는 경우에 '자다'는 비유적인 변칙호응관계에 있음을 알아낸다) 관계를 알아내는 데 일정한 이론적 기여가 있다. 성구에 대해서 학자들은 옛이야기에서 유래되거나 비유적인 것, 기분을 끄는 표현, 의미를 강하게 하거나 부드럽게 만드는 표현과 기타 특수세계의 용어들로 이루어진다고 말하고들 있다.

상대음미법과 부정음미법은 일종 형식적 표식으로서 그것을 가지고 관용구를 가려내는 유일한 기준으로 삼을 수 없다.

예컨대 상대음미법에 의하면 '초청받다'는 있어도 '초청주다'는 없으므로 '초청받다'도 관용구로 본 것, 부정음미법에 의하면 '안 앉아보다'는 성립될 수 있으나 '앉아 안보다'는 성립될 수 없으며 '안 먹어보다'는 성립되나 '먹어 안보다'는 성립될 수 없으므로 '앉아보다, 먹어보다'도 관용구로 본 것이 그것이다. 이런 견해는 형식적 표식에서만 지나치게 치우친 편견이라 아니할 수 없다.

필자는 성구나 합성어의 의미추상화 정도는 같다고 볼 수 있으나 결합도의 긴밀 여하에 의하여 구분된다고 인정한다. 결합도가 높은 합성어는 단어 사이에 끼운 형태마저 화석화되어 버리면서 의미가 추상화된다. 그러나 성구는 일정한 토가 나들 수 있다는 점이 다르다.

상대음미법에 의하면 '돌아서다, 돌아앉다', '몰아내다, 몰아넣다', '값있다, 값없다'는 관용구로 볼 수 없다. 그러나 이런 유형은 토가 내속된 형태로 녹아 붙었거나 다른 토의 첨가를 요구하지 않으며 추상화된 다른 의미를 나타낸다. 따라서 성구로 볼 것이 아니라 합성어로 보아야 한다.

'손(을) 꼽다.', '손(을) 펴다.'도 상대음미법에 의하여 성구로 볼 수 없으나 의미론적 질이 전체적으로 변화를 입었다. 『현대조선말사전』에서는 '손(을) 꼽다.'를 성구로도 가려잡고 합성어로도 올려놓았는데 일정한 토가 끼일 수 있고 없는 형태는 합성어인 것이 아니라 성구로서 처리되어야 한다.

성구냐, 단어결합이냐 하는 문제는 그 어떤 형식적 표식에만 매달릴
것이 아니라 의미론적 질이 단어결합 전체에 걸쳐 변화를 일으켰는가
를 보아야 한다.

고유어성구는 다의성과 밀접한 관련을 가진다. 적지 않은 성구들은
단어들의 파생적 의미를 낳고 있다. 파생적 의미의 생성으로부터 성구
가 이루어지는 경우도 적지 않다. 그러나 속담은 이런 기능이 없다.
아래에 '치다'와 어울리어 이루어진 성구들에서 파생적 의미와 관련
된 예를 들면 다음과 같다.

1. ① (사정없이) 때리다(난장을 ~)
   ② (뒤쪽으로) 타격을 가하다(뒤통수를 ~)
   ③ 짓조기다(돌땅을 ~)
   ④ (세게) 흔들다(깃을 ~)
   ⑤ 날치다(살판을 ~)
   ⑥ 던지다(돌팔매를 ~)
   ⑦ 휘젓다(물탕을 ~)
   ⑧ 자르다(순을 ~)
   ⑨ (가늘게) 썰다(채를 ~)
   ⑩ 동이다(얽이를 ~)
   ⑪ 틀다(둥지를 ~)
   ⑫ 표시하다(가새 다리를 ~)
   ⑬ 만들다(회를 ~)
2. ① 떠들다(왜장을 ~)
   ② (소리를) 지르다(고함을 ~)
   ③ (큰소리로) 꾸짖다(호통을 ~)
   ④ 울다(홰를 ~)
   ⑤ 부리다(건달을 ~)

⑥ 웃다(코웃음을 ~)

⑦ 걷다(종종걸음을 ~), (게걸음을 ~)

⑧ 달리다(네 굽을 ~)

⑨ (활기 있게) 놀리다(네 활개를 ~)

여기서 든 예들은 타동성을 가진 '치다'가 성구론적 경합에서 여러 가지 파생적 의미를 나타낸 것에 불과하다.

성구론적 결합에 의하여 파생적 의미의 범위를 벗어나서 질적으로 다른 동음이의어적인 의미를 낳을 수도 있다. 예를 들면 '둥둥이를 치다'('어린 아이를' 얼리다), '개당을 치다'('홈을' 파다), '새끼를 치다'(낳거나 까다), '가지를 치다'(자라나다), '뒷손을 치다'('대책을' 세우다), '대중을 치다'('어림으로' 셈치다), '추경을 치다'('밭을' 갈다) 등 이와 같이 성구의 구성요소가 여러 가지 의미와 관련을 가지게 되는 것은 결합되는 단어의 의미와의 호상관계에 의한 것이다. 성구요소들의 호상관계에는 다의성을 허용하는 자의성의 원리가 작용하는 것이 아니라 정반대로 다의성의 경향을 제어하는 유연성의 원리가 작용한다.

성구의 구성요소들 사이의 호상관계에 의한 유연성은 단어의 파생적 의미를 낳는 요인으로 되며 동음이의어를 생성하는 요인으로도 된다. 속담의 구성요소로 되는 단어들은 파생적 의미나 동음이의어적 의미를 낳을 수 없다. 예컨대 속담 '치고 보니 외삼촌이라', '치러 갔다가 맞기도 예사'에서 '치다'는 기본적인 실질적 의미로 분석된다.

2. 고유어성구의 외형적 구조

성구는 합성어보다 그 결합이 긴밀하지 못하나 자유로운 단어결합과는 달라서 문장 속에 들어갈 때 이미 이루어진 결합전체가 언제나 유지되며 분해 되지 않는 전일체를 이룬다.

조선말 고유어성구의 구조적 특성을 밝혀내기 위한 작업으로 그 결합적 특성을 유형별로 고찰하기로 하자.

먼저 성구의 결합관계를 도표로 개괄해보이면 다음과 같다.

형식	맺음형태			결합관계	결합형태	합계	비고
문장 형식 2,675 95%	서 술 형	긍정형	다	주어적 결합	가/이 도움토 및 기타	883	31.3%
				보어적 결합	을/를 기타 격토	1,701	60.4%
				상황어적 결합	게, 고 아/어, 기타	48	1.7%
		부정형	다	보어적 및 주어적 결합	지 않다, 아니, 못	41	1.5%
	의문형		가, 나	주어적 및 보어적 결합		2	0.07%
단어 결합 형식 138 5%	명사형		명사적 단어	규정어적 결합	의 ㄹ,ㄴ,는	38	1.4%
	접속형		고, 며, 아, 어	보어적 및 기타 결합		28	1%
	수식형		듯, 듯이, 게, 도록	주어적 및 보어적 결합		63	2.2%
	사입형			여러 가지		9	0.3%

총합계: 2,813

※ 이 도표에서 결합관계와 기타 표현형식 등은 기본적인 것만 들었다.
  통계표에 든 자료들은 『현대조선말사전』을 중심으로 수집한 것이다.
  숫자적 통계들은 불완전한 것임을 밝혀둔다.
※ 성구의 유형설정은 외형적인 형태 구조적 특성에 의하여 갈라놓은 것
  이다.

성구는 크게 문장형식을 갖춘 성구와 단어결합 형식을 갖춘 성구로
구분할 수 있다. 문장형식을 갖춘 성구는 문장의 맺음형태를 가진 성
구를 말하고 단어결합 형식을 갖춘 성구는 문장의 맺음형태 없이 이루
어진 성구를 말한다. 문장형식의 성구를 긍정형, 부정형, 의문형의 성
구로 나누고 단어결합 형식의 성구를 명사형, 접속형, 수식형, 삽입형
의 성구로 나누어보기로 한다.

※ 「현대조선어의 공고한(성구론적) 용언적 단어결합에 대하여」에서는 성
　구론적 단어결합의 유형을 단순단어결합과 복합단어결합으로 나누어
　설명하였다. 여기서는 복합단어결합에서 합성어로 이루어진 단어의 구
　조적 특성도 단어결합의 견지에서 한데 다루었다. 필자는 성구의 결합
　적 특성을 밝혀냄에 있어서 성구를 이룬 합성어 또는 파생어들의 구조
　적 특성을 일일이 밝힐 필요가 없다고 생각한다. 복합단어결합에는 대
　체로 '체언＋체언＋용언'(간에 기별이 가다.), '규정성분＋체언＋용언'
　(쓴 잔을 들다.), '체언＋용언＋용언'(귀 흘려듣다.) 등이다. 이밖에 부사
　가 성분 사이에 끼어서 '그 다 이를 말인가'에서처럼 이루어진 유형도
　있다. 복합단어결합은 단순단어결합의 전개된 유형으로 볼 수도 있다.
　전개된 성분들은 해당한 성구적 의미를 창조하는 데 역할이 크지 못하
　다는 견지에서 그 결합적 특성을 일일이 밝혀내지 않고 결합관계의 주
　되는 특성으로 되는 결합유형들만 살펴보기로 한다.

※ 긍정형과 부정형은 맺음형태가 본질적으로 서술형에 속한다.

(1) 문장형식으로 이루어진 성구

　조선말성구에서는 문장형식을 갖춘 성구가 대부분을 차지하며 기본
을 이룬다. 문장형식을 갖춘 성구에는 서술형과 의문형으로 이루어진
성구가 있고 서술형에는 긍정형과 부정형으로 이루어진 성구가 있다.
서술형과 의문형에서는 서술형으로 이루어진 성구가 대부분을 차지하
고 의문형으로 이루어진 성구는 극히 희소하다. 서술형 가운데서도 긍
정형으로 이루어진 성구가 대부분을 차지하며 부정형으로 이루어진 성
구의 수는 그다지 많지 않다. 긍정형 가운데서도 보어적 결합으로 이
루어진 성구가 대부분으로서 가장 생산적이다. 다음은 주어적 결합으
로 이루어진 성구이며 상황어적 결합은 모두 얼마 되지 않는다. 조선
말성구에서 가장 기본적인 유형은 보어적 결합과 주어적 결합으로 이
루어진 성구이다. 이 유형은 전반 성구에서 압도적인 다수를 차지한다.

① 긍정형으로 이루어진 성구

긍정형으로 이루어진 성구는 주어적 결합, 보어적 결합, 상황어적 결합으로 되어있다.

주어적 결합:

주어적 결합은 '주어＋술어'의 형식으로 이루어졌다. 주격토 '가/이'를 가지고 결합된 것이 기본이고 그밖에 도움토 '만, 도'를 가지고 결합되거나 절대격으로 결합된 것, 바꿈토 '기'에 의하여 결합된 것도 있다.

주격토 '가/이'에 의하여 결합된 것:

○ 일손이 세다.

　말문이 열리다.

　애가 마르다.

　생각이 나다.

　수가 나다.

　혼이 나다.

　다리가 길다.

　꼬리가 길다.

　해가 짧다.

　단풍이 지다.

　다락이 지다.

※ 주격토 '가/이'에 의하여 결합된 유형 가운데는 명사가 바꿈토를 가지고 술어로 표현되면서 비유적 의미를 나타내는 것도 있다.

○ 귀가 절벽이다.

　손끝이 기름이다.

　심술이 놀부라.

이때 성구의 마지막 형태는 체언의 용언형에 붙은 맺음토 '라'에 의

하여 표현되었다. '손뼉이 터져라'에서 '라'는 용언 뒤에 붙어서 시킴의
뜻을 나타내는 맺음토로 이루어진 성구이다.

도움토 '만', '도'에 의하여 결합된 것:

○ 입만 까다.

뼈만 남다.

머리만 크다.

입만 살다.

이도 안 나다.

이밖에 '시퉁머리 터지다'는 절대격으로 결합된 것이고 '듣기 좋다'에
서는 바꿈토 '기'에 의하여 결합된 것이다.

보어적 결합:

보어적 결합은 '보어＋술어'의 형식으로 이루어졌다. 보어적 결합에
서 대격토 '을/를' 형태를 가지고 결합된 유형이 전반 성구에서 가장
많은 비중을 차지하는 기본적인 유형으로 된다. 그밖에 '에'(또는 에서)
에 의하여 결합된 유형은 128개에 달하는데 이것은 주어적 결합에서
'가/이'에 의하여 결합된 유형이 차지하는 비중보다는 양적으로 적으나
기타 유형보다는 많은 비중을 차지한다. 이밖에 조격토 '로', 구격토 '와
/과'에 의하여 결합된 것, 토 없이 절대격 형식으로 결합된 것, 그리고
일부 도움토가 어울리어 보어적 결합을 이룬 성구들이 있다.

대격토 '을/를'에 의하여 결합된 것:

○ 마음을 조이다.

판을 막다.

팔자를 고치다.

동을 달다.

호흡을 같이하다.

귀를 기울이다.

살을 에다.

문무를 겸비하다.

복을 받다.

박차를 가하다.

여격토 '에', 위격토 '에서'에 의하여 결합된 것:

○ 손에 익다.

허공에 뜨다.

힘에 겹다.

가슴에 맺히다.

겁에 질리다.

산 위에 오르다.

마음에 짚이다.

된코에 걸리다.

돈에 팔리다.

문 밖에 돌다.

※ 여기서 위격토 '에서'에 의하여 결합된 성구는 극히 희소하다.

조격토 '로/으로'에 의하여 결합된 것:

○ 수포로 돌아가다.

꿈나라로 가다.

살로 가다.

볼모로 앉히다.

귀 밖으로 듣다.

모르쇠로 잡아떼다.

도움토 '만, 도, 나, 까지' 등과 결합된 것:

○ 말만 앞세우다.

이름만 걸어놓다.

책상머리에만 앉아있다.

쥐뿔도 모르다.

말깨나 하다.

밥그릇이나 축내다.

발톱까지 무장하다.

구격토 '와/과'에 의하여 결합된 것:

○ 청맹과니와 같다.

초개와 같다.

그림자와 같다.

※ 구격토와 결합되어 이루어진 성구는 일반적으로 직유의 형식을 가진
다. '백지장 같다', '귀신같다'에서와 같이 절대격으로 결합된 경우는
본질적으로 구격토를 가지고 결합된 경우와 다름이 없다. 이밖에 '구
새 먹은 고목 같다.', '장마철의 하늘같다.' 등은 규정적 결합으로 이루
어졌다고 하지만 역시 '…고목 같다', '…하늘같다'는 구격토를 가진 것
과 다름이 없이 비유의 대상으로 된다.

비유의 형식으로 맺어진 유형에는 '-듯하다'로 끝난 것도 있다.

○ 별찌 기듯 하다.

손금 보듯 하다.

불 일 듯 하다.

비 오듯 하다.

보어적 결합에는 주격토 '가/이'에 의하여 표현된 단어가 술어적 표
현 '되다'와 어울리어 비유적 의미를 나타내는 성구도 있다.

○ 홍당무가 되다.

물귀신이 되다.

콩가루가 되다.

이밖에 인용어형식을 가진 특수형태의 성구도 있다.

○ 내노라 하다.

제노라 하다.

제만 제노라 하다.

절대격으로 결합된 것:

○ 속긋 넣다.

가위 눌리다.

천길만길 뛰다.

한주먹 먹이다.

한눈 붙이다.

상황어적 결합:

상황어적 결합은 '상황어＋술어'의 형식으로 이루어졌다.

여기서 접속토 '고'(또는 '며')에 의하여 결합되거나 '아/어'에 의하여 결합된 성구들이 있는데 본질적으로 이런 접속토가 붙은 단어들은 수식어구실을 한다고 볼 수 있다. 그리고 상황토 '게', '듯'에 의하여 결합된 것, 기타 부사와 어울리거나 '같이', '처럼'이 붙어 수식형을 이루어 술어와 결합된 성구들을 들 수 있다.

접속토 '고', '며'에 의하여 결합된 것:

○ 걸고 늘어지다.

내놓고 말하다.

코 막고 답답하다.

얽히고 설키다.

산 설고 물설다.

흠빨며 감빨다.

※ '얽히고 설키다', '산 설고 물설다' 등은 수식어적 결합이라기보다 서술어적 결합이라고 하여야 할 것이다. 서술의 편의상으로 보아 서술어적 결합을 따로 설정하지 않았다.

접속토 '아/어'에 의하여 결합된 것:

○ 손꼽아 기다리다.

분질러 말하다.

목놓아 울다.

상황토 '게', '듯'에 의하여 결합된 것:

○ 늘어지게 자다.

새까맣게 되다.

달게 받다.

째지게 구차하다.

눈이 시퍼렇게 살아있다.

달게 굴다.

빗살 치듯 다니다.

비유의 보조적 수단 '같이', '처럼'이 어울리어 결합된 것:

○ 구름같이 사라지다.

기둥같이 믿다.

조상같이 모시다.

좁쌀알같이 굴다.

화산처럼 터지다.

부사와 결합되어 이루어진 것:

○ 펄쩍 날다.

둥둥 떠 있다.

졸졸 외우다.

가만히 앉아있다.

② 부정형으로 이루어진 성구

부정형의 성구는 부정을 나타내는 '지 않다'와 '아니', '못'에 의하여 표현된다. 그리고 부정을 나타내는 '없다', '모르다' 등 일부 단어들에

의해 표현되기도 한다. 부정을 나타내는 성구는 주어적 결합으로 이루
어지거나 보어적 결합으로 이루어진 것이 있다.

  부정형의 성구에는 '못'에 의하여 표현된 성구가 제일 많고 그 다음
에는 단어 '없다'에 의하여 표현된 성구가 적지 않다. '아니'에 의해 표
현된 성구는 그다지 많지 않다. 그밖에는 보기 드물게 나타난다.

'못'에 의해 부정을 나타내는 성구:

○ 엄두를 못 내다.

안절부절못하다.

땅띔도 못하다.

두말을 못하다.

부접을 못하다.

오륙을 못쓰다.

앞을 못보다.

갈피를 못 잡다.

오금을 추지 못하다.

'아니'에 의하여 부정을 나타내는 성구:

○ 마련이 아니다.

이만저만이 아니다.

본의가 아니다.

여간 아니다.

말이 아니다.

'지 않다'에 의해 부정을 나타내는 경우:

○ 꿈쩍하지 않다.

꼴 같지 않다.

뜻하지 않다.

속이 좋지 않다.

끄떡하지 않다.

눈에 차지도 않다.

내립떠보지도 않다.

단어 '없다', '모르다'에 의해 부정을 나타내는 성구:

○ 표리가 없다.

짝이 없다.

여념이 없다.

체신이 없다.

꾸밈이 없다.

끝 간 데 없다.

의심할 바 없다.

말할 수 없다.

물샐틈없다.

염치코치 없다.

○ 철을 모르다.

세상을 모르다.

맥도 모르다.

쥐뿔도 모르다.

③ **의문형으로 이루어진 성구**

우리말에서 의문형으로 이루어진 성구는 의문을 나타내는 맺음토 'ㄴ가', '나'에 의하여 표현된다. 성구의 수가 극히 적고 구조도 간단하다.

○ 입이 붙었나.

○ 그 다 이를 말인가.

이와 같이 '입이 붙었나'는 주어적 결합으로 주격토 '이'를 매개로 하여 이루어지고 '그 다 이를 말인가'에서는 '그'와 '이르다'가 절대격으로 보어적 결합을 이룬 성구라고 볼 수 있다.

(2) 단어결합 형식으로 이루어진 성구

단어결합 형식으로 이루어진 성구는 문장형식으로 이루어진 성구와
는 달리 맺음형태를 가지지 않고 단어결합 형태로 끝나버리는 것이 특
징적이다. 우리말에서 단어결합 형식으로 이루어진 성구는 맺음형태를
가진 문장형식으로 이루어진 성구보다 양적으로 비길 수 없을 정도로
적지만 의연히 형태 구조적으로 다양하고 풍부한 의미를 가지고 있다.

단어결합 형식으로 이루어진 성구에는 수식형, 명사형, 접속형, 삽입
형으로 이루어진 성구가 있다. 그 가운데서 수식형, 명사형으로 이루어
진 성구가 비교적 많은 비중을 차지하고 그다음 접속형이다. 삽입형으
로 이루어진 성구는 전부 얼마 되지 않는다.

① 수식형으로 이루어진 성구

수식형으로 이루어진 성구는 상황형태로 끝나고 있다. 수식형의 성
구를 이룬 토들은 '듯', '듯이', '게', '도록' 등이다. 여기서 '듯(듯이)'로
이루어진 성구와 '게'의 상황형태로 이루어진 성구가 상대적으로 많고
'도록'으로 이루어진 성구는 아주 적다.

상황토 '듯(듯이)'로 끝난 것:

○ 불 일듯

　구름 걷히듯

　코를 박듯

　쥐죽은 듯

　벼락불 치듯

　손바닥 뒤집듯

　손 안에 놓인 듯

　손금을 보듯이

　손에 잡힐 듯이

상황토 '게'로 끝난 것:

○ 꼬리가 빠지게

허리가 끊어지게

하루가 멀다 하게

턱이 떨어지게

눈이 빠지게

불이 번쩍 나게

목이 빠지게

귀청이 떨어지게

자기도 모르게

상황토 '도록'으로 끝난 것:

○ 입이 닳도록

등골이 휘도록

눈 뿌리가 빠지도록

등뼈가 휘도록

※ 부사로 끝난 성구도 수식형의 일종으로 볼 수 있다. 여기에는 '없이'로
끝난 경우와 '그대로' 끝난 경우가 있다.

'없이'로 끝난 경우:

○ 누구에게라 없이

시도 때도 없이

허물이 없이

너나할 것 없이

두말이 없이

밤낮 없이

'그대로'로 끝난 경우:

○ 말 그대로

글자 그대로

문자 그대로

위에서 본 수식형으로 이루어진 성구들의 결합적 특성을 고찰하면 상황토 '듯(듯이)'로 끝난 성구가 주어적 결합 또는 보어적 결합으로 되어있고 상황토 '게' 또는 '도록'으로 끝난 성구는 전부 주어적 결합으로만 이루어진 것이 특징적이다. '듯(듯이)'로 끝난 성구는 비유의 성격을 가진다.

② 명사형으로 이루어진 성구

명사형으로 이루어진 성구는 성구의 마지막 끝나는 형식이 명사라는 점에서 특징적이다. 명사형으로 이루어진 성구는 명사의 절대격으로 끝난 형태가 대부분이고 그밖에 명사에 일부 격토가 어울리어 끝난 형태도 더러 있다.

명사의 절대격으로 끝난 성구는 죄다 규정적 결합으로 되어있고 명사에 격토가 어울리어 끝난 성구는 형식이 여러 가지로 되어있다.

명사의 절대격으로 끝난 성구가 여러 가지 규정토에 의하여 결합된 것:
○ 눈물겨운 생활
　혀 꼬부라진 소리
　막다른 골목
　새빨간 거짓말
　장마 진 하늘
　숨 넘어 가는 소리
　눈 깜박할 사이
여기에는 비유의 형식으로 결합된 것도 있다.
○ 서리 같은 칼날
　삼단 같은 머리
　송죽 같은 절개
　불같은 세월
　고사리 같은 손

명사의 절대격으로 끝난 성구가 속격토 '의'에 의하여 결합된 것:
○ 역사의 수레바퀴
　천만의 말씀
　불공대천의 원수
　판 밖의 사람

명사의 절대격으로 끝난 성구가 맺음토 '다'에 의하여 결합된 것:
○ 듣다 처음
　듣다 첫소리
이런 성구는 어순을 바꾼 구조로 나타난 것이다.

도움토가 붙은 명사로 끝난 성구:
○ 날에 날마다
　이날 이때까지
　머리부터 발끝까지

격토가 붙은 명사로 끝난 성구:
○ 하루를 일년 맞잡이로
　어느 겨를에
　같은 값에
　말말끝에
　손에 손에

③ 접속형으로 이루어진 성구

접속형으로 이루어진 성구는 접속토가 성구의 맺음형태로 되어있다.
　접속형을 이루고 있는 접속토들은 '고', '면', '아(아서)/어(여)', '나, 거나, 거니' 등이다.
　접속형으로 이루어진 성구는 그리 많지 않으나 그 가운데 접속토 '고'나 '어'로 끝난 형태가 상대적으로 보다 많고 그밖의 형태는 매우 적다.
　접속형으로 이루어진 성구는 보어적 결합으로 이루어진 것이 대부분

이고 일부 주어적 결합으로 이루어진 것도 있다. 대립의 접속토로 끝
난 성구들은 대립되는 구조를 가지고 나타난다.

접속토 '고', '면'으로 끝난 성구:

○ 목을 놓고
   네 굽을 안고
   두말을 말고
   대가리를 싸매고
   누구를 물론하고
   그럼에도 불구하고
   죽어라 하고
   두말만 하면

  ※ '마다하지 않고'와 같이 부정구로 이루어진 것도 있다.

접속토 '아/어/여', '아서' 등으로 끝난 성구:

○ 청을 놓아
   자리를 빌어
   날과 더불어
   밤에 낮을 이어
   참다못해
   혹시를 몰라서
   눈이 까매서

  ※ '참다 참다 못해', '무어니 무어니 해도'는 같은 단어가 되풀이되면서
    강조를 나타내는 성구이다. '해'는 '하여'가 줄어든 형태이고 '해도'는
    도움토가 덧붙은 형태이다.

접속토'나', '거나', '거니' 등이 어울리어 대립관계를 나타내는 성구:

○ 그러거나 말거나

눈이 오나 비가 오나

앞서거니 뒤서거니

※ '그러리 말리', '그랬다저랬다'는 반대말에 같은 맺음토가 어울리어 이루어진 성구다. 접속토의 되풀이 형태로 이루어지는 성구의 구조와 별다름이 없으므로 여기에 덧붙여둔다.

④ 삽입형으로 이루어진 성구

삽입형으로 이루어진 성구는 문장에서 이야기되는 내용에 대한 말하는 사람의 보충적인 설명을 나타내기 위하여 끼워 넣는 형식으로 삽입어처럼 쓰인다.

이런 성구들은 양적으로 얼마 안 된다.

○ 아닌 게 아니라

말이 났으니 말이지

같은 값이면

다름이 아니라

그도 그럴 것이

세상없어도

아니나 다를까

이상에서 보다시피 우리는 성구의 외형구조를 성구의 마지막 매듭짓고 있는 단어의 성격과 형태의 특성에 따라 구분하고 내적 결합구조를 유형별로 갈라서 다시 보았다. 이를 통하여 다음과 같은 몇 가지 결론이 나온다.

첫째, 조선말 고유어성구의 외형구조는 마지막 끝맺은 단어의 성격과 매듭지은 형태에 의해 유형화되며 문장 속에 이용될 때 해당한 문장론적 기능을 수행한다.

예컨대 긍정형, 부정형, 의문형은 매듭진 단어의 성격이 용언으로 되어있는 만큼 직접 술어로 될 수 있으며 체언의 앞에 놓일 경우에는 규

정어로 될 수 있다. 명사형은 체언의 문장론적 기능을 수행할 수 있고
접속형은 접속술어 또는 상황어로 될 수 있고 수식형은 상황어로 될
수 있다. 삽입형의 성구는 그대로 문장 속에서 외딴 성분으로 된다.

둘째, 조선어성구의 내적 결합의 특성은 문장론적 결합의 특성을 그
대로 반영한다. 예컨대 주어적 결합, 보어적 결합, 상황어적 결합, 규정
어적 결합 등이 그것이다.

성구를 구성한 단어의 성격에 따라 결합유형을 갈라보면 '체언+용
언'(살을 에이다), '용언+용언'(쥐고 흔들다), '용언+체언'(매인 목숨),
'체언+체언'(손에 손에), '부사+용언'(펄쩍 날다) 등 형식이 있다. 고유
어성구에서 가장 생산적이고 양적으로 절대다수를 차지하는 결합형식
은 '체언+용언'이다. 긍정형, 부정형에서의 주어적 결합과 보어적 결합
은 전부 여기에 속한다.

셋째, 고유어성구는 토 없이 절대격으로 결합될 수도 있고 토에 의
하여 결합될 수도 있다. 토가 끼일 수도 있고 빠질 수도 있는 경우는
기능적으로 같기 때문이다.

격토에서는 대격토 '을/를'과 주격토 '가/이'가 제일 많이 쓰이고 그
밖에 여격토 '에', 속격토 '의'가 쓰인다. 그리고 규정토로는 'ㄴ, ㄹ, 는'
이 쓰이고 접속토에서는 '고', '아/어' 등이 쓰이며 상황토에서는 '게',
'도록', '듯' 등이 쓰인다.

여기서 격토와 규정토, 상황토들은 성구 안에서도 문장론적 결합기
능을 그대로 가진다. 접속토는 문장론적으로 접속의 기능을 수행하는
외에도 여러 가지 문법적 뜻을 가지고 쓰인다. 예를 들면 '코집이 앵돌
아지다'에서 '아'는 단어 파생적 기능을 나타내고 '발 벗고 나서다'에서
'고'나 '목놓아 울다'에서 '아'는 방식을 나타낸다. '가만히 앉아있다'에서
'아'는 분석적 수법에 의한 문법적 의미의 표현으로 된다.

넷째, 조선말 고유어성구에서 주되는 구조는 문장형식을 갖춘 주어
적 결합과 보어적 결합으로 이루어진 성구이다. 주어적 결합이나 보어

적 결합은 구성요소들이 전부 '체언+용언'형으로 되어있다. 체언은 명사로 이루어지고 용언은 주로 동사로 이루어져있다. 따라서 고유어성구의 주성분은 '명사+동사'로 표시된다. 그 구조적 유형은 'N(를/을)+V'형과 'N(가/이)+V'형으로 공식화할 수 있다.

다섯째, 고유어성구의 'N(를/을)+V'형과 'N(가/이)+V'형은 성구의 구성요소인 동사의 성격에 의해 갈라진 구조이다. 동사의 전의성에 의해 고유어성구는 'N(를/을)+V'의 구조를 가지게 되었으며 동사의 비전의성에 의하여 'N(가/이)+V'의 구조를 가지게 되었다. 'N(를/을)+V'형의 구조는 행동이 미치는 대상의 어떤 변화를 일으키거나 대상의 호상작용, 대상의 목적, 수단 등을 강조하여 나타내고 'N(가/이)+V'형의 성구는 내세운 대상에 대한 움직임, 육체적 및 정신적 상태, 기타 상태의 변화 등을 나타낸다.

3. 고유어성구의 의미기능

언어의 기능에 대하여 어떤 학자들은 지시적 기능과 정서적 기능으로 나누고 어떤 학자들은 상징적 기능과 서술적 기능으로 나누고 있다.

사실 지시적 기능은 상징적 기능을 말하고 정서적 기능은 일반적인 서술에 있어서 정서적인 요소가 얼마만큼 동반되어 있는가에 따라 구분한 것이다. 일부 학자들은 지시적 기능과 정서적 기능 이 두 가지 기능이 실제 언어에 있어서 동시적으로 작용하므로 식별하기 어렵지만 상징적 기능으로서의 상징마당과 정서적 기능으로서의 일반 언어마당을 구별하는 것이 중요하다고 하였다.

※ 상징적 기능과 서술적 기능으로 갈라본 것은 일부 학자들이 속담의 기능화 측면에서 구분하여 본 것이다. 지시적 기능을 상징적 기능으로 본 것과는 전혀 다른 개념에서 제기된 것이다. 이에 대한 것은 속담의 기능에서 보기로 한다.

사실 언어생활에서 고유어성구의 기능을 상징적인 것과 정서적인 것으로 갈라보는 견해는 합리적인 것이 아니다. 언어행위에서 대관절 어느 것이 진실이고 어느 것이 허위인가를 일일이 밝혀내기도 어려우며 밝혀낸다고 하더라도 그것이 모두가 과학적이라고 믿기 어렵다. 또한 진실과 허위를 밝혀낼 수 있다고 하더라도 밝혀낼 수 있는 것만 상징적(지시적) 기능을 가졌다고 인정하고 그렇지 못한 것은 몰밀어 정서적 기능을 가진 것이라고 인정하기는 어려운 문제이다.

이로부터 필자는 성구의 의미기능을 상징적 기능과 지시적 기능, 정서적 기능으로 갈라보는 것이 그래도 어느 정도 합리적이라고 생각한다.

(1) 성구의 상징적 기능

우리가 말하는 상징적 기능이란 성구에 이용된 비유적이며 형상적인 언어자료가 전달되는 의미와의 호상관계에서 상징적인 위치에 놓이게 되는 경우를 가리킨다.

예를 들면 '불을 달다'가 '장작에 불을 달다'에서는 그것이 성구로도 될 수 없지만 '기술혁신의 불을 달아놓았다'에서는 '불을 달다'의 뜻이 '불을 대여 붙이다'가 아니라 형상적인 비유를 통하여 전달되는 의미가 '어떤 현상이 세차게 일어나도록 기세를 돋우다'로 되어 있다.

이와 같이 언어에 이용된 자료로서는 파악되지 않고 전달되는 뜻이 따로 있어 상징적이며 직감적인 입체감을 불러일으키는 것을 성구의 상징적 기능이라고 한다.

성구의 상징적 기능은 성구에 이용된 언어자료와는 직접적인 관계가 없는 다른 사실을 지시하는 것이 특징적이다. 상징적 기능을 가진 성구의 의미는 그 성구를 이루고 있는 개별적인 구성요소들로서는 발현되지 않고 성구론적 결합전체를 통하여 상징적으로 또는 비유적으로 나타난다. 따라서 성구에 이용된 자료와 전달되는 의미는 서로 상징적이며 비유적인 관계에 놓이게 된다.

이런 성구들을 유형별로 갈라서 보이면 다음과 같다.

비유의 보조적 수단 '듯', '듯이'를 가지고 직유의 형식으로 나타낸 것:

○ 불 일듯(성난 모양)

벼락을 치듯(매우 빨리)

산이 떠나갈 듯(요란함)

쥐 죽은 듯(고요함)

구름 걷히듯(깨끗이 사라짐)

손금을 보듯이(익숙함)

비유의 보조적 수단이 없이 차유의 형식으로 나타나거나 에둘러 나타낸 것:

○ 첫서리를 맞다.(기가 죽다.)

깝대기를 벗기다.(깡그리 빼앗다.)

무릎을 꿇다.(굴복)

코가 높다.(뽐내는 기세)

이가 떨리다.(증오)

이슬로 사라지다.(사망)

(2) 성구의 지시적 기능

성구의 지시적 기능은 성구를 구성한 개별적인 구성요소들의 뜻을 통하여 성구의 전체 의미가 파악되는 것을 가리킨다. 지시적 기능을 가진 성구는 상징적 기능을 가진 성구들보다 의미의 추상화 정도가 못하다고 볼 수 있다. 그렇다고 하여 성구를 구성한 개별적 단어들의 뜻의 단순한 결합이 그대로 성구의 뜻으로 되는 것이 아니다. 성구로 되자면 적어도 구조적으로 제약되고 단일한 개념을 나타낼 수 있어야 한다.

지시적 기능을 가진 성구들은 의미적으로 구성요소들의 개별적인 뜻

을 통하여 성구전체의 뜻이 파악된다는 점에서 상징적 기능을 가진 성
구와 구별된다.

   ○ 이사를 가다.(살림을 옮겨가다.)

     고함을 지르다.(고함을 크게 치다.)

     고집을 세우다.(제 의견을 고집스럽게 자꾸 내세우다.)

     숨을 몰아쉬다.(숨을 모아 크게 쉬다.)

     마감을 짓다.(일을 마무려서 끝내다.)

     걸음을 재촉하다.(빨리 가다.)

     힘에 겹다.(힘에 넘쳐 감당하기 어렵다.)

     화제에 오르다.(화제의 대상으로 되다.)

     말이 아니다.(사정이 딱하여 말할 정도가 못되다.)

     듣기 좋다.(비위에 맞아 귀맛이 있다.)

삽입어 형식으로 이루어진 성구들은 어느 것이나 지시적 기능을 가진다.

   ○ 아닌 게 아니라

     이야기가 났으니 말이지

     그도 그럴 것이

     같은 값이면

     다름 아니라

부사형으로 이루어진 성구도 지시적 기능을 가진다.

   ○ 씨도 없이

     누구에게라 없이

     허물이 없이

     밤낮없이

(3) 성구의 정서적 기능

조선말성구의 기능적 측면에서 기본적인 것은 상징적 기능과 지시적

기능이고 그밖에 정서적 기능이 있다. 사실 정서적 기능은 상징적 기능이거나 지시적 기능에 덧붙어 작용하는 감정 정서적인 것을 말한다.

정서적 기능은 감정적인 뜻 빛깔을 가진 단어들이 성구의 구성요소로 되면서 성구 전체가 감정적인 뜻 빛깔을 가지고 나타나게 되는 경우가 있다. 예를 들면 '시퉁머리 터지다'는 '시퉁하다'를 속되게 이르는 말로 되고 '대가리를 싸매고'는 '머리를 싸매고'를 속되게 나타내는 말로 된다. 여기서 성구의 정서적 기능이 작용하게 되는 까닭은 '시퉁머리', '대가리'와 같은 감정적 색채를 가진 단어가 성구의 구성요소로 되어 있기 때문이다.

성구의 구성요소에 감정적인 뜻 빛깔을 가진 단어가 없는데도 성구의 뜻에서는 감정적인 색채를 동반하는 경우도 있다. 예를 들면 '눈이 벌겋다'는 '극심한 탐욕으로 이속만 찾느라고 이성을 잃을 정도로 열중함'을 부정적으로 이르는 말로 되고 '눈이 시퍼렇게 살아있다'는 '사람이 살아서 활동하고 있다'는 것을 홀하게 이르는 말로 된다. '한수 접고 든다'는 '대상을 한층 얕보고 대한다'는 뜻으로 되고 '입만 까다'는 '실천할 생각은 안하고 말만 그럴듯하게 한다'는 뜻으로 얕보아 이르는 말이 된다. '밸을 부리다'는 '배짱을 부리다'를 속되게 이르거나 '성미를 부리다'를 속되게 이르는 뜻이 된다. '떡함지에 엎어지다'는 '지나치게 심술이 사납다'를 욕되게 이르는 말로 되고 '아가리를 벌리다'는 '울다', '지껄이다'를 욕으로 속되게 이르는 말로 된다.

4. 고유어성구의 의미 구조

조선말 고유어성구는 형태 구조적으로 볼 때 앞에서 보여준 바와 같이 여러 가지 유형으로 갈라볼 수 있으나 의미 구조적으로는 다음과 같은 몇 가지 기본유형으로 나누인다.

A형: A+B ⟹ A´ B´

B형: A+B ⇒ A´ b

C형: A+B ⇒ a B´

D형: A+B ⇒ C

이 4가지 의미 구조적 기본유형은 성구의 의미의 추상화 정도에 따른 분류이다. A나 B는 구성성분을 가리키고 A´나 B´는 덜 추상화된 것, a나 b는 추상화 정도가 보다 높은 것, C는 두 구성성분이 동시에 추상화되어 전혀 다른 개념을 형성한 것을 가리킨다.

(1) A형의 의미 구조

A형은 A+B⇒A´B´로 표시된다. A형의 의미 구조는 고유어성구에서 의미의 추상화 정도가 가장 낮은 유형이라고 볼 수 있다. A형에서는 성구를 구성한 구성요소들의 뜻이 새로운 의미조성에 공통점으로 참가한다.

이에 대한 예를 들면 다음과 같다.

○ 벌을 서다.(벌을 받아 일정한 곳에 서다.)

물을 들이다.(물들게 하다.)

흉내를 내다.(남의 말이나 행동을 그대로 본떠서 하다.)

여념이 없다.(어떤 것에 열중하여 딴 것에 대해서는 아주 생각이 없다.)

염치가 없다.(체면도 부끄러움도 없다.)

나이가 들다.(나이를 꽤 먹다.)

이런 유형의 성구로 될 수 있는 주되는 요인은 일정한 구조적 제약성이 단어결합의 공고성을 규정한다는 데 있다. 단어들이 개별적으로 문법적 형태를 갖추고 전통적 습관에 의해 사용되어 왔으며 구조와 사용에 있어서 굳어진 말로 되어 있다. 어휘문법적으로 하나로 융합된 관용구가 아니라면 그것은 성구로 될 수 없다.

(2) B형의 의미 구조

B형은 A+B⇒A´b로 표시된다. B형에서는 성구를 구성한 두 성분 가운데 첫째 성분이 추상화 정도가 낮고 둘째 성분이 추상화 정도가 높다. 첫째 성분 A는 기본적인 명명적 의미, 직접적 의미로부터 일반적으로 동요되지 않는 상태에서 A´를 낳는다. 둘째 성분 B는 부차적 의미에 기초하여 다양한 전의 가운데 어느 하나로 고착되면서 성분적으로 추상성이 높은 의미 b를 낳는다. 이때 둘째 성분의 고도의 추상적이며 특수한 의미론적 고립화가 단어결합에서 성구론적 공고성을 규정한다.

이에 대한 예를 들면 다음과 같다.

○ 본보기를 내다.(본보기가 될 것을 만들거나 되게 하다.)

　욕을 보다.(부끄러움을 당하다.)

　말썽을 부리다.(말썽을 일으키다.)

　녹초를 먹이다.(녹초가 되게 된 주먹을 안기다.)

　편역을 들다.(어느 한편을 두둔하다.)

　열이 식다.(열의나 열정이 줄어들거나 없어지다.)

　말이 새다.(알려지지 말아야 할 말이 남에게 알려지다.)

　말이 무겁다.(말을 하는데 신중하다.)

　마음이 아프다.(정신적 충격을 받아 마음이 괴롭다.)

여기서 첫째 성분의 직접적 의미는 기본적으로 보존되고 있으며 둘째 성분의 부차적 의미에 의하여 두 단어의 성구론적 결합이 성립된다. 둘째 성분 용언(주로 동사)의 다의성은 문학적 형상성에 의한 것이 아니라 언어학적 형상성에 의하여 추상화된다. 둘째 성분의 추상화된 형상적 의미는 개인적인 것이 아니라 전 인민적인 것으로 고착되어야 성구론적 결합이 가능하게 된다.

아래에 일부 동사가 여러 명사와 어울리면서 전의에 의한 의미론적 고립화가 생긴 예를 들어 보이면 다음과 같다.

○ A(마음)+B(놓다)⇒A´b(걱정이 없어져 마음을 편히 가지다.)

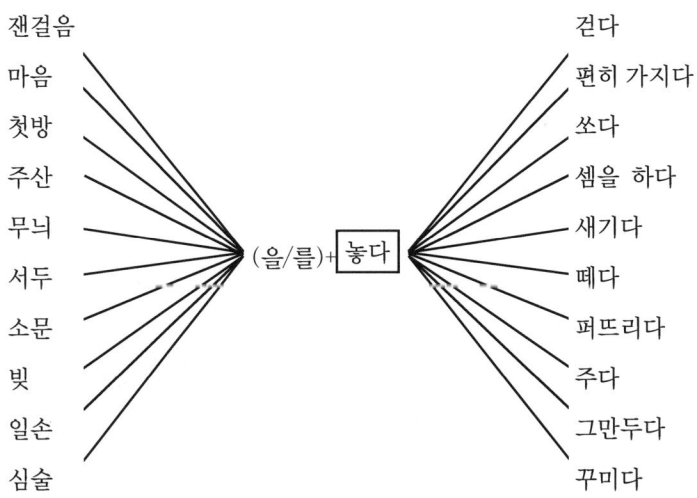

재걸음   걷다
마음   편히 가지다
첫방   쏘다
주산   셈을 하다
무늬   (을/를)+ 놓다 새기다
서두   떼다
소문   퍼뜨리다
빚   주다
일손   그만두다
심술   꾸미다

○ A(트집)+B(쓰다)⇒A´b(공연히 트집을 부리다.)

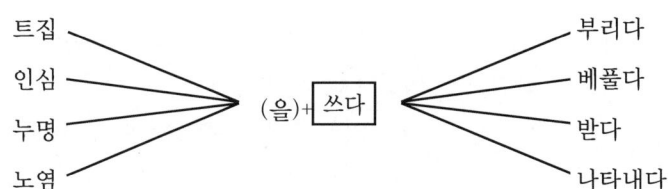

트집   부리다
인심   베풀다
누명   (을)+ 쓰다 받다
노염   나타내다

○ A(표준)+B(잡다)⇒A´b(표준으로 세우다.)

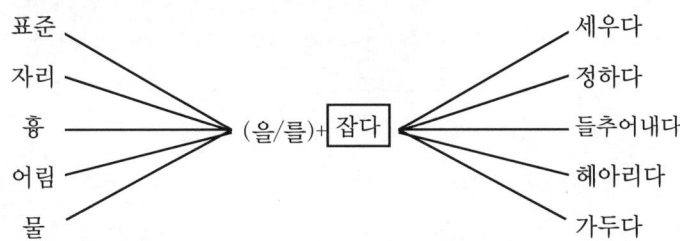

표준   세우다
자리   정하다
흥   (을/를)+ 잡다 들추어내다
어림   헤아리다
물   가두다

○ A(능청)+B(떨다)⇒A´b(능청맞게 굴다.)

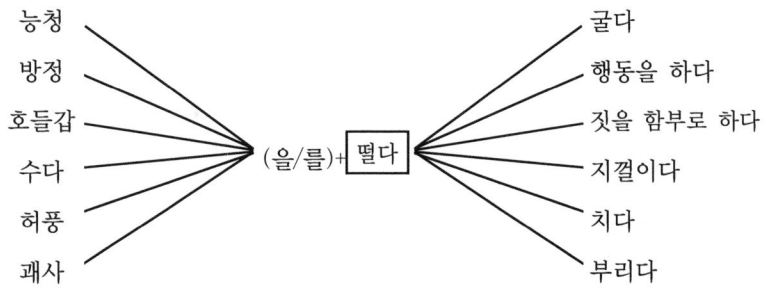

보다시피 동사 '놓다', '쓰다', '잡다', '떨다'가 구속된 결합에서는 여러 명사와 어울려 서로 다른 뜻을 나타내었다. 그러나 자유로운 단어결합에서는 동사의 결합범위가 헤아릴 수 없이 훨씬 많고 넓으나 실질적 의미에는 아무런 변함이 없다. 예컨대 '책, 연필, 종이, 헝겊, 옷, 가방, 봇짐…' 등 기타 헤아릴 수 없이 많은 사물의 이름을 나타내는 명사가 '놓다'와 자유로이 결합될 수 있으나 '쥐거나 잡고 있던 상태를 그만두다'의 기본적 의미만은 변함이 없다. '놓다'가 '잰걸음, 마음, 헛방, 주산, 무늬, 서두, 소문, 빚, 일손, 심술' 등과의 결합에서는 이루어진 뜻이 각기 다르며 '놓다'의 기본적 의미와도 같지 않게 되어있다. 이와 같은 사실은 성구의 결합범위가 극히 제한되어 있다는 것, 둘째 성분의 동사의 뜻은 실질적 의미에서 그 유사성을 찾아보기 어려울 정도로 추상화 되었다는 것을 보여준다. 둘째 성분의 부차적 의미에로의 전환은 구조적 및 의미론적 고립화를 가져오게 하였으며 둘째 성분이 앞 성분에 영향을 준 결과 전체 단어결합이 일정한 한도 내에서 제한을 받으면서 성구론적으로 완비되게 하였다.

다의적 둘째 성분이 다른 성분들과의 결합관계에서 가장 널리 분포되어 있는 층으로서는 실질적 의미를 잃고 결합관계가 변화됨에 따라 의미용적이 넓어진 단어들의 결합이다. 이러한 단어들은 보조적 동사는 아니지만 보조적 동사와 가까운 다의적 동사들이라 할 수 있다. 이런 동사들은 자체의 의미체계에서 차지하는 가장 특수한 의미 분야에서만 다른 일정한 명사들과 결합되어 성구가 이루어진다.

○ 마음을 먹다.

 정이 들다.

 손을 쓰다.

 활개를 치다.

 신명이 나다.

(3) C형의 의미 구조

C형은 A+B⇒aB′로 표시된다. C형에서 성구를 구성한 두 성분 가운데 둘째 성분이 추상화 정도가 낮고 첫째 성분이 추상화 정도가 높다. C형에서 B는 일반적으로 직접적인 실질적 의미에서 그다지 벗어나지 않는 조건에서 B′를 낳는다. C형 구조에서 공고한 성구론적 결합은 첫째 성분에서의 의미의 전의에 의존한다. B형에서와는 정반대로 C형에서는 첫째 성분 A가 고도로 추상화되면서 특수한 의미의 고립화가 생기고 성구의 구조가 긴밀하여진다.

한마디로 말하여 C형의 의미 구조를 가진 성구는 첫째 성분이 전체 성구론적 단어결합에서 의미 중심에 놓이고 둘째 성분이 의미조성에서 부차적인 역할을 놀게 된다. 의미 중심에 놓이는 첫째 성분은 실질적 의미에서 추상화된 부차적 구성을 가지고 표현적인 성구론적 개작을 입게 한다. 이때 둘째 성분은 자체의 고유한 결합형식에 기초하여 연결된다.

○ 땀이 빠지다.(어려운 고비를 겪느라고 기운이 빠지다.)

 떡심이 좋다.(검질기게 비위가 좋다.)

 주먹이 드세다.(남을 휘어잡고 내미는 힘이 세다.)

 손끝이 여물다.(일하는 것이 여무지다.)

한풀이 죽다.(어느 정도 기가 죽다.)

넋을 먹다.(겁을 먹다.)

살을 붙이다.(기초되는 부분에 여러 가지를 덧붙여 보태다.)

뒷문으로 드나들다.(사람들의 눈을 피하여 몰래 드나들다.)

키를 잡다.(방향을 잡다.)

멱통을 찌르다.(어떤 문제의 요진통을 찌르다.)

축을 잡히다.(모자라는 약점을 잡히다.)

뼈를 아끼다.(몸을 놀리고 정력을 들이는 것을 아끼다.)

첫째 성분의 구성요소가 용언이고 둘째 성분의 구성요소가 명사로 이루어진 것, 이를테면 '새빨간 거짓말'(전혀 터무니없는 거짓말), '시뻘건 맨손'(아무것도 쥘 것이 없는 맨손) 등에서와 같이 첫째 성분 용언의 추상화된 부차적 의미에 의하여 성구가 이루어진 것도 있다.

C형의 의미 구조에서 첫째 성분이 새로운 부차적 의미를 가지고 성구론적 결합이 이루어질 때 둘째 성분에 주는 의미적 변화는 B형의 구조에서 둘째 성분이 첫째 성분에 주는 의미변화보다 상대적으로 약하다는 것을 말해준다. 또한 조선어 고유어성구화의 과정은 기본적으로 둘째 성분인 동사의 의미적 변화에 의하여 이루어진다는 것을 보여준다.

C형의 의미 구조를 이루고 있는 성구에서는 불, 물, 바람 등을 비롯한 일상적인 자연의 대상과 현상으로 이루어진 명사가 첫째 성분으로 된 것이 적지 않다.

그러면 '불', '물', '바람'이 어떤 대상과 관련되어 있는가를 보기로 하자.

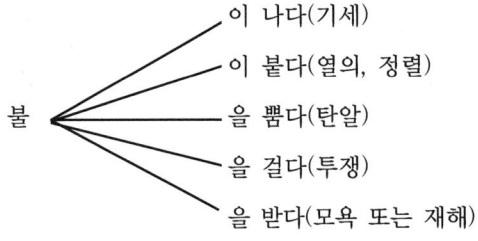

불 — 이 나다(기세)
— 이 붙다(열의, 정렬)
— 을 뿜다(탄알)
— 을 걸다(투쟁)
— 을 받다(모욕 또는 재해)

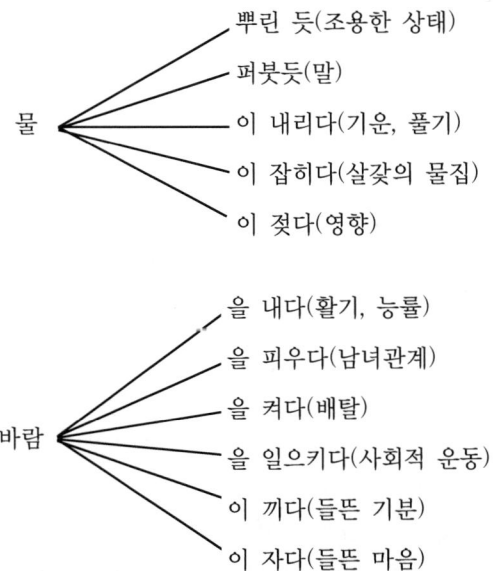

물 —— 뿌린 듯(조용한 상태)
   —— 퍼붓듯(말)
   —— 이 내리다(기운, 풀기)
   —— 이 잡히다(살갗의 물집)
   —— 이 젖다(영향)

바람 —— 을 내다(활기, 능률)
    —— 을 피우다(남녀관계)
    —— 을 켜다(배탈)
    —— 을 일으키다(사회적 운동)
    —— 이 끼다(들뜬 기분)
    —— 이 자다(들뜬 마음)

C형의 의미 구조를 가진 성구에서는 인체의 부분, 특히 감각기관, 운동기관, 신경계통 등을 표시하는 명사가 첫째 성분의 위치에서 둘째 성분과 다양한 수법으로 결합되고 있는 것이 많은 비중을 차지한다.

이에 대한 대표적인 예를 몇 개만 들면 다음과 같다.

○ 눈:

눈을 밝히다.(시비)

눈을 주다.(눈길)

눈이 높다.(평가수준)

눈이 많다.(살피는 사람)

눈이 무디다.(판단하는 힘)

눈이 트다.(분석능력)

눈에 들다.(마음)

○ 손:

손을 걸다.(손찌검)

손을 늦추다.(일)

손을 넘기다.(제철)

손을 들다.(굴복)

손을 내밀다.(구걸)

손을 빌다.(노력)

손을 펴다.(세력)

손을 끊다.(관계)

손을 쓰다.(대책)

손이 서투르다.(솜씨)

손이 크다.(통)

손이 미치다.(힘)

손이 비다.(짬)

손이 맞다.(동작)

손에 넣다.(통제)

○ 머리:

머리가 돌다.(생각)

머리가 무겁다.(기분)

머리가 크다.(나이)

머리를 굽히다.(굴복)

머리를 숙이다.(탄복)

이와 같이 감각기관인 '눈'은 성구론적 결합에서 의미적으로 '시비', '눈길', '평가수준', '살피는 사람', '눈치', '판단하는 힘', '분석능력', '마음' 등과 관계되고 운동기관인 '손'은 성구론적 결합에서 의미적으로 '손찌검', '일', '제철', '굴복', '구걸', '노력', '세력', '관계', '솜씨', '통', '대책', '일손', '힘', '짬', '동작', '통제' 등과 관계되며 신경계통인 머리는 성구론적 결합에서 의미적으로 '생각', '기분', '나이', '굴복', '탄복' 등과 관계된다는 것을 알 수 있다.

육체기관을 나타내는 일부 단어들은 풍자적 색채를 다분히 가지고 성구론적 의미조성에 참가한다. 예를 들면 행동이 거만함을 나타낼 때 '코가 우뚝하다', 자주성을 잃은 사람을 풍자적으로 빗대놓고 말할 때 '코를 꿰이다', '코 꿰인 송아지', 핀잔을 당하거나 무안을 당할 때 '코를 떼이다', 뇌물 같은 것을 갖다 바치는 일은 '코 아래 진상', 위신이 떨어질 때 '코가 납작하다', 고집이 센 사람은 '코가 세다', 뽐내기 좋아하는 사람은 '코가 높다' 등 인체기관의 '코'는 그야말로 풍자적 색채가 다분한 말로 성구론적 의미조성에 참가하였다.

인체기관의 '배', '밸'은 특수한 의미론적 질에 의하여 문체론적, 표현적 색채를 가지고 의미조성에 참가한다. 예를 들면 배짱을 쓰는 것과 관련하여 '배를 퉁기다', '배를 내밀다'로 표현하고 욕심과 관련하여 '배를 채우다', '배를 불리다'로, 비위에 거슬려서 부아가 날 때 정도에 따라 '밸이 나다', '밸이 곤두서다', '밸이 꼴리다'로 표현하며 몹시 아니꼬운 경우에는 '밸이 꼬이다'로 표현한다.

성구의 이런 의미조성은 육체기관의 어느 부분이 가지는 의미론적 질과 관계되며 육체기관을 나타내는 단어들이 결합되는 동사의 성질과도 밀접히 관계된다. 처음에는 첫째 성분으로 되어있는 육체기관의 어느 부분과 관련하여 어떤 현상, 과정, 상태가 일어나는가를 표시하던 데로부터 더욱 추상적이고 표현적인 문체론적 의미를 가지고 전체 단어결합이 점차 다른 개념을 표시하는 데로 넘어갔다.

첫째 성분 가운데 일상적인 자연의 대상과 현상을 표시하는 명사와 육체기관을 표시하는 명사가 많은 비중을 차지하는 것은 그런 상물이 인간의 일상생활에서 빈번히 눈에 뜨이고 이용률이 높은 것과도 관련된다.

성구의 의미론적 조성은 민족의 오랜 역사적 발달과 민족의 언어의식, 언어형식, 풍속, 습관과도 밀접한 관련을 가진다. 이것은 또한 언어의 내적발달의 합법칙성과 민족적 특성을 여실히 반영한다.

(4) D형의 의미 구조

D형은 A+B⇒C로 표시된다.

D형에서는 성구를 구성한 두 성분의 부차적 의미를 가지고 이루어지거나 전체적으로 전의적, 형상적 의미를 가지고 성구론적 단어결합으로 개작되어 이루어진다. D형의 성구는 고유어성구들 가운데서 구조적으로 공고화되고 의미적으로 추상화된 정도가 높은 성구론적 단위이다.

D형의 의미 구조를 가진 성구에는 첫째 성분의 전의에 의하여 둘째 성분의 의미변화를 야기 시키거나 둘째 성분의 전의에 의하여 첫째 성분의 의미변화를 가져오게 한 이중적 의미변화과정을 거친 성구들도 있으며 첫째 성분과 둘째 성분이 동등한 의미론적 무게를 가지고 결합된 결과 전체적으로 형상적 의미를 가지게 된 성구들도 있다.

○ 살손을 붙이다.(일을 힘껏 다잡아하다.)

때를 벗다.(문명치 못한 상태에서 벗어나다.)

뒤가 켕기다.(후과가 걱정되어 마음이 놓이지 않는다.)

발이 넓다.(아는 사람이 많아서 사귀고 다니는 범위가 넓다.)

줄을 놓다.(무엇을 알아보려고 다른 사람과 관계를 가지다.)

땀을 뽑다.(몹시 힘들거나 어려운 고비를 겪느라고 되게 혼나다.)

D형의 의미 구조가 이루어지는 경우는 여러 가지가 있다.

비교되는 두 사물 사이의 특성의 유사성에 의하여 의미적 관계가 비유의 층으로 새롭게 이루어지는 것:

○ 올가미를 쓰다.('남에게 속아 넘어가서 해를 당하는 것'을 비겨 이르는 말)

뚜껑을 떼다.('모임에서 주로 노래, 토론, 발언 같은 것을 시작함'을 비겨 이르는 말)

태평가를 부르다.('긴장성을 풀고 안일하고 편하게 지냄'을 비겨 이르는 말)

양가죽을 쓰다.('흉악한 본성을 가리기 위하여 겉으로 순하고 착한 것처럼 꾸미는 것'을 비겨 이르는 말)

죽지가 부러지다.('도도하던 기세가 죽어 들어가거나 제멋대로 행세할 수 없게 된 경우'를 비겨 이르는 말)

피똥을 싸다.('매우 어려운 처지에 빠져 혼이 나다'를 비겨 이르는 말)

헛거미가 잡히다.('욕심이 앞을 가려서 사물을 바로 보지 못하는 것'을 비겨 이르는 말)

꿈이 깨지다.('커다란 포부가 완전히 실패로 돌아감'을 이르는 말)

깨알이 쏟아지다.('오붓하게 재미가 있다'는 뜻)

뒷다리를 잡다.('모면하지 못하도록 약점을 잡다'를 이르는 말)

나사못을 죄다.('규율이나 질서를 강하게 세우다'를 이르는 말)

머리를 깎다.('형무소에 걸려 들어가 징역을 살게 됨'을 이르는 말)

차유의 형식에 의하여 성구의 새로운 의미가 창조되는 것:

○ 열매를 맺다.(애를 쓰거나 노력을 들여서 한 일이 성과를 거두다.)

등을 대다.(남의 세력에 의거하다.)

허리를 펴다.(힘든 고비나 난관을 극복하여 살림이 펴이거나 수월하게 일해 나가다.)

색안경을 끼다.(좋지 않은 선입견이나 감정을 가지고 대하다.)

보쌈에 넣다.(꾀를 써서 남을 걸려들게 하다.)

어깨를 낮추다.(겸손한 태도로 자기를 낮추다.)

찬물을 끼얹다.(순조롭게 진행되고 있는 일에 뛰어들어 분위기를 흐리게 하거나 못하도록 방해하다.)

창자를 적시다.(겨우 기별이나 가게 적게 먹다.)

인접성의 특성에 의하여 새로운 의미가 창조되는 것:

예를 들면 '네 굽을 안고'는 말, 소 같은 네발짐승들이 달리는 발굽을 가지고 '아주 빨리, 무서운 속도로'를 형상적으로 이르는 말을 나타낸 것이다. 이것은 전체와 부분 사이의 관계에서 새로운 의미가 창조된 것이다. 이와 같은 신체의 어느 한 부분을 나타내는 '손, 발, 팔, 다리, 눈, 코, 귀, 입' 등이 성구적 결합에서 특징의 유사성에 의하여 새로운 뜻을 획득하면서 둘째 성분에 영향을 주어 전체적으로 새로운 뜻이 창조된 성구들은 모두 이 유형에 속한다.

   ○ 눈이 어둡다.(욕심이나 좋지 못한 일에 빠져서 이성이 흐려지고 옳고 그른 것을 가려보지 못하다.)

      귀가 질기다.(싹싹하게 말을 듣지 않고 끈덕지다.)

      꽁무니를 사리다.(겁이 나서 조심스럽게 삼가려 하거나 피하려 하다.)

      꼬리를 빼다.(달아나거나 도망치다.)

      다리를 놓다.(상대편과 직접 관계를 짓지 않고 중간에 다른 사람을 통하다.)

공간적 및 시간적 인접성에 의하여 새로운 성구론적 의미가 창조된 것을 보면 다음과 같다.

   ○ 앞을 닦다.(자기가 하여야 할 일을 손색없이 잘 처리하다.)

      뒤를 돌아보다.(지나간 일을 다시 회고하다.)

      곁을 주다.(다른 사람이 자기에게 가까이 할 수 있도록 속을 터주다.)

      해가 짧다(하루의 낮 시간이 밤 시간보다 짧다).

에둘러 가리키던 데로부터 성구의 뜻이 새롭게 창조된 것:

이 유형은 문체론적 수법에서 에두름법으로 쓰이던 단어결합이 성구론적으로 고착되면서 성구의 뜻이 이루어진 것이다. 이에 대한 예를 '죽다'와 관련한 것만 몇 가지 들면 다음과 같다.

   ○ 세상을 떠나다.(사람이 '죽다'를 에둘러 이르는 말)

      목숨을 잃다.(사람이 '죽다'를 에둘러 이르는 말)

      밥숟가락을 놓다.(사람이 '죽다'를 에둘러 이르는 말)

      숨을 거두다.(사람이 '죽다'를 에둘러 이르는 말)

D형의 의미 구조를 가진 성구에는 단어결합의 성분들의 의미가 변화되어 전일적인 의미가 창조된다는 특징에 의하여 다른 의미 구조를 가진 성구들과는 달리 다의적인 성격을 가진 것이 적지 않다. 이런 성구는 단어의 의미에서처럼 성구적 구조에 의해 새롭게 창조된 직접적인 의미로부터 다른 의미들이 다시 파생되어 나오기도 한다.

예를 들면 '귀에 익다'는 '들은 기억이 있다'라는 직접적인 의미로부터 '어떤 말이나 소리를 여러 번 들어 그것이 버릇되다'의 뜻이 파생되어 나왔다. '날이 서다'는 직접적인 의미 '도구의 날이 날카롭게 되다'로부터 '(명령, 지시, 비판, 규율 등이) 엄격하고 날카롭다'라는 파생적 의미와 '(성격이나 말이나 글의 표현, 판단력 등이) 빈틈없이 째이고 날카롭다'라는 파생적 의미를 더 가지게 되었다.

이에 대한 예를 더 들면 다음과 같다.

○ 구역이 나다:
  ① 메슥메슥하여 게우고 싶은 느낌이 생기다.
  ② 더럽고 아니꼬운 생각이 들다.
○ 금이 가다:
  ① 물건이 터져서 금이 생기다.
  ② 서로의 사이가 벌어지다.
  ③ 사물이 온전하지 못하고 흠이 생기거나 못쓰게 되기 시작하다.
  ④ 어떤 현상이나 생각이 사실과 맞지 않게 되거나 벌어지다.
○ 멍이 들다:
  ① 무엇에 맞거나 세게 부딪쳐 살갗 밑에 피가 몰려 꺼멓게 되다.
  ② 일이 속으로 탈이 생기다.
○ 춤을 추다:
  ① 춤의 동작을 하다.
  ② '움직임이나 상태가 이리저리 어른거림'을 비겨 이르는 말
  ③ 몹시 기뻐 날뛰다.

○ 좀이 먹다:
　① 좀벌레가 쏠아놓다.
　② 남몰래 손해를 끼치거나 해치다.
　③ 사상의식에 낡은 사상 잔재가 침습해 들어와서 흐리게 하다.

○ 짐이 기울다:
　① 무엇이 어느 한쪽으로 쏠리다.
　② 일의 형세가 글러지다.

○ 죽을 쑤다:
　① 죽을 끓이다.
　② 일을 그르쳐 망치다.

○ 주먹이 드세다:
　① 주먹으로 때리는 힘이 세다.
　② 남을 휘어잡고 우격다짐으로 내미는 힘이 세다.

제5절 속담의 의미 구조

　조선말 속담은 조선민족의 문화유산에 찬란히 피어난 한 떨기 아름다운 꽃으로서 조선민족의 슬기와 전통, 풍속, 습관, 생활의 경험과 교훈을 사상내용으로 담아 짧은 언어형식으로 나타낸 표현력이 풍부한 말이다. 오랜 세월을 흘러내려오면서 속담은 인민들 속에서 흠잡을 데 없이 세련되고 다듬어져 그야말로 생활의 훌륭한 거울로 되고 있다.

　속담의 역사는 오랜 옛날로 소급된다. 옛날에 나온 『삼국유사』, 『삼국사기』를 비롯하여 성현의 『용재총화』, 어숙권의 『패관잡기』, 홍만종의 『순오지』, 정약용의 『이담속찬』 등 많은 책들에 속담이 널리 수집되어있다. 속담수집이 체계적으로 본격화되기는 20세기 이후에 이르러서

이며 그것도 『조선이언』(1913년), 『조선속담』(1922년)이 나오고 『조선속담집』(1954년), 속담사전류가 연이어 나옴에 따라 방대한 속담자료들이 수집정리 되었다. 드디어 1980년대에 이르러서는 생활력 있고 교양적 가치가 있는 3,000여 개의 속담들을 골라서 사용에 편리하도록 문제별로 100가지로 나누어 배열 편집한 속담분류사전인 『조선속담집』(1986년)도 나오게 되었다. 속담이란 용어는 지금으로부터 약 400년 전인 류몽인의 『이우야담』에서 나온 것으로 보인다. 그 이전에는 '이언(俚言)'(삼국유사)이라는 말이 처음 나온 후 '언(諺)', '이언(俚諺)', '상언(常言)', '상담(常談)' 등으로 쓰이었다. 이런 용언들은 오늘날의 속담이라는 개념과 꼭 같은 것은 아니다. 지난날에는 하나의 긴 설화적 이야기나 일화로 쓰이던 것이 점차 가공을 거쳐 고도로 세련되고 함축된 경구적인 언어형식으로 고정되고 정식화되었다. 이런 언어형식을 오늘날 어떤 사람들은 '속담', '속언', '관용구' 또는 '관용어'라 하고 어떤 사람들은 '성구'라는 용어로써 '속담', '이언', '격언', '명언' 등을 포괄적으로 나타내기도 하고 또 어떤 사람들은 '성구', '속담', '명언', '구호'들을 같은 유개념으로 분류하고 '속담'을 '격언'과 '이언'으로 갈라보았다.

　오늘날 속담에 대한 주요한 견해를 유형별로 갈라서 그림으로 표시하면 다음과 같다.

　① 속담＝속언＝관용구(관용어)

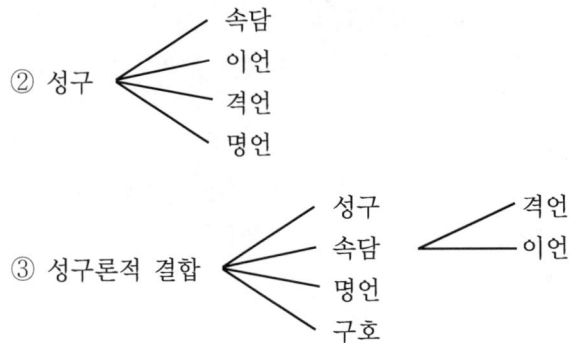

필자는 세 가지 견해 가운데 세 번째를 비교적 합리적인 것이라고 인정한다. 그러나 '구호'를 성구론적 결합이라고 보는 데는 어딘가 무리가 있지 않는가고 생각한다. 구호는 일정한 시기의 정책상 필요에 따라 대중을 조직 동원하는 전투적인 호소로 되어있는 만큼 시대성이 농후하고 호소력이 크다. 그러나 구조 의미론적 견지에서 볼 때 그때 그때마다 임시적으로 결합되어 이루어지며 전일적인 개념을 나타내는 것이 아니라 자유로운 단어결합에서처럼 개별적인 구성성분들의 뜻을 통하여 의사가 전달된다. 어떤 구호는 그 시대를 초월하여 격언처럼 되어버리는 수가 있다. 그러나 일반적인 구호들은 어느 한 시기를 지나면 내용에 따라 구호의 형식을 달리할 수 있다. 이런 유형은 성구론적 결합이라고 할 수 없다.

그러면 속담이란 무엇인가 하는 문제부터 고찰해보기로 하자.

1. 속담의 특성

속담이란 인민들 속에서 널리 쓰이는 경험과 교훈적인 내용을 담은 간결한 언어형식을 말한다. 속담은 근로인민들이 오랜 세월에 걸쳐 생활과 실천투쟁 속에서 얻은 경험과 교훈, 여러 가지 생활체험에 의하여 얻어진 사물현상에 대한 평가적 태도와 사회적 견해, 인간의 지향, 감정정서들을 가장 간결하고도 생동한 말로 표현하고 있으며 풍부한 사상내용을 고도로 세련되고 함축된 말로 나타내어 표현력이 높은 전통적인 언어형식으로 고착되었다.

※ 어떤 사람들은 '속어'라고 하면서 '일상생활의 시'로 간주하였다. 그것은 인생에서 만나는 사물에 대한 느낌을 생동하게 표현하고 있기 때문이라고 하였다. 이래서 속담을 말 가운데 시라고 말하고들 있다. 또 어떤 사람들은 속담을 '옛날부터 전해오는 민간의 격언'이라 하고 격언과 속담을 구별 없이 쓰고 있다. 물론 격언을 속담에 포괄시킬 수는

있지만 격언에만 국한시키는 것은 속담의 포괄범위를 너무나 협소하
게 만든 것이 아닌가고 생각한다. 이런 견해들은 속담의 본질적 특성
을 포착하지 못한 일면적인 견해에 지나지 않는다. 속담의 개념에는
사용분야에서 내용과 형식면에서의 의미 구조적 특성이 반영되어야
할 것이다.

속담으로 되자면 속담으로서의 전통적인 구조에 의해 기능적인 의미
전달을 할 수 있어야 한다. 속담은 전통적인 구조를 가지고 전체의 문
장구성에 참가하며 문맥적인 가치로 속담의 기능적인 의미전달을 하게
된다. 속담의 기능적인 의미전달은 단순한 개념의 전달이 아니라 상징
적이며 직관적인 방법에 의한 의미표시이다. 가장 간결한 형식 속에
추상적인 개념을 구체적인 사실로, 논리적인 진리를 직관적인 형상으
로, 평범한 설명을 돌발적인 상징으로 드러냄으로써 미적 쾌감과 공감
을 불러일으키며 적절한 표현적 효과를 나타낸다.

속담은 인민적이며 통속적인 특성을 가지고 있다. 속담은 발생기초
로 보나, 보유하고 이용하는 대상으로 보나 인민대중을 떠나서 생각할
수 없다. 속담은 인민대중 자신이 창조한 것이고 인민대중들 속에서
널리 이용되며 인민대중의 손을 거쳐 다듬어지고 정리되었다. 속담은
사람들이 늘 만나고 잘 아는 사물, 현상들을 형상화하여 근로인민의
사상 감정을 진실하고 생동하게 반영하고 있으며 계급적 입장, 관점,
태도 등을 선명하게 나타낸다. 속담이 인민 속에 쉽게 파악되고 이용
되지 않는다면 자체의 생명력을 잃고 만다.

속담은 고유어를 기본으로 하여 조선말 문법구조에 맞게 만들어진
것만큼 민족적 성격을 강하게 띠고 있다. 조선말 속담은 조선민족의
생활, 풍속, 습관, 조선민족의 사상, 감정, 정서, 조선민족의 역사, 문화,
교육, 지향 등을 폭넓게 반영하고 있다.

조선말 속담에서 이용된 자료나 문법구조형식들이 조선민족이 대대
로 내려오면서 그대로 물려받고 보존되어온 만큼 조선말속담은 민족적

인 성격과 아울러 전통적인 성격을 띠게 된다. 속담의 전통적인 격식
들은 사람들의 가공을 전제로 하여 만들어졌다. 속담에 이용된 형상적
기초와 문법 구조적 형식의 원형이 사람들의 구미에 맞고 사상 감정에
어울리면 어울릴수록, 일반화되면 될수록 전통적 성격은 더욱 뚜렷해
진다.

속담의 전통적인 구조유형과 그 쓰이는 빈도수를『조선속담집』(1986
년)의 자료로 보여주면 다음과 같다.

문장형식 2,605 75.3%	서술문	긍정	61.6% 2123	이다, 이라 108	겠다 64	랬다 27	ㄴ다, 는다 1932
		부정	6.2% 216	못 66	아니, 않다 25	없다 94	모르다 31
	의문문		5% 176	가 72	랴 47	나 38	냐 19
	명령문		2.4% 82	전부 '라'로 끝남			
단어결합형식 853 24.7%	체언형		14.4% 499	명사		484	
				수사		15	
	용언형		5.8% 199	상황토		188	
				접속토		11	
	기타		4.5% 155	부사		9	
				도움토		5	
				바꿈토		141	

총합계: 3,458 100%

※ ① 이 도표에서는 속담의 구조적 유형을 끝맺는 단어의 형태가 어떠
한가에 따라 크게 문장형식으로 이루어진 속담과 단어결합 형식으
로 이루어진 속담으로 나누고 문장형식으로 이루어진 속담을 다시
서술문 형식, 의문문 형식, 명령문 형식으로 이루어진 속담으로 나
누었다. 서술문 형식의 속담을 다시 긍정문으로 이루어진 속담과
부정문으로 이루어진 속담으로 나누었다.

② 단어결합 형식으로 이루어진 속담은 끝맺은 단어의 품사 소속이
  어떠냐에 따라 명사, 수사로 끝난 것은 체언형에, 용언으로 끝난
  것은 용언형에, 부사로 끝나거나 도움토, 바꿈토를 가지고 끝난 것
  은 기타 부분에 소속시켰다.

도표에서 속담의 외형적 구조가 성구와 다른 점을 찾아보기로 하자.
속담은 하나의 완결된 문장구조를 가지고 나타나지만 성구는 일반적
으로 단순단어결합으로 되어있다. 속담은 대구거나 복합문의 다양한
구조를 가지나 성구는 그것을 가질 수 없다. 속담에서는 '짚그물로 고
기 잡을까?', '까마귀 학이 되랴', '보름달이 밝은 줄 몰랐더냐.', '재간을
배 안에서부터 배우겠나.'에서처럼 다양한 의문문 형식을 가지나 성구
는 이런 구조를 가지지 않는다. 속담은 '소같이 벌어서 쥐같이 먹어라'
에서처럼 명령문 형식을 가지나 성구는 이런 구조를 가질 수 없다. 속
담에서는 '초록은 동색이다'에서와 같이 체언의 용언형으로 이루어진
구조가 적지 않으나 성구에서는 그런 것을 찾아보기 힘들다. 속담의
종결형은 자체의 구조 속에 시간토를 가질 수 있으나 성구에서는 문장
의 구성성분으로 될 때에만 경우에 따라 붙을 수 있다. 예컨대 '하늘에
별도 따겠다 ', '싸움은 말리고 불은 끄랬다 ', '아니 밴 아이를 낳으란
다 ' 등과 같이 속담에서는 자체구조 속에 시간관계가 나타날 수 있으
나 성구에는 그런 것을 전혀 찾아볼 수 없으며 전달법의 형식을 취한
'랬다', '란다' 등은 속담에 고유한 특징의 하나로 되고 있다. 이와 같은
사실은 속담이 성구와는 달리 문장의 기본특성을 가지고 나타난다는
것을 보여준다.
단어결합 형식을 취한 속담에서는 체언형으로 이루어진 속담의 수가
성구에서보다 상대적으로 많은 비중을 차지한다(속담 18.5%, 성구
1.4%). 속담은 수사로 끝난 형태가 있지만 성구에는 그런 것이 없다.
그리고 속담에는 성구보다 상황토 '듯'으로 끝난 형태가 많다.
단어결합 형식에서 나타나는 속담과 성구의 이와 같은 차이는 사실

상 문장론적 특성에 의한 차이와 밀접히 관련되어 있다. 예컨대 속담은 성구와는 달리 체언형으로 이루어진 단어결합이 단순히 규정어적 결합으로만 이루어진 것이 아니라 '앞 못 보는 생쥐', '돌미륵이 웃을 노릇', '달 보고 짖는 개' 등에서와 같이 확대 규정어를 가진 체언으로 끝난 형태로 되어있다. 속담에는 규정어적 결합 외에 '집을 지어놓고 삼년', '열에 아홉' 등과 같은 다양한 단어결합 형식이 있으며 '일가싸움은 개싸움', '가재는 게 편', '고양이 쥐 생각' 등에서와 같이 체언술어의 맺음토가 생략되어 이루어진 것, '벌리나 오므리나 일반', '메어치나 재껴치나 매일반'에서와 같이 명사 앞에 반복구조가 놓인 것, '밑져야 본전', '뛰어야 벼룩'에서와 같이 명사 앞에 조건관계가 놓인 것, '도토리 키 대보기', '고양이 목에 방울 달기' 등에서와 같이 용언의 체언형으로 끝난 것, '얻은 도끼나 잃은 도끼나'에서처럼 선택 관계를 나타내는 접속토가 반복되어 나타난 것, '얼음에 박 밀듯', '피는 호박에 손가락질'에서와 같이 '하다'가 붙으면 용언술어로 될 수 있는 형태로 끝난 것 등 이런 것은 속담의 구조에만 있을 뿐 성구의 구조에는 찾아볼 수 없는 형식들이다. 이런 구조는 속담이 일련의 문장론적 특성을 자체의 구조 속에 가지고 있다는 것을 사실적으로 보여준다.

속담의 외형구조를 유형별로 몇 가지만 간단히 예를 들면 다음과 같다.

(1) 문장형식으로 이루어진 속담들

긍정문형식:
○ 하늘 천 하면 가물 현 한다.
  부자가 될 수록 욕심이 늘어난다.
  봉사 개천 나무란다.
  청산이 늙겠다.

재주는 홍길동이다.

주머니 속에 들어간 송곳이라.

시골당나귀 남대문 쳐다보듯 한다.

부정문형식:

○ 독수리는 모기를 잡아먹지 않는다.

온몸이 입이라도 말 못하겠다.

이 절도 못 믿고 저 절도 못 믿는다.

자기 배만 부르면 남의 배 고픈 줄 모른다.

죽을병에는 약도 없다.

의문문형식:

○ 삶은 닭이 울까?

입이 밥 빌어오지? 밥이 입 빌어올까?

흙으로 만든 부처가 내를 건느랴?

변호사 말 모자라랴?

후장 떡이 클지 작을지 누가 아나?

쌍둥이 중이냐?

명령문형식:

○ 욕이 금인 줄 알아라.

이마에 땀을 내고 먹어라.

혓바닥에 침이나 묻혀라.

도적질은 내가 하고 오라는 네가 져라.

소뿔은 단김에 빼라.

(2) 단어결합 형식으로 이루어진 속담들

체언으로 끝난 것:

○ 없어 비단옷

맹물에 자개돌 삶은 맛

서울에 감투 부탁

범 보고 애 보라기

하늘 보고 손가락질하기

대포로 참새를 쏘는 격

강남땅의 금붙이

보지 못하는 소 멍에가 아홉

상황토로 끝난 것:

○ 아동판수 육갑 외우듯

소경이 장 구경 다니듯

곰 창날 받듯

줄수록 냠냠

눈에 삼삼, 귀에 쟁쟁

접속토로 끝난 것:

○ 더워서 못 먹고 식어서 못 먹고

배꼽에 노송나무 나거든

귀머거리 들으나마나

앉은뱅이 앉으나마나

도움토로 끝난 것:

○ 시앗 죽은 눈물만큼

병풍에 그린 닭이 홰를 치고 우는 한이 있더라도

비싼 놈의 떡 안 사먹으면 그만

속담의 본질적 특성의 다른 하나는 그것이 상징적 기능을 가지고 있는 점이다.

속담은 성구에 비할 바 없이 형상성이 강하다. 속담의 형상성은 비유에 기초하여 이루어진다. 속담은 인민들의 생활체험의 일반화와 결부되어있다. 어떤 우연적인 사실에 대한 표현이 그와 비슷한 사물, 현

상과 만났을 때 사람들은 전에 발생한 사실을 연상하고 회상하는 과정
에서 또한 그런 연상과 회상이 여러 사람들에게 옮겨지고 되풀이되는
과정에서 비유의 계기가 생긴다.

'개구리가 올챙이 적 생각을 못한다.'라는 속담은 자신의 옛 처지를
잊어버리고 우쭐대는 꼴을 비웃어 이르는 말이다. 처음에는 이런 부류
의 사람을 보았을 때 눈꼴사납게 여기고 그런 현상을 증오했을 것이다.
그러나 그런 현상에 대한 적절한 표현을 찾지 못하다가 개구리와 올챙
이를 보고 이 사실을 연상시켰을 것이다. 올챙이는 발이 없어 물 밖에
만 나오면 적응력을 잃고 만다. 그러나 개구리는 물 안이나 물 밖이나
제한 없이 자유로이 행동하는 능력을 가졌다. 개구리의 처지와 올챙이
의 처지에서 비유의 계기를 찾은 것은 속담 형성의 발견으로 된다. 자
신의 지난날의 어려운 처지와 자기를 길러주고 보살펴준 사람들의 은
덕을 말끔히 잊어버리고 제만 제라고 거들먹거리는 꼴을 골려주기 위
한 비유의 계기를 여기서 찾은 것은 아주 성공적이라고 생각한다.

속담의 형상성이 높아지고 상상력이 풍부하면 풍부할수록 사상성은
더욱 심오해지고 속담의 생명력도 이에 따라 강해진다. 속담은 이와
같이 비유의 계기가 뚜렷할 때 흥미 있는 표현적 단위로 된다.

속담의 상징적 기능에 의한 비유의 계기들은 사람들에게 익숙히 아
는 사물, 현상과 속담에서 표시되는 주제의미와의 유사성에 의하여 주
어진다.

○ 새 발의 피
　개밥에 도토리
　달리는 말에 채찍질한다
　자라목 오므라들듯
　모기다리에서 피 빨아먹겠다.

보다시피 상징적 기능을 가진 속담에서 주제의미는 속담을 이루게
되는 구성성분들의 언어자료에 직접 나타나지 않지만 사람들에게 쉽게

이해될 수 있도록 그 뜻이 더 생동하고 입체감 있게 전달되는 이유는 그것이 알기 쉬운 사물, 현상에 비유적으로 나타나기 때문이다. 이때 상징적 기능에 의하여 속담구조 전체가 하나의 단위가 됨으로써 속담에 동원된 자료와는 직접적인 관계가 없는 다른 사실을 지시하게 된다.

주제의미와 표면에 나타난 언어자료와의 관계는 비유에 의한 상징적 관계에 놓인다. 특정한 언어 환경에서 다른 사물에 비유될 수 있을 때에만 속담의 이런 상징적기능이 효과적으로 수행된다.

속담의 다른 하나의 기능적 특성은 진술성이다. 속담의 진술적 기능은 속담의 주제의미를 서술형식으로 표현하는 경우에 뚜렷이 나타난다. 속담은 단어에서처럼 단순의미 구조를 가지는 것이 아니라 복합적 의미 구조를 가지고 나타나는 경우가 많다. 속담에서의 복합적 의미 구조는 진술적 기능을 수행하는 주요한 조건으로 된다. 속담의 진술적 기능은 하나의 서술이 기능적인 구조와 결부되어 나타나거나 어떤 계기에 의하여 속담의 주제사상이 서술적 방식으로 나타난다. 먼저 문장의 전후구조에 의하여 기능화 된 서술을 보면 다음과 같다.

  ○ 집 안 좁은 건 살아도 마음 좁은 건 못산다.
    돈 모아둘 생각 말고 자식 글 가르쳐라.
    나무는 큰나무 덕을 못 보아도 사람은 큰사람 덕을 본다.
    천길 물속은 알아도 한길 사람 속은 모른다.

여기서 속담의 진술적 기능을 담당한 것은 주제의미를 나타내는 속담의 뒷부분이다. 만일 앞부분의 배합되는 구조가 없다면 뒷부분인 '마음 좁은 건 못 산다', '자식 글 가르쳐라', '사람은 큰사람 덕을 본다', '한길 사람 속은 모른다'를 가지고 속담이 이루어질 수 없다. 앞부분의 존재는 뒷부분의 주제의미와 밀접히 결합되어 있어 속담의 기능화구조를 마련하는 필수적인 존재로 된다.

속담의 이런 기능화구조는 전반부와 후반부의 의미의 대립으로 이루어진 경우가 많고 그 밖에도 전후구의 단순한 의미의 열거형식으로 대구를 이룬 구조도 있다.

  ○ 종로에서 **뺨** 맞고 한강에 가서 눈 흘긴다.

    물은 건너보아야 알고 사람은 지내보아야 안다.

    가루는 칠수록 고와지고 말은 할수록 거칠어진다.

    고기는 씹어야 맛이 나고 말은 해야 맛이 난다.

 조건 또는 양보적관계로 이루어진 구조도 있다.

  ○ 자식을 귀히 알거든 객지로 내보내랬다.

    빌어먹어도 손발이 맞아야 한다.

    정 들었다고 정말 말라.

    군말이 많으면 쓸 말이 적다.

    집안이 흥하면 손님이 많다.

 이밖에 '고생을 사서 한다'에서와 같이 속담의 주제의미가 상징적 표현으로 나타나지 않고 다른 계기로 이루어져서 진술적 기능을 수행하는 것도 있다.

 속담의 진술적 기능의 다른 한 가지는 단순한 문법적인 서술기능과 구별되게 속담의 구조 속에 있는 서술어의 품사적 성격이 의미전달에서 달리 바뀌어지는 데서 나타난다. 예컨대 '가는 방망이 오는 홍두깨'에서 '홍두깨'는 보복을 '당하다'로, '감투가 커도 귀가 짐작이라'에서 '짐작이라'는 '알 수 있다'로 되어 명사로 이루어진 진술기능이 의미전달에서는 동사적인 의미기능으로 바뀌었다. '개 핥은 죽사발'에서 '죽사발'은 '멀끔하다'로, '저승길이 구만리'에서 '구만리'는 '멀다'로 되어 명사로 이루어진 진술 기능이 의미전달에서는 형용사적인 의미기능으로 바뀌었다. '같이 우물 파고 혼자 먹는다'에서 '먹는다'는 '욕심 많다'로, '성나 바위 찬다'에서 '찬다'는 '어리석다'로 되어 동사로 이루어진 진술기능이 형용사적인 의미기능으로 바뀌었다. '말이 많으면 장맛이 쓰다.'에서 '쓰다'는 살림이 잘 '안되다'로, '애들 보는데 찬물 먹기도 어렵다'에서 '어렵다'는 언행을 '조심하라'로 되어 형용사로 이루어진 진술기능이 동사적인 의미기능으로 바뀌었다.

이와 같이 진술적 기능에 의해 속담의 품사적 성격이 의미전달에서 바뀌는 것은 일상적으로 흔히 나타나는 언어 환경과 깊은 연관을 가지며 언어장면에서 있을 수 있는 기능상 연관을 전제로 하고 있다. 이것은 결코 문법적인 품사전성이 아니라는 것을 알아둘 필요가 있다. 이것은 의미기능면에서 나서는 문제이므로 경우에 따라 다른 기능을 가질 수도 있다. 서술어로 되어있는 명사의 기능이 동사나 형용사의 의미기능으로 바뀌거나, 형용사의 기능이 동사의 의미기능으로 바뀌거나, 동사의 기능이 형용사의 의미기능으로 바뀌는 경우가 있지만 동사나 형용사의 의미기능이 명사의 의미기능으로 바뀌는 경우는 찾아볼 수 없다. 이 사실은 속담의 구조 속에 있는 명사의 의미기능이 벌써 일정한 진술적 기능을 수행하고 있음을 말해준다. 다시 말하여 서술어로 된 명사가 어떤 특정된 대상을 지적하고 있다하더라도 명칭 그 자체에는 별다른 의미가 없고 그 명사의 어떤 특징이나 상태를 가리키는 진술적기능이 있다는 사실과 관련되어있다.

속담은 감정 정서적 기능을 가진다. 속담이 나타내는 감정 정서적 색채는 성구에 비할 바 없이 농후하다. 속담은 어떤 대상에 대한 언행이나 생각이 어리석음, 졸렬함, 옹졸함, 주책없음, 우쭐거림, 망측함, 허황함, 추악함, 황당무계함, 극악무도함을 비판, 적발, 폭로하거나 풍자, 야유, 조소, 멸시, 증오하거나, 비웃고 골려주고 얕잡아 말하거나, 농으로 말하거나, 흘하게 말하거나, 속되게 말하거나, 욕으로 말하거나 또는 입장, 관점에 따라 어떤 대상이나 언행에 대하여 부정, 반대, 찬성, 옹호, 지지의 태도를 선명하게 나타내기도 한다.

이에 대한 예를 몇 가지 들면 다음과 같다.

어리석은 행동을 비웃어 이르는 것:

○ 민충이 쑥대에 올라 건들거려도 분수가 있다.

장마에 떠내려가면서도 가물징조라 한다.

쥐 고양이를 불쌍해한다.

쥐며느리가 새우아재 모시듯

욕으로 이르는 것:

○ 귀밑에 피도 안 마른 놈

대가리에 쉬 쓴 놈

밤 항아리 생쥐새끼 들락대듯

다 삭은 바자 틈에 노랑개 주둥이 같다

비꼬아 말하거나 놀림조로 이르는 것:

○ 당나귀 귀 치레하듯

밥함지 옆에서도 굶어죽겠다.

도끼를 들고 나물 캐러 간다.

눈먼 놈이 앞장선다.

야유하거나 풍자하여 나타내는 것:

○ 개 용상에 앉은 격

부엉이 셈 치기

귀뚜라미 풍류 하겠다.

고추나무에 그네를 뛰고 잣 껍질로 배 만들어 탄다.

부정적으로 이르거나 핀잔, 꾸짖음을 나타내는 것:

○ 달보고 짖는 개

그늘 밑에 매미신세

눈치가 발바닥이다.

게으른 여편네 아이 핑계하듯

할일이 없거든 오금을 긁어라.

속담은 낡은 사회의 암흑상을 폭로비판하고 새 사회에 대한 지향과 찬양, 계급적 원수들에 대한 증오와 복수심, 동정과 사랑에 대한 절절한 심정이 표시되고 있다.

속담의 감정 정서적 색채는 긍정과 부정, 선과 악, 정의와 부정의를

비롯하여 슬기와 무지, 겸손과 교만, 진실과 허위, 진속과 거짓, 정직과
교활, 완강과 나약, 대담과 비겁, 결단과 주저 등 긍정적인 면과 부정
적인 면에 대한 입장, 관점, 태도를 분명히 하고 있다.

속담은 어느 것이나 발생적 계기와 유래를 가지고 있는 것이 특징적
이다. 일상생활에서 많은 사람들에게 널리 알려져 있는 평범한 현상이
나 사건, 이름난 인물의 이야기나 행동은 연상의 실마리로 되며 속담
발생의 계기로 되거나 유래가 된다.

'듣는 것이 보는 것만 못하다', '백 마디 말보다 실천이 귀중하다.' 등
은 생활경험이나 체험으로부터 생겨난 것이고, '범은 그렸는데 고양이
가 됐다', '꼬부랑나무가 신선을 지킨다.' 등은 일상일화에서 생겨난 것
이다. '서울 김서방 집도 찾아간다.', '경신년 글강 외듯 한다.' 등은 옛
이야기에서 온 것, '재주는 홍길동이다.', '공자왈 맹자왈 한다.' 등은 전
설적이거나 이름난 인물에서 온 것, '기른 정이 낳은 정보다 크다.', '며
느리 사랑은 시아버지, 사위 사랑은 장모' 등은 인정세태에서 온 것,
'늙으면 아이 된다.', '부모가 자식을 겉 낳았지 속 낳았나?' 등은 생활
세태에서 온 것, '밤에 피리 불면 뱀이 온다.', '까마귀가 울면 사람이
죽는다.' 등은 미신이거나 민속에서 온 것, '총대에서 정권이 나온다.'
등은 명인의 말에서 온 것, '함흥차사' 등은 실재한 사실에서 온 것이
다. 이밖에 문학작품에서 온 속담도 적지 않다.

2. 속담의 의미 구조

속담의 의미 구조적 유형을 의미의 동질성에 기초한 것과 의미의 상
대성에 기초한 것으로 갈라볼 수 있다.

의미의 동질성에 기초하여 이루어진 속담에는 비유의 계기에 의하여
이루어진 것과 의미의 진술적 기능을 가지고 이루어진 유형이 있다.
의미의 상대성에 기초하여 이루어진 속담에는 의미의 대립적 관계로

이루어진 것과 의미의 점층적 관계로 이루어진 유형이 있다.

속담의 의미 구조적 유형을 도표로 표시하면 다음과 같다.

	구분표준	기본유형	공식	약칭
속담의 의미 구조	의미의 동질성에 기초하여	비유형	a×b	A형
		진술형	a+b	B형
	의미의 상대성에 기초하여	대립형	a−b	C형
		점층형	a+b	D형

(1) 비유형의 의미 구조(A형)

비유형은 의미의 동질성에 기초하여 속담에서 풀이 되는 의미와, 비유적 관계로 이루어진 의미 구조적 갈래를 말한다.

비유형의 공식은 a×b로 표시된다.

비유형의 구조를 가진 속담은 인간의 어떤 표식을 사물이나 동물로 형상화하여 나타내거나 인간의 어떤 사상, 행동이나 심리적 상태 등을 다른 사물의 어떤 현상이나 성질, 상태, 행동 등에 비겨서 본질적 특성을 알기 쉽게 눈앞에 보듯이 그려낸다.

인간의 어떤 표식을 동물의 행동으로 나타낸 것을 보기로 하자.

○ 호랑이 개 어르듯 한다.

두꺼비 콩대에 올라 세상이 넓다 한다.

여기서 보다시피 속담에 이용된 대상은 '호랑이', '개', '두꺼비' 등이지만 이야기하려는 내용은 그 대상과는 전혀 관계없는 다른 사실을 말하는 것이 특징적이다.

'호랑이 개 어르듯 한다.'라는 속담은 두 가지 뜻을 가지고 있다. 하나는 속으로는 엉큼하나 겉으로는 상대편을 달래여 환심 사는 짓을 비겨 이르는 말로 쓰이고 다른 하나는 상대편을 혼비백산하게 만들고 제멋대로 쥐락펴락하는 모양을 비겨 이르는 말로 쓰인다. 이와 같은 뜻을 호랑이가 개를 어르는 행동으로 형상화하여 나타내었다.

'두꺼비 콩대에 올라 세상이 넓다 한다.'는 안목이 좁고 행동이 옹졸
한 사람을 비겨 이르는 말이다. 이런 뜻을 두꺼비가 콩대에 올라 말하
는 행동으로 형상화함으로써 해학적인 맛이 두드러지게 한다.

비유형의 속담에는 여러 가지 동물이 인간의 표식으로 형상화되어
등장하는 경우가 많다. 이런 유형은 비유되는 대상이 의인화되어 인간
이 사유와 활동을 하게 하는 방식으로 이루어진다.

이것을 그림으로 표시하면 다음과 같다.

사유, 활동

동물 ·······················▶ 인간

○ 고양이 쥐 생각

　쥐며느리가 새우아재를 생각하듯

　쥐가 고양이를 불쌍해한다.

　뱀이 용이 되어 큰소리한다.

　까마귀 호통

인간의 어떤 행동을 시키는 방식으로도 이루어진다.

○ 승냥이에게 어린 양을 보아달라고 내맡긴다.

　범 보고 애 보라기

인간의 어떤 표식을 가지고도 이루어진다.

○ 벼룩도 낯짝이 있다.

　고양이 세수하듯

　당나귀 하품한단다.

이런 비유는 문체론적 수법에서 의인법에 의해 실현된 것이다. 속담
에서 흔히 이용되는 비유의 수법들은 인간의 어떤 행동이 동물의 어떤
행동의 유사성과 비교되면서 이루어지기도 한다.

○ 곰 창날 받듯

　덴 소 날치듯

쥐가 고양이를 무는 식

개가 머루 먹듯

파리한 강아지 꽁지 치레하듯

이런 비유는 직유의 형식으로 나타나는 경우가 많으며 차유의 형식으로 된 것도 있다.

○ 지레 역은 참새 방앗간 지나간다.(역은 것 같지만 어리석음)

더펄개 줄방죽 건너가기(무슨 일을 제정신 없이 함)

죽은 고양이가 산 고양이보고 야옹한다.(약자가 강자에게 분별없이 걸고 듦)

조선말속담에는 짐승과 새들을 비롯하여 많은 동물들이 등장하고 있다. 예를 들면 소, 말, 돼지, 개(강아지), 양, 당나귀, 범, 곰, 승냥이, 고양이, 노루, 구렁이(뱀), 용, 쥐, 까마귀, 까치, 참새, 기러기, 솔개, 꿩, 닭, 벌, 매미, 모기, 개미, 지렁이, 벼룩 등 이런 동물들의 본질적 특성에 의한 대비와 행동성에서 인간의 여러 가지 특성이 비교된다. 형상적 비유는 이와 같이 특성의 유사성이 이질적인 사물로 비유될수록 본질적 특성은 더욱 생동하게 드러난다.

○ 잠자는 범 코침 주기(공연히 건드려 화를 입음)

물에 뜬 해파리 같다.(몹시 간사스럽고 매끄러운 사람)

앞 못 보는 생쥐(분간 없이 행동하는 사람)

개 같이 벌어서 정승 같이 먹는다.(아무렇게 벌어도 삶의 태도만 바르면 된다.)

개 대가리에 옥관자.(격에 어울리지 않음)

진드기가 황소 불을 잘라먹듯(보잘 것 없는 것이 엄청나게 큰일을 해냄)

검둥개 미역 감긴 격(하나마나 같음)

특성이 서로 다른 두 동물을 서로 비기는 방식으로 이루어진 속담도 있다.

○ 하루 강아지 범 무서운 줄 모른다.

잡으라는 쥐는 안 잡고 씨암탉만 문다.(사고)

두더지는 나비가 못되라는 법 있나?(뜻밖의 일을 할 수 있음)

독수리는 모기를 잡아먹지 않는다.(체모에 어울리지 않게 하지 않음)

이런 방식으로 이루어진 속담들은 격에 맞지 않는 의미적 특성을 나타내는 경우가 많다.

○ 뱀 대가리에 개고기

백로에 묻힌 까마귀

소대가리에 말꼬리를 달아놓은 격

참새가 황새걸음 한다.

까마귀둥지에 솔개미 앉힌다.

동물이나 기타 여러 사물의 특성에서도 형상적비유가 자연스럽게 이루어진다.

○ 뱃가죽이 땅 두께 같다.

떫기는 오뉴월 산살구 같다.

호박덩굴과 딸은 옮겨놓은 데로 간다.

황금 천 냥이 자식교육만 못하다.

여기서 '뱃가죽과 땅 두께', '떫다와 산살구', '호박덩굴과 딸', '황금 천 냥과 자식교양'은 비겨지는 두 대상이 속담에 다 나타나는 방식으로 이루어졌다.

비기는 것과 비겨지는 것의 두 대상이 보조적 수단을 가지지 않고 은유의 형식으로 속담의 구조를 이룬 것도 있다.

○ 눈치가 발바닥이다.(무디다)

미련하기 곰이다.(우둔하다)

속이 먹통(음흉하다)

세월이 약이다.(효력이 있다.)

우환의 감투(누명)

여기서 비겨지는 대상 '발바닥'은 '무디다'로, '곰'은 '우둔하다'로, '먹통'은 '음흉하다'로, '약'은 '효력이 있다'로, '감투'는 '누명'으로 의미가 추상화되면서 속담의 의미 구조의 핵으로 된다.

은유형식으로 이루어진 속담에는 전후구가 비유되는 대상과 비유하는 대상으로 나타난 구조도 있다.

○ 가루는 칠수록 고와지고 말은 할수록 거칠어진다.

　고기는 씹어야 맛이고 임은 품어야 맛이다.

　범은 죽어서 가죽을 남기고 사람은 죽어서 이름을 남긴다.

이런 속담은 전반부가 형상적비유의 담당자로서 속담이 이루어지는 필요조건으로 되지만 의미의 중심은 서술부분에 있다. 속담의 서술적 기능은 주제의미를 나타내는 이 부분에서도 발휘된다.

비유가 과장에 의해 본질적 특성이 확대되는 방식으로 이루어진 것도 있다.

○ 바늘로 몽둥이 막다.(미련함)

　하늘과 씨름하기(담이 큼)

　모기 보고 칼 빼기(격에 맞지 않음)

　바늘구멍으로 코끼리 몰라 한다.(고집)

　벼룩 등에 여섯 칸 대청 짓겠다.(좋은 궁량)

동일성에 기초하여 이루어진 비유형에는 상대적 분리성과 대립성으로 나타나는 속담의 의미 구조를 가진 것도 있다.

○ <u>하룻강아지</u> 범 무서운 줄 모른다.
　　 －　　　 ＋　　　　　　　　 (무섭다)

　소등에 못 실은 짐 <u>벼룩</u> 등에 실을까.
　　 ＋　　　　　　 －　　　　　　 (힘 있다)

　<u>양 대가리</u> 걸어놓고 <u>말고기</u> 판다.
　　　 ＋　　　　　　　 －　　　　 (맛있다)

　<u>잃은</u> 도끼나 <u>얻은</u> 도끼나 일반
　　 －　　　　 ＋　　　　　　　 (얻다)

천 마리 참새가 한 마리 봉만 못하다.
　　+　　　　　－　　　　　　　(많다)

동일성에 기초하여 이루어진 비유형에는 상대적 점층성으로 나타나
는 속담의 의미 구조를 가진 것도 있다.

○ 활이 생기면 살이 생긴다.
　　　　+　　　　　+　　　　　　　(생기다)

꽃은 웃어도 소리가 없고 새는 울어도 눈물이 없다.
　　　　+　　　　　　　　　　　+　　　　　　　(자취 없다)

산 진 거부기요 돌 진 자라다.
　　　　+　　　　　+　　　　　(든든함)

산이 우니 돌도 운다.
　　+　　　　+　　　　　　(피해)

※ 비유형에서 대립성을 나타내거나 점층성을 나타내는 의미 구조를 가
　진 속담들은 대립형과 소속시킬 수 있으나 이루어진 기초가 동질적이
　며 비유 안에서의 대립 또는 점층적 관계를 나타내므로 이런 유형은
　의연히 비유형에 소속시킨다.

이상 속담의 비유형 고찰에서 우리는 다음과 같은 몇 가지를 알 수
있다.

첫째, '듯(듯이)', '같이', '처럼' 등 비유의 보조적 수단을 가지고 직유
의 형식으로 이루어진 비유형은 주어진 사실의 수사적 전제를 이룰 때
에만 쓰인다는 것을 알 수 있다. '너는 아무리 원숭이 흉내 내듯해도 꼴
불견이야'에서 '원숭이 흉내 내듯'의 뜻은 남이 하는 대로 아무리 몸치
장을 해보아도 따르지 못함을 비겨 이르는 말로 된다. 이런 유형의 속
담은 반드시 씌어진 문맥에서 속담과 대응되는 사실을 잘 파악해야 속
담에 담긴 내용을 정확히 이해할 수 있으며 알맞는 자리에 쓸 수 있다.

둘째, '범 보고 애 보라기'와 같이 의인화의 수법으로 이루어진 비유
형의 속담과 '호박을 쓰고 돼지굴로 들어간다.'와 같이 차유의 형식으

로 이루어진 속담은 어느 것이나 비유하는 대상이 나타나지 않고 그 전체가 형상적인 비유를 통하여 새로운 뜻이 파악된다. '범 보고 애 보라기'는 그 형상에서 하는 짓이 얼마나 위험한가를 알 수 있으며 '호박을 쓰고 돼지굴로 들어가다.'는 스스로 멸망의 길로 들어가는 뜻을 형상성 있게 해학적으로 보여준다. 따라서 이런 속담은 형상성이 보다 강하고 비겨지는 두 대상의 관계가 가장 밀접하다.

셋째, '눈치가 발바닥이다.', '찰거머리 정'에서와 같이 은유의 형식으로 이루어진 속담은 비겨지는 대상 '발바닥', '찰거머리 정'에서 '찰거머리'의 붙었다 떨어지지 않는 특성을 잡아서 인간의 '깊고 뜨거운 정'을 비겨 이르는 말로 되었다. '눈칫밥을 먹고 바늘방석에 앉다.'에서는 '눈칫밥', '바늘방석'이 은유의 형식으로 이루어진 것이다. '눈칫밥'은 '눈치를 보며 먹는 밥', '바늘방석'은 '불안한 감'이라는 뜻을 나타낸다. 이와 같이 속담에서 어느 한 부분이 은유 또는 차유의 형식을 가지면 그 표현은 새로운 뜻을 가지고 나타나며 하나의 단어로 굳어지면 그것은 '눈칫밥', '바늘방석'과 같이 새 단어가 된다.

넷째, '범이 죽으면 가죽을 남기고 사람이 죽으면 이름을 남긴다.'에서와 같이 속담의 앞뒤부분이 비유되고 비유하는 대상으로 갈라져 같은 의미 구조를 가지고 대구를 이룬 비유형은 기본적으로 은유에 속한다. 이런 속담은 앞부분이 속담 구성의 알맹이로 되고 뒷부분이 주제 의미의 진술적 기능을 감당한다. 이런 속담구조의 배열순은 비유되는 부분이 앞에 놓이고 비유하는 부분이 뒤에 놓인다. 따라서 '죄는 지은 데로 가고 물은 골로 흐른다.'(『조선속담집』 1986년, 293페이지)로 배열순을 바꾸었는데 '물은 골로 흐르고 죄는 지은 데로 간다'로 하는 것이 오히려 순탄하다. 『조선속담집』(1986년, 329페이지)에 '사람은 죽어서 이름을 남기고 범은 죽어서 가죽을 남긴다.'라는 배열순을 허용하여 참고란에 넣어주었는데 이 경우에는 일반적으로 '범은 죽어서 가죽을 남기고 사람은 죽어서 이름을 남긴다.'로 쓰는 것이 좋다.

다섯째, '이리떼를 막자고 범을 불러들인다.'에서와 같이 '막다'와 '들이다'의 반의어적 대립으로 이루어지거나 분리성, 모순성을 바탕으로 하여 이루어진 비유형의 속담구조는 형상적 대조 또는 모순의 대립 면을 통하여 사물의 본질적 특성을 뚜렷이 보여준다. '활이 생기면 살이 생긴다.'에서와 같이 점층적 관계로 이루어진 비유형의 속담은 내용을 가일층 심화시키는 방식으로 심오한 속담의 의미를 알기 쉽게 보여준다.

(2) 진술형의 의미 구조(B형)

진술형은 의미의 동질성에 기초하여 속담의 주제의미를 진술하는 의미 구조적 갈래를 말한다. 진술형의 공식은 a+b로 표시된다. 진술형은 속담의 진술적 내용을 서술의 형식으로 나타내거나 반문 또는 명령(호소)의 형식으로 나타낸다. 진술형의 속담은 주로 어떤 이치를 깨우쳐주거나 경험적이고 교훈적인 의미를 함축된 언어형식으로 보여준다.

진술형의 속담에 쓰인 언어의 기능이 단순히 서술적인 진술에만 그친다면 그것은 속담이 될 수 없다. 진술형의 속담으로 되기 위해서는 속담적인 구조를 갖추어야 하며 기능화 된 진술이어야 한다.

B형의 속담을 몇 가지 유형으로 갈라보면 다음과 같다.

어떤 철리를 기능화 된 진술의 형식으로 깨우친다.

○ 농사는 천하지대본이다.(농사의 중요성)

　사람의 입은 농군이 친다.(농사일하는 사람의 가치)

　논 자취는 없어도 공부한 공은 남는다.(공부를 해야 한다)

　부자간에도 돈을 헤어주고 받는다.(계산은 똑똑해야 한다)

　아이 자라 어른 된다.(어리다고 얕보지 말아야 한다)

　제 얼굴은 제가 못 본다.(자기 허물은 모른다)

　옷은 나이로 입는다.(나이 든 사람이 크게 입는다)

이와 같이 '농사의 중요성', '공부를 해야 한다', '어리다고 얕보지 말

아야 한다' 등의 심오한 이치를 그 어떤 일반적 서술로서가 아니라 진
술적 기능이 발휘된 간결하면서도 힘 있는 표현으로 나타내어 알기 쉽
게 일깨워준다.

**어떤 원인이나 조건적 관계에 의해 그에 따르는 필연적인 결과가 도
래된다는 진술의 형식으로 사물발전의 합법칙성을 보여준다.**

○ 봄에 씨 뿌려야 가을에 거둔다.

  썩은 바도 다쳐야 끊어진다.

  임을 보아야 애 낳는다.

  사람이 되어야 글이 소용 있다.

  고운 일 하면 고운 밥 먹는다.

  음식도 적어야 맛이 있다.

그리고 '곱게 살면 갚음 받을 날이 있다', '내 물건이 좋아야 값을 받
는다', '독은 독으로 친다' 등에서와 같이 객관적 사물은 서로 연관 속
에 있는 것만큼 호상 연관 속에서 서로 영향을 주며 움직인다는 이치
를 알려준 것도 있다.

**진술형의 속담은 남에게 어떤 행동을 요구하거나 타이름을 나타내기
도 한다.**

○ 낯을 들고 다니는 처녀도 선을 보아야 한다.(신중하다)

  복속에서 복을 모른다.(행복을 알라.)

  정성을 들였다고 마음을 놓지 말라.(끝까지 노력하라.)

  식은 죽도 불어가며 먹어라.(조심하라)

  부조는 않더라도 제상이나 차지 말라.(쓸 데 없는 간섭을 하지
  말라.)

  어린아이 예뻐 말고 겨드랑 이나 잡아주어라.(귀여워만 말고 잘
  가르치라)

  할 일이 없으면 낮잠이나 자거라.(쓸 데 없는 말참견을 하지 말
  라.)

'하늘 천'자부터 시작하라.(처음부터 시작하라.)

어떤 내용을 전달의 형식으로 나타내는 진술형의 속담도 있다.

○ 불난 집에서 불이야 한다.

도적이 도적이야 한다.

불이야 하니 불이야 한다.

늙은 처녀보고 시집가라 한다.

제 얼굴 더러운 줄 모르고 거울만 나무란다.

지랄만 내놓고 세상의 온갖 재간 다 배워두랬다.

쓸 줄 모르는 것이 책부터 나무란다.

아니 밴 아이를 낳으란다.

부정의 형식으로 이루어진 진술형의 속담도 있다.

○ 바늘로 찔러도 피 나올 데 없다.

송곳 박을 땅도 없다.

잘 싸우는 장수에게는 내버릴 병사가 없고 글 잘 쓰는 사람에게
는 내버릴 글자가 없다.

죽을 때까지 배워도 다 배우지 못한다.

한치 앞을 못 본다.

한번 엎지른 물은 퍼 담지 못한다.

아이들 보는 데선 찬물도 못 마신다.

길흉과 관련한 진술형의 속담도 있다.

○ 아침에 까치가 울면 반가운 손님이 온다.

단옷날에 비가 오면 흉년이 든다.

발등을 밟히면 재수 없다.

엎드려 자면 빌어먹는다.

평시에 한숨을 쉬면 팔자가 사납다.

꿈에 돈을 얻으면 재수가 없다.

제사 때에 집안이 시끄러우면 불길하다.

엉뚱한 질문을 들이댐으로써 문체론적 효과를 나타내는 진술형의 속담도 있다.

○ 거위가 부리 있나?

솥이 검다고 밥도 검을까?

변호사 말 모자라랴?

죽는 놈 탈 없으랴?

사람이 자지 돈이 자나?

재간을 배 안에서부터 배우겠나?

한술 밥에 배부를까?

공든 탑이 무너지랴?

위에서 본 바와 같이 진술형의 속담은 서술식, 명령식, 의문식의 문장유형으로 나타난다는 것을 알 수 있다.

서술식에서는 주로 철리적인 것, 경험적인 것, 교훈적인 것, 필연적인 것, 사물의 호상연관관계와 관련한 것, 명령식에서는 주로 어떤 요구나 타이름과 관련된 것, 의문식에서는 반의어적인 문체론적 효과와 관련된 것 등 기능화 된 진술의 내용으로 속담의 의미 구조를 이루고 있다.

(3) 대립형의 의미 구조(C형)

대립형은 의미의 상대성에 기초하여 속담의 구성요소들 사이에 대립 또는 분리적 관계가 이루어진 의미 구조적 갈래를 말한다. 대립형의 공식은 a—b로 표시된다. 대립형의 의미 구조는 사물의 모순성에 의해 이루어진다. 모순의 대립충돌은 의미 구조의 갈등을 조성하며 의미의 갈등이 형성되는 곳에서 의미의 대립이 생긴다. 대립형은 대립적 의미의 구조를 가지고 대구를 이루거나 의미 속성이 상극을 이루는 단어들에 의해 대조된다.

대립형의 속담의 본질은 현상의 공통적인 특징을 밝히는 것이 아니라 대립 또는 반의적 관계를 밝혀 그것으로써 현상의 본질을 두드러지게 한다. 따라서 속담의 대립형을 이루는 언어수단은 언제나 반의적 관계에 놓여있다.

대립형은 여러 가지 방법으로 이루어진다.

대립형은 내용상 반의적 관계를 가지고 대구의 형식으로 이루어진다.

○ 나무는 옮기면 죽고 사람은 옮겨야 산다.

　더워서 못 먹고 식어서 못 먹고

　팔준마도 주인을 못 만나면 삯마로 늙는다.

　악하면 악한 끝이 있고 착하면 착한 끝이 있다.

　부름이 크면 대답이 크다.

　윗돌 못 믿고 아랫돌도 못 믿는다.

　키 크면 속이 없고 키 작으면 대가 없다.

　내 발등의 불을 꺼야 남의 발등의 불을 끈다.

여기서 대립형을 이루는 요소는 반의어이다. 반의어에 의해 속담 안의 전후구가 뜻에서 대립된다. 반의어를 제외한 다른 요소들은 동의어 반복 또는 동의적인 표현으로 이루어진다. 글의 흐름을 고르롭게 하고 대립면을 뚜렷이 내세워 강조하여 나타내는 문체론적 효과를 거둘 수 있다.

대립형의 속담은 전후 구성이 전체가 대립 또는 반의적 표현으로 이루어진 것도 있다.

○ 들으면 병이고 안 들으면 약이다.

　주러 와도 미운 놈 있고 받으러 와도 고운 놈 있다.

　드는 줄은 몰라도 나는 줄은 안다.

　산이 높아야 골이 깊다.

　모르면 약이요 아는 게 병이다.

　천길 물속은 알아도 한길 사람 속은 모른다.

이런 구조는 속담을 구성한 전후구의 전반구조가 서로 대립 면을 조성하는 표현으로 되어있어 뜻이 더욱 날카롭게 대조된다.

대립형에는 전후구의 구성요소들이 서로 대조되면서도 교묘하게 어순을 바꾸어놓는 방법으로 이루어진 것도 있다.

○ 땅은 사람을 속여도 사람은 땅을 속이지 못한다.

　내 말은 남이 하고 남의 말은 내가 한다.

　못 입어 잘난 놈 없고 잘 입어 못난 놈 없다.

　산이 울면 들이 웃고 들이 울면 산이 웃는다.

　고운사람 미운 데 없고 미운사람 고운 데 없다.

　사랑하는 사람은 미움이 없고 미워하는 사람은 사랑이 없다.

　입이 밥 빌어오지 밥이 입 빌어올까?

이런 구조는 논리적으로 빈틈없이 짜이고 맞물려서 입에 잘 오르고 감칠맛이 있으며 내용을 논리적인 계승으로 힘 있게 강조하여 보여주고 있다.

부정의 형식으로 대립형이 이루어진 것도 있다.

○ 집 안 좁은 건 살아도 마음 좁은 건 못 산다.

　글 잘하는 자식 낳지 말고 말 잘하는 자식 낳으라.

　새벽달 보려고 으스름달 안 보랴?

　입이 채구멍만큼 많아도 말할 구멍은 하나도 없다.

　입은 거지는 얻어먹어도 벗은 거지는 못 얻어먹는다.

진술형에서 부정에 의한 표현은 단순 논리적 부정으로 이루어지지만 여기서는 대구로 이루어져 앞부분과 뒷부분이 내용상 대조를 이루고 있는 것이 특징적이다.

대구가 아닌 속담에서도 대립형을 얼마든지 찾아볼 수 있다.

○ 강한 장수에게 약한 군사가 없다.

　밥 먹고 죽벌이 한다.

　깊고 얕은 것은 건너보아야 안다.

　단맛 쓴맛 다 보다.

　웃음 속에 칼이 있다.(겉과 속)

　개똥도 약에 쓴다.(하찮은 것과 귀한 것)

대립형은 대조되는 어떤 사물이나 사실, 어떤 현상이나 행동을 비교
하여 나타내기도 한다.

○ 앉은 양반보다 빌어먹는 거지가 낫다.

똑똑한 머리보다 얼떨떨한 문서가 낫다.

남의 더운밥이 내 식은 밥만 못하다.

아버지 주머니에 있는 돈도 자기 주머니에 있는 돈만 못하다.

대립형은 대조되는 어떤 사물이나 행동을 분리적 관계로 나타내기도
한다.

○ 물인지 불인지 모른다.

얻은 도끼나 잃은 도끼나

가로 지나 세로 지나

귀머거리 들으나 마나

둘러치나 메어치나 일반

문틈으로 보나 열고 보나 보기는 일반

이런 속담은 본질적으로 서로 같음을 나타내거나 무엇이나 가리지
않음을 나타낸다.

대립형은 모순 되는 사실을 열거하여 현실적으로 이루어질 수 없음을
나타내는 명사로 끝맺은 속담에서도 찾아볼 수 있다.

○ 값싼 것이 비지떡

    +   −   (값있다)

엉치 부러진 수리개

    −   +   (날다)

허리 부러진 장수

    −   +   (힘)

풍년에 거지노릇

   +   −   (흔하다)

중의 빗

 − +   (머리)

<u>쥐 안 잡는 고양이</u>
　　　－　　　　＋　　（쥐 잡다）

<u>꽃 없는 나비</u>
　　　－　　＋　　　（꽃）

<u>빛 좋은 개살구</u>
　　　＋　　－　　　（맛）

<u>거적문에 돌쩌귀</u>
　　　－　　　＋　　（나무）

이와 같이 속담은 현실적 존재가 불가능한 사실을 들어 겉과 속이 다름을 풍자하거나 해학적으로 부정 면을 폭로, 비판, 조소하는 데 적극적으로 이용되고 있다.

(4) 점층형의 의미 구조(D형)

점층형은 의미의 상대성에 기초하여 속담의 구성요소들 사이의 의미가 가일층 심화되는 의미 구조적 갈래를 말한다. 점층형의 속담내용은 상대적으로 옅은 데로부터 깊은 데로 이루어지거나 깊은 데서 옅은 데로 이루어질 수도 있고 양적으로 적은 데로부터 많은 데로 또는 많은 데로부터 적은 데로 이루어질 수도 있으며 시간적으로나 위치, 공간적으로 차지하는 범위가 넓어지거나 논리적으로 심화되는 내용을 단계적으로 나타내기도 한다. 그리고 사물의 어떤 성질, 상태, 행동의 심화과정을 보여주기도 한다.

점층형에서는 의미 속성의 점층적 심화현상이 뚜렷이 알려지는바 앞부분에서 나타난 의미 속성이 뒷부분에서 심화되는 형식으로 나타난다.

점층형이 나타내는 의미적 관계로 주요한 몇 가지만 들어 보이면 다음과 같다.

점층형의 속담으로 수량의 증감을 나타낸다.

○ 되 글을 가지고 말 글로 써먹는다

민심이 천심

하나를 알아야 열을 안다.

한 일을 보면 열 일을 안다.

한 개울이 열 개울을 흐린다.

하나를 알면 백을 안다.

깐깐 오월, 미끄럼 유월, 어정 칠월에 건들 팔월이라.

열 번 재고 가위질은 한 번 하라.

점층형의 속담으로 어려움이 증가됨을 나타낸다.

○ 하품에 딸꾹질

기침에 재채기

조약돌을 피하면 수마석이 앞을 막는다.

노루를 피하니 범이 나온다.

여우를 피하니 이리가 나온다.

범을 피해서 사자 굴에 들어간다.

소똥에 미끄러져 개똥에 코 박을 일이다.

눈 위에 서리 친다.

점층형의 속담으로 어떤 조건이 가해지면 정도가 심화됨을 나타낸다.

○ 옥돌도 닦아야 빛이 난다.

물도 오래 흐르면 바위에 구멍을 뚫는다.

모기도 모이면 천둥소리

먼저 방망이를 들면 홍두깨가 안긴다.

백지장도 맞들면 가볍다.

점층형의 속담으로 어떤 부담이 가해짐을 나타낸다.

○ 가난한 집에 자식이 많다.

보지 못하는 소 멍에가 아홉.

흉년에 밥 빌어먹겠다.

점층형의 속담으로 어떤 상태가 가해짐을 나타낸다.

○ <u>흰 죽에 코</u>

    +   +   (희다)

<u>무병이 장수</u>

    +   +   (건장하다)

<u>삼복철 개털모자</u>

    +   +   (덥다)

이런 유형은 명사가 어떤 상태로 표시되는 것이 특징이다.

이밖에 '하늘 천 하면 가물 현 하다'에서는 총명성에 의해 지식이 늘어감을 나타내고 '절벽을 울리면 강산이 운다'는 영향력이 커짐을 나타내고 '등으로 먹고 배로 먹는다'는 이익이 겹으로 증대됨을 나타낸다.

제6절 수수께끼의 의미 구조

1. 수수께끼의 특성

수수께끼는 사람들에게 있어서 '생활의 옹달샘'으로 불리고 있다. 옛날부터 사람들은 모여 앉으면 슬기를 모아 사고력을 키우는 미묘한 오락을 벌려가고 있다. 수수께끼야말로 사람들에게 깊이 사색하게 하고 서두르지 않고 침착하게 이해하는 원리적이고도 독자적인 사고력을 가지고 정확한 판단을 내리도록 인간의 사유를 이끌어가는 구전문학의 한 형태로 존속되고 있다. 수수께끼는 이런 의미에서 사색의 나래, 지혜의 바다, 판단의 미묘성으로 우리 민족의 문화유산에 찬란히 빛을 뿌려주고 있다.

수수께끼는 알아맞혀야 할 어떤 사물이나 현상 또는 특성을 그와 비숫한 다른 사물이나 현상에 비겨서 짤막한 물음을 제기하고 그것을 알아맞히게 하는 구전문학의 한 형태이다. 자연현상이나 사물의 어떤 특성에 비겨서 어떤 사람 또는 사람의 어느 부위나 행동을 알아맞히게 하고 사람의 생김새나 심리활동, 행동에 비겨서 사물이나 자연현상을 알아맞히게 한다. 비겨지는 두 대상 사이의 특성의 유사성은 일반적으로 수수께끼를 만드는 계기로 된다.

수수께끼는 언제나 묻는 사람과 응답하는 사람 쌍방이 존재하는 조건에서 이루어지며 어느 것이나 물음의 형식과 응답의 형식으로 끝나는 것이 특징적이다. 응답하는 사람은 한 사람일 수도 있고 여럿일 수도 있다. 수수께끼의 응답에 참가하는 사람은 누구나 다 문제풀이에 골몰하게 되며 고도의 지적상상력을 가지고 사물을 예리하게 관찰한 경험에 의하여 추리하고 정확한 판단을 내리게 한다. 이 사유의 과정은 연상의 나래를 펼치는 과정이며 한 사물현상으로부터 다른 한 사물현상에로, 구체적인 사물로부터 추상적인 사물에로, 현상으로부터 본질에로의 추리과정이며 알맞은 해답을 찾기 위한 사유의 과정이기도 하다. 이런 의미에서 수수께끼는 예리한 관찰력과 무한한 상상력, 정확한 추리와 판단력을 키워가는 비결로 된다.

수수께끼는 가장 흥미로우면서도 재치 있는 물음의 형식을 가지고 있다. 수수께끼가 사람들에게 흥미를 끌지 못하고 일반적인 물음으로 되어있다면 단순한 문제의 제기로 될 뿐 수수께끼로는 될 수 없다. 문제의 제기로부터 재미를 붙여서 사고의 단계로 넘어간 다음 해답을 찾게 되면 웃음을 자아내게 된다. 이런 웃음은 수수께끼의 본질이 유모아적인 생활에 바탕을 두고 있다는 것을 말하여준다. 수수께끼는 해학과 풍자, 웃음 속에 주어진 문제풀이가 해결되며 문제풀이에서 통쾌한 미적감수를 느끼게 한다. 따라서 수수께끼는 사람들의 문화생활을 풍부히 하고 다양하게 하며 오락적분위기를 돋우어주어 사람들 속에서 널리 전해지고 있다.

수수께끼는 가장 짧으면서도 운율을 가진 재치 있는 형식으로 되어 있다. 수수께끼로 되자면 입에 잘 오르고 한번 듣고도 기억에 생생해야 한다. 수수께끼의 운율적 파동은 사람들에게 깊은 여운을 남기어 그것을 마음속에 간직하도록 하는 충동을 느끼게 한다. 동의어, 반의어를 합리하게 이용하거나 동음이의어를 이용하여 운율을 조성거나, 같거나 비슷한 구조를 만들어 운율을 조성하는 것 등은 기억하기 쉽고 입에 잘 오르게 하여 수수께끼의 짜임새를 간결하고 재치 있게 한다.

수수께끼의 포괄된 내용의 범위는 대단히 넓다. 주변에서 늘 쓰이고 있는 것, 늘 보이는 것, 늘 듣는 것, 늘 감각하는 것, 늘 접촉하는 것, 늘 느끼는 것 등은 수수께끼를 만드는 거리로 될 수 있다.

인간에게서 공통적으로 인식되고 그것을 이용할 수 있는 것으로써 대중성을 띤 것이며 세상만물의 넓은 분야를 거쳐 어느 것이나 수수께끼를 만들 수 있는 거리로 된다. 이를테면 자연계에 있는 눈, 비, 바람, 구름, 물, 연기, 그림자 등; 천체에 속한 해, 달, 별, 은하수, 지구, 천지 등; 소, 말, 개, 닭, 오리 등을 비롯한 여러 가지 집짐승들과 여우, 곰, 사슴, 다람쥐를 비롯한 산짐승들; 새, 제비, 박쥐, 부엉이를 비롯한 날짐승들; 나팔꽃, 나리꽃, 할미꽃을 비롯한 여러 가지 꽃들과 산나물, 과일, 남새류, 곡식류들; 생선, 가자미, 낙지를 비롯한 물고기류; 모기, 거미, 개미를 비롯한 곤충류; 소나무, 버드나무, 벗나무를 비롯한 여러 가지 나무들과 열매들; 시간, 세월, 계절과 관련된 것; 사람과 사람의 여러 기관과 꿈, 사유, 영혼과 관련된 것; 기계, 교통수단, 생활수단과 관련된 것; 놀음놀이, 유희 등과 관련된 것 등등 이루 헤아릴 수 없을 정도로 많다.

수수께끼의 거리로 되는 것은 그 어떤 형태가 눈에 나타나거나 손에 쥐게 하거나 느끼고 감각할 수 있는 것만 주요한 것이 아니다. '공기'는 눈에 보이지도 않고 만질 수도 없으며 베여지지도 않고 담을 수도 없다. 마실 수는 있으나 암만 마셔도 배부르지 않는 이 모든 특성과 주위에 흔하고 값싼 것이라 할 수 있으나 사람에게 필수적인 것이어서 한시라도 그것을 떠나서는 살수 없는 이것은 그것의 진귀성과도 관련된다. '공기'의 이런 특성은 여러 면으로 수수께끼의 계기를 줄 수 있는 거리로 되는 것이다.

수수께끼가 될 수 있는 계기가 많을수록 응답은 하나이지만 여러 개의 질문형태를 가진 수수께끼가 다양하게 주어진다.

김성배(1976)의 『수수께끼사전』[1]과 『수수께끼집』[2]에서 수록된 수수께끼들 가운데서 이러한 예들을 도표로 보이면 다음과 같다.

	옥수수	그림자	시계	촛불	달	달걀	물	담뱃대
①	35	32	28	21	18	25	26	21
②	11	22	9	6	18	6	6	5

	게	고추	해	연기	바늘	총	우산	바람
①	18	17	14	12	17	16	17	0
②	8	6	13	9	6	8	6	19

	거울	대	개구리	눈	자물쇠	사람	무지개	개
①	14	14	7	7	7	13	12	14
②	4	4	4	7	7	3	3	3

	별	혀	소나무	밥상	닭	버섯	수박	꽈리
①	7	5	7	9	5	9	8	9
②	15	10	7	7	12	5	5	3

『수수께끼사전』에 많이 올린 것들을 보면 다음과 같다.

고드름	공기	기차	나무	돈	맷돌	무덤	문	방귀
11	13	12	10	10	10	13	18	14

---

1) 수수께끼 올림말 총수 2,286
2) 수수께끼 올림말 총수 1,335개, 그중 문제풀이 수수께끼가 210개.

드레박	배꼽	성냥	세월	손톱	솥	씨앗	솥뚜껑	아궁이
16	10	22	12	13	10	11	17	15

팽이	부지깽이	얼굴	우체통	이불	젖	참빗	콧물	콩나물	젓가락
10	11	10	16	15	11	13	17	13	17

여기서 『수수께끼사전』의 올림말 개수가 전부 수수께끼의 새로운 계기로 주어져 이루어졌다고 할 수 없지만 상대적으로 수수께끼의 계기가 많이 주어진 것이면 수수께끼의 올림말 개수도 그만큼 늘어난다는 것을 알 수 있다.

2. 수수께끼의 조성수법

수수께끼가 이루어지는 조성수법을 보면 다음과 같다.

사물의 생김새로부터 다른 사물과 구별되는 특성을 잡아서 그것을 묘사하는 방식으로 이루어진 것;

○ 모양은 쥐와 비슷하지만 털은 불그스름한 밤빛이며 등에 세로 다섯 개의 검은 줄이 있는 것은?(다람쥐)

개보다는 크고 꼬리가 길며 다리가 짧고 두 귀 사이가 좀 좁은 것은?(승냥이)

이른 봄날 잔디밭에 남 먼저 피는 꽃인데 나자마자 등이 굽고 피자마자 솜털이 보르르한 것은?(할미꽃)

위는 파랗고 아래는 빨간데 땅속으로 자라는 것은?(홍당무)

잎사귀 끝에 꽃이 피고 열매 맺는 것은?(파)

목소리는 가늘고 코는 길며 그를 죽이면 제 피를 흘리는 것은?(모기)

장소 또는 공간적 위치에서 구별되는 특성을 잡아서 이루어진 것;

○ 허리에 눈 박힌 것은?(낙지)

바다 속에 살고 네발 가진 것은?(거북이)

물속에서 태어나지만 물속에서는 얼마 있지 않는 것은?(개구리)

한 시간에 한 번씩은 꼭꼭 서로 만나되 한 곳에서 만나지 않고 꼭꼭 다른 곳에서 만나는 것은?(시계바늘)

뼈 속에 살진 것은?(조개)

안에서 보면 똑바로 보이고 밖에서 보면 거꾸로 보이는 것은?(눈동자)

배가 등에 있는 것은?(장딴지)

공중에 두 팔 매달려가는 것은?(무궤도전차)

행동 또는 변화의 과정, 물체의 운동속도, 방향에 구별되는 특성을 잡아서 이루어진 것;

○ 한달에 두 번 정해놓고 병신이 되는 것은?(달)

아침과 저녁에 길어지고 낮에 짧아지는 것은?(그림자)

앉아있을 때 푸르고 날아갈 때 누렇고 떨어지면 까매지는 것은? (나무 잎)

꽃이 피어 열매를 맺고 열매가 되어 다시 피는 것은?(목화송이)

아침엔 기어가고 낮에는 가만있고 저녁엔 날아가는 것은?(나비의 성장 과정)

먼 옛날이나 지금이나 쉬임없이 돌고 도는 것은?(지구)

낮에도 쉬지 않고 밤에도 자지 않고 줄곧 가는데 어디로 가고 가는지 알 수 없는 것은?(시계)

여름저녁에 동쪽으로 갈 때에는 마주 서서 가고 서쪽으로 갈 때에는 뒤에 따라가는 것은?(그림자)

기능 또는 일으키는 역할에서 수수께끼의 계기를 잡아서 이루어진 것;

○ 기어 다니는 놈이 날아다니는 놈을 잡아먹는 것은?(거미)

비올 때만 펴지고 해가 나면 오므라지는 것은?(우산)

입고 들어온 옷을 벗겨서 내보내는 일만 하는 것은?(정미기계)

아무리 멀리 있어도 말하고 싶은 데서 말하면 듣고 싶은 데서 듣는 것은?(전화)

추울 때에만 피는 꽃은?(서리꽃)

발 없이 천하를 휩쓸어 돌아다는 것은?(바람)

푸른 하늘로 날아가며 날개 펼쳐 해님을 가리는 것은?(구름)

상용의 측면에서 수수께끼의 계기를 잡아 이루어진 것;

○ 껍질은 가지고 살은 버리고 대가리는 먹는 것은?(대마)

가죽과 털은 버리고 살은 다 발라먹은 다음 뼈는 말려서 불 때는 것은?(옥수수)

곱슬머리나무가 서있는데 여기서 물도 나고 기름도 나고 앓는 사람의 약도 되고 밤에는 빛을 주는 것은?(봇나무)

희귀한 문제를 제기하고 그것이 어느 면에서라는 범위를 지적해주는 방식으로 이루어진 것;

○ 세상에서 제일 건강한 사람은?(일하는 사람)

세상에서 제일 귀한 것은?(진실한 벗)

세상에서 제일 쉬운 것은?(남의 흉보는 것)

세상에서 제일 기름진 것은?(대지, 땅)

세상에서 제일 불쌍한 눈은?(까막눈, 문맹자)

세상에서 제일 부지런한 것은?(개미)

세상에서 제일 힘든 일은?(칼로 물 베기)

희귀한 문제로 제기될 때에는 일반적으로 '세상에서 제일 x한 것은?'의 형식으로 이루어진다. 위에서 든 예들에서 x로 되는 것은 '건강하다, 귀하다, 쉽다, 기름지다, 불쌍하다, 부지런하다. 힘들다' 등으로 되어 있다. 이것이 바로 수수께끼를 만드는 계기로 되었다.

한 사물을 다른 사물에 비겨서 그것을 생동하게 묘사함으로써 비겨지는 사물을 알아맞히게 하는 비유의 수법은 수수께끼를 이루는 계기로 된다.

두 사물의 유사성에 의한 영상작용은 수수께끼를 풀어나가는 고리로 된다. 비유의 형식으로 이루어진 수수께끼에는 차유의 형식을 취한 것이 절대 대부분이고 직유거나 은유의 형식으로 이루어진 것은 그리 많지 않다.

직유의 형식으로 이루어진 것;

○ 해님 비슷한데 해님 따라 머리를 돌리는 것은?(해바라기)

꽁은 천사 같고 발톱은 악마 같은 것은?(장미꽃)

벼룩처럼 뛰고 사람처럼 헤엄치는 것은?(개구리)

앞은 송곳 같고 뒤는 가위 같고 몸은 작지만 바다건너 다니는 것은?(제비)

언제나 온 세상일을 손금같이 대주는 것은?(라디오, 텔레비전)

풀밭에 똬리와 같은 것은?(뱀)

은유의 형식으로 이루어진 것;

○ 낮에는 쥐가 되고 밤에는 새 되는 것은?(박쥐)

복숭아 두 번 되고 꽃이 두 번 피는 것은?(목화)

어버이는 청춘이요, 자식은 노인인 것은?(목화)

마당 한 가운데 황금의 머리 있는 것은?(해바라기)

비유의 형식에서 차유로 이루어진 수수께끼가 주도적이며 절대 대부분을 차지한다. 사실 사람의 특성을 사물이나 동물에 부여하여 그것을 인간으로 묘사하는 의인화적 수법은 사람비유라고 말할 수 있고 동물의 특성을 사물이나 사람에 부여하여 이루어진 것은 동물비유라고 말할 수 있다. 사람비유나 동물비유는 본질상에서 비유법에 속한 것이지만 차유에 의한 수수께끼의 조성수법에서는 편의상 사물비유에서 해당한 부분만 떼여내어 취급하기로 한다.

식물에 다른 사물의 특성을 부여하여 이루어진 것;

○ 외기둥으로 세운 정자는?(버섯)

삼각주머니에 분이 가득 차있는 것은?(메밀)

붉은 공단 두루주머니 안에 금돈 천 냥 든 것은?(꽈리)

품속에 엽전 든 것은?(고추)

동물에 다른 사물의 특성을 부여하여 이루어진 것;

○ 머리에 물레를 이고 닫는 것은?(수사슴)

앞에는 송곳, 뒤에는 젓가락, 밑으로는 흰 수건, 이것이 무엇이냐?(제비)

물속에 버들잎은?(물고기)

사면 절벽에 도래병풍 여닫이가 있는 것은?(달팽이)

사람 또는 사람의 어느 부위에 사물의 특성을 부여하여 이루어진 것;

○ 흰 사발에 별 두개 떠있는 것은?(눈)

돌 많은 언덕에 한 날개는?(혀)

※ 잇몸과 그 위에 나있는 이를 돌 많은 언덕에, 혀를 날개에 비유한 것이다.

샘물 둘이 나란히 있고 그 사이에 간벽이 한 있는 것은?(코)

솔밭에 길 하나 난 것은?(가리마)

붉은 대문 지나서 흰 돌담 넘어 미끄럼고개는?(목구멍)

세 고개 넘어 조개 엎어놓은 것은?(손톱)

영리한 항아리에 구멍이 일곱 개 있는 것은?(머리)

소나무 밭 아래에 뜰, 뜰아래에 작은 소나무, 그 아래에 별 둘, 별 아래에 산소, 산소 아래에 우물, 그 속에 차돌은?(얼굴)

※ 소나무밭은 머리털에, 뜰은 이마에, 작은 소나무는 눈썹에, 별 둘은 양쪽 눈에, 산소는 코에, 우물은 입에, 차돌은 이발에 각각 비유하여 전체적으로 얼굴을 나타낸 것이다.

질적으로 다른 사물을 형상적으로 묘사함으로써 그와 비슷한 다른 한 사물을 연상시키는 방식으로 이루어진 것;

○ 백 칸짜리 한일자 집에 가마가 하나 있는 것은?(기차)

외나무다리에 솥 걸린 것은?(담뱃대)

검은 솔밭에 꽃나비 붙은 것은?(리본)

물속에 있는 칡덩굴은?(국수)

사철 겨울만 있는 집은?(냉장고)

죽은 하늘에서 눈 내리는 것은?(떡가루 치는 것)

돌 속에 백옥이 있고 백옥 속에 황금 있는 것은?(달걀)

입으로는 초목 먹고 뒤로는 구름을 내보내는 것은?(온돌)

2층 집에서 바람이 불면 노래가 울려나오는 것은?(하모니카)

어떤 사물이나 현상에 사람의 특성을 부여하여 의인화하는 방식으로 이루어진다.

사람의 꾸밈새나 여러 부위의 모양을 본떠서 사물이나 현상을 묘사하여 이루어진 것;

○ 일할 때에는 모자를 벗고 일 안할 때에는 모자를 쓰는 것은?(만년필)

밤낮 머리 풀고 서있는 것은?(수양버들)

튼튼한 갑옷을 입고 쌍창을 가지고도 평생 바위 밑에 숨어 사는 것은?(가재)

키는 작지만 옷을 수십 겹 입는 것은?(가두배추)

띠 띠고 갓 안 쓴 것은?(울타리)

먼 밭에 아이 업고 줄지어 서있는 것은?(옥수수)

사람의 행동, 일하는 본새를 사물이나 현상에 부여하여 이루어진 것;

○ 제 살을 긁히면서 남의 병을 고쳐주는 것은?(지우개)

나무를 타고 오르내리면서 셈 세기를 하는 것은?(주산 알)

언제나 쉬지 않고 얼굴을 어루만지는 것은?(시계)

공중에만 집 짓는 것은?(거미)

먼 산에 절하는 것은?(물방아)

하늘 보고 주먹질 하는 것은?(절구공이)

희고 붉게 단장하고 아침 일찍 일어나서 이슬에 얼굴 씻고 금빛 머리 헤쳐 놓고 금관 쓰고 산에 올라 맑은 눈에 내려다보니 사람, 짐승 모두가 나를 보고 반긴다는 것은?(해님)

사람의 생활세태, 심리상태 등을 사물에 부여하여 사상 감정화한 것;

○ 아침저녁에 미역 감는 것은?(음식그릇)

나이 들면 들수록 겸손해져서 머리를 숙이는 것은?(벼이삭)

날마다 흔들흔들 놀고만 있으면서도 누구보다 제일 부지런하다고
칭찬받는 것은?(시계추)

하루 세 끼 맛만 보고 먹지는 못하는 것은?(숟가락)

베개는 하나인데 여러 놈이 베고 자는 것은?(대들보)

손님이 오면 한 가운데 나앉는 것은?(화로)

흰 몸뚱이에 까만 머리를 가진 수많은 쌍둥이들이 한집에 살고 있
다가 차례차례 하나씩 나가서 불을 놓고는 죽어버리는 것은?(성냥)

아침저녁 침만 흘리면서 밥 한 숟가락 얻어먹지 못하는 것은?(행주)

속이 타면 말은 못하고 눈물만 흘리다가 죽는 것은?(촛불)

인간관계를 사물에 부여하여 사물을 인간으로 묘사한 것;

○ 형의 갓은 아우가 써도 아우의 갓은 형이 못 쓰는 것은?(솥뚜껑)

다섯 형제는 친형제이고 다섯 형제는 사촌간인 것은?(장갑)

만나기만 하면 서로 다투는 두 형제는?(양전기와 음전기)

둥근 집 창문 안에서 언니 동생이 오솔길을 가는데 동생은 걷지
만 언니는 서둘러 뛰는 것은?(시계바늘)

할아버지도 꼽새, 아비도 꼽새, 자식, 손자도 대대로 꼽새는?(새우)

여기서 형과 아우, 친형제와 사촌 간, 언니와 동생, 아비, 자식, 손자
등은 인간관계를 사물에 부여한 것이다.

사람의 말하거나 소리 내는 특성을 사물이나 현상에 부여하여 이루어
진 것;

○ 언제나 나란히 서서 일하면서도 어느 한 순간도 다정하게 손잡고
말해보지 못하는 것은?(철길)

손도 발도 없이 사방으로 다니는 것은?(편지)

몸 없이 살고 혀 없이 말하는 것은?(바람)

혀 없이 말하고 귀 없이 듣는 것은?(전화)

동물의 특성을 사물에 부여하여 이루어진 것;

○ 검은 구렁이가 방귀 뀌는 것은?(총)

검은 암탉이 흰 알을 품고 앉아있는 것은?(밥 지은 솥)

한 바다에 붉은 새가 앉아서 물을 마시는 것은?(등잔심지)

기름만 먹고 밭가는 소는?(트랙터)

뱀이 실을 물고 수많은 고개를 넘어가는 것은?(바느질)

일반 생활논리에 어긋나는 문제를 제기하고 모순의 초점에서 수수께끼의 계기를 잡아 이루어진 것;

○ 깎을수록 작아지는 것은?(연필)

크면 클수록 작아지는 것은?(옷)

보기는 잘 보는데 소경자는?(문맹자)

쓰면 쓸수록 많아지는 것은?(지식)

마를수록 점점 무거워지는 것은?(늙은이의 다리)

이때 전제로 초점, 응답의 관계를 도표로 보이면 다음과 같다.

전제	초점	응답문
짧다	길다	연필
크다	작다	옷
적다	많다	지식
보다	못 보다	문맹자
가볍다	무겁다	늙은이의 다리

위에서 보다시피 전제와 초점은 모순관계에 놓이게 되는데 제기될 전제는 일반적으로 인정되는 사실로서 알고 있는 것이고 제기되는 물음은 초점으로서 거기에 알맞은 응답을 요구한다.

반의어를 합리하게 이용하는 것은 모순의 초점을 더욱 두드러지게 하며 깊은 사색을 자아내게 하는데 이롭다.

○ 따뜻할 때에는 서늘하고 추울 때에는 따뜻한 곳은?(움 안)

겨울에는 제일 덥고 여름에는 제일 찬 것은?(스팀)

오뉴월에도 서리 치게 할 수 있고 오동지 달에도 따뜻하게 만드는 것은?(말)

가깝고도 멀고 좁아도 넓은 것은?(눈)

등이 앞에 있고 배가 뒤에 있는 것은?(장딴지)

늙은이는 울면서 먹고 어린이는 웃으면서 먹는 것은?(나이)

높은 곳에 달렸다가 낮은 곳에 떨어지고 밖으로는 쓰지만 안으로
는 고소한 것은?(호두)

반의어로 사물을 묘사하거나 비교하여 이루어진 것;

○ 등도 배 같고 배도 등 같고 머리도 꼬리 같고 꼬리도 머리 같고
원편도 바른편 같고 바른편도 원편 같은 것은?(참빗)

제일 키 낮은 풀보다도 더 낮고 제일 긴 나무보다도 더 긴 것
은?(길)

반의어계열에서 발음이 같거나 비슷한 원리를 이용하여 이루어진 것;

○ 더워도 차다고 하는 것은?(차)

낮에 보아도 밤이라고 하는 것은?(밤)

구부러져도 벋었다고 하는 것은?(버드나무)

반의어계열에서 뜻이 같거나 비슷한 원리를 이용하여 이루어진 것;

○ 죽은 것을 살았다 하는 것은?(생선)

놓고도 들고 들고도 놓는 것은?(총)

놓으라면 도로 손으로 드는 것은?(주산)

젊어도 늙었다는 것은?(할미꽃)

여기서 뜻이 맞먹는 대응관계를 보여주면 다음과 같다.

죽다↔살다＝생(生)

들다↔놓다＝쏘다(총을 놓다)

들다↔놓다＝계산하다(주산을 놓다)

젊다↔늙다＝(할머니의 늙음)

긍정과 부정의 관계에서 수수께끼의 계기를 잡아 이루어진 것도 있다.

○ 꼬리는 있지만 짐승은 아니고 날개는 있지만 새는 아닌 것은?(물
고기)

뿔은 둘인데 소는 아니며 발은 여섯인데 발굽이 없는 것은?(가재)

벌은 아니지만 윙윙거리며 날개는 움직이지 않지만 날아가는 것은?(비행기)

아무리 말을 안 하려고 해도 해지고 아무리 말을 하려고 해도 안 해지는 것은?(잠꼬대)

길은 있지만 다닐 수 없고 땅은 있지만 살 수 없고 풀밭은 있지만 풀은 벨 수 없고 강과 바다는 있지만 물은 없는 것은?(지도)

날개 없이 날아가서 혀 없이 말하는 것은?(편지)

여기서 부정관계는 알아맞혀야 할 대상의 범위를 축소시키거나 알아맞혀야 할 대상의 전제조건으로 된다.

같거나 비슷한 발음의 원리를 이용하여 수수께끼가 이루어진 것도 있다. 여기서는 발음이 비슷한 특성이 수수께끼를 만드는 계기로 된다.

○ 턱은 턱이라도 움직이지 않는 턱은?(문턱)

코는 코라도 냄새를 못 맡는 코는?(그물코)

칼은 칼인데 못 베는 칼은?(머리칼)

함은 함인데 넣지 못하는 함은(명함)

비는 비나 쓸지 못하는 비는?(내리는 비)

침은 침인데 놓지 못하는 침은?(목침)

체도 체도 못쓰는 체는?(모르는 체, 아는 체)

강도 강도 못 건너가는 강은?(생강)

떡은 아주 맛좋은 떡이지만 못 먹는 떡은?(꿀떡-침 삼키는 소리)

방울 중에 소리 없는 방울은?(솔방울)

여기서 이미 알고 있는 사물의 기능적인 측면을 잡아서 그런 기능을 가진 사물이 아니라고 단정함으로써 그와 발음이 같거나 비슷한 다른 사물을 골라잡게 한다.

이미 알려진 사물과 알아맞혀야 할 사물은 그 기능 또는 역할에서 긍정과 부정의 관계에 놓이게 된다.

이것을 도표로 보이면 다음과 같다.

긍정사물	기능 또는 역할	긍정	부정	부정사물
턱	움직이다	○	×	문턱
코	냄새 맡다	○	×	그물코
칼	베다	○	×	머리칼
함	넣다	○	×	명함
비	쓸다	○	×	내리는 비
침	놓다	○	×	목침
체	쓰다(치다)	○	×	모르는 체, 아는 체
강	건느다	○	×	생강
떡	먹다	○	×	꿀떡
방울	소리 나다	○	×	솔방울

이때 긍정사물은 이미 알고 있는 사실로서 응답의 전제로 되고 알아 맞혀야 할 사물은 언제나 부정의 위치에 놓이면서 응답의 초점으로 된다. 여기서는 쓰는 '비'와 내리는 '비', 치는 '체(채)'와 거짓태도를 나타내는 불완전명사 '체'가 동음이의어로 이루어진 것이고 '턱'과 '문턱', '코'와 '그물코', '칼'과 '머리칼', '함'과 '명함', '침'과 '목침', '강'과 '생강', '떡'과 '꿀떡', '방울'과 '솔방울'은 단순어간으로 이루어진 단어와 합성어 또는 파생어로 이루어진 단어 사이에서 마지막 위치에 놓인 형태부의 어음구성이 같은 것으로 이루어진 것이다.

같거나 비슷한 발음을 가지고 수수께끼를 만든 예들 가운데 주도적인 표현 형식을 공식으로 보여주면 다음과 같다.

A는 A라 해도 B 못하는 A는?

A는 A인데 B 못하는 A는?

A는 A나 B 못하는 A는?

A도 A도 B 못하는 A는?

A는 A지만 B 못하는 A는?

이밖에도 순전히 발음유희 형식으로 만들어진 수수께끼가 적지 않다.
발음유희 형식은 그 뜻에서 긍정과 부정의 사이에서 이루어진 것이
아니라 어디까지나 단어 가운데 어느 형태부나 어느 음절의 어음구성
이 같은 것으로 이루어지기만 하면 허용된다.

○ 새 중에서 제일 무서운 새는?(먹새)

새 중에서 제일 큰 새는?(먹새)

※ 먹는 일은 제일 '무서운' 일이고 제일 '큰' 것이라고 말할 수 있기 때문
이다.

기배가 기를 가득 싣고 기를 꽂고 항으로 돌아오는 것은?
(물고기 배가 물고기를 가득 싣고 만선기를 꽂고 어항으로 돌아오는 것)
개가 개를 물고 개로 가다가 개한테 놀래서 개 속으로 들어가는 것은?
(수리개가 조개를 물고 개울로 가다가 번개한테 놀래서 안개 속으로
들어가는 것)
목에 시리는?(다리목에 송사리)
뚝에 치는?(말뚝에 까치)
**발음유희로 이루어진 수수께끼 가운데 어떤 것은 그 사물의 묘사과정
을 소리 비슷한 말로 꾸며서 만든 것도 있다.**

○ 두루 병풍에 여닫이 생선은?(달팽이)

※ '두루 병풍'은 둥글게 생긴 병풍이란 말이다.

뛰는 고리는?(개고리 - 개구리)
앞에서 든 '물고기'에서 '기', '수리개, 조개, 개울, 번개, 안개' 등에서
'개', '송사리'에서 '사리', '까치'에서 '치' 등은 한개 형태부의 구실을 놀
지 못하는 단위들에서 어음구성이 같은 것만 떼내어 발음유희를 위해
만든 것이다.

글자 및 숫자풀이의 형식으로 이루어진 수수께끼도 있다.

○ 어떤 사람이 보따리 하나를 들고 왔다. 그 속에 무엇이 들어 있는가고 물으니 그는 웃으면서 땅바닥에 '十'를 그어보였다. 이것이 무엇이겠는가?(고춧가루)

※ '고춧가루'는 '곧추 세로금'에서 '고추'를 취하고 '가로금'에서 '가로→가루'를 취하여 '고춧가루'가 되었다. 이 글자풀이는 발음의 동일성에서 착상을 받아 만들어진 것이다.

옛날 한 장수 할아버지는 무술을 배우러 온 한 젊은이에게 여든 가지 밥과 십리 반찬을 가지고 오면 배워주겠다고 하였다. 다음날, 젊은이는 밥 두 그릇과 반찬 두 그릇을 가지고 할아버지를 찾아가니 할아버지는 고개를 끄덕이며 기꺼이 무술을 배워주겠다고 하였다. 이것이 무슨 밥과 반찬이겠는가?(쉰밥과 설은 밥은 각각 한 그릇씩 싸고 오리고기 반찬 두 그릇을 싸가지고 갔다.)

※ '여든 가지 밥'은 '쉰밥'에서 '쉰(50)', '설은 밥'에서 '서른(30)'을 취하고 그 숫자를 합하여 '여든(50+30=80)'이 되어 이루어진 것이다.
   '십리 반찬'은 '오리고기 반찬'에서 '오(5)'를 숫자로 기록하고 그것을 두 곱으로 하면 '5×2=10'이 되어 이루어진 것이다.
   이 수수께끼는 숫자풀이와 글자풀이를 아울러 이루어진 것이다.

몸 한 곳에 이백의 이름 가진 것은?(배꼽)

※ '배'를 '백'으로 보고 '꼽'을 '곱'으로 보아 2백이라고 하는 것이다.

해의 동생은?[해오라비(기)]

※ '백로'를 '해오라비(기)'라 하는데 이것은 '해의 오라비(동생)'라는 뜻으로 되므로 이렇게 말하는 것이다.

혼자 있어도 넷이라고 하는 것은?(사자)

※ 발음으로 넷이라는 '사(4)'에 글자라는 '자(字)'와 발음이 같은 음절을
   합하여 산짐승을 가리키는 글자 '사자'를 이르는 말이다.

이상에서 우리는 수수께끼가 이루어지는 조성수법을 보았다.

『수수께끼집』에 수록된 그림 보고 문제풀이, 실험을 통한 문제풀이, 수학과 관련한 문제풀이, '요술'문제풀이 등의 내용을 표한함 문제풀이 부분은 일반 수수께끼의 범위를 벗어난 것이므로 수수께끼의 조성수법의 연구대상으로 잡지 않았다.

3. 수수께끼의 유형

일반 수수께끼를 그 조성수법에 따라 유형별로 갈라보면 다음과 같다.

첫째, 묘사적 수수께끼

묘사적 수수께끼는 사물 또는 형상의 모양이거나 그 기능이 어떠함을 보여주는 것을 말한다. 묘사적 수수께끼에는 사물의 모양이 어떠함을 나타내는 것, 장소 또는 공간적 위치, 행동 또는 변화의 과정, 물체의 운동속도, 방향에서 다른 사물과 구별되는 특성을 잡아서 이루어진 수수께끼들과 기능 또는 일으키는 역할, 사용의 측면에서 다른 사물과 구별되는 특성을 잡아서 이루어진 수수께끼들 그리고 희귀한 문제로 제기된 수수께끼 등이 전부 이 유형에 속한다.

둘째, 비유적 수수께끼

비유적 수수께끼는 어디까지나 비유를 기초하여 이루어진 수수께끼를 말한다. 비유적 수수께끼는 직유의 형식으로 이루어진 것과 은유의 형식으로 이루어진 것도 있지만 차유의 형식으로 이루어진 것이 절대 대부분을 차지한다. 여기에는 식물, 동물, 사람 또는 사람의 어느 부위에 다른 사물의 특성을 부여하여 이루어지거나 질적으로 다른 사물에

서 유사한 특성을 잡아서 다른 한 사물을 대치하는 방식으로 이루어진
수수께끼들이 있다.

셋째, 의인화적 수수께끼

의인화적 수수께끼는 어떤 사물이나 현상에 사물의 특성을 부여하여
의인화하는 방식으로 이루어진 것을 말한다. 사물의 꾸밈새나 여러 가
지 부위의 모양을 본떠서 사물을 묘사한 것, 사람의 행동거지, 생활세
태, 심리상태, 인간관계, 말하거나 소리 내는 특성들을 사물에 부여하
여 사물을 사상 감정화 하고 움직이는 인간으로 묘사한 수수께끼가 이
유형에 속한다. 그리고 동물의 특성을 사물에 부여하여 이루어진 수수
께끼들도 재래의 습성에 따라 기본적으로 이 유형에 소속 시킨다.

넷째, 모순어적 수수께끼

모순어적 수수께끼는 일반 생활논리에 어긋나는 문제를 제기하고 모
순의 초점에서 수수께끼의 계기를 잡아 만들어진 것을 말한다. 생활논
리에 어긋나는 문제로 제기된 것, 반의어를 이용하여 만들어진 것, 반
의어의 계열에서 발음 또는 뜻이 같거나 비슷한 원리를 이용하여 만들
어진 것, 긍정과 부정의 관계에서 수수께끼의 계기가 이루어진 것 등
이 이 유형에 속한다.

다섯째, 발음유희의 수수께끼

발음유희의 수수께끼는 같거나 비슷한 발음의 특성을 이용하여 만들
어진 것을 말한다. 발음유희의 수수께끼는 이미 알고 있는 대상과 알아
맞혀야 할 대상 사이에 어음구성이 같거나 비슷한 단어 또는 형태부들
사이에 이루어지는 경우가 많고 그밖에도 하나의 형태부로는 볼 수 없
으나 음절의 단위로 되는 어음구성들에서도 이루어지는 경우가 많다.

여섯째, 글자 또는 숫자풀이의 수수께끼

글자 및 숫자풀이의 수수께끼는 어떤 기호를 표시하여 거기에서 어
떤 글자를 풀이해내도록 하거나 어떤 기준을 제기하여 그 범위 안에서
어떤 글자로 이루어진 단어를 찾거나 발음 또는 뜻이 비슷한 원리를

이용하여 어떤 사물을 가리키는 단어를 찾아내거나 숫자풀이를 하는 방식으로 글자를 알아맞히게 한다.

수수께끼는 어느 것이나 전제, 초점, 응답 3요소로 구성된다. 묘사적 수수께끼에서는 일반적으로 주어진 조건들이 전제로 되고 다른 사물과 구별되는 특성으로 되는 부분이 초점으로 된다. 비유적 수수께끼에서는 비유하는 사물이 전제로 제기되고 그 가운데 유사성의 특성이 초점으로 된다. 의인화적 수수께끼에서는 사람의 특성으로 묘사되는 부분이 전제로 되고 알아야 할 문제로 제기되는 부분이 초점으로 되면서 그것이 긍정사물이거나 부정사물로 나타난다. 발음유희의 수수께끼에서는 알아맞혀야 할 대상이 처한 환경과 움직임의 특성이 전제로 되고 어음구성이 같은 특성은 초점으로 된다.

글자 및 숫자풀이의 수수께끼에서는 주어진 환경, 범위, 기준, 기호 등이 전제로 되고 발음 또는 뜻이 같은 부분이 초점으로 된다.

제4장 문장의 의미 구조

단어의 의미 구조가 파악된 다음에는 문장의 의미 구조를 어떻게 파악하느냐 하는 문제가 제기된다.

문장이 문법적 법칙에 의한 단어들의 연결로 이루어지는 것만큼 문장의 의미 구조도 단어의 의미 구조가 문법적 제약을 받으면서 이루어진다. 구구조 규칙으로 전개하는 문장의 내면구조는 바로 이 점을 보여준다.

문장의 의미 구조에서는 내면구조와 표면구조, 보충문의 의미 구조, 격문법, 명제의 의미 구조, 복합문의 의미 구조, 선택을 나타내는 의문문의 의미 구조가 있다.

제1절 의미의 내면구조

의미의 내면구조는 문장의 구성성분들의 내재적 관계를 파악하고 문장의 의미를 명확히 이해하기 위하여 설정한 것이다. 이야기하는 사람은 이야기 듣는 사람에게서, 이야기 듣는 사람은 이야기하는 사람에게서 의사를 주고받는 과정에 문장의미의 내면구조와 표면구조가 바뀌면서 의사소통이 이루어진다.

문장의 내면구조에서는 주로 구구조의 의미, 보충문의 내면구조와 그 유형을 보기로 한다.

1. 내면구조와 표면구조

언어는 의미로 의사가 전달된다. 그러나 그 의미는 말소리를 통하여 전달되며 말소리는 아무렇게나 이루어지는 것이 아니라 문법규칙의 지배를 받아 이루어진다. 언어행위의 측면에서 보면 전달되는 의미가 곧 내면구조로 된다. 의미를 전달하기 위하여 바꾸어놓은 구조가 표면구조이며 상대편에게 전달되는 말소리는 음성구조를 발음으로 나타낸 것이다. 이야기를 듣는 측면에서 본다면 말의 의미를 이해한다는 것은 귀로 들은 음성구조에 대응하는 표면구조와 내면구조를 파악하는 것이다.

내면구조는 눈에 보이지 않지만 그것의 객관적 존재를 부인할 수 없다. 같은 표면구조가 서로 같지 않은 의미를 가지는 것은 내면구조가 서로 다르기 때문이다.

○ 나의 책이 책방에 나가다.

여기서 '나의 책'은 '내가 쓴 책'일 수도 있고 '나의 사실을 쓴 책', '내가 가지고 있는 책'일 수도 있다.

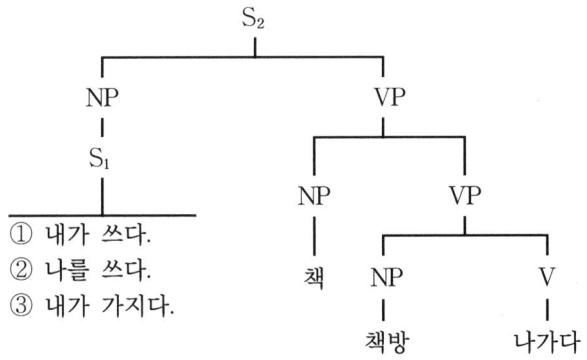

내면구조의 존재는 서로 다른 표면구조가 전달되는 의미에서 같다면 그것은 같은 내면구조에서 파생되어 나올 수 있는 표현들이라는 사실에서도 인정된다.

○ 꽃분이가 꽃을 판다.

　꽃을 파는 사람이 꽃분이다.

내면구조를 나뭇가지 모형도로 표시하면 다음과 같다.

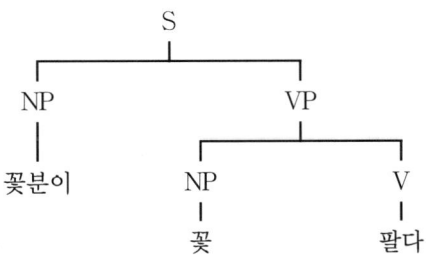

　문장에서 내면구조는 문장 구성성분들 사이의 내재적 관계를 해명하는 데로부터 문장의 의미를 명확히 이해하기 위하여 설정한다. 우리의 흥미를 끄는 것은 의미란 일정한 언어의 구속을 떠나 논의할 수 있는 가능성이 있다는 점이다. 세계의 어느 민족의 언어나 번역을 할 수 있고 번역은 의미를 각이한 언어형식으로 바꾸어놓는다. 이런 사실은 일정한 언어에 구애됨이 없이 어떤 의미의 공통성이 지배되며 의미 구조의 상사성이 번역을 가능하게 한다는 것이다. 번역의 대상으로 되는 두 언어의 의미는 대응을 이루고 이 대응은 두 언어의 내면구조가 전혀 이질적이 아니라는 것을 보여준다. 일정한 언어에서 문장의 구성성분들 사이의 관계를 해명하기 위하여 내면구조를 설정하는 것과 마찬가지로 번역의 대상으로 되는 두 언어 사이의 관계를 해명하기 위하여 더 추상적인 내면구조를 설정할 수 있다. 이때 두 언어 사이의 의미적 관계의 공통성을 파악하는 내면구조는 공통적인 의미 구조로 될 수 있다. 이러한 가설로 하여 내면구조가 모든 언어에 공통적이라는 '보편기저가설'이 논의되고 있다.

　내면구조는 표면구조의 근저에 있는 추상적인 구구조로서 문장의 의미를 표시한다. 그러나 의미가 같다고 하여 '보편기저가설'에서처럼 언제나 같은 내면구조를 가진다고는 할 수 없다. 전달되는 정보가 같은 내용으로 되어있다 하더라도 같은 내면구조에서 파생된 것이 아니면 같은 의미가 같은 내면구조를 가지고 있다고 할 수 없다.

○ 학교는 우리 집 남쪽에 있다.

우리 집은 학교의 북쪽에 있다.

이 관계를 의미요소로 추상화하여 표시하면 다음과 같다.

$$<남쪽>XY = <북쪽>XY$$

이와 같이 의미관계에 대한 공리적 기준으로 다른 내면구조의 의미관계를 일반화하여 표시할 수 있다.

내면구조에서 구구조의 본질은 절점에 있으며 그 모든 특징은 절점의 관계로 규정된다. 문장의 의미는 구구조의 규칙에 따라 생성되는 내면구조로 형식화된다. 내면구조는 의미로서 그대로는 전달될 수 없으며 오직 표면구조의 음성구조로 바꾸어야 전달된다고 본다. 내면구조가 서로 다른 언어 사이의 관계로 추상화되거나 두 문장 사이의 관계로 추상화되면 번역을 해명할 의미원소가 가정될 수 있다.

2. 내면구조와 보충문

보충문은 문장의 의미 구조 안에 하나의 문장구조를 더 가지고 의미구조를 이루는 형식을 말한다.

보충문은 사역형 또는 피동형으로 나타나는 문장에서 이루어진다.

(ㄱ) 분이가 우등생이 되었다.

(ㄴ) 선생이 분이를 우등생으로 만들었다.

(ㄷ) 분이가 우등생이다.

여기서 (ㄱ)와 (ㄴ)는 (ㄷ)의 보충문을 가진 구조이다. (ㄱ)와 (ㄴ)에서 (ㄷ)에서와 같이 분이가 '되다'의 주어로서 작용하고 있으므로 분이를 보충문의 주어로 설정하여 의미 구조를 밝힐 수 있다.

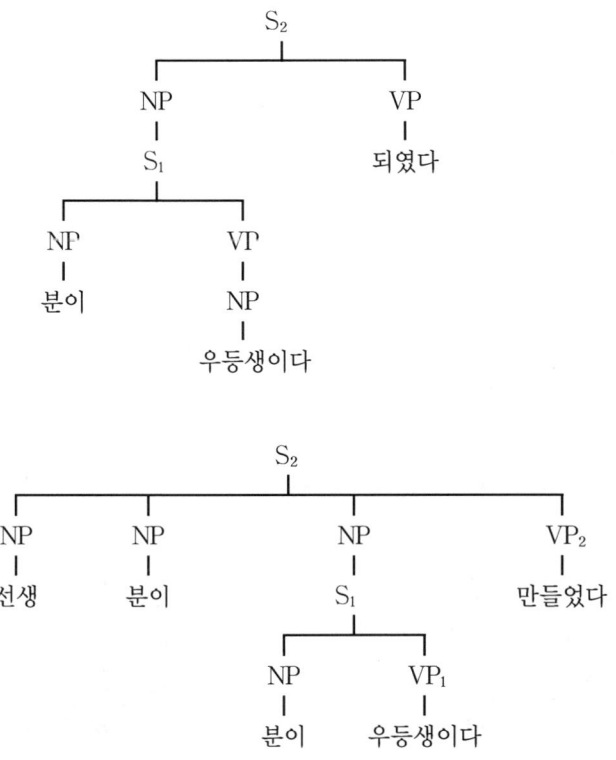

첫 번째 의미 구조는 '분이가 (스스로 노력하여) 우등생이 되었다'로 분석되고 두 번째 의미 구조는 '선생이 분이를 우등생으로 되게 하였다'로 분석된다.

보충문이 시킴형과 입음형으로 나타나는 문장에서 술어는 흔히 '동사＋보조동사' 형식을 취하거나 '동사어근＋접미사(파생동사)' 형식을 취한다. 예를 들면 '가게 하다, 보고 싶다', '벗기다, 날리다, 입히다, 먹이다' 등과 같은 유형의 단어들이 술어로 될 때 보충문을 가진 의미 구조가 이루어진다.

○ 어머니는 아이에게 젖을 먹였다.

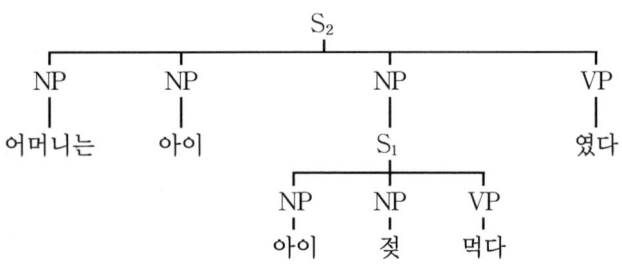

술어가 파생동사 '먹이다'로 이루어진 경우와 보조동사와 어울린 '먹게 하다'의 경우는 의미적으로 꼭 같은 것이 아니다. 그 차이는 직접적인 것과 간접적인 것으로 나타난다.

○ 어머니는 아이에게 젖을 먹인다.(직접)

　어머니는 아이에게 젖을 먹게 한다.(간접)

사역형이 들어있는 술어 '먹이다'는 어휘화된 것이지만 보조적 동사로 이루어진 술어 '먹게 하다'는 보충문을 가진 사역형이라는 것이 뚜렷이 알려진다.

피동형의 문장에서도 사역형의 문장에서와 마찬가지로 능동문이 보충문으로 된다.

○ 고양이가 쥐를 잡았다.

　쥐가 고양이에게 잡혔다.(피동문)

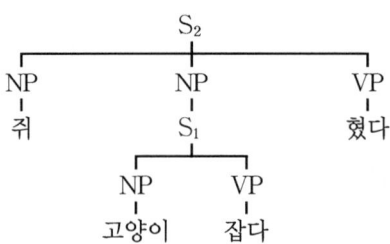

피동형의 기저구조는 주어가 보충문을 취하는 구조로 설정된다.

○ 고양이에게 쥐를 잡히게 하였다.

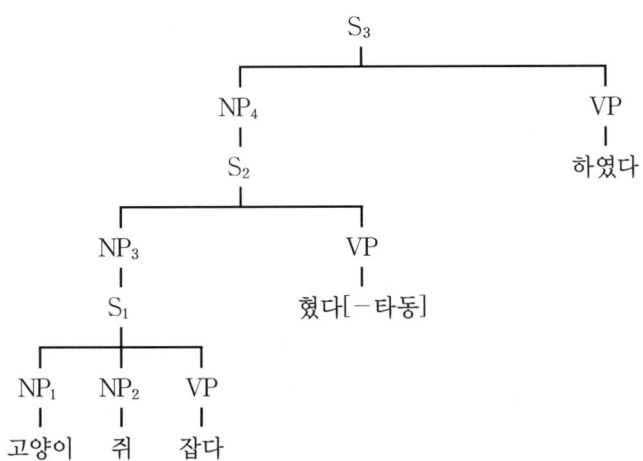

  사역문 또는 피동문도 마찬가지의 의미 구조를 가지고 있다. 이런
기저구조에는 주문술어의 특성에 따라 일정한 변형규칙이 적용된다.
'고양이에게 쥐를 잡히게 하였다'의 기저구조는 토를 첨가하는 변형으
로 직접 이끄는 방패이고 '쥐가 고양이에게 잡혔다'와 '어머니는 아이에
게 젖을 먹였다'의 기저구조는 보어인상의 변형규칙이 적용된다.

  보충문을 가진 문장의 의미 구조에서 주동문이 사역문으로 되자면
사역의미소를 덧붙이면 된다. 이때 동작태의 의미가 파생되기도 한다.
보충문의 술어는 자동사로 이루어질 수도 있고 타동사로 이루어질 수
도 있다. 그러나 사역문의 술어는 언제나 타동사의 성격을 가진다. 따
라서 사역의미소는 타동사를 만드는 의미소이기도 하다.

  ○ (옷을) 입다:

    입+히다, 입+게 하다(타동사의 사역형)

    (옷이) 남다:

남+기다, 남+게 하다(자동사의 사역형)

(소리가) 낮다:

낮+추다, 낮+게 하다(형용사의 사역형)

여기서 자동사 '남다'는 타동사를 만드는 의미소 '기', '게 하다'가 붙어서 '견본을 남기다', '견본을 남게 하다'에서와 같이 타동사를 만들고 형용사 '낮다'도 '키를 낮추다', '키를 낮게 하다'에서와 같이 타동사를 만들었다.

타동사의 어간에 피동의미소가 붙으면 자동사를 만든다.

○ (무우를) 뽑다

뽑+히다, 뽑아지다(타동사의 피동형)

(책을) 보다

보+이다, 보+여지다(타동사의 피동형)

이와 같이 타동사 '뽑다'에서는 자동사를 만드는 의미소 '히', '지다'가 붙어서 자동사가 되고 타동사 '보다'는 자동사의미소 '이', '지다'가 붙어서 자동사로 되었다. 형용사가 피동의 미소를 가지면 '산이 낮아진다.'에서와 같이 자동사로 되어 동사의 태적의미를 나타낸다. 따라서 피동의미소는 자동사를 만드는 의미소이기도 하다.

보충문을 가진 문장에서 이야기하는 사람의 요구나 감각을 표시하는 술어의 주어는 인간을 나타내는 체언으로 이루어지며 그 주어는 1인칭으로 되어야 한다.

○ 나는 소설책을 보고 싶다.

이 문장은 '나는 책을 보다'를 보충문으로 가진 구조이다. 주어가 1인칭이 아니면 비문법적인 말로 된다.

○ 영필이는 책을 보고 싶다. ×

그러나 이야기의 판단을 나타내는 경우에는 문법적인 말로 된다.

○ 영필이는 책을 보고 싶어 한다. ○

보충문의 주어와 주문주어가 일치한 경우에 '나는 소설책을 보고 싶

'다'에서와 같이 문법적인 말로 되어 그 기저구조는 다음과 같다.

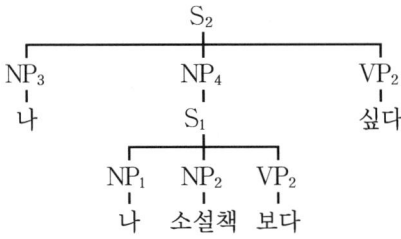

여기서 NP₃ =NP₁ 이어서 동일체언구의 삭제규칙과 보어인상규칙이
작용한다.

동사화소 '하다'에 의한 동사화 구조는 주어가 1인칭일 경우에 적용
된다. 그러나 자동사문과 타동사문에 작용하는 변형규칙은 같지 않다.

○ 나는 소설책을 좋아한다(타동사문).

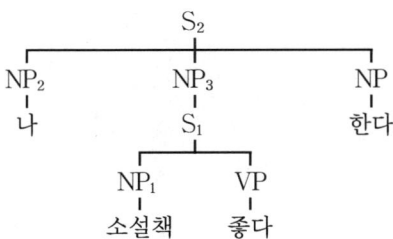

○ 나는 더워한다(자동사문).

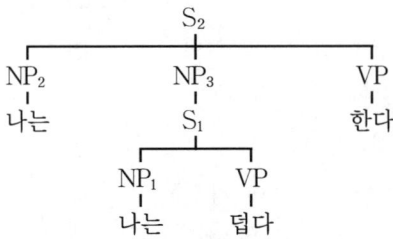

앞에서 본 타동사의 기저구조에서는 동일체언구의 삭제규칙이 적용되지 않고 보어인상규칙이 적용되거나 자동사문에서는 동일체언구의 삭제규칙이 적용되고 보어인상규칙은 적용되지 않는다.

이야기하는 사람의 행위가 쉽고 어려움을 나타내는 문장이 보충문을 가지고 이루어지는 수가 있다.

○ 우리가 시간을 떼이기 쉽다.

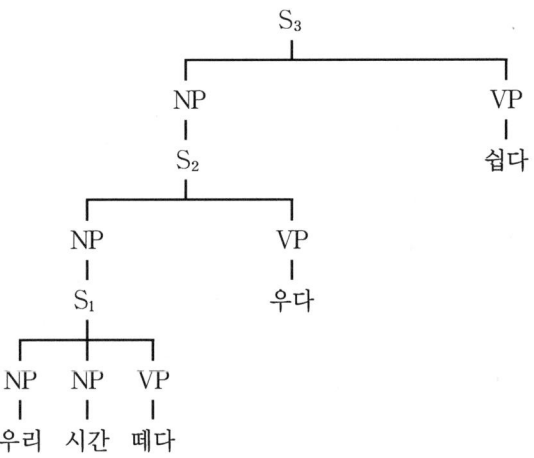

보다시피 기저구조에는 보충문 '우리가 시간을 떼다'라는 능동문이 들어있다. S_2의 순환에서 피동변형에 의한 보어인상규칙이 적용된다.

조선어문장구조에서 보충문이 체언의 앞에 놓이면서 복합체언구를 이루는 경우가 있다.

○ 공부를 한 학생이 발전한다(제한).

　대학생이 되었다는 소식을 들었다(동격).

　대학생이 된 것은 자랑스럽다(체언화).

여기서 첫째 유형은 규정토를 가지고 이루어진 보충문이 체언을 제한하는 역할을 하고 둘째 유형은 맺음 형태를 가진 보충문이 전달되는

'소식'의 내용으로 되면서 체언과 내용상 동격을 이룬다. 셋째 유형은 보충문이 체언화 된 구조로 이루어진 것이다. 따라서 이런 유형은 제한의 보충문, 동격보충문, 체언화 된 보충문을 가진 복합체언구라고 한다.

제한의 보충문을 가진 문장의 기저구조는 다음과 같다.

○ 노래를 부른 학생이 온다.

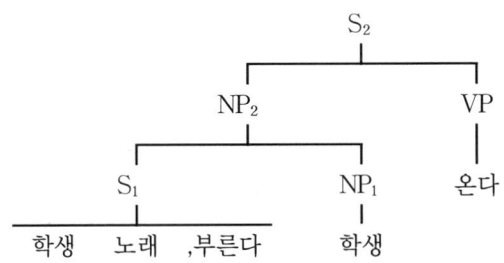

보다시피 '학생'은 보충문의 주어로 되기도 하고 보충문의 규정을 받는 체언으로도 되어 동일한 체언을 가진 것으로 가정할 수 있다. 따라서 제한의 보충문을 가진 문장에서의 변형은 동일체언구 삭제와 대명사화로 이루어진다. 대명사화한 것은 그 대명사가 변형을 거쳐 기저구조로부터 표면구조로 파생된다.

전달되는 내용이 보충문으로 되어있는 문장의 기저구조는 다음과 같다.

○ 대학생이 되었다는 소식이 알려졌다.

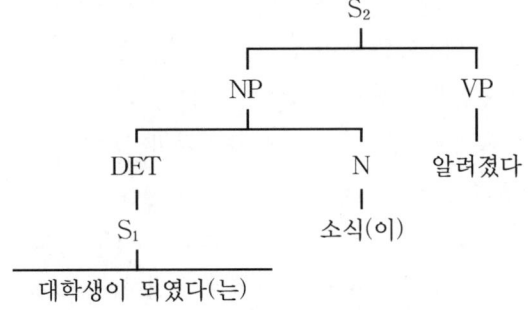

○ 철이는 대학생이 되겠다는 생각을 했다.

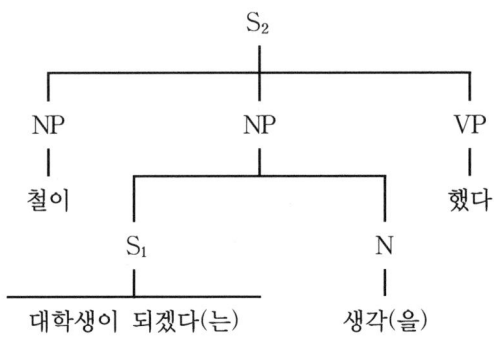

○ 철이는 대학생이 되겠다고 생각했다.

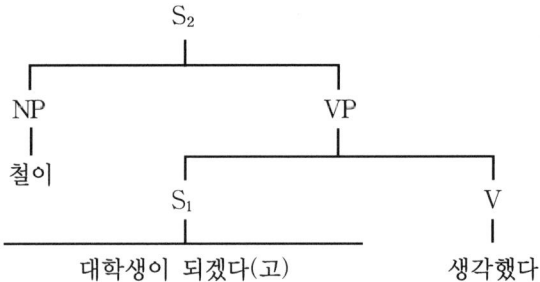

이상에서 본바와 같이 전달되는 내용이 보충문으로 되어있는 동격체 언구는 '대학생이 되겠다는 생각(을 했다)'의 기저구조 NP와 '대학생이 되겠다고 생각했다'라는 술어부 VP가 비슷한 구조로 되어있다. 이런 구조는 '공부를 잘하라고 명령했다'에서와 같이 인용형 '고'가 들어있어 동격보충문과 비슷한 구조를 가지고 있으나 이는 본질상 인용문을 가진 구조다.

　체언화 구조는 보충문의 용언이 체언의 형태를 취한 것이다. 보충문은 불완전명사와 결합되어 이루어지거나 바꿈토가 붙어서 이루어진다.
체언화의 기저구조는 다음과 같다.

　○ 철이는 장수하기를 바란다.

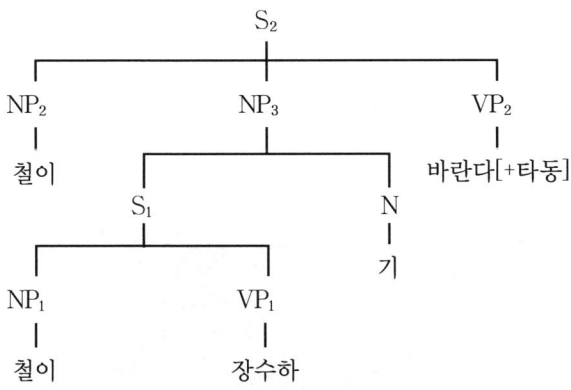

여기서 체언화 구조 NP_3에 유의할 필요가 있다. 체언화 구조를 가진
문장의 술어가 타동사가 아니고 자동사의 경우에도 이 문장은 성립된다.

　○ 철이가 앓는 것이 이상하다.

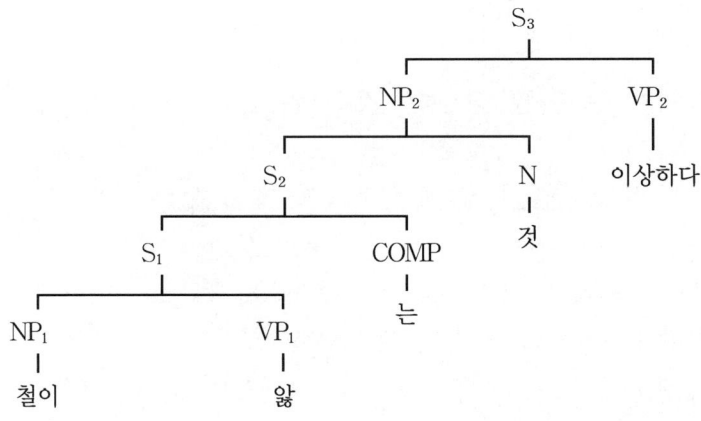

표층으로 나타난 보충문의 요소들은 주어 술어의 특성에 의하여 결정된다.

주문술어는 의미상 개별적 특성에 의하여 분류된다. 일부 학자들의 분류에 의하면 주문술어는 보충문의 명제가 진실이냐 허위냐, 주문의 술어가 긍정이냐, 부정이냐 하는 한계에 따라서 크게 진실술어와 함의술어(含意述語)로 구분하고 이 술어들을 중심으로 하여 여러 유형으로 세분하였다. 그 유형은 다음과 같다.

진실술어	함의술어
비진실술어 반(反)진실술어	부정함의술어 반(反)함의술어 부정반함의술어 부분함의술어 부정부분함의술어

※ 이 유형은 카터넨의 분류기준에 의한 것이다.

진실술어는 보충문의 명제가 주문술어의 긍정 또는 부정에 의하여 좌우되지 않는 주문술어를 말한다.

○ 어머니는 <u>아들이 각성하는 것을</u> <u>깨달았다.</u>
　　　　　　　진실　　　　　　긍정
　어머니는 <u>아들이 각성하는 것을</u> <u>깨닫지 못했다.</u>
　　　　　　진실　　　　　　부정

여기서 보충문의 명제 '아들이 각성하다'는 주문술어가 '깨달았다'에서와 같이 긍정으로 되거나 '깨닫지 못했다'에서와 같이 부정으로 되거나 관계없이 언제나 진실로 된다. 진실술어에는 '(ㅁ/음, ~것) 깨닫는다, 원망한다, 회상한다, 안다, 잊는다' 등이 있다.

함의술어는 주문술어가 긍정이면 보충문의 명제가 진실이고 주문술어가 부정이면 보충문의 명제가 허위인 주문술어를 말한다.

○ 변장국이 <u>어머니를 꼬임에</u> 성공했다.
　　　　　　진실　　　　긍정
○ 변장국이 <u>어머니를 꼬임에</u> 성공하지 못했다.
　　　　　　허위　　　　부정

여기서 보충문의 명제 '어머니를 꾀이다'는 주문술어가 긍정일 때에는 진실로 되지만 주문술어가 부정일 때에는 허위로 된다. 따라서 함의술어는 비진실술어이기도 하다.

비진실술어는 진실술어의 성질을 갖지 않는 주문술어를 말한다. 예를 들면 '(~고) 추측한다, 믿는다, 예상한다, 생각한다, 상상한다, 여긴다, 짐작한다' 등이다.

반진실술어는 보충문의 명제가 허위라는 것을 전제로 한 주문술어이다. 예를 들면 '(~고) 속인다, 오해한다, 착각한다, 거짓말한다, 곡해한다' 등이다.

부정함의술어는 함의술어와 정반대되는 주문술어를 말한다. 예를 들면 '막는다, 실패한다' 등과 같은 것들이다.

반함의술어는 주문술어가 긍정일 때에만 보충문이 진실인 술어를 말한다. 예를 들면 '듣는다, 본다, 찾는다' 등 지각동사 같은 것들이다.

부정반함의술어는 주문술어가 부정일 때에만 보충문이 허위인 술어를 말한다. 예를 들면 '단념한다, 피한다' 등이다.

부분함의술어는 주문술어가 부정일 때에만 보충문이 허위인 술어를 말한다. 예를 들면 '가능하다, 없다, 있을 수 있다' 등이다.

부정부분함의술어는 주문술어가 부정일 때에만 보충문이 진실인 주문술어를 말한다. 예를 들면 '주저한다, 의심한다' 등이다.

이 분류를 알기 쉽게 도표로 작성하여 보이면 다음과 같다.

분류	보충문의 명제와 주문술어와의 관계	주문술어의 예
진실술어	진실 — 긍정 진실 — 부정	깨닫는다 잊는다
비진실술어	진실 — 긍정 허위 — 부정 허위 — 긍정 진실 — 부정	추측한다 여긴다 짐작한다 예상한다
반(反)진실술어	허위 — 긍정 허위 — 부정	속인다 오해한다
함의술어	진실 — 긍정 허위 — 부정	마친다 성공한다
부정함의술어	허위 — 긍정 진실 — 부정	막는다 실패한다
반(半)함의술어	진실 — 긍정	듣는다, 본다, 찾는다
부정반함의술어	허위 — 부정	단념한나, 피한나
부분함의술어	허위 — 부정	가능하다, 없다
부정부분함의술어	진실 — 부정	주저한다, 의심한다

제2절 격문법과 내면격

격문법은 변형생성문법의 출현과 함께 생성의미론 확립에서 주요한 자리를 차지한다. 격문법은 대체로 문장구성 부분과 의미 부분을 통합하여 의미표시로서의 내면구조로 바꾸어 놓은 것이다. 따라서 격문법의 구조는 문장의 의미를 표시하는 요소로 구성된다. 격문법에서는 변형으로 내면구조를 표면구조로 전개한다.

1. 내면격과 표면격

내면격은 문법관계가 의미표시의 요소들로 구성되고 표면격은 표면

에 노출된 문법관계의 표시로 나타난다. 격문법에서 내면구조를 바탕
으로 하여 정해진 문법관계를 몇 가지 종합하면 다음과 같다.

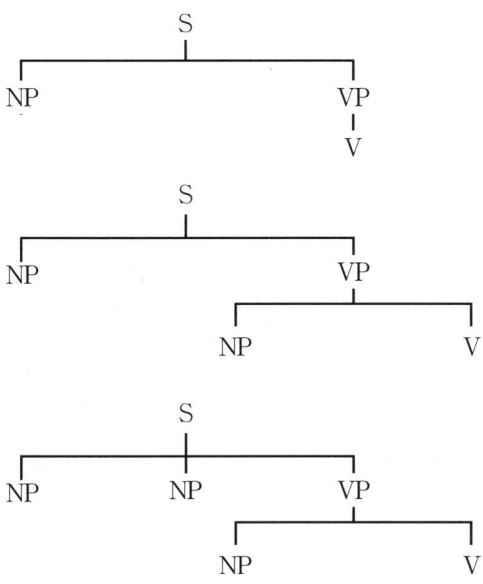

여기서 S에 지배된 첫째 NP가 S에 대하여 가지는 관계가 주어이고
VP에 직접 지배된 NP가 VP에 대하여 가지는 관계가 직접보어, S에
직접 지배된 둘째 NP가 S에 대하여 가지는 관계가 간접보어, S에 직
접 지배된 VP가 S에 대하여 가지는 관계가 술어, VP에 직접 지배된
V가 VP에 대하여 가지는 관계가 본동사이다.

내면구조에서는 격 형태가 없는 체언구로 선택되고 그것이 표면구조
로 파생되는 과정에 격 형태가 단계적으로 첨가된다. 내면구조는 사람
들의 눈으로 볼 수 없는, 구체적인 언어행위의 밑바닥에 깔려있는 추
상적으로 가설한 의미 구조이다.

내면격은 가설된 의미 구조에서의 성분들 사이의 호상관계이며 표면
격은 내면구조가 변형조작을 통하여 노출된 문법적 관계의 표시로 된다.

표면격에 의한 문법적 형태의 서술로서는 명사의 문법적 기능과 의미적 관계를 정확히 파악할 수 없다. 표면격에서의 동일한 격 형태가 여러 가지 문법적 의미를 나타내지만 내면격에서는 해당한 의미만을 명료하게 지적한다.

   ○ 학교에 간다.(목표적)

     학교에 있다.(장소격)

     학교에 주었다.(상대격)

이와 같이 내면격은 같은 형태로 나타난 표면격이라도 동사의 의미적 특성에 의하여 본질적으로 다른 격 체계를 이룬다. 즉 표면에 나타난 위격형태가 내면적으로 각각 목표격, 장소격, 상대격으로 되어있는 것은 동사 '간다', '있다', '주었다'의 의미적 특성에 의한 것이다. 동사 '간다'는 목표격과 행동주격을 가질 수 있고 동사 '있다'는 장소격과 상대격을 가질 수 있다. 동사 '주었다'는 상대격과 대상격, 행동주격을 가질 수 있다.

   ○ <u>나는</u> <u>학교에</u> 간다.
     행동주격 목표격

     <u>물건이</u> <u>학교에</u> 있다.
     대상격   장소격

     <u>우리는</u> <u>선물을</u> <u>학교에</u> 주었다.
     행동주격 대상격 상대격

하나의 동사에 내면격이 같은 명사가 어울린 경우에도 행동주가 다름에 따라 서로 다른 대상이 어울릴 수 있다. 예컨대 '먹는다'는 행동주가 활동체 명사 '사람'인 경우에는 먹는 대상이 '밥', '고기' 등 음식물과 관련되고 과일류, 남새류, 버섯류 등 사람이 먹을 수 있는 모든 물건과 관련된다. 짐승 가운데서 '소'나 '말'인 경우에는 먹는 대상이 '풀'이고 '개'는 '똥'도 먹을 수 있다. 새, 거미, 기타 곤충류들은 먹는 대상이 각기 다르다. 구체대상에 따라 먹는 물건도 다르기 때문에 '먹는다'는 대상에 따라 서로 다른 의미군을 형성한다. '소'나 '말'에 한해서는 '풀을 먹는다'라고 말할 수 있으나 '사람'은 '풀' 가운데 '나물'만 먹을 수 있다. 활동체는 어느 것이나 '돌을 먹는다', '산을 먹는다'라고는 결합되지 않는다. 동사 '씻는다'는 '옷을 씻는다', '그릇을 씻는다', '손을 씻는다', '쌀을 씻는다'로는 결합될 수 있지만 '밥을 씻는다', '죽을 씻는다', '물을 씻는다'로는 결합될 수 없다. 이와 같이 동사의 의미적 특성과 명사의 의미적 특성에 따라 결합되는 범위가 다르며 행동주도 서로 다를 수 있다. '먹는다'나 '씻는다'는 행동주가 활동체 명사에 속한 것이지만 '먹는다'는 사람이나 동물이 다 행동주가 될 수 있고 '씻는다'는 활동체 명사 가운데서도 행동의 적극성을 나타내는 사람만 행동주가 될 수 있을 뿐 동물은 될 수 없다.

※ 여기서 말하는 명사의 의미군은 동사의 의미특성에 의하여 결합되는 명사의 범위를 가리킨다. 그 범위는 어느 민족의 언어에서나 개념의 공통성으로 특징지어진다.

명사의 의미군은 상위개념과 하위개념 가운데 더 큰 어느 부류로 확정할 수도 있고 더 작은 어느 부류로 확정할 수도 있다.
이것을 몇 가지로 갈라 보이면 다음과 같다.

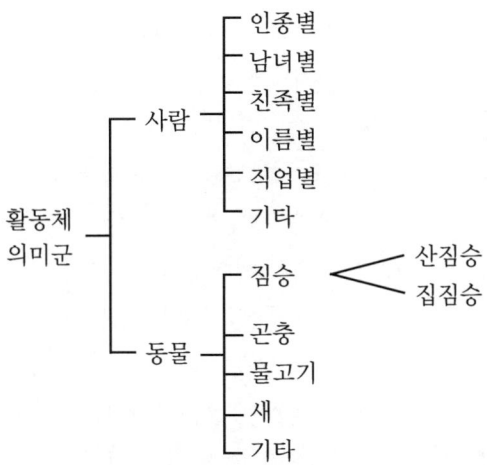

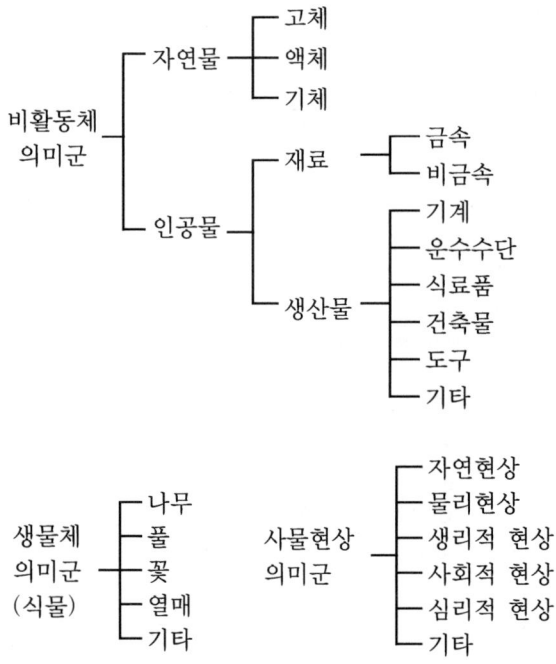

이밖에 사물의 특성과 관련한 의미군, 추상적 개념, 위치 공간, 시간, 형태 등 그 분류가 기준에 따라 훨씬 많을 수도 있다.

명사의 의미군은 동사의 의미적 특성에 의하여 결합하거나 배척하는 관계에 의해 가른 것이다. 동사 '육성하다'는 사람과 관계되고 기타 의미군과는 배척하는 관계에 놓여있다. 그러나 '기르다'는 활동체 의미군과 결합관계에 있지만 기타 비활동체 의미군과는 배척관계에 놓여있다. '사용하다'는 '도구', '기계'와 결합관계에 놓이고 '피다'는 '꽃'과, '맛나다'는 '음식물'과, '마시다'는 '물'과 연상되면서 결합관계를 이룬다. 명사의 내면격은 이와 같이 결합관계로 이루어지는 단어의 부류가 동사와 맺는 관계를 나타낸다.

명사가 동사와 어울리는 본질적인 문장론적 기능은 내면격에서 나타난다. 표면격에서는 하나의 형태가 여러 가지 관계적 의미를 가지고 나타날 수 있으나 내면격은 그 문장에서 관계적 측면을 하나만 잡아서 내면격으로 나타낸다. 하나의 격에는 하나의 관계적 의미가 대응된다. 구체적인 동사의 의미적 특성에 따라 명사의 어떤 의미군이 결합되는가, 그 유형이 어떠한가 하는 문제는 앞으로 깊이 있게 연구되어야 한다.

2. 내면격과 격의 특성

동사의 의미적 특성에 따라 명사가 어울리는 관계적 의미를 규정하기 위하여 내면격을 다음과 같이 설정한다.

행동주격

어떤 행동을 일으키는 담당자의 관계적 의미를 나타낸다. 행동주는 움직일 수 있는 대상이다.

○ 을남이는 물고기를 잡았다.

여기서 행동주 '을남'이는 움직이는 대상 사람이며 행동주격은 토 '는'에 의하여 표현되었다. 행동주격은 '는/은', '가/이', '께서'로 표시될 수 있다.

경험격

어떤 행동이나 감정을 겪는 관계적 의미를 나타낸다. 경험자는 언제나 사람이어야 한다.

○ 철이는 노력만 하면 성공할 수 있다는 진리를 깨달았다.

여기서 '철이'는 진리를 깨달은 경험자로서 경험격은 토 '는'에 의해 표현되었다. 경험격은 '는/은', '가/이', '께서'와 같은 토들로 표시될 수 있다.

대상격

어떤 행동을 받는 관계적 의미를 나타낸다. 대상자는 활동체일 수도 있고 비활동체일 수도 있다.

○ 어머니는 물고기를 잡수시었다.

여기서 '물고기'가 대상격이다. 물고기 자체는 활동체 명사이지만 음

식물로 된 다음에는 비활동체로 된다. 대상격은 '를/을'에 의하여 표시
된다.

상대격

행동주와 상대자와의 관계를 나타낸다. 상대격은 활동체 명사나 비
활동체 명사로 이루어진다.

○ 어머니는 아이에게 밥을 주었다.

여기서 '아이'는 활동체 명사로서 상대격이 어울려 이루어진 것이다.
'나무에 물을 주었다'에서 '나무'는 생물체로 된 것이다. '밭에 물을 주
다'에서 '밭'은 비활동체이다. 상대격은 '에', '에게'로 표시된다.

장소격

어떤 행동이 진행되는 장소를 나타낸다. 장소격은 비활동체로 이루
어진다.

○ 그는 학교에서 공부하였다.

'학교'는 비활동체로서 공부하는 장소를 나타내었다. 장소격은 '에',
'에서'로 표시된다.

목표격

어떤 행동의 목표를 나타내는 관계적 의미다. 목표격은 활동체 명사
거나 비활동체 명사로 이루어질 수 있다.

○ 그는 학교로 간다.

'학교'는 비활동체 명사지만 '아버지한테 간다'에서 '아버지'는 활동체
명사이다. 목표격은 '로/으로', '을/를'로 표시될 수 있다.

비교격

어떤 대상의 호상 비교를 나타낸다. 비교격은 활동체 명사거나 비활
동체 명사로 이루어진다.

○ 키는 형보다 아우가 더 크다.

인재는 1고중에서 다른 학교들보다 더 많이 나온다.

여기서 '형'은 활동체 명사이고 '1고중'은 비활동체 명사이며 '보다'에

의하여 표시되었다. '와/가'에 의해서도 비교격이 표시된다.

재료격

어떤 일의 재료로 됨을 나타낸다. 재료격은 비활동체로 이루어진다.

○ 나무로 책상을 만든다.

'나무'는 비활동체로서 책상을 만드는 재료로 됨을 나타낸다.

재료격은 '로/으로', '를/을'로 표시될 수 있다.

원인격

어떤 행동이나 상태의 원인을 나타낸다. 원인격은 활동체 명사나 비활동체 명사로 이루어진다.

○ 그는 병으로 해서 출장을 가지 못했다.

　아버지 때문에 자기 주장은 꺾이고 말았다.

여기서 원인격 '병'은 비활동체이고 '아버지'는 활동체로 이루어진 것이다. 원인격은 '때문에', '의하여', '로부터', '으로 해서' 등으로 표시될 수 있다.

도구격

어떤 행동의 도구로 됨을 나타낸다. 도구격은 비활동체로 이루어진다.

○ 만풍년을 기약하는 만석벌에 기계로 성수 나게 모를 내고 있었다.

'기계'는 비활동체로 이루어진 도구격이다. 도구격은 '로', '로써'로 표시될 수 있다.

시간격

어떤 행동의 시간적 관계를 나타낸다. 시간격은 수사 또는 시간을 나타내는 단어들로 이루어진다.

○ 그는 내일 12시에 만나자고 약속하였다.

시간격은 토 '에'로 나타내거나 '아침', '저녁', '때' 등 시간을 나타내는 단어들로 나타낼 수 있다.

시작격

어떤 행동이나 감정의 시작을 나타낸다. 활동체나 비활동체 명사로 이루어진다.

○ 견학단은 학교에서 출발하였다.

야릇한 감정은 그로부터 야기되었다.

시작격은 이와 같이 토 '에서' 또는 '부터/로부터' 등으로 표시될 수 있다.

방식격

어떤 행동의 방식을 나타낸다. 방식격은 활동체나 비활동체 명사로 이루어진다.

○ 비행기로 평양을 떠났다.

말 타고 꽃구경하였다.

이와 같이 방식격은 토 '로'로 표현되거나 '고'의 형식으로 표현될 수 있다.

조건격

어떤 행동의 조건으로 됨을 나타낸다. 조건격은 활동체거나 비활동체 명사로 이루어질 수 있다.

○ 그의 논문은 지도교원의 열정적인 지도 하에서 성공되었다.

조건격은 토 '에서', '하에서'에 의하여 표현되기도 한다.

의도격

어떤 행동의 의향을 나타낸다. 의도격은 주로 심리, 소원, 희망 등을 나타낸다.

○ 나는 커서 비행사가 되려 한다.

의도격은 토 '가, 이', '로, 으로' 등으로 표현될 수 있다.

이상의 내면격은 대체로 동사 중심의 의미 구조를 파악하기 위한 것이다. 내면격은 동사와 연관되는 명사의 관계적 의미를 분석하는 데로부터 문장구성요소들의 본질적 관계를 깊이 있게 해명하려는 데 그 목적이 있다. 동사와 명사의 결합관계를 통하여 명사의 내면격과 의미군을 확정할 수 있으며 구체동사마다 요구하는 의미군이 다르므로 동사의 의미적 특성을 연구하는 데 그 의의가 크다.

우리는 내면격의 설정에서 필모아의 격문법에서처럼 주로 관계적 의미만을 염두에 두고 명사의 의미적 고찰을 홀시하는 것이 아니라 모형 문법의 견지에서 논리적 방법을 도입하여 내용적 의미도 동시에 고찰하는 것을 체계화하였다. 이리하여 기계언어학에서 사상모형의 선택에서나 탐색에서 잘 이용되도록 주의를 돌리었다.

제3절 명제와 의미 구조

이 절에서는 명제의 개념, 명제의 내면구조와 명제가 전개되는 구구조 규칙에 대하여 서술한다. 명제의 구조를 이루는 항은 의미범주를 가지게 되며 선택제한을 받는다.

1. 명제의 내면구조

문장은 어느 것이나 의미를 가진다. 의미로 정보가 전달되는 문장은 진리치로 판별할 수 있다. 진리치로 판별되는 의미는 명제가 된다. 명제는 진명제와 허위명제로 나누인다. 진명제냐, 허위명제냐 하는 것은 진리치로 식별된다. 진리치가 없는 의미는 진명제가 될 수 없다. 예컨대 '소는 물에서 사는 동물이다'라고 할 때 이것은 이치에 맞지 않는 내용을 가지고 있어 허위명제라고 할 뿐 진명제로는 될 수 없다. '소는 일을 한다'에서와 같이 진리치를 가진 정보를 전달하는 것이어야 진명제라고 할 수 있다. 이와 같이 진실이나 허위로 정해져있는 문장을 명제라 한다. '소'라는 하나의 단어로 이루어진 경우에는 그 뜻이 정보로 전달될 수 없으며 그 어떤 진리치를 가지고 있다고 말할 수 없다. 이와 같이 진리치를 가지지 않는 의미는 명제로 될 수 없다. 문장의 의미는 진리치를 가지며 정보로 전달되는 명제로 파악된다.

전통적인 견해에 의하면 논리학에서 명제는 주사와 빈사로 구성된 것으로 보고 문법에서 문장은 주어와 술어로 구성된 것으로 보며 술어는 주어에 대하여 서술하는 작용을 한다고 보아왔다. 그러나 문장은 꼭 주어가 있어야만 이루어진 것도 아니다. 피동문에서의 술어는 그 주어에 대한 서술이 아니므로 피동문의 주어를 실제상 주어라고 할 수도 없다. 예를 들면 능동문 '선희가 아이를 업다'에서 '업다'는 주어 '선희'에 대한 서술로 되나 피동문 '아이가 선희에게 업히다'에서 술어 '업다'는 주어 '아이'에 대한 서술이 아니다. 능동문과피동문은 표면구조에서 주어가 다르지만 내면구조에서는 주어가 같다. 이것은 내면구조에서 주어를 다른 체언구와 구별하여 따로 설정할 필요가 없다는 것을 말하여준다. 따라서 명제는 주어와 술어로 구성된 것이 아니라 항과 술어로 구성된 것으로 보아야 한다.

명제는 항과 술어로 갈라본다. 명제는 술어의 특성에 따라 하나 또는 몇 개의 항을 가지고 이루어진다. 명제의 구조는 S, NP, V로 표시되며 S는 명제 즉 문장을 표시하고 NP는 항을 표시하며 V는 술어를 표시한다.

명제의 내면구조를 구구조 규칙으로 표시하면 다음과 같다.

$$S \to NP^n + V \begin{cases} S_1 \to NP + V(\text{1항 술어}) \\ S_2 \to NP + NP + V(\text{2항 술어}) \\ S_3 \to NP + NP + NP + V(\text{3항 술어}) \end{cases}$$

여기서 명제는 술어의 특성에 따라 하나의 술어가 하나의 항을 가질 수 있고 하나의 술어가 두개의 항을 가질 수 있으며 세 개 또는 그 이상의 항을 가질 수도 있다는 것을 알 수 있다. 술어가 하나의 항을 가진 것이면 1항 술어라 하고 두개의 항을 가진 것이면 2항 술어라 하고 세 개의 항을 가진 것이면 3항 술어라 한다. 또한 1항 술어를 단항술

어라고도 하고 둘 또는 그 이상의 항을 가진 술어를 다항술어라고도
한다.

    S_1 바람이 분다.

      $[S_1 \rightarrow NP + V]$(1항 술어, 단항술어)

    S_2 어머니가 아이를 업는다.

      $[S_2 \rightarrow NP + NP + V]$(2항 술어, 다항술어)

    S_3 영필이는 연필을 아이에게 주었다.

      $[S_3 \rightarrow NP + NP + NP + V]$(3항 술어, 다항술어)

명제의 내면구조를 구구조 규칙으로 종합해 보이면 다음과 같다.

① $S \rightarrow NP^n + V(O < n)$

② $NP \rightarrow NP^n$

③ $NP \rightarrow S$

이 경우를 나뭇가지 모형도로 보이면 다음과 같다.

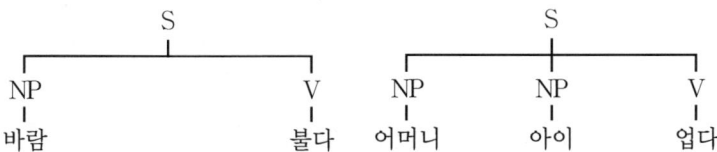

NP가 셋 이상인 경우에는 다음과 같이 표시할 수 있다.

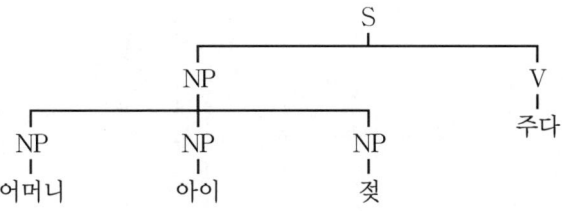

NP가 S를 가진 경우는 명제가 보충문으로 이루어진 것이다.

   명제에서 술어가 가진 어느 항이 보충문으로 구성된 경우를 보면 다
음과 같다.

○ 운동을 하는 것이 좋다.

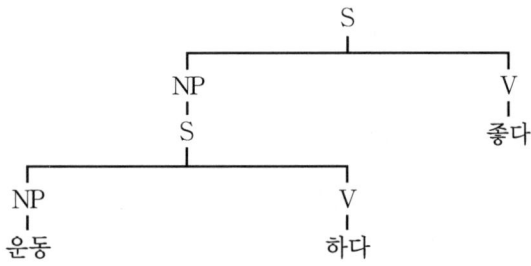

○ 영필이는 영희가 공부를 잘한다고 여긴다.

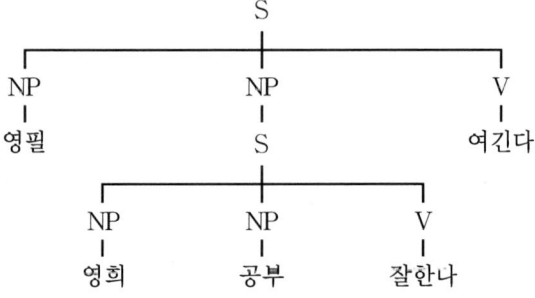

명제의 술어가 가진 항이 문장의 모임으로 이루어질 수도 있다.

○ 영필이가 추구하는 것과 영희가 추구하는 것이 다르다.

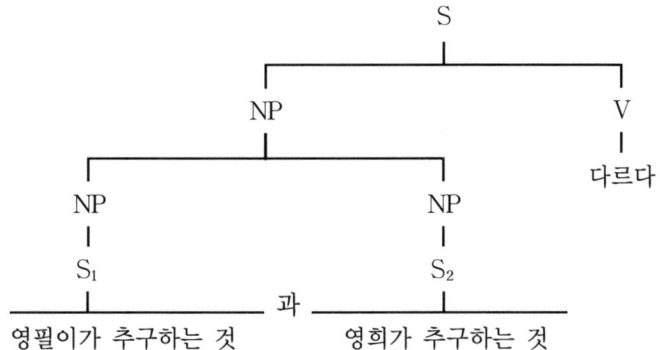

2. 명제술어의 제약

명제술어의 제약에는 문맥적 특성의 제약과 선택특성의 제약이 작용한다.

명제의 술어가 몇 개의 항을 가지며 어떤 내부구조의 항을 취하는가에 따라 그 술어의 문맥적 특성이 결정된다.

불다[+NP__](단항술어)

업다[+NP NP__](2항 술어)

주다[+NP NP NP__](3항 술어)

여기다[+NP S__]

다르다[+NP S^n](2≤n)

※ '다르다'는 보충문을 둘 이상 가지는 경우의 문맥적 특성을 지적한 것
   이다.

이와 같이 술어가 가지는 항을 비종단 기호로 표시할 수 있는 것이 엄밀하위범주화 특성이다. 이 규칙을 위반하면 말이 어색하게 들리거나 의사가 통하지 않는다. 예를 들면 '어머니가 업다'라고 하면 '업다'는 2항 술어가 단항술어로 문맥적 특성이 표시되어 의미적으로 무엇을 업는가가 문제된다. '영필이는 아이에게 주었다'라고 하면 무엇을 주었는가가 문제되며 '영필이는 연필을 주었다'라고 하면 누구에게 주었는가가 문제된다. 이와 같이 '주다'는 3항 술어가 2항 술어로 표시되어 술어가 가져야 할 항을 채 가지지 못한 것으로 된다. 이런 표현은 엄밀하위범주화 특성에 위반되어 문장의 의미를 모호하게 만든다.

이러한 특성 이외의 문맥적 특성은 선택특성이다. 예를 들면 '여덟 시가 지났다'에서 '지나다'의 주어는 시간을 나타내는 것이어야 한다. 만일 '종이가 지났다', '건물이 지났다'라고 한다면 의사가 통하지 않는다. 이것은 술어 '지나다'가 가지는 선택특성의 제한을 받기 때문이다. '날이 점점

어두워지기를 기다린다'에서 보충문의 술어 '어두워진다'는 상태변화를 나타낸다. 상태변화를 나타내는 보충문의 술어가 선택특성의 제한을 어기고 '날이 점점 어둡기를 기다린다'라고 하면 비문법적인 말로 된다.

선택제한은 술어와 항의 지시대상 사이의 제한이다. 그런데 술어가 요구하는 선택제한이 보충문에서는 적용되지 않는 경우가 있다.

○ 아이가 젖을 먹는다.

× 아이가 못을 먹는다.

여기서 술어가 요구하는 선택제한은 먹을 수 있는 것이어야 한다. 그러나 그것이 보충문에서는 '저 아이가 못을 먹었다고 생각된다'와 같이 그 선택특성의 제한이 적용되지 않아서 비문법적인 것이라고 배제할 이유가 서지 않는다.

이상의 것을 종합하면 생성의미론에서는 문장의 의미를 술어와 항으로 구성된 명제라고 보고 명제는 구구조 규칙으로 전개한다. 항은 조건에 따라 의미범주를 표시하며 그것은 술어의 문맥적 특성과 선택특성으로 결정된다. 선택된 매개 항은 엄밀하위범주화 특성으로 표시되지만 선택될 수 없는 항은 술어의 선택특성이 표시하는 선택제한을 받아서 비문법적인 것으로 배제된다.

보충문이나 문장의 모임이 항으로 되는 경우에 문맥적 특성은 보충문의 술어에서도 작용하고 있다. 그러나 선택특성은 예외가 있다.

제4절 복합문의 의미 구조

조선어복합문에 대하여 학계에서는 서로 다른 견해를 가지고 있다. 지난 시기 일부 학자들은 문장의 표식을 '판단의 단정'에서 찾으면서 '주어＋술어'의 구조가 맺음형으로 '단정'되지 않으면 문장으로 보지 않았다. 또 어떤 학자들은 문자의 표식을 맺음형태를 가졌는가에서 찾았는데 이런 견해들은 조선어에서 복합문의 존재를 인정하지 않는 견해이다.

오늘날 복합문을 인정하는 경우에는 '구'를 가진 문장을 복합문이라고 보는 견해, 술어가 둘 이상 있는 문장을 복합문이라고 보는 견해, 진술의 단위가 둘 이상 있는 문장을 복합문이라고 보는 견해들과 의미론의 견지에서 동사가 둘 이상이면 복합문이라고 보는 견해들이 있다. '주어＋술어'의 형식을 취하면서 문장성분의 기능을 노는 문장을 '내포문'이라고 보기도 하는데 필자는 의미론의 견지에서 이와 관련된 유형적 고찰을 보충문에서 하였다.

'구'를 가진 문장을 복합문으로 보는 견해는 '구'가 형식상에서 '주어＋술어' 구조의 '문장의 체제'를 갖추고 있다는 점만 염두에 두고 문장의 기본표식으로 되는 진술성 문제에는 주의를 돌리지 않고 있는데 이런 견해는 일면적이다. 술어가 두개 이상이라거나 진술의 단위가 두개 이상이 들어있는 문장을 복합문이라는 견해에서는 진술의 단위를 어떻게 보는가 하는 문제가 주요한 문제로 나선다.

하나의 진술성, 한번의 구획으로 토막 지어지는 전일체가 단일문을 진술의 단위로 되게 하는 기본표식이다. 진술의 단위를 물질적으로 나타내는 것은 진술성 표현으로서의 어휘－문법적수단과 진술억양이다. 어휘－문법적수단과 진술억양에 의하여 하나의 진술단위가 구획되며 그 계선도 확정된다.

복합문이라면 그것은 진술성의 표식으로 되는 두개 이상 단일문이 문법적으로 연결되어 이루어져야 한다. '단일문'은 복합분의 구성단위로 되며 최소의 진술단위로 된다. 복합문은 둘 이상의 동사가 단일문의 구조를 가지고 이어진 문장을 말한다. 둘 이상의 동사를 가지고 이루어진 문장의 유형은 다음과 같은 몇 가지 경우가 있다.

※ 여기서 동사라 함은 진술의 단위로 되는 명사의 형용사를 아울러 이

르는 말이다.

첫째, 동사가 명사의 앞에 놓이면서 복합체언구를 이룬 후에 다시 동사를 더 가진 것이다. 이 경우는 앞에서 보충문의 의미 구조에서 언급되었다.

둘째, 동사가 각각 단일문의 구조를 가지고 복합문을 이룬 것이다. 이 부류에는 단일문들이 명사의 절대격 형으로 열거되거나 접속토를 가지고 복합문을 이룬 경우가 있다.

셋째, 동사가 상황토를 가지고 다시 동사와 연결되는 경우가 있다.

복합문의 의미 구조에서는 둘째 부류의 의미 구조를 고찰하기로 한다. 둘째 부류의 의미 구조적 유형을 열거, 병렬, 종속 세 부류로 갈라서 보기로 한다.

1. 열거관계

열거관계는 단일문의 구조를 가진 동사가 같은 자격을 가지고 연결된 것을 말한다.

여기에는 동사가 같은 형태를 가지고 억양에 의하여 진술적 단위가 이어지는 경우가 포함된다.

○ 공산주의는 이상의 경지, 공산주의는 지상의 낙원.

○ 당 조직의 튼튼한 담보가 있겠다, 인민들의 전폭적인 지지가 있겠다, 두려울 것 없다.

○ 그는 밖으로 뛰쳐나왔다, 주위를 돌아보았다, 쥐죽은 듯 고요하였다.

보다시피 아무런 토 없이 명사의 절대격으로 열거되어 이루어진 것, 전제적 조건이 종결토를 가지고 이루어진 것, 시간적 순차관계로 종결토를 가지고 이루어진 것 등이다. 이와 같이 단일문들 사이의 진술의 단위는 억양에 의하여 이어졌다.

이것을 공식으로 표시하면 다음과 같다.

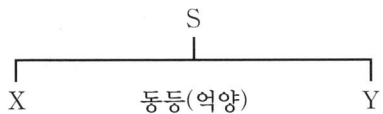

X나 Y는 선택된 단일문의 구조를 가진 문장을 말한다.

2. 병렬관계

병렬관계는 내용상 같은 자격을 가진 것이다. 병렬관계에서는 열거 관계에서와는 달리 진술의 단위인 동사가 이음토에 의해 표면에 나타난다. 또한 병렬관계에서는 단일문의 구조를 가진 문장내용이 서로 대립되거나 선택을 나타내는 경우가 있다.

병렬관계를 나타내는 복합문의 의미 구조적 유형은 다음과 같다.

합동관계로 이어진 것;

○ 속일 수 없는 것이 땅이고 꾸밀 수 없는 것이 농사다.

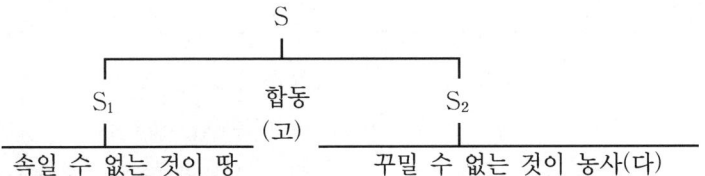

대립관계로 이어진 것;

○ 섬 땅이 남새농사에서는 적지이지만 거름을 무한히 타는 땅이 아닌가.

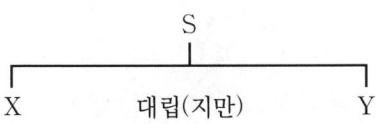

선택 관계로 이어진 것;

○ 우리가 선손을 쓰든지 그자들이 선손을 쓰든지 할 것이다.
   X   Y

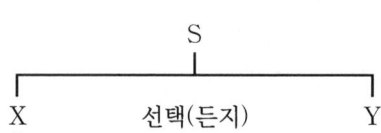

병렬관계를 나타내는 복합문의 구조적 유형과 표현형태들을 도표로 보이면 다음과 같다.

유형	접속토	보조적 단어	접속어
합동관계	고, 며, 거니와, 려니와	ㄹ뿐더러, ㄴ뿐만 아니라, 는 한편, 는 동시에	더구나, 그리고, 또, 혹은 또는
대립관계	나, 지만(지마는), 건만(건마는), 련만(련마는)	에도 불구하고, 는 고사하고, 는 반면에, ㄴ가 치더라도	그렇지만, 그러나, 하지만
선택 관계	거나, 든지, 든가		
내면구조	표면구조		

내면구조를 표면구조로 바꿀 때 접속토를 쓰지 않고 해당한 보조적 단어를 쓰거나 접속어를 쓸 수 있다. 접속어를 쓸 경우에는 표면형태에서는 복합문이 아니고 접속어에 의한 두 단일문의 연결로 된다.

○ 섬 땅이 남새농사에서는 적지이다.
   그렇지만 거름을 무한히 타는 땅이 아닌가.

3. 종속관계

종속관계는 내용상 진술이 한 단위가 다른 한 단위에 종속되는 관계를 나타내는 것이다.

종속관계도 병렬관계에서와 마찬가지로 접속토에 의하여 표면에 나타난다. 그러나 종속관계에서는 내용적으로 종속된 단위와 주도적인 단위 사이에 원인관계, 조건관계, 순차관계 등으로 표시된다.

종속관계를 나타내는 의미 구조적 유형은 다음과 같다.

원인관계로 종속된 것;

○ 성실하고 책임성 있는 농업부문일꾼들이 사회주의 농촌을 지켜서
　　　　　　　　　　　　　　X

있기에 우리나라는 무궁 번영하고 있는 것이다.
　Y

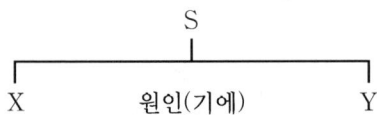

조건관계로 종속된 것;

○ 당신들의 물심양면으로 되는 지지와 성원이 없으면 이 일은 성사
　　　　　　　　　　　　　　X

될 수가 없습니다.
　Y

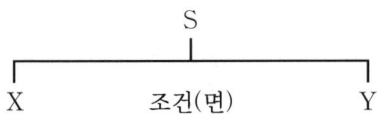

순차관계로 종속된 것;

○ 검은 구름이 몰려오자 소나기가 쏟아지기 시작하였다.
　　　　X　　　　　　　　　　Y

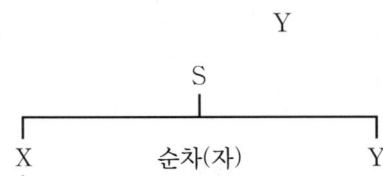

종속관계를 나타내는 복합문의 구조적 유형과 표면형태들을 도표로
보이면 다음과 같다.

유형	접속토	보조적 단어	접속어
원인관계	므로, 니, 니까, 기에 는지라, 거늘, 나니, 길래		그러므로, 때문에
조건관계	면, 거든, 던들, 어야 /아야/여야, ㄹ진대	는 한, 는 이상	그러면, 그래서
순차관계	자, 다가, 고서		이어, 연이어, 잇달 아, 이윽고
내면구조	표면구조		

종속관계에서는 병렬관계에서와 마찬가지로 내면구조를 표면구조로
나타낼 때 접속토를 쓰지 않고 해당한 보조적 단어를 쓰거나 접속어를
쓸 수도 있다. 접속어를 쓰면 복합문이 아니고 두 단일문으로 분리된다.

○ 검은 구름이 몰려왔다. 잇달아 소나기가 쏟아지기 시작하였다.

제5절 선택을 나타내는 의문문의 의미 구조

복합문에서 진술적 단위가 선택을 나타내는 '단일문'들로 이루어진
의미 구조를 앞에서 보았다.

의문으로 선택을 나타내는 문장은 표면구조에서 선택을 나타내는 접
속토들을 없애버리고 의문을 나타내는 표현으로 교체하면 된다.

그럼 의문에 의한 선택 관계를 보기로 하자.

1. 의문과 선택 관계

선택 관계는 표면구조에서 접속토 이외에 의문을 나타내는 토들에

의해서도 나타난다.

둘 이상의 단위가 같은 자격을 가지고 맺어지는 선택 관계를 논리적 계산부호로 표시하면다음과 같다.

$$P \quad V \quad Q$$

○ 우리가 선손을 쓰든지 그자들이 선손을 쓰든지 할 것이다.

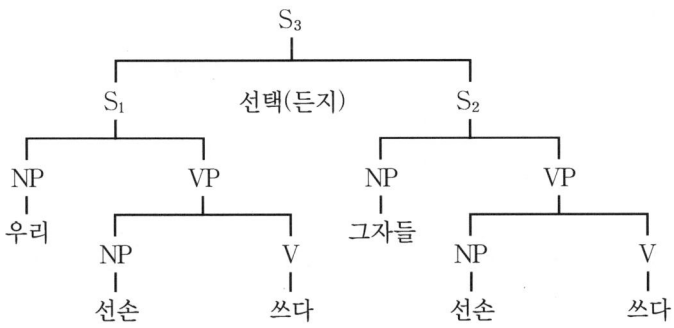

여기서 선택 관계가 의문으로 특수화되는 경우에는 진술적 단위를 연결하는 접속수단이 없어지고 그 대신 의문형을 가진다.

○ 우리가 선손을 쓰거나 그자들이 선손을 쓰거나 한다.

→ 우리가 선손을 쓰는가 아니면 그자들이 선손을 쓰는가.

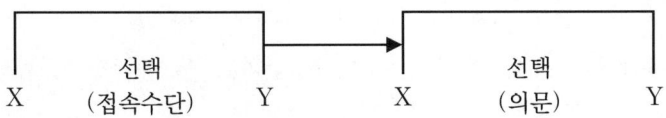

의문은 이야기하는 사람이 이야기 듣는 사람에게 알고 싶어 하는 내용을 명확히 해답해줄 것을 요구한다.

○ 변구장이 어머니를 가짜편지로 꼬이었는가, 을남이가 어머니에게 글을 가르쳐 깨우쳤는가?

여기서 이야기하는 사람이 이야기 듣는 사람에게서 알려고 하는 것은 어머니가 글을 배워서 혁명의 진리를 깨닫게 되는가 아니면 변구장 놈의 꼬임에 계속 넘어가게 되는가 하는 문제이다. 즉 '순사가 어머니를 가짜편지로 꼬이다'와 '을남이가 어머니에게 글을 가르쳐 깨우치다'에서 어느 것이 진실인가 하는 문제이다. 어느 것도 다 아니거나 어느 것이나 다 진실일 수 있다. 만일 이런 경우가 있다면 물어보고 대답할 이유가 서지 않는다.

2. 의문과 정보

의문으로 선택 관계를 나타내는 문장에서 서로 같은 어휘단위가 일반적으로 있게 된다. 이런 문장에서 서로 같은 어휘단위는 이야기하는 사람이 이야기 듣는 사람에게서 무엇을 알려는 내용이 들어있어 이야기하는 사람에게는 이미 알려진 것으로 되어있다. 같지 않은 당위로 표현된 부분이 곧바로 이야기하는 사람이 알려고 하는 내용이며 그 내용에 따라 정보량이 결정된다. 의문으로 선택 관계를 나타내는 문장에서 정보량은 신정보로 전달되는 내용에 의하여 결정된다.

그러면 문장에서 신정보는 어떤 표식에 의하여 찾을 것인가? 그것은 문장에서 한 가지 이상의 서로 다른 명사나 동사가 어디에 있는가를 찾아내는 방식으로 신정보가 들어있는 부분을 찾아낸다.

○ 을남이가 어머니에게 글을 가르쳤는가, 원남이가 어머니에게 글을 가르쳤는가?

○ 을남이가 어머니에게 글을 가르쳤는가, 원남이가 을남에게 글을 가르쳤는가?

○ 을남이가 어머니에게 글을 가르쳤는가, 을남이가 어머니에게 방해하였는가?

여기서 서로 같은 명사나 동사로 이루어진 것은 이미 알고 있는 내용으로 이루어진 구정보이고 서로 다른 것은 이야기하는 사람이 이야기 듣는 사람에게 대답을 요구하는 내용으로 이루어진 신정보이다.

이야기하는 사람이 이야기 듣는 사람에게 요구하는 명확한 대답에서 신정보를 찾으면 다음과 같다.

○ 어머니에게 글을 가르친 것은 원남이가 아니라 을남이었다.

(누구? – 을남이)

○ 글은 원남이가 을남에게 가르친 것이 아니라 을남이가 어머니에게 가르쳤다.

(누가 누구에게? – 을남이가 어머니에게)

○ 을남이가 어머니에게 방해한 것이 아니라 글을 가르쳤다.

(어떻게? – 글을 가르쳤다)

구정보는 흔히 같은 명사나 동사의 되풀이로 구성되는 것만큼 대명사 또는 대동사로 표현할 수 있다.

○ 을남이가 어머니에게 글을 가르쳤는가, 원남이가 그에게 그렇게 하였는가?

구정보가 표면구조에서 대명사, 대동사로 바뀐 것이다.

○ 을남이가 어머니에게 글을 가르쳤는가, 원남이가 을남에게 그렇게 하였는가?

구정보는 대동사로 표현되었다.

○ 을남이가 어머니에게 글을 가르쳤는가, 그가 그에게 방해하였는가?

구정보는 대명사로 표현되었다. 구정보는 글에서 간결성을 보장하기 위하여 삭제할 수도 있다.

○ 어머니에게 글을 가르친 것은 을남인가, 원남인가?

○ 글을 가르친 것은 을남이가 어머니에게인가, 원남이가 을남에게인가?

○ 을남이가 어머니에게 글을 가르쳤는가, 방해하였는가?

이와 같은 표현은 군더더기를 없애고 글을 간결하고 명료하게 만들어 언어생활에서 훨씬 더 자연스럽게 한다.

의문으로 선택 관계를 나타내는 문장에서 서로 같은 어휘단위거나 공통된 내용으로 되어있는 부분은 구정보로 특수화 되어 글에서 되풀이되는 표현을 피하기 위하여 대명사 또는 대동사로서 표현하거나 삭제될 수 있는 것이다. 이것은 구정보가 내용상 다른 사람에게 이미 알려져 있는 요소들로 이루어졌기 때문이다. 그러나 문장에서 이야기하는 사람이 알려고 하는 내용은 대명사로 표현할 수도 없으며 삭제해버릴 수도 없다. 신정보는 이야기 듣는 사람에게 주의를 불러일으키는 중요한 부분으로서 그것을 삭제해버린다면 통신적 기능마저 잃고 만다.

문장이 동의적인 표현으로 바뀐다 하더라도 의미전달에서는 전적으로 같다고 할 수 없다. 동의적인 표현으로 바뀐 문장은 필경 문체론적 색채의 차이만은 가지고 있다. 즉 입말과 글말에서의 차이, 어감에서의 차이, 강조적 측면에서의 차이, 감정적 측면에서의 차이 등을 가지고 있다.

의문으로 선택을 나타내는 문장의 의미단위유형을 보면 다음과 같다.

(1) 의심

의문으로 선택을 나타내는 문장에서 긍정과 부정의 관계로 대조되어 나타나면 의미 구조는 '의심'이라는 의미단위로 특수화된다.

○ 을남이가 어머니에게 글을 가르쳤는가, 안 가르쳤는가?

이것을 의미규칙으로 보이면 다음과 같다.

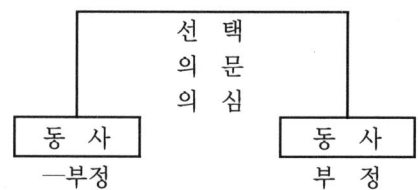

문장 '을남이가 어머니에게 글을 가르쳤다.'와 '을남이가 어머니에게 글을 안 가르쳤다.'를 다 진실로 믿는다면 이 명제는 진실로 공존할 수 없는 모순에 빠지게 된다. 따라서 '을남이가 어머니에게 글을 가르쳤는가, 안 가르쳤는가?'라는 의심을 품게 된다. 이런 의미단위를 '의심'이라고 한다. '글을 가르쳤는가? 안 가르쳤는가?'에서 '안' 대신에 '못'을 바꾸어 쓸 수 있다. 이때 '못'은 능력부정을 나타냄으로 능력의 긍정과 부정 사이의 의심을 나타낸다.

(2) 의외

의문으로 선택 관계를 나타내는 문장에서 부정의문 요소들의 삭제로 이루어지는 경우가 있다.

○ 을남이가 어머니에게 글을 가르쳤는가?

이야기하는 사람에게 지금까지 예산된 것은 긍정이던 것이 새로운 정보에 의하여 부정으로 돌변하는 경우가 있다.

○ 을남이가 어머니에게 글을 안 가르쳤는가?

의문을 제기한 사람은 지금까지 행동이 사실상 긍정으로만 믿어오다가 새로운 정보에 의해 갑자기 긍정적인 행동이 일어나지 않았다는 사실적 근거가 알려진 다음 물음을 제기한 사람은 의외라는 감을 느끼게 된다. 이런 경우에 '의외'라는 의미단위를 가진다. 이때에 의심의 의미단위는 없어지고 부정을 나타내는 의미로 특수화된다.

신정보는 부정의 어휘단위에 놓이면서 대조를 이룬다. 이때 의문에 대한 대답은 긍정 쪽에 놓인다.

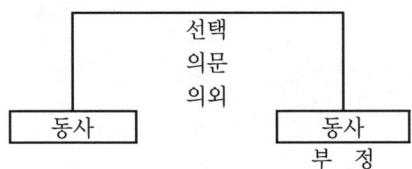

(3) 확인

의문을 제기한 사람이 믿고 있는 사실을 대방에게 확인해줄 것을 바라는 질문이다. 이런 질문은 단순한 질문이 아니라 확인질문이다. 확인질문에 대한 대답은 부정이 아니라 긍정이다. 예컨대 '을남이가 어머니에게 글을 안 가르쳤는가?'에서 문맥과 언어 환경에 따라 묻는 말속에는 '을남이가 어머니에게 글을 가르쳤다고 나는 확신하고 있다'는 믿음이 들어있다. 질문한 사람은 확인을 받고서 스스로 믿음을 갖는 만족감을 느끼려고 의문을 제기할 수 있는 것이다. 이때 동사의 뒤에 따르는 꼬리 질문은 긍정의 확인을 할 때 '을남이가 글을 가르쳤는가, 안 그런가?'에서와 같이 '긍정－부정'의 형식을 취하나 '을남이가 어머니에게 글을 가르쳤다, 그렇지?'에서와 같이 '긍정－긍정'의 형식을 취하거나 '을남이가 어머니에게 글을 안 가르쳤다, 안 가르쳤어.'에서와 같이 '부정－부정'의 형식을 취하거나 한다.

부정의 확인은 긍정의 확인에서와 같은 형식을 취할 수 있으나 억양이 다름을 알아둘 필요가 있다.

　○ 원남이가 글을 가르쳤는가, 안 그렇지?

　　을남이가 글을 안 가르쳤다, 그래?

　　원남이가 글을 안 가르쳤다, 안 가르쳤지?

보다시피 부정의 확인에서는 의심이나 확인이나 의외 등에서 어느 측면을 강조하여 나타내는가 하는 정도의 차이가 있을 수 있다.

(4) 반문

이야기하는 사람의 전달내용이 명확히 전달되었는지 확인을 바라거나 이야기 듣는 사람이 이야기의 내용에 대한 파악이 어느 정도인지 몰라서 반복하기를 바라는 반문을 말한다.

○ 을남이가 어머니에게 글을 가르쳤다지?

이때 원형에 없는 어휘공백을 갖는 반문이 생긴다. 어휘공백은 오직 하나만 허용한다.

○ 누군가가 어머니에게 글을 가르쳤다지?

어휘공백에는 어휘단위를 전혀 알아듣지 못하였거나 알아들었다 하더라고 명료하지 못하거나 자기의 어떤 의혹이 생겨서 그것을 밝힐 필요가 있을 경우에 그것을 한 번 더 반복해줄 것을 바란다.

반문과 확인이 같은 표현으로 나타났을 때 이 양자는 이야기 듣는 사람에게서 확인을 바라는 면에서는 공통되는 점이 있으나 확인은 이야기 듣는 사람이 이야기내용에 대한 파악이 따라가지 못하여 그것을 다시 알아보자는 것이고 반문은 이야기하는 사람 자신의 말이 대방에게 제대로 전달되었는가를 알아보려는 것이다.

반문의 확인은 아무 대답이 없이 그저 그렇다고 하든지 콧방귀로 대꾸할 수도 있다. 그러나 이것을 확인으로 간주하고 다음 화제로 넘어갈 수도 있기 때문에 이런 경우에는 반문이 화제를 가지기 위한 수단으로도 쓰인다.

제5장 언어행위의 의미론적 구조

언어행위에서는 주로 문장의 연속으로 이루어지는 담화를 하나의 단위로 분석한다. 담화의 분석은 해리스로부터 시작되었으나 변형생성문법에 이르러서는 그것이 구조적 분석에 이르게 되었다. 담화의 구조분석은 문장들 사이의 의미적관계의 분석을 중심으로 담화의 일반적 구조와 그 유형, 구조적 특성을 구명하는 것을 자기의 과업으로 삼는다.

문장들 사이의 의미적 관계는 수행문의 분석으로부터 전체, 포함, 초점, 시점 등의 개념을 도입하여 분석하려 한다.

제1절 수행문의 의미 구조

수행문의 의미 구조에서는 수행문의 개념, 수행문과 감탄, 수행문과 일반 서술, 수행문과 명령, 수행문과 의문과의 관계문제를 고찰하면서 의미 구조적 유형과 그 특성을 밝히려 한다.

1. 수행문의 특성

수행문은 어떤 약속이나 말로써 언어행위를 나타내는 것을 말한다. 언어행위는 이야기 듣는 사람에게 말로 전달하는 행위이다. 말을 한다는 것은 일정한 목적을 가지고 전행되는 이야기를 가리킨다.

  ○ 나는 너에게 시간을 지켜줄 것을 부탁한다.

    나는 너에게 부지런할 것을 권고한다.

    이 건물을 개선문이라고 명명한다.

여기서 '부탁한다', '권고한다', '명명한다' 등에서와 같이 수행문의 술어는 말로써 진행되는 언어행위를 나타낸다. 수행문은 말한 결과로 무엇이 이루어지거나 향해진다.

수행문은 다음과 같은 특성을 가진다.

첫째, 수행문의 술어는 말로써 달성되는 행위를 표시한다.

수행문의 술어의 동사는 언제나 말과 관련된 것이어야 한다. 말로써 달성되는 언어행위가 아닌 다른 동사로 이루어진 것은 수행문과 비슷한 구조를 가졌다 하더라도 수행문이 아니다. 예컨대 '나는 네가 굳은 결의를 다지리라고 믿는다.'에서 '믿는다'는 말과 관련된 언어행위가 아니다. 말로 달성되는 행위를 표시하는 특징이 없는 것은 수행문이 될 수 없다. 수행문으로 되자면 '나는 너에게 굳은 결의를 가질 것을 약속한다'에서와 같이 수행문의 술어가 말로 표현되도록 하여야 한다.

둘째, 수행문은 다른 문장의 보충문으로 되지 말아야 한다.

만일 다른 문장의 보충문으로 된 구조라면 수행문으로 될 수 없다. 예를 들면 '나는 그와 이번 학기에는 최우등생으로 되겠다고 약속하게 된다.'에서 '약속한다'는 '된다'의 보충문 술어가 되기 때문에 수행문이 아니다. 그리고 '약속하게 된다'는 약속한다고 하지 않았고 약속하는 행위를 수행하는 것과 같은 결과가 되었으며 보조동사로 이루어져 사실상 주문술어로도 분석된다.

셋째, 수행문의 주어는 이야기하는 사람을 가리키고 보어는 이야기 듣는 사람을 가리킨다.

예컨대 '선생은 우리에게 공부를 잘하여 나라의 기둥감으로 자라나라고 타이른다.'에서 '선생'은 수행문의 주어로서 이야기하는 사람을 가리키고 보어는 '우리'로서 이야기 듣는 사람을 가리킨다.

넷째, 수행문의 술어는 오직 현재 시칭만 가진다.

만일 수행문의 술어가 미래시칭이거나 과거시칭으로 표현된 것이라면 수행문으로 될 수 없다. 예를 들면 '나는 너에게 굳은 결의를 가질 것을 약속했다'에서 '약속했다'가 과거시칭으로 되어있는 것이어서 수행문으로 될 수 없다. 왜냐하면 수행문은 말로써 진행되고 있는 언어행위를 나타내기 때문에 수행문이 과거시칭이거나 미래시칭을 가진 것이라면 현재의 언어행위를 가리킬 수 없다.

다섯째, 수행문은 의문형이거나 부정형을 취하지 않는다.

만일 '이 역을 개선역이라고 명명하는가?'에서와 같이 의문형으로 되었거나 '나는 너에게 허심할 것을 명령하지 않는다.'에서와 같이 부정형으로 되어 있는 것이라면 수행문이라고 할 수 없다. 그것을 수행문으로 만들려면 의문형이거나 부정형을 다음과 같이 고쳐야 한다.

○ 이 역을 개선역이라고 명명한다.

나는 너에게 허심할 것을 명령한다.

이와 같은 수행문의 설정과 분석은 언어행위에서 실제 이야기하는 것과 이야기하는 사람, 이야기 듣는 사람, 장면과의 관계를 기술하는 데 효과적으로 이용된다.

언어행위로서의 이야기는 목적을 가지고 진행되는 행위로서 이야기 듣는 사람에 대한 이야기하는 사람의 적극적인 작용이므로 명령문이나 의문문이 아니지만 일반적인 서술문으로 그보다 못지않게 강한 효과를 낼 수도 있다.

비교:

○ 내 말을 듣거라(명령문).

내 말을 안 들으면 혼낸다(서술문).

2. 명령문과 수행문

수행문도 일반 서술문과 마찬가지로 명령문은 아니지만 명령문과 같은 효과를 낼 수 있다.

○ 곡식을 알뜰히 가꾸어라.(명령문)

나는 너에게 곡식을 알뜰히 가꿀 것을 명령한다.(수행문)

보다시피 명령문에서의 생략되는 주어는 1인칭이 아니다. 술어 '가꾸이리'도 말로씨 이루어지는 언어행위기 이니디. 띠리서 수행문이 이니고 명령문으로 될 수밖에 없다. 그러나 수행문에서는 술어 '명령한다'가 언어행위로써 이루어졌으며 그 언어행위는 1인칭주어 '나'에 의하여 실현된다. 수행문의 주어와 술어를 삭제해버리면 나머지는 그대로 명령문을 이루는 요소들이다. 수행문은 비록 명령문이 아니지만 말로 명령을 내리는 언어행위임을 알 수 있다.

○ 나는 너에게 곡식을 알뜰히 가꿀 것을 당부한다.

의미 구조를 도식으로 보이면 다음과 같다.

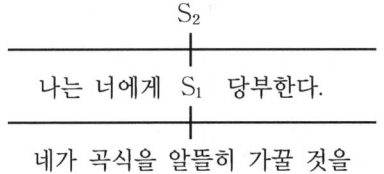

[S_2 나는 너에게 [S_1 네가 곡식을 알뜰히 가꿀 것을] 당부한다.]S_2

이 수행문의 의미 구조는 명령문의 의미 구조와 별로 다름이 없다. 이것은 명령문과 수행문의 의미관계를 통일적으로 설명할 수 있다는 것을 보여준다. 구조적으로 좀 다르다면 표면구조로 파생되는 변형규칙을 더 설정하여 설명하는 그것이다.

수행문의 변형규칙은 다음과 같다.

S_2에 보충문 요소 'ㄹ것'의 삽입과 보충문 주어의 삭제로서 '나는 너에게 곡식을 알뜰히 가꿀 것을 당부한다'가 파생된다. S_2에 명령형을

적용하면 S_1 은 명령문이 되어 '곡식을 알뜰히 가꾸어라'가 파생된다.

3. 의문문과 수행문

의문문도 명령문과 마찬가지로 수행문과 대응관계에 놓인다.

비교:

○ 네가 곡식을 알뜰히 가꾸는가?(의문문)

　나는 너에게 네가 곡식을 알뜰히 가꾸는가 묻는다(수행문).

여기서 수행문의 의미 구조는 명령문과의 비교에서 본 것과 마찬가지다. 보충문이 명령형이 아니고 의문형으로 되어있을 뿐이다.

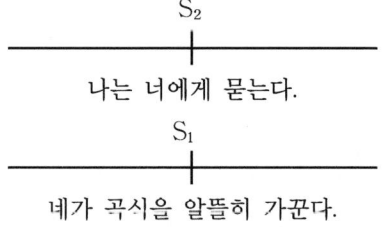

이것을 더 확대하여 보충문이 명령문으로 된 수행문의 구조를 보면 다음과 같다.

○ 나는 너에게 네가 나에게 곡식을 알뜰히 가꾸었는가를 말하라고
　말한다(수행문).

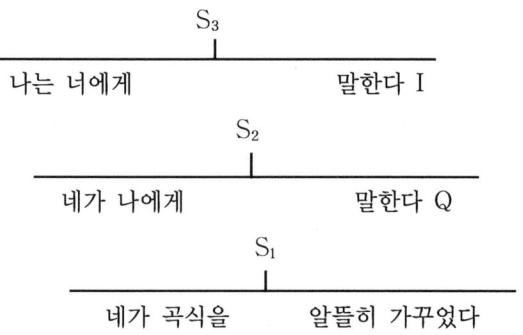

[S₂ 나는 너에게 [S₂ 네가 나에게 [S₁ 네가 곡식을 알뜰히 가꾼다] 말한다 Q]S₂ 말한다 I]S₃

먼저 명령문이 이루어지는 변형규칙을 보면 다음과 같다.

S₂ 의 순환에서 '말한다 Q'가 삽입되고 보충문의 요소 '고'가 첨가된다. S₃ 의 순환에서 '말한다 I'가 삽입되어 보충문의 주어가 삭제된다. 그 다음 명령형이 적용되어 S₂ 가 명령문이 된다. 수행절 S₃ 은 삭제된다.

의문문이 이루어지는 변형규칙을 보면 S₃의 순환에서 술어인상으로 형성된 '말한다 I, 말한다 Q' 대신 '묻는다'가 삽입된 후 다시 물음소가 첨가되어 의문문이 이루어진다.

4. 감탄문과 수행문

감탄문과 수행문도 명령문과 수행문과의 관계처럼 대응관계를 이룬다.

비교:
○ 네가 노래를 잘하는구나!(감탄문)
  나는 네가 노래를 잘하는 데 놀랐다(수행문).
[S₂ 나는 [S₁ 네가 노래를 잘한다]놀랐다.]S₂

※ '놀랐다'가 수행구로 표시되는 것은 그것이 감탄의 가장 일반적인 말로 간주되기 때문이다.

변형규칙을 보면 보충문의 요소 '는데'의 삽입으로 수행문이 이루어진다. 여기에 감탄형이 적용되면 감탄문이 되고 만다.
○ 네가 노래를 잘 부른다(일반 서술문).
  나는 너에게 노래를 잘 부르라고 말한다(수행문).

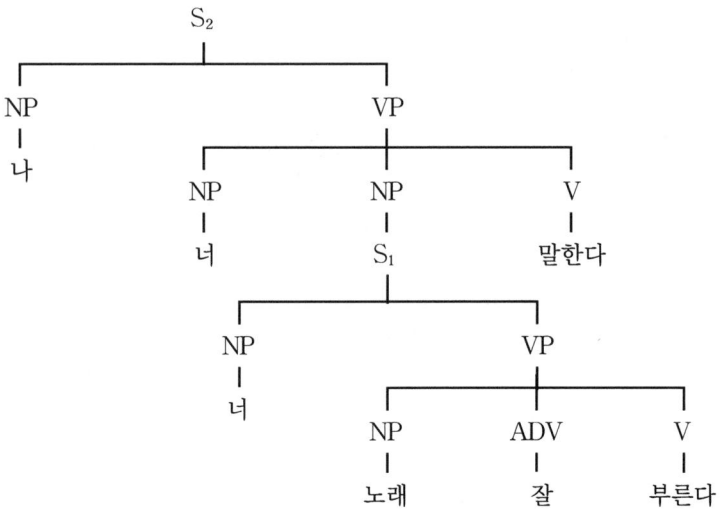

※ 여기서 V는 [+수행, +전달, +일반 서술]로 특징지어진다.

[S_2 나는 너에게 (S_1 네가 노래를 잘 부른다)말한다]S_2
　　　X　　Y　　Z　　　　　　　　　　　　W

수행구삭제변형은 다음과 같다.

　X　Y　Z　W
　1　2　3　4
　ø　ø　3　ø

이와 같이 일반서술문은 수행구의 삭제로 이루어진다.

이상의 수행문 분석에서 우리는 명령, 의문, 감탄, 일반 서술 등은 수행문과 같은 구조를 가지고 있다는 것을 알 수 있다.

수행문에서는 수행구를 주어구로 한다. 수행구가 표면구조에 나타나면 수행문이 되고 수행구의 변형규칙에 의하여 삭제되면 각각 명령, 의문, 감탄, 일반 서술이 된다.

제2절 전제와 초점

언어행위에서 전제와 포함, 전제와 초점문제는 문장들 사이의 의미
관계를 해명하는 데 절실히 이용된다. 전제와 포함은 유사한 단어의미
의 구분에도 적용되며 초점은 대화의 질문과 응답에서 정보처리와 관
련된 문제를 취급한다.

1. 전제와 함의

문장들 사이의 의미관계는 앞문장과 뒷문장이 진실이냐, 허위이냐로
변칙성 여부를 판단할 수 있다.

○ 철이가 책을 읽었다. → 그가 책을 보았다.(진실→진실)

철이가 새집에 들었다. → 그가 이사하였다.(진실→진실)

앞문장이 진실이면 뒤의 문장도 두말할 것 없이 진실로 된다.

이와 같이 의미적으로 연결되어 있는 문장 사이에서 앞부분 S_1 을
부정하여도 뒷부분 S_2 가 긍정으로 될 수 있으면 뒷부분 S_2 는 앞부분
S_1 의 전제로 된다.

○ 철이가 책을 읽지 않았으나 그가 책을 보았다.

철이가 새집에 들지 않았으나 그가 이사하였다.

만일 S_1 과 S_2 사이에서 S_1 을 부정하면 S_2 도 부정되고 앞부분 S_1 이
허위로 되면 뒷부분 S_2 도 허위로 된다.

○ 철이가 학생이다. → 그가 중학생이었다.

철이가 학생이 아니다. → 그가 중학생도 아니었다.

여기서 S_1 을 부정하고 S_2 를 긍정한다면 변칙적으로 변한다.

○ 철이가 학생이나 그가 중학생이었다.(×)

이와 같은 변칙적인 변화는 논리적인 모순을 가져오며 의사가 통하

지 않는다.

전제와 함의의 개념은 유사한 단어의 의미해석에도 적용되면서 문장의 의미적 관계를 밝힐 수 있다.

○ 그가 아주머니다.

그가 아주머니가 아니다.

여기서 '아주머니'의 의미는 [+인간, +여성, +결혼]으로 특징지어진다. 부정에서는 전제적 특성으로 되는 [+인간, +여성]은 부정되지 않고 단정부분인 [+결혼]이 부정되어 의미소가 [−결혼]으로 된다. 이와 같이 단어의 의미를 전제와 단정으로 구분하면 단정의 부정이 전제는 부정하지 않는다는 것을 알 수 있다. 따라서 '그가 아주머니가 아니다'에서는 그가 전제로 되는 여성 일반에서 결혼하지 않은 여성임을 단정할 수 있다. 이때 [+결혼]의 의미만 부정될 뿐이다.

전제와 함의를 생성의미론의 관점에서 검토하면 문장의 의미는 전제와 단정 두 부분으로 갈라볼 수 있다. 전제는 부정문으로 부정되지 않고 의문문으로 의문의 대상이 되지 않는다. 이와 반대로 단정은 부정문으로 부정되고 의문문으로 물음의 대상이 되는 특성을 가진다. 단정은 이야기하는 사람이 이야기 듣는 사람에게 전하려고 하는 정보이다. 그러나 이러한 정보는 전제가 없이는 전달되지 않으며 정보전달에서 불가결의 요소로 되는 것이 전제이다. 문장에서 단정을 나타내는 부분은 강조의 중심이 되며 문장의 내용전달에서 알맹이로 되며 초점이 된다.

예를 들면 '꽃분이는 처녀이다'라고 할 때 이것의 전제로 되는 것은 '꽃분이가 성인이다'와 '꽃분이는 여인이다'이다. '꽃분이는 결혼하지 않았다'는 단정으로 된다. 그리고 '꽃분이는 처녀이다'는 그 전제부분과 단정부분을 포함하고 있다. 만일 '꽃분이는 처녀다'를 부정문이나 의문문으로 바꾸어 표현하면 '꽃분이는 처녀가 아니다', '꽃분이는 처녀인가?'로 되며 부정이나 의문의 대상으로 되는 것은 '꽃분이가 결혼하지 않았다' 뿐이다. 따라서 부정문으로 부정되지 않고 의문문으로 의문의 대상이 되지 않는 '꽃분이는 성인이다'와 '꽃분이는 여인이다'는 전제라는 것이 명백하다.

이에 대한 의미 구조를 구구조 표식으로 보이면 다음과 같다.

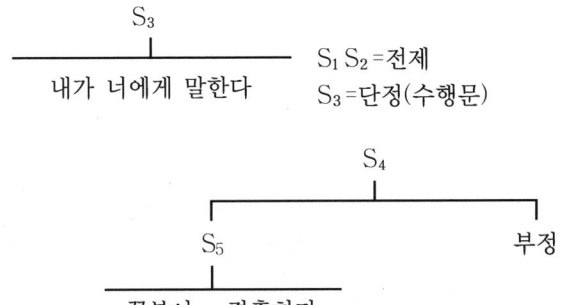

이것을 다시 종합하여 보이면 다음과 같다.

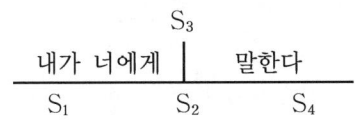

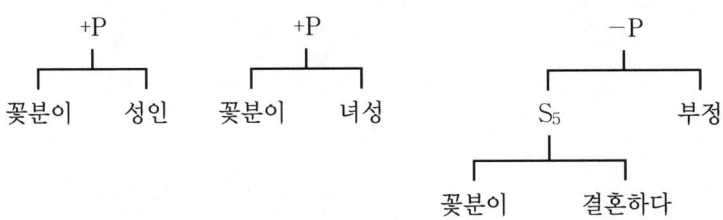

※ [+P]=전제 특성, [−P]=단정 특성

2. 전제와 초점

문장에서 단정을 나타내며 강조를 받는 부분이 초점이다.

○ 꽃분이가 을남이를 때렸다(서술).

○ 누가 을남이를 때렸는가?(물음)

전제: 을남이를 누가 χ 때렸다.

초점: χ 꽃분이다.

－ 을남이를 때린 것은 꽃분이었다.

－ <u>꽃분이</u>가 을남이를 때렸다.

－ <u>꽃분이</u>가 그를 때렸다.

－ <u>꽃분이</u>가 때렸다.

－ <u>꽃분이</u>

여기서 '누가 을남이를 때렸는가?' 물음을 받는 부분이 '꽃분이'이다. 전제로 되는 '을남'이는 대명사로 나타내거나 생략될 수도 있다. 물음을 받으면서 강조되는 초점부분 '꽃분이'는 생략될 수도 없고 대명사로 대치될 수도 없다.

바꾸어 을남이가 초점이 될 경우를 보기로 하자.

물음: 꽃분이가 때린 것은 누구 χ였는가?

전제: 꽃분이가 때린 것은 χ였다.

－ 꽃분이가 때린 것은 <u>을남이</u>었다.

－ 꽃분이가 <u>을남이</u>를 때렸다.

－ 그가 <u>을남이</u>를 때렸다.

－ <u>을남이</u>를 때렸다.

－ <u>을남이</u>

이와 같이 초점이 달라짐에 따라 대상에 대한 표현이 바뀐다.

밑줄을 친 부분은 억양의 중심이 오는 부분이며 문장에서 강조되면서 단정을 나타내는 초점이다. 초점이 아닌 부분은 대명사로 바뀌거나 생략된다고 하여도 문장의 의미에 변화가 일어나지 않는다. 전제는 문장의 단정과 대립되면서 초점이나 문장의 강조를 결정하여준다.

전제와 초점의 관계에서 나타나는 의미 구조를 보이면 다음과 같다.

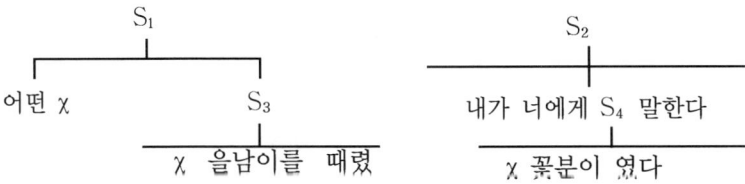

이것을 종합하면 다음과 같다.

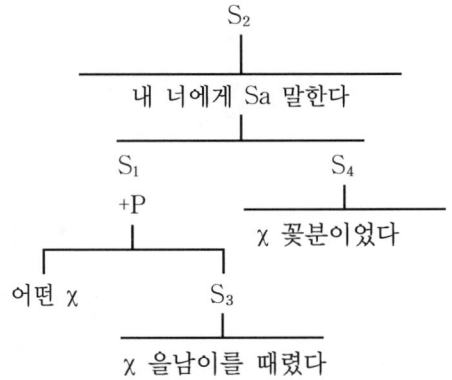

여기서 S_1은 전제, S_2는 단정, S_3의 χ는 존재 수량사(어떤 χ)에 속박된 속박변항, S_4의 χ는 S_3의 χ를 선행사로 하는 대명사다.

이야기의 질문과 응답에서 전제는 이야기하는 사람이다. 이야기 듣는 사람에게 이미 알려져 있는 정보이고 그렇지 않은 정보는 초점이다. 표명구조에서 초점은 문장에서 강조되어 나타나는 부분이거나 그것이 표시하는 의미라면 전제는 초점을 x로 숨겨놓은 문장이거나 그것이 표시하는 의미로 된다.

이야기에서는 이야기하는 사람이나 이야기 듣는 사람이 전제에 대하여 서로 인정한 기초에서 이야기 듣는 사람이 초점에 응답함으로써 이야기가 흥미 있게 벌어지고 내용이 명료하게 전달된다.

질문에 따라 초점이 이동되는 경우와 토에 의한 초점의 작용범위를 보면 다음과 같다.

○ **전제**: χ 책에 정신을 판다. **초점**: χ＝철이만

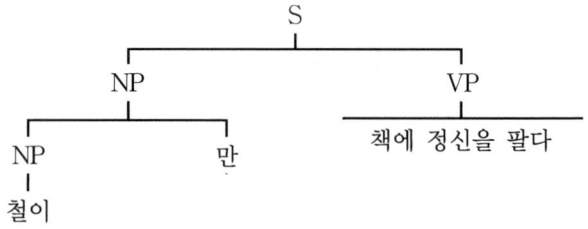

○ **전제**: 철이가 χ 정신을 판다. **초점**: χ＝책에만

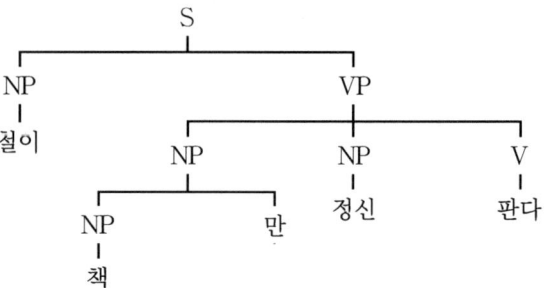

○ **전제**: 철이가 책에 x 판다. **초점**: χ＝정신만

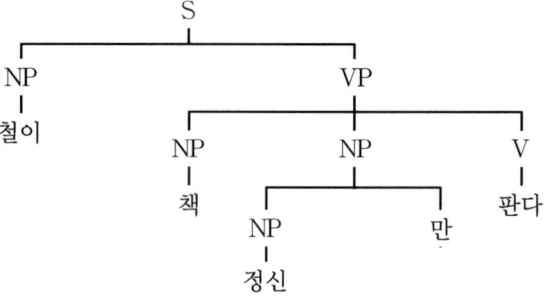

○ **전제**: 철이가 책에 정신을 χ한다. **초점**: χ＝팔기만

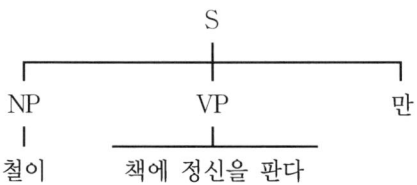

이와 같이 강조를 받는 것은 '만'의 작용범위이다. '만'은 초점을 자체의 작용범위로 하고 있다. 초점의 이동에 따라 '만'이 움직이면서 작용범위가 확대되어 제일 마지막에는 '만'이 VP와 NP 전체에 걸쳐 작용하기도 한다.

3. 선행사와 조응형

조응형은 일반적으로 대명사 또는 대동사에 의하여 표현된다. 대명사나 대동사는 선행사가 있는 조건에서 쓰이며 조응형은 선행사가 앞에 주어진 조건에서 그 뒤에 따르게 된다.

대명사가 조응형으로 흔히 쓰이게 되는 데는 그 자체의 특성과 밀접히 관련된다. 대명사는 장면이나 언어 환경에서 이야기하는 사람에 대한 그의 관계를 현실적으로 규정하는 주관적, 지시적 단어부류로서 지시적 기능을 기본 특성으로 하고 있다.

대명사가 조응형으로 쓰일 수 있는 것은 그의 지시적 기능과 갈라놓을 수 없다. 대상을 명명하지도 않으며 대상의 수량이나 순서적인 것을 나타내지도 않는다. 대명사는 고도로 추상화된 의미를 가지고 문맥이나 장면에서 구체화되며 이야기하는 사람을 기준으로 하여 가리키는 대상과의 관계의 특성을 나타낸다.

언어행위에서 선행사의 조응형으로 쓰이는 대명사에는 이야기하는 사람과 듣는 사람과의 다양한 관계적 특성에 따라 구분되는 인칭대명사와 이야기하는 사람과 가리키는 여러 가지 대상과의 관계를 나타내는 지시대명사 그리고 사람이나 사물자체를 돌이켜 가리키는 재귀대명사가 있다. 대명사에서는 의문대명사만 조응형으로 쓰이지 않는다.

대명사는 같은 지시물에 같은 대명사를 거듭 쓰는 현상을 없애기 위하여 쓰인다.

○ 철이가 자신을 안다.

○ 영철이는 그가 아주 대단하다고 여긴다.

여기서 재귀대명사 '자신'은 선행사 '철이'를 가리킨 것이고 인칭대명사 '그'는 선행사 '영철'이를 가리킨 것이다. 앞의 예문의 뜻은 '철이가 철이를 안다.', '영철이는 영철이가 아주 대단하다고 여긴다.'에서 이루어진 것이지만 실제 언어생활에서는 그렇게 말하지 않는다. 이런 말들은 언어생활에서 군더더기로 되며 부자연스러운 감이 있다.

비교:

○ 사람들이 자신을 안다.

× 사람들이 사람들을 안다.

○ 적지 않은 사람들은 그들이 아주 대단하다고 여긴다.

× 적지 않은 사람들은 적지 않은 사람들이 대단하다고 여긴다.

여기서 재귀대명사 '자신'이나 인칭대명사 '그'는 선행사와 꼭 같은 의미를 가지고 나타난 것이 아니다. 선행사가 가리키는 것은 그 부류에 속한 사람들을 말하고 재귀대명사나 인칭대명사는 그 부류에 속한 개별적인 사람들이거나 일부 사람들을 가리키기 때문에 의미적으로 다르다는 것을 알 수 있다.

'철이가 자신을 안다'의 의미 구조를 나뭇가지 모형도로 그려 보이면 다음과 같다.

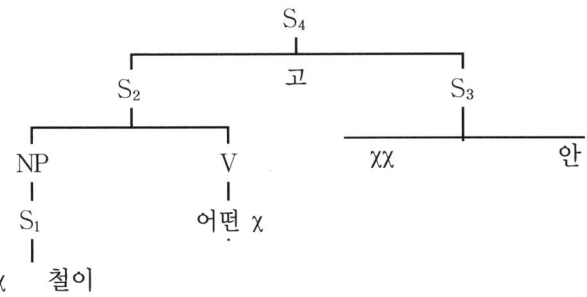

여기서 어떤 x는 S_1의 x를 변항으로 한 수량사이며 S_1을 진실로 한 x가 하나 존재한다는 뜻이다. 어떤 x의 작용범위는 S_1뿐이며 S_3의 x는 그 작용범위의 밖에 있어서 어느 수량사에도 구속되지 않는다. 또한 S_3의 x는 S_2의 어떤 x에 구속되어있는 x를 선행사로 한 대명사로 설명된다. 문장의 의미 분석은 '철이라는 한 사람이 있고 그가 자신을 안다'는 뜻이 된다.

만일 S_3이 어떤 x의 작용범위 안에 있다면 그 의미는 다를 수 있다.

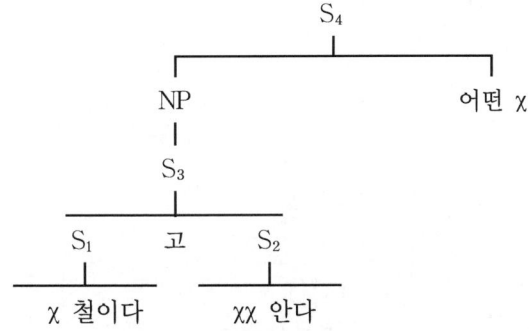

이렇게 되면 철이라는 사람이 하나 있는 외 자신을 아는 사람으로서 철이라는 사람이 하나 더 있어서 사실 철이라는 이름을 가진 사람이 둘 이상 있을 가능성을 뜻한다.

따라서 의미 구조는 다음과 같다.

○ 철이가 자신을 안다.

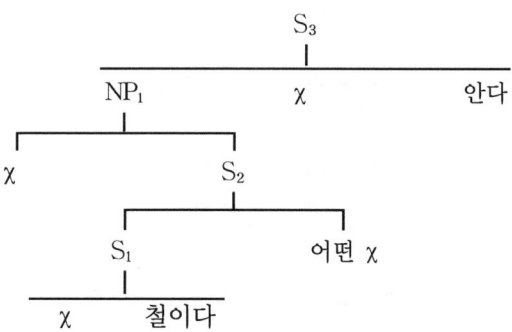

S₂의 순환에서 수량사(어떤 χ)가 아랫단위로 내려온다. S₃의 순환에서 주어 χ에 '철이'가 삽입된다. 그 다음 재귀대명사가 적용받아서 '철이가 자신을 안다'로 파생된다. NP₁ 은 '철이'로 파생된 것이다.

○ 영철이는 그가 아주 대단하다고 여긴다.

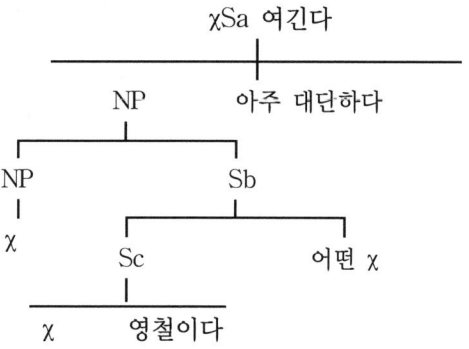

보다시피 Sb의 순환에서 수량사가 아랫단위로 내려오고 Sa의 순환에서 수식구형성의 적용을 받아 표면구조로 파생된다.

선행사와 그에 따르는 조응형이 지시물을 결정함에 있어서 초점의 역할을 홀시할 수 없다. 초점이 다름에 따라 지시물도 다를 수 있다. 대동사는 사물의 성질, 상태, 행동을 지시하는 면에서 대명사와 다를 뿐이다.

대동사가 조응형으로 쓰이는 경우를 보면 다음과 같다.

○ 꽃분이가 을남이를 나무람 한 뒤에 다시는 그가 그렇게 하려 하
　 지 않았다.

여기서 초점이 '꽃분이'에 떨어질 경우에는 조응형 '그'가 '을남이'를
가리키고 '그렇게 하다'는 문맥과 장면에 따라 '고기잡이 행동'을 가리
킬 수도 있다.

제3절 정보와 의미 구조

문장은 정보전달을 위해 존재하며 문장과 문장 사이에서 신정보와
구정보의 교체에 의하여 이야기내용이 전개된다. 구정보는 이야기하는
사람들 사이에 공통적으로 이해하고 있는 정보를 말하고 신정보는 이
야기 듣는 사람에게 주의를 일으키는 정보거나 이야기하는 사람이 특
히 강조하는 정보를 말한다. 우리는 앞에 전제와 초점에서 설명한 바
와 같이 구정보는 이야기의 전제로 되는 이미 알려진 내용이고 신정보
는 이야기의 초점으로 보충되는 새로운 내용이다.

신정보의 의미 구조에서는 주로 신정보의 분포문제를 중심으로 고찰
하려 한다.

1. 신정보와 주제

신정보와 구정보의 교체는 선행하는 문장에 포함된 정보의 일부가
후행하는 문장에 전제로서 반복되고 거기에 다시 새로운 정보를 초점
으로 해서 보태어지는 방식으로 이루어진다. 문장에서 전제로 되는 것
은 구정보이고 초점으로 되는 것은 신정보로서 이런 개념들은 이야기

듣는 사람을 중심으로 이르는 말이다. 이야기하는 사람 중심으로 보면 주제와 설명으로 갈라볼 수 있다. 주제와 설명의 대립, 구정보와 신정보의 대립은 이야기하는 사람과 이야기 듣는 사람의 어느 측에서 고찰하느냐의 문제이다.

그러면 전제와 초점, 구정보와 신정보, 주제와 설명의 호상관계를 보기로 하자.

신정보는 초점이 지적되는 곳과 일치되고 구정보는 전제와 일치된다. 그러나 주제와 설명은 이와 다르다.

○ 누가 순희의 눈을 멀게 하였는가?

― <u>배가 놈이</u> 순희의 눈을 멀게 하였다.

초점	전제
신정보	구정보
주제	설명

○ 배가 놈이 누구의 눈을 멀게 하였는가?

― 배가 놈이 <u>순희의</u> 눈을 멀게 하였다.

전제	초점	전제
구정보	신정보	구정보
주제	설명	

― <u>순희의 눈은</u> 배가 놈이 멀게 하였다.

초점	전제	전제	전제
신정보	구정보	구정보	구정보
주제		설명	

이와 같이 주제는 무엇에 대하여 말하고 있는가의 뜻이며 설명은 내세운 대상에 대하여 어떻게 말하고 있는가의 뜻이다. 구정보는 앞에서 무엇을 말하였는가의 뜻이며 신정보는 무엇을 새롭게 말하는가의 뜻이기도 하다. 구정보는 질문과 응답에서의 공통되는 부분이기도 하다.

문장의 의미 내용은 일정한 문맥에서 이야기하는 사람과 듣는 사람

사이에 다 알려져 있는 부분과 이야기하는 사람은 모르고 이야기 듣는 사람에게만 알려져 있는 부분으로 나뉘는데 이것이 구정보와 신정보로 갈라지는 부분이다. 문장은 또한 이야기할 대상을 표시하는 부분과 그 대상에 대하여 이야기하는 부분으로 나뉘는데 이것이 주제와 설명으로 갈라지는 부분이다.

주제는 표면구조의 맨 앞부분에 위치하는 부분으로서 설명부분의 일부가 주제로 나설 때에는 위치가 앞으로 이동되면서 도움토 '는'을 가지고 나타난다. 초점도 주제로 내세우는 주제화 변형을 받으면 문장의 맨 앞머리로 이동되거나 거기에 자리 잡는다.

비교:

○ 배가 놈이 순희를 눈이 멀게 하였다.

<u>순희는 배가 놈에 의하여 눈이 멀게 되었다.</u>

초점	전제
<u>신정보</u>	<u>구정보</u>
주제	설명

이때 '배가 놈은 누구의 눈을 멀게 하였는가'의 물음에 대한 응답이 되면서 순희가 강조된다. 강조되는 부분은 초점이면서 주제화되어 문장의 첫머리로 이동되었다. 초점부분은 문장에서 신정보로 표시된다. 이때 설명부분의 전체가 전제로 되며 구정보로 된다.

문장의 첫머리로 이동하는 성분은 도움토 '는'이 붙지 않아도 주제로 표현될 수 있다.

○ 장씨는 순희를 내동댕이쳤다.

○ <u>순희를</u> 장씨가 내동댕이쳤다.

여기서 주제화된 '순희'는 문장의 첫머리에 위치하면서 억양이 뚜렷하게 강조된다. 이와 같이 대격인상으로 문장의 첫머리에 나온 성분이거나 기타 여격인상으로 문장의 첫머리에 나온 성분이거나 할 것 없이 억양이 뚜렷이 강조되면 첫머리에 내세운 이런 성분은 S의 직접적인 지배를 받아 구구조의 제일 좌측에 위치한 대범주로 규정된다.

> ※ 촘스키(1965)는 이런 범주를 대범주라고 규정하였는데 사실 그것은 주
> 제화 변형으로 이루어진 것이 틀림없다.

주제화되는 성분은 물음이 어디에 떨어지는가에 따라 문법적으로 자
연스럽게 어울리는가, 어울리지 않는가 하는 문제가 제기된다.
　○ 배가가 어떻게 하였는가?
　○ 배가가 개화장으로 철용의 등을 내리쳤다.
　? 철용의 등은 배가의 개화장에 얻어맞았다.
　? 철용이는 등을 배가의 개화장에 얻어맞았다.

> ※ 문장 앞의 물음표(?)는 부자연스러운 응답문을 말힌다.

여기서 신정보가 주제로 되지 않고 구정보 '배가'가 주제로 되어야
문법적으로 자연스럽게 어울린다. 그 이유는 '배가가 어떻게 하였는가?'
의 물음에 '철용의 등'이거나 '철용'이가 주제화된다면 그 물음에 대한
답변은 아주 부자연스러운 말로 되기 때문이다.
　의문문의 주어가 초점이 될 때 응답문의 주어선택에도 일정한 관계
가 있다.
　○ 누가 개화장으로 철용이를 쳤는가?
　○ 배가가 개화장으로 철용이를 쳤다.
　? 개화장으로 배가가 철용이를 쳤다.
　? 철용이가 배가의 개화장에 맞았다.
　여기서 '배가'가 응답문의 주어로 문장의 첫머리에 놓인 것이 제일
적절한 표현이고 그 다음 '배가'가 문장의 주어로는 되지만 주제화되지
못하고 '개화장으로'가 주제화된 표현은 그처럼 적절하다고 할 수 없다.
피동문에서 '배가'의 위치에 '철용이'가 주제화되어 응답문이 이루어진
경우는 부자연스러운 감을 느끼게 한다.

2. 신정보의 분포

문장에서의 신정보의 분포문제는 여러 요소들의 제약을 받는다. 어순, 억양, 문장구조는 신정보의 분포와 밀접히 관계된다.

신정보의 분포에 따른 의미 구조를 어순과 관련시켜보면 다음과 같다. 일반적인 조건에서 명사와 동사가 있는 경우에 동사가 신정보로 된다.

○ 말이 <u>뛴다</u>.

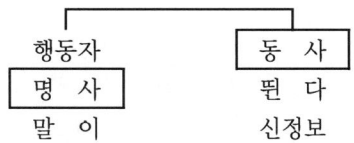

명사가 둘 이상 있는 경우에 제일 좌측에 있는 명사가 구정보이고 그 밖의 것은 신정보로 된다.

○ 분필이 <u>흑판 위에</u> <u>있다</u>.

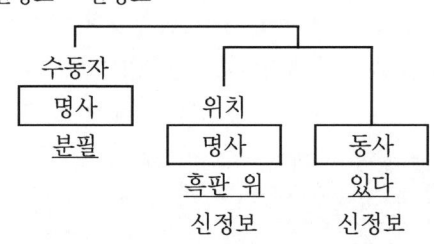

○ 농부가 밭을 간다.

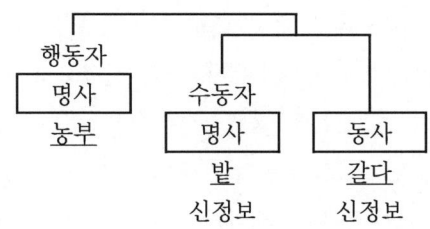

○ 어머니는 딸에게 연필을 주었다

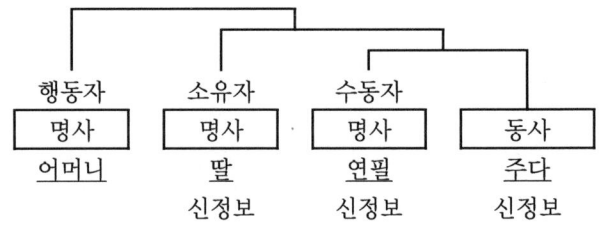

행동동사가 술어인 경우에는 수동자와 행동자를 동반하는데 이때 수동자는 신정보를 나타내고 행동자는 구정보를 나타낸다.

과정행동의 동사에 수동이 가해지면 신정보를 나타내는 성분이 바뀌게 된다.

○ 그 연필은 딸에게 주어졌다.

○ 딸은 그 연필을 받았다.

여기서 신정보는 수익자 '딸'이 나타내던 것이 수동자 '연필'로 옮겨졌다. 이와 같이 수동자와 수익자가 다 있는 경우에 그중 하나가 신정보로 규정된다. 이것은 주제화된 성분이 일반적으로 구정보를 나타내게 되는 요인과도 관계된다. 일반적인 경우에 신정보의 정상적인 분포는 문장에서 명사 하나만 제하고 그 외에는 모두 신정보로 된다.

그러나 문맥과 환경에서 의문문의 응답으로 될 때 신정보는 예외적인 분포가 있을 수 있다.

○ 무슨 일이 생겼는가?

○ 철용이가 잘못되었다.

이때 뜻밖에 발생한 모든 일에 대하여 주의를 환기시켰다. 이런 언어 환경과 응답문에서는 명사나 동사가 다 신정보로 된다. 그러나 '철용이 어떻게 되었는가?'라는 물음에 대한 답변으로는 '잘못되었다'만이 신정보로 도고 '누가 잘못되었는가'의 답변으로는 '철용이'가 신정보로 되어 초점이 움직임에 따라 강조점이 달라지고 구정보와 신정보는 위치를 바꾸게 된다.

문장에서 수량한 정사가 주어질 때 수량한 정사는 언제나 신정보를 알린다. 그러나 수량한 정사는 자립적인 의미단위로 되지 못하고 명사의 굴절단위로 보기 때문에 명사 아래에 표시한다.

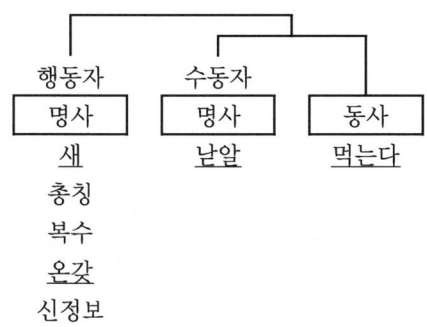

3. 정보와 성분의 생략

문장에서 중첩되는 성분을 없애고 표현을 간결하고도 명료하게 하기 위하여 성분을 생략하는 현상이 있다. 그런데 문장에서 성분을 생략하는 조건은 구정보로 되어있는가, 신정보로 되어있는가, 시점이 먼가, 가까운가에 관계된다.

생략현상은 제멋대로 이루어지는 것이 아니라 일정한 규칙의 제약을 받아 이루어진다. 문장에서 생략된 성분은 문맥과 장면을 통하여 복구할 수 있는 것이다. 문장에서 복구할 수 있는 성분들은 이미 알려져 있어 이야기할 필요가 없는 부분이다. 이런 부분은 상대편에게 이해가 되기만 하면 많이 생략할 수도 있다. 그러나 생략된 성분들이 무엇인가 명확히 알려져 있지 않는 경우에 문장성분을 생략하여 표현하면 문장의 내용을 파악하는 데 지장을 준다.

○ "너희들은 아까 이 길로 왔니?"

　"네, (그래요.)"

이때 "우리도 아까 이 길로 왔어요."를 생략하여서 한마디 대답으로 할 수도 있다. 이와 같이 성분의 생략현상에서는 이미 알려진 구정보 부분이 생략되고 이야기하는 사람에게 알려지지 않은 신정보 부분은 생략될 수 없다.

○ "언니야, 너 그럼 오늘도 산에 갔댔니?"

"오늘은 안 갔댔어, 내일부터…"

여기서 '난 산에 갈 테다'가 생략되었다. 만일 한마디의 대답으로만 끝난다면 '오늘도 산에 갔다'는 뜻으로 '응'하는 말로써 구정보 부분을 생략하여 알릴 수 있다. 그러나 물음에 대한 부정으로 '오늘'이 아니고 '내일' 산에 간다는 것은 신정보로 알리는 부분으로서 생략할 수 없다. 이런 부분을 생략한다면 순희가 알려고 꽃분이에게 묻는 말은 답변을 얻을 수 없게 된다. 신정보를 생략하면 주고받는 말에서 서로 이해를 달성할 수 없게 된다.

○ "나 내일부터 영란이랑, 금옥이랑 함께 양지산 갔다 와도 일없지?"

"양지산?…"

"그 애들이 오늘 나물 캐러 갔댔는데 꽁이 많더래. 내일부턴 따라가서 놀기도 하구 꽃도 꺾을래."

"네가?…"

"응…"

이와 같이 「꽃 파는 처녀」에서 나오는 순희와 꽃분이의 대화에서 언어 환경에 따라 생략되는 부분은 물음이거나 대답이거나 할 것 없이 이야기에 오른 내용을 서로 이해할 수 있는 대목이거나 그런 부분이었다. 이런 부분은 얼마든지 생략하여 말할 수 있다. 대화어를 이렇게 짧을수록 힘 있고 간결하고 내용을 파악하는 데 더 명료해진다.

물음과 응답문에서 초점으로 되는 신정보는 생략하지 말아야 한다. 그것을 생략하면 내용이해에 지장을 주거나 부자연스러운 말이 된다.

○ "영란이랑, 금옥이랑 양지산에 갈래?"

　　"안 갈래."

　여기서 초점이 '갈래'에 떨어질 경우에 응답문은 '안 갈래'라고만 말하고 그 외 성분은 구정보로서 모두 생략할 수 있다. 초점이 그 앞의 성분 '양지산'에 떨어질 경우에 다시 반문으로 '양지산에'라고 할 수 있다. 이때 기타 성분은 생략하여 말해도 의사 전달에 아무런 지장도 없다. 초점이 떨어진 성분의 물음에 대한 응답은 신정보로 알려져야 하므로 이 부분을 생략한다면 말이 되지 않는다.

　○ "영란이랑, 금옥이랑, 누구랑 양지산에 갈래?"

　　"영란이랑 갈래."

　여기서 강조점은 영란이다. 이때 응답문에서 그 두 사람을 다 지적할 수도 있고 그 외 또 다른 사람을 더 지적할 수도 있는데 이것은 모두 신정보로 알리는 부분으로서 생략할 수 없다. 이와 같이 초점이 떨어지는 부분의 응답문은 신정보를 알리는 바 문장에서 어느 성분을 생략하고 어느 성분을 강조하는가 하는 문제는 문장성분의 차례에서 어느 부분이 강조되는가와도 관계된다. 강조되는 부분은 성분의 차례에서 생략할 수 없으며 홀시할 수 없는 부분인 것이다.

　생략성분을 복구할 수 있다는 것은 하나의 원칙이다. 술어도 복구할 가능성이 있는 것은 생략할 수 있다. 어떤 술어는 복구할 수 있는 성분을 '이다'에 삽입하여 이루어진다고 할 수 있다.

　물음: "언제 선희랑 금강산에 갔댔는가?"

　응답: (ㄱ) 지난여름에 선희랑 금강산에 갔댔다.

　　　　(ㄴ) 지난여름에 갔댔다.

　　　　(ㄷ) 지난여름에…

　　　　(ㄹ) 지난여름이다.

　응답문에서 (ㄱ)는 복구할 수 있는 성분을 그대로 반복하여 대답한 것으로 된다. (ㄴ)는 복구할 수 있는 술어만 반복한 것이고, (ㄷ)는 복구할 수 있는 술어를 전부 생략하였다. (ㄹ)는 복구할 수 있는 성분

'선희랑 금강산에 가다'를 '이다'에 삽입하여 이루어진 것이다.

'이다'에 삽입된 생략된 부분은 구정보이고 남은 부분은 신정보로 알리는 부분으로서 의문문의 초점이다. 결과적으로 보면 응답문(ㄹ)은 사실 남은 신정보 부분과 생략된 구정보가 삽입되어 이루어진 것이다.

문장에서 복구할 수 있는 성분이라고 하여 모두 생략할 수 있다는 것은 아니다.

물음: "선희가 금강산과 묘향산에 간 것을 누구에게서 알았는가?"

응답: (ㄱ) 선희가 금강산에 간 것은 갑돌이에게서 알고 묘향산에 간 것은 갑순이에게서 알았다.

　　　　(ㄴ) 금강산에 간 것은 갑돌이에게서, 묘향산에 간 것은 갑순이에게서…

　　　　(ㄷ) ? 갑돌이에게서, 갑순이에게서…

여기서 (ㄷ)는 복구할 수 있는 성분을 생략하였다고 하지만 어디에 간 것을 누구에게서 알았다는 것이 분명하지 못하므로 분명하지 못한 부분을 생략할 수 없다.

물음: "선희가 금강산에 언제 갔는가?"

응답: (ㄱ) 금년이다.

　　　　(ㄴ) 금강산에 간 것은 금년이고 (묘향산에 간 것은 지난해이다.)

여기서 (ㄱ)는 단순한 응답문이 신정보로만 이루어진 것이다.

(ㄴ)는 대조문으로 이루어졌는데 전반부는 물음에 대한 초점으로 되고 후반부는 강조되는 부분이 아니라 하지만 역시 신정보로 알리는 부분이다. 후반부 즉 괄호 안의 부분은 물음에 대한 초점 이외의 부분으로서 이야기하는 사람이 알려고 문의한 중심 부분이 아니다. 이때 그 부분은 다 생략할 수도 있고 그대로 남겨놓을 수도 있다. 남겨놓으면 그 부분의 내용은 신정보로 되어 대조의 뜻이 분명히 드러난다.

문장들 사이에서 주제를 생략하는 현상은 시점과 밀접한 관계를 가진다. 이야기하는 사람이 x와 같은 시점으로 보는 경우에 주제를 생략하여 쓸 수 있다.

○ ① 순희는 어머니의 팔소매를 더듬어 내려가 어머니의 손목을 두
   손으로 쥐었다.

② 그리고 (순희는 $E(\chi)=1$) 어머니의 거쿨진 손을 어루만져보는
   것이었다.

③ 어머니는 측은하게 (순희를) 굽어보며 물었다.($E(y)=1>E(\chi)$)

여기서 $E(\chi)=1$로 표시된 시점은 χ가 이야기하는 사람과 시점이 같음을 나타낸다. 즉 이야기하는 사람이 χ와 같은 시점에서 x의 눈으로 본 서술이다. 이야기하는 사람 이외의 시점으로 본 서술은 $E(\chi)=0$으로 표시된다.

예문 ①과 ②는 같은 주제로서 시점은 이야기하는 사람과 같은 시점으로 $E(순희)=1$로 표시되었다. 이때 ②에서 ①과 같은 반복주제로 표시된 '순희'는 문장에서 생략성분으로 되었다. 그러나 ②와 ③의 사이에서 주제는 서로 같지 않다. 순희로부터 시점은 어머니에게로 옮겨졌으며 다시 어머니로부터 순희에게로 옮겨진다. ③에서의 시점 관계는 $E(어머니)=1>E(순희)$로 표시된다. ③에서 ②와 서로 다른 주제를 나타내어 '어머니'이 생략할 수 없는 필수적인 성분으로 된다.

이밖에 이야기하는 사람 y보다 χ의 눈으로 본 서술은 $1>E(\chi)>E(y)$로 표시한다. 같은 자격으로 이어진 문장이거나 두 문장 사이에서 이와 같은 시점관계가 주어지면 주제를 생략할 수 있다.

○ 꽃분이는 순희에게로 달려갔다.

   (순희는) 한창 울고 있었다.

이것은 y(꽃분이)의 눈으로 본 χ(순희)에 대한 서술이다. 순희에 대한 꽃분이의 직접적인 관찰이나 느낌을 보여준다는 점에서 꽃분이에 대한 서술이라고 할 수 있다. 이때 앞의 주제(꽃분이)가 대주제로서 뒤의 주제(순희)를 소주제로 표현하는 관계에 놓여있다. 이때 뒤의 주제가 생략될 수 있다.

4. 정보의 연결

한편의 글은 여러 문장들의 연결로 이루어지고 문장의 연결은 일정한 조건이 구비된 문집합으로 이루어진다. 문장이 사리에 맞는가, 맞지 않는가를 판단하는 것은 언어능력의 지배를 받는바 전편의 문장이 사리에 맞게 짜이었다면 그것을 판단하는 언어능력이 있다고 보아야 할 것이다. 문장의 정보연결은 통일지시에 의한 것, 인접성에 의한 것, 유사성에 의한 것으로 갈라 볼 수 있다.

먼저 문장의 정보연결이 통일지시에 의해 이루어진 경우를 보면 다음과 같다.

○ 철용은 경관 놈들에게 끌려가 온갖 고초를 받았다. 그는 끝내 목숨을 빼앗겼다.

○ 철용은 끝내 목숨을 빼앗겼다. 그는 경관 놈들에게 끌려가 온갖 고초를 받았었다.

× 철용은 끝내 목숨을 빼앗겼다. 그는 경관 놈들에게 끌려가 온갖 고초를 받았다.

여기서 언어능력의 작용으로 문장의 앞뒤 논리적관계가 되고 안 되는 것을 판단할 수 있다. 첫 예문의 문장을 두 번째 예문에서는 위치를 바꾸어놓고 시칭관계를 과거의 과거로 고쳐놓은 결과 논리적으로 의연히 내용연계가 될 수 있었다. 그러나 세 번째 예문에서는 두 문장의 위치를 바꾸어놓은 결과 논리적관계가 이루어질 수 없었다. 여기서 전후 문장의 연계가 되고 안 되는 요인은 문장의 위치와 관계되며 시칭과도 관계된다는 것을 알 수 있다. 두 문장 사이에 논리적 연계가 있고 없는 것은 '고초를 받은 것'과 '목숨을 빼앗긴 것' 사이에 인과관계가 언어의 외적인 요소로 작용하기 때문이다. 고초를 받으면 반드시 목숨을 잃는다고 예상하는 것은 아니지만 그런 인과관계가 인정되는 것은 언어의 외적인 지식에 속한다. 이와 같이 언어의 외적인 지식에 속한 것은 정보의 내용으로 언어에 내속된 의미를 통하여 추정하게 된다.

문장과 문장 사이의 정보연결은 선행문에 포함된 정보의 일부가 그 뒤에 이어지는 문장에 반복되는 형식으로 이루어진다. 이에 대한 것은 전제와 초점의 관계에서 보여준 바와 같이 선행문의 일부 정보가 후행 문에 나타나서 앞의 문장과 뒤의 문장의 정보연결이 보장된다. 두 문장 사이에는 동일한 정보가 부분적으로 포함되는데 부분적으로 포함되는 동일한 정보의 내용이 문장의미를 통하여 정보연결이 맺어지게 된다.

○ 진달래꽃도 피고 살구꽃, 복숭아꽃도 피었고 개똥나무꽃도 막 피
려고 한다지. 울긋불긋 얼마나 아름다운가? 그런데 그 꽃들은 다
어떻게 생겼을까? 6년 전에 순희는 언니의 손목을 잡고 매일이다
시피 양지산에 가서 놀았다. 그때 가지가지 꽃을 다 보았으나 다
섯 살 때의 일이라 어느 꽃이 어떻게 생겼던지 지금은 똑똑한 표
상으로 남아있는 것이 몇 가지 안 되었다. 다만 아직도 캄캄한
망막 속에 또렷이 남아있는 것은 올해에도 언니가 마당에 심었다
는 순희의 꽃 접중화의 소담한 꽃송이, 그해 가을서리 내린 며칠
뒤에 파란 가을하늘 높이 다시 피어났던 빨간 접중화 송이와 오
빠가 떠다 심던 철쭉꽃 나무였다.(「꽃파는 처녀」 제111페이지)

이와 같이 「꽃 파는 처녀」에서 순희가 봄이 온 양지산의 풍경을 그 려보는 장면묘사에서 문장들 사이에 꽃의 반복으로 정보의 연결을 표 시하였다. 유개념에 속하는 '꽃'을 중심으로 종개념적인 '진달래꽃', '복 숭아꽃', '개똥나무꽃', '접중화', '철쭉꽃' 등을 열거하여 씀으로써 꽃의 아름다움과 꽃에 대한 인상, 꽃에 대한 연상으로 언니에 대한 생각, 오 빠에 대한 그리움에 사무치는 순희의 심리적 묘사에까지 사건을 전개 하여갔다.

종개념과 유개념의 포함관계는 동종의 다른 대상을 표시하는 데도 효 과적으로 이용되고 있다. 그리고 동의적 표현의 방식을 취하여 같은 대 상을 전혀 다른 표현으로 바꾸어 나타내면서 정보연결을 할 수도 있다.

○ 어머니로서는 가만히 앉아있자 해도 이놈(변장국)이 틀림없이 원
남의 일을 물을 터이니 미리 입을 틀어막자는 생각이었다. 일부
러 찾아가서 말한다는 것은 도리어 수상하게 보이겠지만 이렇게
만난 기회에 다시 입을 벌리지 못하게 오금을 박아두는 것이 앞
으로 자신의 활동을 위해서도 좋을 듯하였다.(「피바다」 제384페
이지)

여기서 '말하다'와 '입을 벌리다.', '입을 틀어막다.'와 '오금을 박다.'는
동의적 표현으로 될 수 있다. 동의적 표현에 의하여 구정보는 정보전
달의 전제가 되고 신정보는 새로운 내용을 보충해주는 초점으로 되면
서 이야기가 전개된다.

의미와 정보의 차이를 보면 언어적 의미는 언어로 전달되는 정보를
규정하기 위한 하나의 실마리로 되고 정보는 언어를 통하여 파악되는
언어 외에 속하는 것이 된다.

정보의 동일성은 의미의 동일성보다 언어로 나타낸 지시의 동일성을
더 중히 여긴다. 언어에는 이러한 지시의 동일성을 '이, 그, 저' 등 지시
어로써 표시한다.

이에 대한 예를 김경석 시 「가랑비 내리는 유월이 오면」에서 살펴보
면 이 시는 모두 52개절, 두 행으로 한절을 이룬 주은래 총리를 가송
한 송가이다. 여기에 지시대명사 '이, 그, 저, 내, 당신, 우리' 등이 도합
45곳에 쓰이었다. 행과 행, 절과 절 사이에 쓰인 곳이 22개, 행과 행
사이에 쓰인 곳이 23개이다.

이에 대한 통계숫자를 보이면 다음과 같다.

이	그	저	내	당신	우리
7	11	2	4	11	10

대표적으로 쓰인 예를 구체 시구에서 들어 보이면 다음과 같다.

해마다 푸른 벼 자라는 계절
가랑비 내리는 유월이 오면

이 마음 언제나 그립습니다
아, 만민이 경애하는 주 총리시여!

올해도 주단 펼친 저 논벌너머로
백양나무 줄져선 신작로를 보노라면

정녕 당신께서 차에서 내리시어
마을길로 웃으시며 걸어오시는 듯

손 저어 반기시던 거룩한 그 모습
눈앞에 선히 안겨옵니다

평생을 두고 내 어이 잊으리까
당신을 만나 뵌 그날의 행복을!
…

내 어찌 감격의 마음 걷잡을 수 있었으리까
그 언제나 검박하신 총리의 곁에서 -
…

아, 경애하는 주 총리시여!
당신께서 어찌 우리 곁을 떠나셨다 하리까!

당신께선 지금 변강의 푸른 논벌 바라보시며
우리의 미래를 그려보고 계십니다

당신께선 지금 우리 조선족사원들 집에서
함께 웃으시며 이야기하고 계십니다

당신께선 지금 우리 조선족사원들에게
농업의 현대화를 당부하고 계십니다

당신께서 평생을 두고 품어온 숭고한 뜻
이 나라 만리 강산에 꽃피고야 말리다!…

해마다 푸른 벼 자라는 계절
가랑비 내리는 유월이 오면

이 마음 언제나 그립습니다.
아, 만민의 경애하는 주 총리시여!

정보의 연결에서 기본적인 요인으로 작용하는 것은 지시의 동일성이다. 그러나 기타 요인도 정보 연결에서 적지 않게 작용하고 있다.

정보는 인접성에 의해서도 연결된다.

○ 최근 근 열흘 동안 삐라 한 장 나들지 않는 지나치게 조용한 분위기가 오히려 수상하다고 불안을 느끼는 자들도 아닌게 아니라 있었다. 호소가와 같은 자는 그것이 마치 자기네 수비대가 특별히 치안단속을 잘하고 경비에 만전을 기한 결과에 공산당이 어쩔 수 없이 움츠러든 것이라고 생각하였지만 광산일대에 배치된 헌병분견대의 책임자인 딱부리군조 시마끼나 경찰서장 같은 놈들은 이게 무슨 일이 터질 징조라고 은근히 감시의 눈초리를 돌리고 있었다.(「피바다」 제457페이지)

「피바다」의 이 장면은 '조용한 분위기'를 먼저 서술했고 이런 분위기가 조성된 현실에 대한 같지 않은 평가적 입장을 서술하였다.

호소가와 같은 자는 '수비대가 치안단속을 잘하고 경비를 잘한 탓'이라고 보고 헌병분견대의 시마끼나 경찰서장 같은 자들은 '무슨 일이 터질 징조'라고 보고 있는 장면을 서술하였다. 이런 서술들은 인과관계에 의한 논리적 인접성으로 정보가 연결된 것이며 사건이 전개되어 나간 것이다.

이것을 도식으로 표시하면 다음과 같다.

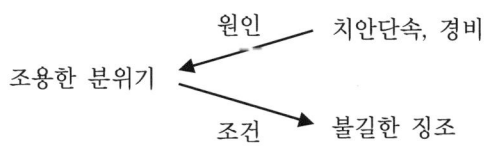

공간적 인접성에 의해서도 정보가 연결되기도 한다.

○ 가겟방에 잇달린 살림방 정지바닥에 커다란 나무 물드무로 가리어놓은 지하실의 입구가 있었다. 거기서 바닥까지는 엇비듬히 뚫린 좁고 캄캄한 굴을 한길 폭이나 내려가야 하는데 흙벽이 그대로 드러나는 두간 폭이나 되는 움의 저쪽 구석에도 또 그러한 맞굴이 뚫리어 비상시에 그리로 빠지면 옆집의 굴뚝 밑으로 통하게 되어있다.(「피바다」 제617페이지)

「피바다」에서 나오는 지하실에 대한 묘사는 공간적 인접성에 의한 정보연결로 되어있다.

지하실의 위치나 통로: 가겟방-살림방-정지바닥-옆집의 굴뚝 밑
지하실의 공간적 묘사: 입구-바닥-흙벽-움-맞굴
깊이: 한길 폭
너비: 두간 폭

이와 같이 공간적 인접성에 의한 정보연결로 하여 이 글을 보면 사람들의 눈앞에는 지하실에 대한 표상이 보는 듯이 안겨온다.

이밖에 시간적 인접성으로 정보연결이 되어있는 것도 있다. 어떤 사

실에 대한 역사적인 서술, 시간의 흐름에 따라 벌어진 사실에 대한 진술은 시간적 인접성으로 이루어질 수 있다.

정보의 연결은 언어 외의 대상으로 파악되는 유사성에 의해서도 이루어진다. 여기에는 서로 비슷하거나 그 대상과 연관되는 다른 대상에 대한 연상으로 정보연결이 보장된다.

○ 을남이는 개강식을 소박하지만 이렇듯 매우 장엄하게 벌려놓았다. 어머니는 입가에 미소를 머금은 채 아들의 만만찮은 잡도리에 끌려들어갔다.
"을남아, 어머니가 공부한다는 걸 형과 누나한테는 이야기하지 말아라."
"왜요? 형하고 누나가 알면 무척 좋아할 텐데요…"

('피바다」 제265페이지)

여기서 문장 사이에 나타난 동의적 표현이 없다고 하지만 어머니, 아들, 형, 누나 등 인물의 등장으로 하여 거기에 따르는 여러 가지 관계가 설정된다.

친척관계는 시점이 다름에 따라 위치가 바뀐다.
을남이의 시점: 어머니, 누나, 형
어머니의 시점: 아들, 딸
꽃분이의 시점: 어머니, 오빠, 동생
이 관계를 도식으로 표시하면 다음과 같다.

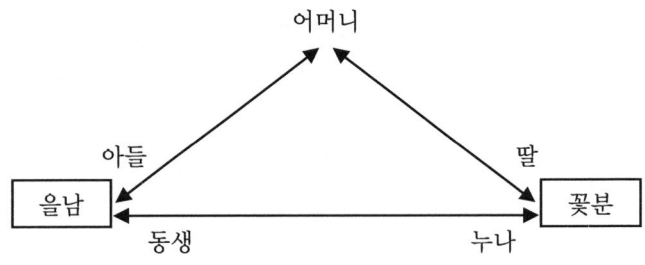

시점에 따라 연상관계도 이와 같이 이루어진다. 이야기 듣는 사람은 자기 시점에 따라 달라진 명칭에 대하여 심리학적인 연상이 떠오르며 언어학적 지식을 적용하게 된다.

정보연결에서 홀시할 수 없이 주요한 자리를 차지하는 것은 추론이라고 할 수 있다. 추론은 추리와는 다르다. 추리는 논리학적 개념으로서 여러 개의 판단들 사이의 논리적 관계에 기초하여 새로운 판단을 끌어내는 사유형식이지만 추론은 의미론의 관점에서 이야기 듣는 사람이나 문장을 읽는 독자들이 듣거나 읽을 경우에 끊임없이 사유를 하게 되는데 이미 얻은 정보에 근거하여 새롭게 나타날 정보에 대하여 예측하게 되는 것을 말한다. 추론은 두 방향으로 작용한다. 하나는 표현이 나타나는 차례마다 거기에 포함되는 정보를 이미 얻어진 정보와 연계짓는 방향이며 다른 하나는 이미 얻은 정보로써 이후에 나타날 정보를 예측하는 방향이다. 전자는 신정보를 구정보에 연계시키고 후자는 구정보를 신정보에 연계시켜 예 측과 일치한 정보가 되었는가를 본다. 문장의 내용을 잘 이해하였다면 정보연결이 잘 되어 있다는 것을 말한다. 문장이 잘되고 못된 것은 이러한 정보연결이 잘되어 있는가 하는 문제이다. 추론과정이 너무 복잡하여 그 문장을 이해하기 어렵거나 전혀 이해할 수 없는 경우에 맞다들게 되면 문장의 내용이 혼란됨을 의미한다.

시적문장에서는 해석과정에서 종종 예측되는 정보와 전혀 다른 것이 후속되는 경우를 볼 수 있다. 이것은 시에서 일부러 공간을 크게 두어 독자들로 하여금 그 공간을 맛보게 하는 과정에서 시적기교를 파악하고 내용의 심오성을 이해하게 하는 특성을 가지고 있기 때문이다.

예를 들어 조기천의 시 「흰 바위에 앉아서」를 보기로 하자.

흰 바위에 앉아서
나는 개울물과 이야기하노라
바위에 바위돌에 돌을 지나

구름인양 나리는 개울물
딩굴어 달리며 쫓으며
무삼 이야기 그리도 기쁘뇨?

골짜기를 지나 바위를 뚫고
이곳까지 밤낮 달리였노라
어려운 앞길이 천리 또 천리
그래도 어느 때나 웃어 떠들며
한갓 믿음으로 깊이 흐르겠노라

맑은 물줄기여
나도 너처럼 씩씩하리라
또 싸움의 길에 낭떠러지가 있으면
떨어져서 천야만야 창창 떨어져서
산산이 부서져야 된다면
내 서슴없이 뛰어들리라

어느 때나 인민을 위해
너처럼 내 살리라
맑게
쟁쟁하게
줄기차게

여기서 시인의 사유를 더듬어보면 추론과정이 명석하게 잘되어 있음
을 알 수 있다.

1연에서 흰 바위에 앉아서 흐르는 개울물과 이야기하는 시인, 2연에
서 어려운 고비를 지나고 앞길이 험난해도 웃으며 믿음으로 깊어진다
는 것, 3연에서 나도 맑은 물줄기처럼 싸움의 길에 서슴없이 뛰어들리
라는 결심, 4연에서 인민을 위해 개울물처럼 깨끗하고 뛰어나게, 굳세
게 살리라는 토로로 되어있다.

추론과정:

① 개울물의 맑고 깨끗한 특성으로부터 시인의 고결한 품성에로의 전이
② 바위를 뚫고 험난한 길을 헤가르며 지나면서도 낙천적이라는 개울물의 특성으로부터 어려운 시련을 이겨나가는 시인의 낙관주의적 태도에로의 전이.
③ 낭떠러지에서도 서슴없이 떨어져 부서지는 개울물의 특성으로부터 싸움에 두려움 없이 씩씩하게 뛰어드는 자기희생적인 용감무쌍한 정신에로의 전이.

이러한 추론과정은 합리적이며 시의 비약에 큰 공간을 두어 공감을 불러일으키게 함으로써 미적향수를 맛보게 한다.

제4절 시점과 문장의 의미 구조

시점은 문장에서 등장인물의 어느 입장에 서서 그 인물이 눈으로 보고 느끼는 것을 표현한다. 이런 현상은 등장인물에 대한 이야기하는 사람의 감정적인 또는 이야기하는 사람이 등장인물과 시점이 같은 자기 동일시(自己同一視)를 말한다.

시점은 공감도의 개념으로 규정된다. 공감도는 문장에서 지시대상 x에 대한 이야기하는 사람의 자기 동일시를 말한다.

※ 구노 또는 가부라끼에 의하면 공감도는 객관적묘사인 경우의 값이 0이고 완전한 동일시인 경우의 값이 1인 것의 연속체다.

시점은 공감도의 공식으로 표시하면 다음과 같다.

등식 : $E(\chi) = E(y)$

(순희가 꽃분이를 존경한다.)

부등식: $E(\chi) > E(y)$

　　　　(순희가 그의 언니를 존경한다.)

이것은 이야기하는 사람 x에 대한 시점으로 규정한 공식이다.

1. 시점층계

공감도는 시점층계에 따라서 달라진다. '순희가 꽃분이를 존경한다. [$E(순희)=E(꽃분이)$]'에는 시점이 아직 순희나 꽃분이에게로 치우치지 않고 있다. 그러나 '순희가 그의 언니를 존경한다. [$E(순희) > E(언니(순희))$]'에서 꽃분이를 가리키는 '순희의 언니'에서는 순희를 중심으로 하여 시점이 순희에 치우친 표현이 된다. 이리하여 순희 쪽이 공감도가 커지고 언니 쪽이 공감도가 적어진다.

이와 같이 대칭사의 시점층계는 대칭사 χ와 그 χ에 의존하는 다른 대칭사 $f(\chi)$가 있을 경우 시점은 언제나 χ를 중심으로 한 χ에 치우친 표현으로 되며 χ에 대한 $f(\chi)$와의 공감도는 $E(\chi) > E(f(\chi))$로 표시된다.

　○ 을남이는 어머니에게 어머님의 적수가 만만치 않음에 대하여 이야기하였다.

　　$E(을남) > E(을남의 어머니)$

　　$E(을남의 어머니) > E(을남 어머니의 적수)$

이 공식을 다시 하나로 묶으면 다음과 같다.

　　$E(을남) > E(을남의 어머니) > E(을남 어머니의 적수)$

시점층계에서 이야기하는 사람은 언제나 자신의 시점을 가지게 된다는 것과 자신보다 남에 치우친 시점을 가질 수 없다는 것이다. 이것은 이야기하는 사람 당사자의 시점층계로 설명된다.

　○ 내가 선생님에게 책을 가져갔다.

　　$1 = E[나(1인칭)] > [선생님(2, 3인칭)]$

　　$E(주격) > E(여격)$

시점에서는 일관성이 있어야 한다. 만일 E(순희)＞E(꽃분)＞E(순희)에서와 같이 시점의 일관성이 보장되지 않는다면 논리적 모순을 가져오게 되므로 이 면에 주의를 돌려야 한다.

논리적 내용이 같은 문장이라도 시점의 차이가 있을 수 있다.

○ 어머니는 다리 위에서 변장국을 만났다. [E(어머니)＞E(변장국)]

　변장국은 다리 위에서 어머니를 만났다. [E(변장국)＞E(어머니)]

여기서 첫 예문은 시점이 어머니에게 치우친 표현이고 두 번째 예문은 시점이 변장국에 치우친 표현으로서 시점에서의 차이가 있을 뿐 논리적 내용에서는 아무런 차이도 없다. 그러나 이야기하는 사람 당사자의 시점층계에서는 이야기하는 사람 자신보다 남에 치우친 설명으로 되는 경우에는 부자연스러운 감을 느낀다.

○ 나는 고향집에서 어머니와 만났다.

× 어머니는 고향집에서 나와 만났다.

시점층계는 E(나)＞E(어머니)로 표현되는 것이 E(어머니)＞E(나)로 표현되는 것보다 훨씬 자연스러운 감을 준다. 이것은 '만나다', '겨루다', '부딪다', '의논하다' 등 호상동사가 가지는 시점의 성격과 이야기하는 당사자의 시점층계와의 상관관계에 의하여 결정된다. 즉 이야기하는 사람 자신이 등장인물(1인칭)이 되는 경우에 일반적으로 이야기하는 사람은 주어에 치우친 시점을 가지는 것이 가장 합리적이고 보어에 치우친 경우에는 벌써 어색한 표현으로 된다.

2. 시점제약

시점은 경험주체와도 밀접한 관계가 있다. '그립다', '귀엽다' 등 이야기하는 사람의 감정을 나타내는 주관표현은 시점과 관계된다.

○ 순희는 꽃분이에게 그리운 오빠에 대한 이야기를 했다.

이때 '그리운'의 경험주체는 순희와 꽃분이다. 그러나 경험주체로 될 수 있는 대상 가운데 어느 것이 구체적으로 알려져 있지 않은 인물인 경우는 '그리운'의 경험주체로 될 수 없다.

○ 순희는 누구에게 그리운 오빠에 대한 이야기를 하였다.

　누군가 순희에게 그리운 오빠에 대한 이야기를 했다.

여기서 '누구'는 어느 위치에서나 구체적으로 알려져 있지 않은 인물로서 '그리운'의 경험주체로 될 수 없다. 이것은 이미 등장한 인물에 시점을 접근시키는 것이 새로 등장한 인물에 시점을 접근시키는 것보다 쉽다는 것을 말해준다.

경험주체가 이야기하는 사람의 당사자로 될 때 시점층계와의 관계를 보면 다음과 같다.

○ 나는 선희에게 귀여운 손녀에 대한 이야기를 했다.

○ 선희는 나에게 귀여운 손녀에 대한 이야기를 했다.

여기서 이야기 당사자(1인칭)가 이야기 듣는 사람(2인칭)에게 이야기할 경우 첫 번째 예에 이야기 듣는 사람은 '귀여운'의 경험주체로 되지 않는다. 그러나 이야기하는 사람이 2인칭으로 되어있고 이야기 듣는 사람이 1인칭인 경우(두번째 예)에는 이야기에 오른 대상이 다 '귀여운'의 경험주체로 될 수 있다. 주관표현은 이야기하는 사람이 그 감정의 경험주체에 치우친 시점을 가진 경우에만 쓰인다.

시점은 재귀대명사의 지시대상과도 관련된다. 문장에서의 표면주어는 흔히 재귀대명사의 선행사로 되며 재귀대명사의 지시대상이자 시점에 치우친 표현으로 된다.

○ 꽃분이는 순희에게 자기가 하던 일을 시키려 하지 않았다.

○ 순희는 거리사람들에게 자기가 어려서 즐겨 부르던 노래를 불러 주었다.

여기서 '꽃분이'와 '순희'는 표면주어로서 재귀대명사의 지시대상이

된다.

때로는 재귀대명사 '자기'가 주문주어를 지시대상으로 하거나 보충문의 주어를 지시대상으로 할 수도 있다.

○ 선희는 영돌이 에게 자기의 방에 있으라고 하였다.

　선희는 [영돌이가 자기의 방에 있으라]고 하였다.(보충문 구조)

여기서 재귀대명사 '자기'가 주문주어와 보충문의 주어를 지시대상으로 하여 공존되기도 한다.

시점은 술어에 따라 이야기하는 사람이 가지는 시점층계가 정해진다. 술어 '가다', '오다' 등이 시점제약을 받는 경우를 보면 다음과 같다.

○ 내가 친구에게 소설책을 가져갔다.

× 내가 친구에게 소설책을 가져왔다.

여기서 첫 예문은 논리적으로 성립되나 두 번째 예문은 논리적으로 모순 된다. 그것은 술어 '가다'와 '오다'가 요구하는 시점층계가 따로 정해져있다는 것을 말해주며 논리적으로 성립되지 않는 말은 술어와 시점의 호상관계에서 모순 되는 점이 있다는 것을 보여준다. '내가 친구에게 소설책을 가져왔다'라는 말이 논리적으로 성립될 수 없는 것은 술어 '가져왔다'가 여격에 치우친 시점을 요구하는데 여기에서는 1인칭 '나'가 주격에 치우친 표현으로 되어있기 때문에 E(친구)>E(나)와 같은 표현은 이야기 당사자의 시점층계에 어긋난다. 바른 표현은 '친구가 나에게 소설책을 가져왔다'로 표현되어야 한다. 이렇게 되면 E(나)>E(친구)로 표현되어 1인칭 '나'가 여격에 치우친 표현으로 된다.

시점제약이 인용구 보충문으로 해석될 경우에는 논리적으로 모순 되는 말도 자연스럽게 어울리는 경우가 있다.

○ 그 친구는 [내가 그에게 소설책을 가져왔다]고 기뻐하였다.

이와 같이 시점은 술어에 따라 이야기하는 사람이 가져야 할 시점층계가 따로 정해져 있다는 것과 술어는 시점제약을 받는다는 것, 허용되는 시점제약은 인용구 보충문으로 해석된다는 것을 알 수 있다.

시점은 공감도를 표시하며 인칭관계를 규정하기도 한다. 시점은 시간, 지시, 양태 등에 걸쳐 널리 작용하며 모든 언어행위는 시점에서 이루어진다. 기여 동사, 호상동사 등은 각기 다른 시점층계를 갖고 있으며 시점제약을 받는다. 그리고 이야기하는 사람의 시점은 흔히 주어에 치우치는 경우가 많으며 재귀대명사는 표면주어로 해석되는 경우가 많다.

제6장 문장의 의미의 표현

문장의 의미는 구조조 규칙에 따라 생성되는 내면구조로써 뚜렷이 형식화되고 의미는 표면구조의 음성구조로 바꾸어야 전달된다고 설명된다. 문장의 의미의 표현에서는 내면구조를 표면구조로 파생시키는 과정과 그 변형규칙들을 주로 보기로 한다.

제1절 변형규칙

생성문법에 의하면 가장 간단한 문법은 구구조 규칙과 변형규칙으로 이루어져 있다는 것이다. 여기서 전자는 연결체들의 제한 모임을 직접 생성해내고 후자는 한 언어의 다른 가능한 문장들을 생성해내기 위하여 이런 연결체들에 이동, 치환, 삭제, 첨가작용을 수행한다는 것이다. 이와 같이 문장의 전반적 구조를 변형규칙으로 처리하게 되면 훨씬 간단해진다는 것이다.

변형규칙은 구구조를 어떻게 변경시키는가에 따라 첨가 또는 대입, 삭제, 이동 또는 치환 등으로 갈라보기로 한다.

1. 첨가변형

첨가변형은 일정한 구구조의 새로운 언어표현을 도입하는 변형규칙이다. 여기서 첨가되는 언어표현은 일반적으로 그 구구조의 의미에 영향이 없도록 되어있다.

첨가변형공식: X−Y−Z⟹X−Y−R−Z

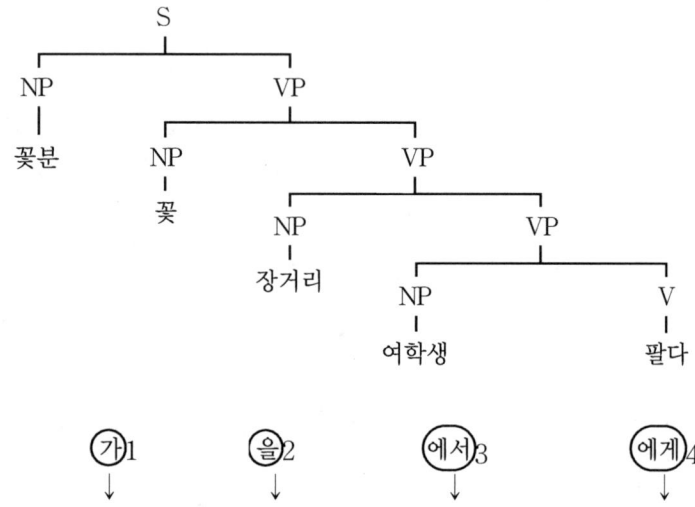

[S[NP 꽃분이][VP[NP 꽃][VP[NP 장거리][VP[NP 여학생][V 팔다]VP]VP]VP]S

술어 '팔다'에 해당한 격의 표시는 다음과 같다.
팔다+[_____(A)O(L)(G)]

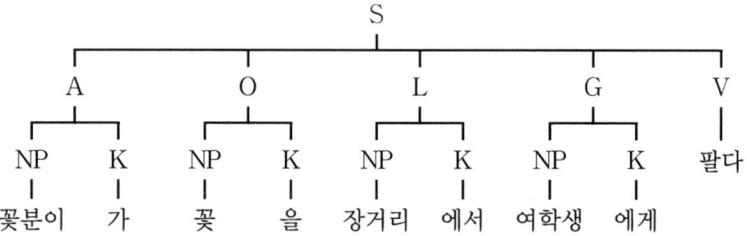

① 팔다+[+A+O+L+G]
② 팔다+[+O+L+G]

③ 팔다+[+O+L]

④ 팔다+[+O+G]

⑤ 팔다+[+O]

※ 여기서 O는 필수적 성분으로서 대상격을 표시한 것이다. 기타 A, L,
   G는 괄호( )안에 넣어서 해당한 격을 표시한다.

이와 같이 첨가변형은 구구조에 격토 '-가', '-을', '-에서', '-에게'
를 새롭게 언어표현으로 도입한다. '-가'가 첨가되는 것은 주어표식첨
가규칙의 작용에 의하여 이루어진 것이다. '-가'는 S에 직접 지배되는
NP '꽃분이'에 대해서만 첨가하는 규칙으로서 '-가'가 첨가되는가, '-
이'가 첨가되는가 하는 문제는 음운규칙에 의해 결정된다.

'-을'이 첨가되는 것은 보어표식첨가규칙의 작용에 의하여 이루어진
것이다. '-을'은 VP에 의해 직접 지배되는 첫째 NP '꽃'에 대해서만
첨가하는 규칙으로서 '-을'을 첨가하는가, '-를'을 첨가하는가 하는 문
제는 음운규칙에 의해 결정된다.

'-에서'가 첨가되는 것은 장소격 표식첨가규칙에 의해 이루어진 것
이다. '-에서'는 VP에 의해 직접 지배되는 둘째 NP '장거리'에만 첨가
하는 규칙이다.

'-에게'가 첨가되는 것은 여격표식첨가규칙에 의해 이루어진 것이
다. '-에게'는 VP에 의해 직접 지배되는 셋째 NP '여학생'에만 첨가하
는 규칙으로서 NP의 내속특성이 '+생명체'에 한해서만 '-에게'가 선
택되고 '-생명체'에 한해서는 '-에'가 선택된다.

2. 삭제변형

삭제변형은 같은 표현의 되풀이를 없애기 위하여 불필요한 중복부분
을 없애버리는 변형규칙이다. 삭제되는 언어표현은 일반적으로 그 구

구조의 의미에 영향이 없다.

삭제변형공식: X－Y－Z⇒X－∅－Z

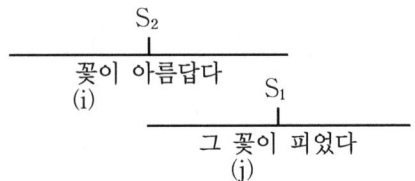

[S₂[S₁ 꽃이 아름답다] 그 꽃이 피었다]S₂(i＝j)

○ 아름다운 꽃이 피었다.

여기서 보충문의 주어 '꽃'과 주문주어 '꽃'이 동일체언구로 표현되어 불필요한 중복부분을 없애기 위하여 삭제변형이 적용된다.

주문의 주어와 보충문의 주어가 동일체 언구삭제변형을 하는 경우를 더 들면 다음과 같다.

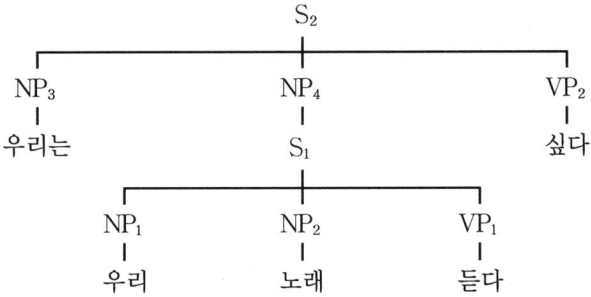

[S₂ [NP₃ 우리][S₁ [NP₁ 우리][NP₂ 노래][VP₁ 듣다]S₁][VP₂ 싶다]S₂]

여기서 주문주어 NP₃'우리'와 보충문의 주어 NP₁'우리'가 동일체 언구(NP₃＝NP₁)로 이루어져 삭제변형규칙의 적용을 받아 '우리는 노래를 듣고 싶다'라는 문장이 파생되었다.

이와 같이 동일체 언구는 주문의 NP와 보충문의 주어 사이에 동일성이 성립될 경우에만 적용되는 것이 특징적이다. 이러한 동일성의 기초가 없다면 동일체언구삭제변형규칙이 적용될 수 없다. 예를 들면 '우리는 자식이 대학에 가기를 바란다'에서 '우리'와 '자식'은 동일체언구가 아니므로 삭제변형규칙이 적용되지 않으나 '우리는 자신이 대학에 가기를 바란다'에서는 재귀대명사 '자신'은 주문주어 '우리'를 가리키므로 주문주어와 보충문의 주어 사이에 동일성이 보장되면서 동일체언구삭제변형규칙이 적용된다.

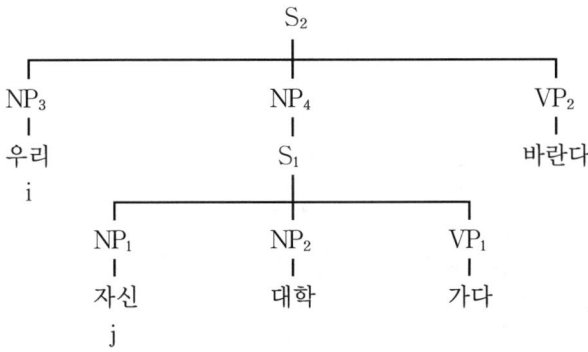

$$[S_2 [NP_3 \text{우리}][S_1 [NP_1 \text{자신}][NP_2 \text{대학}][VP_1 \text{가다}]S_1][VP_2 \text{바란다}]S_2]$$

만일 NP_1 가 '자식'일 경우라면 $i \neq j$로 되어 동일체언구가 아니다. 그러나 NP_1 가 재귀대명사 '자기'일 경우에는 $i = j$로서 주문주어와 보충문의 주어가 같게 되어 동일체언구삭제변형규칙이 적용된다.

용언구에 보충문이 삽입되는 경우에도 삭제변형이 적용한다.

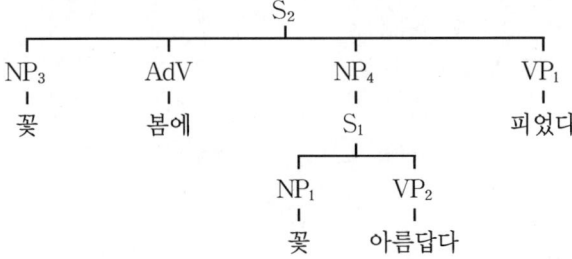

삭제조건: $NP_3 = NP_1$

삭제변형에 의해 파생된 문장은 다음과 같다.

○ 꽃이 봄에 아름답게 피었다.

여기서 주문 S_2의 주어와 용언구 보충문의 주어 S_1이 동일구로 되어 S_1은 동일체언구의 삭제규칙에 의해 삭제된다.

동일체언구삭제에서 체언구의 동일성이 보장되지 않으면 동일체언구삭제규칙이 적용될 수 없다.

○ 을남이가 날이 새도록 어머니에게 글을 가르쳤다.$(i \neq j)$

    어머니는 자식이 잘되기를 바랐다.$(i \neq j)$

이때 '을남'이와 '날', '어머니'와 '자식'은 동일체언구로 이루어진 것이 아니므로 동일체언구삭제규칙이 적용되지 않는다.

3. 이동변형

이동변형은 성분의 위치이동으로 하여 구구조에 일정한 변화를 가져오게 하는 변형구조이다. 변동되는 절점은 그 구조의 의미에 어느 정도 영향을 주는 경우도 있다.

이동변형공식: $X-Y-Z \Rightarrow X-Z-Y$

예를 들어 '꽃분이가 꽃을 여학생에게 팔았다.'의 이동변형을 보기로 하자. 여격인상규칙을 적용하면 다음과 같다.

○ 꽃분이가 여학생에게 꽃을 팔았다.

[S[NP$_3$ 꽃분][NP$_4$ 여학생][VP$_2$ [NP$_2$ 꽃][VP$_1$ [NP$_1$ t][V 팔다]VP$_1$]
VP$_2$]S(여격인상변형)

이것은 구구조로써 이동한 위치를 표시하여 보이면 다음과 같다.

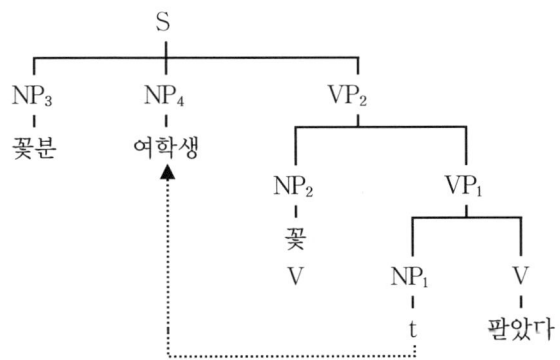

이것을 다시 주제화 변형으로 바꾸면 다음과 같다.

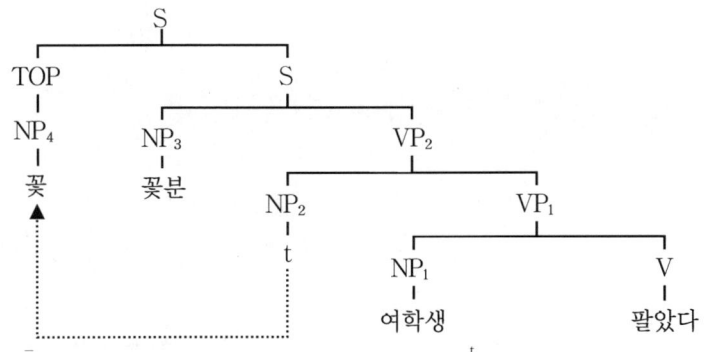

[S[TOP[NP₄ 꽃]TOP[S[NP₃ 꽃분][VP₂[NP₂   ][VP₁ [NP₁ 여학생]

[V팔았다]VP₁]VP₂]S]S(주제화변형)

○ 꽃은 꽃분이가 여학생에게 팔았다.(주제화표식첨가규칙)

이상의 변형에서 여격인상규칙의 적용을 받아 '여학생'은 VP₁ 의 지배를 받던 NP₁ 의 자리에서 S의 지배를 받는 NP₄ 의 자리에 옮겨졌다. 주제변형에 의해 '꽃'은 VP₂ 의 지배를 받던 NP₂ 의 자리에서 S의 지배를 받는 NP₄ 의 위치에로 옮겨졌다. 이리하여 '꽃'은 VP₂ 의 지배범위를 벗어나서 S와 나란히 S의 지배를 받게 됨으로써 절점의 이동은 구구조면에서의 변동을 동시에 가져오게 되었다. 이런 변형들은 표식첨가변형이 아울러 진행되므로 이동변형과 표식첨가의 합성이라고 할 수도 있다.

피동화나 사동화 규칙도 이동변형의 작용에 의하여 이루어진다. 예를 들면 '어머니가 아이를 업다'의 이동변형으로 피동화 규칙이 작용하는 것을 보이면 다음과 같다.

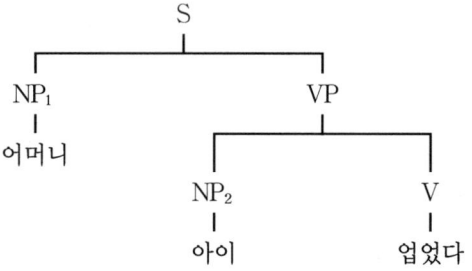

[S[NP₁ 어머니]][[VP[NP₂ 아이][V 업었다]VP]S

○ 어머니가 아이를 업었다.

이것을 피동화 규칙에 의하여 이동변형이 이루어진 경우를 보이면 다음과 같다.

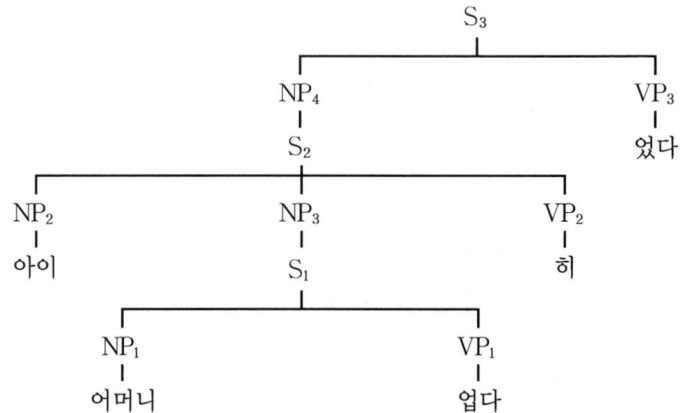

[S₃[S₂[NP₂ 아이][S₁[NP₁ 어머니][VP₁ 업다]S₁]VP₂ 히]S₂]VP₃ 었다]S₃(피동화 이동변형)

○ 아이가 어머니에게 업히었다.(표식첨가변형)

이것을 다시 사동화 이동변형으로 바꾸면 다음과 같다.

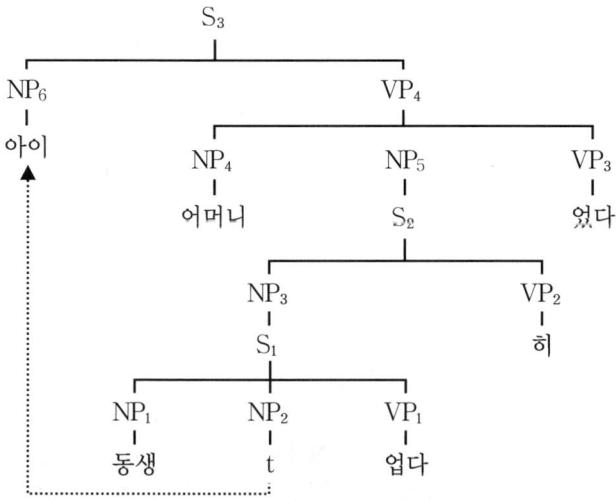

$[S_3 [NP_6$아이$][VP_4 [NP_4$ 어머니$][S_1 [NP_1$ 동생$][VP_1$ 업다$]S_1]VP_2$ 히$]S_2]VP_3$ 였다$]VP_4]S_3$ (주제화 된 사동화 이동변형)

○ 아이는 어머니가 동생에게 업히었다.(표식첨가변형)

주제화된 사동화 이동변형을 보면 S_1 의 자리에 있던 NP_2 를 S_3 의 지배를 받도록 NP_6 의 자리에까지 끌어올려 이동과 주제화 변형이 이루어졌다. NP_2 의 자리에서 '아이'는 NP_6 에 올라감으로써 주제화에 상응한 형태 '는'이 첨가되게 되었다.

주제화된 사동화 이동변형도 실제상 첨가, 이동이 아울러 진행되는 합성적 변형이라고 할 수 있다.

4. 합성변형

합성변형은 여러 가지 기본변형이 합성되어 이루어지는 변형규칙을 말한다. 합성적 변형에서는 첨가나 삭제, 또는 이동변형이 한데 어울리어 진행되는 비교적 복잡한 변형규칙의 지배를 받는다. 그러나 이런 변형규칙들은 아무렇게나 무질서하게 작용하는 것이 아니라 여러 가지 변형이 질서정연하게 거듭 작용한다. 이동변형에서 이미 보여주다시피 먼저 이동변형이 작용한 다음 다시 표식첨가규칙의 작용을 받아 내면 구조가 표면구조로 바뀐다.

합성적 변형이 이루어지는 가장 전형적인 것은 체언구보충문, 체언 수식구보충문, 용언수식구보충문 등이다. 체언구보충문에는 주어체언구 보충문과 보어체언구보충문이 있는데 그 합성적 변형이 이루어지는 경우를 보면 다음과 같다.

(ㄱ) 주어체언구보충문

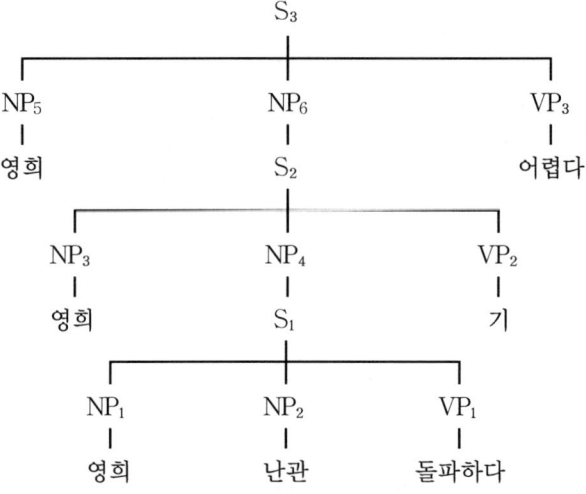

○ 영희는 난관을 돌파하기 어렵다.

이것은 동일체언구삭제($NP_1 = NP_3 = NP_5$)변형, S_2와 S_3의 순환에서 술어인상과 보어인상에 의해 파생된 것이다.

변형과정에서 체언구인상과 술어인상 문제가 제기된다. 체언구인상 에서 걸리는 문제는 보어인상이다. 경우에 따라 보어인상규칙의 적용 이 문제시 될 때에는 먼저 술어인상규칙을 적용할 필요가 있다.

○ 선희가 영돌이에게 책을 보이고 있다.

× 책이 선희에 의하여 영돌에게 보이고 있다.

이것을 구구조로 표시해보이면 다음과 같다.

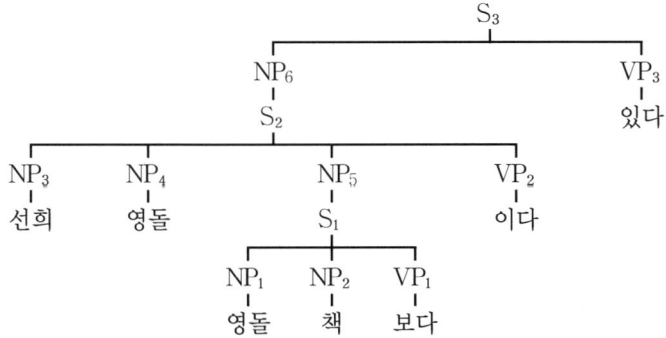

여기서 NP_4와 NP_2에 보어인상규칙이 적용되어야 한다. $NP_4 = NP_1$
이여서 삭제되고 NP_4는 S_3으로 끌어올린다. NP_2가 S_2를 넘어서 S_3으
로 끌어 올라가게 된다면 '책이 선희에 의하여 영돌에게 보이고 있다'로
되어 비문법적인 문장이 파생되지 않도록 하기 위하여 술어인상을 적용
한다. 술어인상은 내면구조로부터 표면구조로 이끌려 올라가면서 문장
의 술어형태들이 파생되어 나온 것이다. 이때 보어 NP_2는 술어인상과
함께 이끌려 올라가게 되어 S_1의 지배를 벗어나 S_2의 지배를 받게 된
다. 이렇게 되면 S_2를 걸쳐 S_3에로 NP_2가 다시 이끌려 올라갈 수 있다.

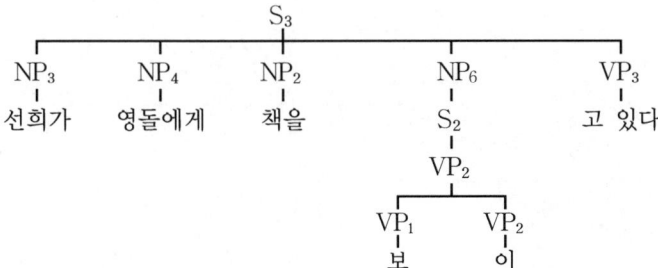

기저구조에 설정된 보충문의 체언구가 표면구조로 파생되어 주문으
로 끌어 올라가는 과정에는 보충문의 주어가 끌리어 올라가는 주어인

상규칙과 보충문의 보어가 끌리어 올라가는 보어인상규칙이 작용한다.

보어인상규칙은 보충문의 보어를 끌어올려 주문주어로 하는 경우와 보충문의 보어를 끌어올려 주문보어로 하는 경우가 있다.

(ㄴ) **보어체언구보충문**

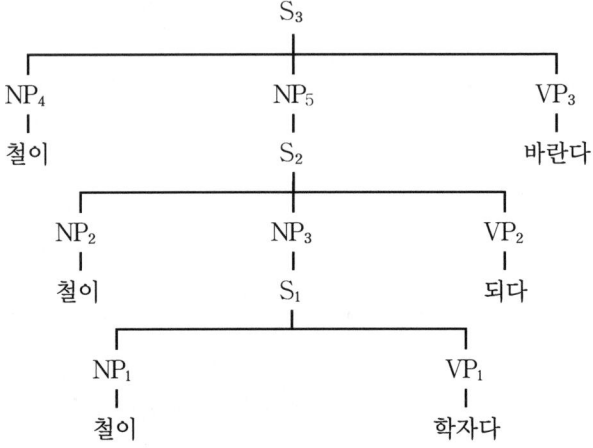

○ 철이는 자신이 학자가 되기를 바란다.

이 예문에서는 동일체언구삭제와 재귀대명사 '자신'에 의한 치환, 술어인상규칙의 적용을 받아 파생된 것이다.

(ㄷ) **체언수식구보충문**

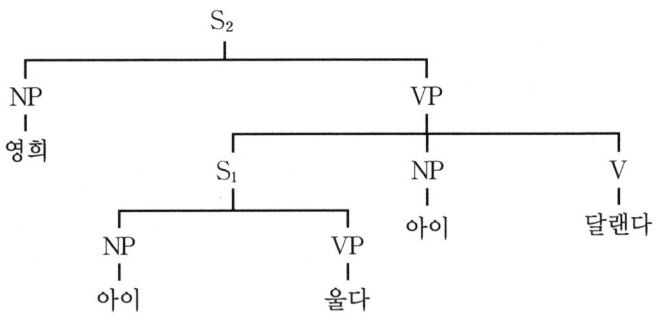

[S₂[NP 영희][VP[S₁[NP 아이][VP 울다]S₁[NP 아이][V 달랜다]VP]S₂

○ 영희가 우는 아이를 달랜다.

− 영희 울다 아이 달랜다.(동일체언구삭제)

− 영희 우는 아이 달랜다.(체언수식화)

− 영희가 우는 아이를 달랜다.(표식첨가)

'우는 아이를 달랜다.'의 구구조의 표식을 다음과 같이 할 수 있다.

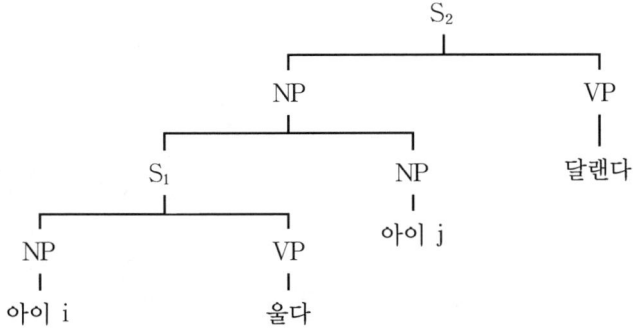

[S₂[NP[S₁ [NP아이i][VP울다]S₁ [NP아이j]NP[VP달랜다]S₂(i=j)

 체언수식구보충문의 예문에서 보여주다시피 내면구조가 표면구조로 파생될 때 동일체언구삭제규칙, 체언수식화규칙, 표식첨가규칙의 작용을 받는다.

(ㄹ) **용언수식구보충문**

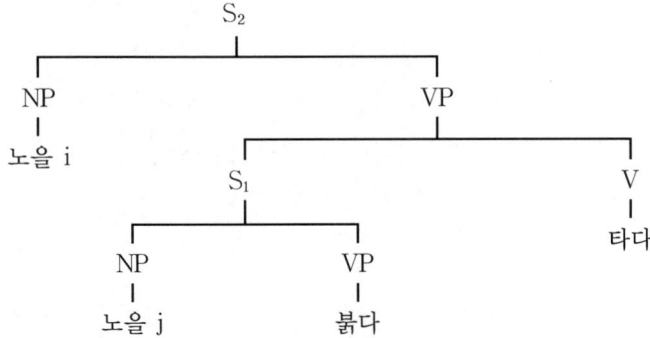

[S₂[NP노을i][VP[S₁ [NP노을j][VP붉다]S₁ [V탄다]VP][S₂(i=j)

○ 노을이 붉게 탄다.

‒ 노을 붉다 탄다.(동일체언구삭제)

‒ 노을 붉게 탄다.(용언수식화)

‒ 노을이 붉게 탄다.(주어표식첨가)

이와 같이 간단한 예들을 들어 기본변형의 합성과정을 질서 있게 보여주었다. 이런 질서를 어기고 여러 변형을 거듭 적용한다면 쓸데없는 반복이 생기거나 문장이 바로 파생되지 못할 수도 있다.

이상의 변형에서 중요한 것은 내면구조를 표면구조로 이끌어내는 것이며 기본변형은 삭제, 이동, 첨가이다. 삭제는 동일성이 보장된 기초 위에서 진행된다. 이동변형은 여격인상, 주제화, 피동화, 사동화 등에서 보여주다시피 구구조의 변형을 수반하게 된다. 첨가변형은 음운적 조건이 중요시된다. 합성변형은 체언구보충문과 용언구보충문에서 기본적으로 이루어진다.

제2절 순환규칙

의미는 내면구조로부터 표면구조에로 도출과정이 무질서하게 이루어지거나 단순한 변형으로 이루어지는 것도 아니다. 보충문이 들어있는 문장의 의미는 복잡한 변형과정을 거쳐 내면구조로부터 표면구조에로 순환적인 적용을 받아 이루어진다. 여기서 순환규칙을 적용하는 순서와 일반적인 규칙들을 보기로 한다.

1. 순환규칙의 적용

순환규칙은 변형규칙을 순환적으로 적용하는 것을 말한다. 순환규칙

은 합성변형의 적용과정이기도 하다. 순환규칙이 적용하는 범위를 일
반적으로 보충문이 들어있는 경우라고 할 수 있다. 문장에서 때로는
보충문이 겹치어 이루어지기도 한다. 이때 순환과정은 훨씬 더 복잡해
진다. 이에 대한 것은 감각문의 '싶다'가 '－타동'인 경우에 순환규칙이
어떻게 적용하는가를 보기로 하자.

　　○ 나는 어머니가 만나보고 싶다.

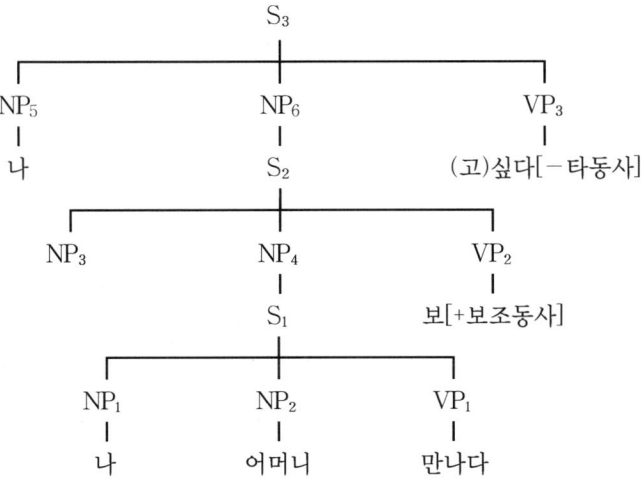

　이미 합성변형부분에서 술어인상과 보어인상규칙을 보여준 바와 같
이 보충문이 겹치어 이루어진 경우에 보어를 한 단계 넘어 더 높은 절
점으로 끌어올리는 문제는 간단하지 않다. NP_2가 S_1의 지배에서 한
단계 올려 S_2의 지배에 두지 않고 그 단계를 뛰어넘어 더 높은 절점
S_3의 지배에 두도록 끌어올릴 수는 없다. 따라서 술어인상규칙에 의해
먼저 S_2의 지배범위를 벗어난 다음 다시 S_3에 지배되도록 NP_2의 보
어인상규칙을 적용하는 것이 좋다.

　※ 술어의 [＋보조동사] 특성에 의한 술어인상규칙은 아이쎈이 동사인상
　　규칙이란 명칭으로 만들어낸 것이다. 순환규칙도 사실 이 규칙을 기본
　　으로 하여 정리한 것에 불과하다.

앞에서 보여준 '나는 어머니가 만나보고 싶다'의 구구조를 예를 들어 학자들이 순환규칙에 대한 연구 성과들을 종합한 것을 그대로 보여주면 다음과 같다.

순환규칙의 적용순서는 다음과 같다.

S_1순환: NP_1에 주어토를 첨가하고 보충문의 주어토 첨가 규칙을 적용한다.

S_2순환: NP_1에 동일체언구삭제변형, NP_3에 주어토 첨가, VP_1에 술어인상규칙을 적용하고 S_1절점삭제규칙을 적용한다.

S_3순환: NP_3에 동일체언구삭제변형, 보어인상규칙을 적용한다.

2. 순환규칙

① 동일체언구삭제변형(NP_1 NP_3에 거듭 적용)

구조기술 : X NP[NP[S NP Y]]Z

　　　　　　1 2　　 3 4　　5⟹(의무변형)

구조변화 : 1 2　　Ø 4　　5

조건 : Z=3

② 술어인상규칙(VP_1에 적용)

구조기술 : X[NP[SY VP]NP]Z

　　　　　　1　　2 3　4　 5⟹(의무변형)

구조변화 : 1　　2 Ø 3+4 5

조건 : 4=[+보조동사]

③ 체언구인상규칙(NP_2에 적용)

구조기술 : X[NP[S NP Y(NP)NP VP]]VP

　　　　　　1　　2 3　4　 5 6　 7⟹(의무변형)

구조변화 : 1+4 2 3　Ø　5 6　 7⟹(주어인상)

　　　　　　1+5 2 3　4　Ø 6　 7⟹(보어인상)

조건 : 4, 5≠S, 1≠NP 혹은 2=∅, 7⇒[−타동]

④ **보충문주어토 첨가(NP₂ 에 적용)**

구조기술 : [SX[NP[SNP Y]VP Z]

　　　　　1　2　3 4 5⇒(의무변형)

구조변화 : 1 2+을 3　4　5

조건 : 4=[+타동], 4=[−타동]일 경우에는 2가 <2+이>로 변
　　　한다.

⑤ **주어토 첨가(NP₅에 적용)**

구조기술 : [S X NP Y]

　　　　　1　2　　3⇒(의무변형)

구조변화 : 1 2+이 3

조건 : X≠ NP

⑥ **보어토 첨가(NP₂ 에 적용)**

구조기술 : [S X NP Y (NP) NP VP Z]

　　　　　1　2　3　4　5　6 7⇒(수의 변형)

구조변화 : 1　2　3　4 5+이 6 7

　　　　　1　2　3 4+이 5　6 7

조건 : 6=[−타동] 4, 5가 S만을 지배하지 않는다.

　　　6=[+타동]일 경우에는 5가 <5+을>로 변한다.

제7장 문학작품에서의 의미론적 분석

　지금까지 의미론에서는 의미단위에 대한 연구로부터 단어의 의미 구조, 문장의 의미 구조, 언어행위의 의미 구조에 대한 연구에까지 미치고 있다. 그러나 문학작품에 대한 의미론적 고찰이거나 의미 구조적 분석은 아직 시도한 바 없다.

　의미론은 주변과학으로서 철학, 논리학, 심리학, 기타 자연과학의 연구 분야에까지 호상 영향을 주면서 발전의 일로를 걷고 있다.

　문학작품의 의미 분석을 여러모로 시도해보는 것은 문학과 언어학의 호상 영향 문제와 연구에서의 새로운 방법론을 도입함에 어느 정도 의의가 있으리라 생각하면서 본장에서 문학작품에 대한 의미론적 분석을 몇 가지 시도해보려 한다.

제1절 전설의 의미 구조적 분석

　사람들은 태어나서 말할 줄 알면서부터 이야기로 꽃을 피운다. 많은 이야기 가운데서 전설은 가장 흥미를 끄는 이야기의 한 형태로 되어있다. 인간사회는 기적을 낳고 기적은 전설로 엮어서 대대로 물려가며 전해지고 새 세계를 창조하는 힘을 주고 있다. 그러면 전설이란 무엇인가? 전설은 인민들 속에서 창조되어 전해 내려오는 이야기의 한 형태로서 인민대중이 생활과 투쟁 속에서 인간생활과 자연, 주위, 문물

등에 대하여 예술적 가공을 가한 설화이다. 전설은 그 민족의 역사와
풍속, 경치, 인물, 관습, 민족, 선조들의 생활형편과 지향들을 반영함으
로써 사람들에게 그것을 알게 하고 민족유산의 풍부성을 인식시키며
민족적 긍지와 자부심을 높여준다.

　전설은 신화에서 물려받아 나온 설화형식으로 되어있다. 전설은 신
화에서처럼 신의 무대, 신적인간의 활동과 인간세계, 즉 구체적인 인간
의 형상을 창조하고 인간과 결부된 주위 세계, 생활을 반영한다. 전설
은 원시적 표상에 의한 현실반영인 것이 아니라 환상적 형식을 빌어
인간생활을 재현하려는 미적 요구를 반영하여 나온 형식이다. 물론 전
설에서도 신화에서처럼 환상의 수법을 이용한다. 그러나 전설에서의
환상은 원시적 표상 즉 객관적 세계를 정확히 인식하지 못한데서 오는
신앙적인 환상이 아니라 생활반영의 형식으로서의 중세기적 환상이다.
전설에서의 주인공은 신화에서 나오는 신 또는 신적인 인간이 아니라
현실생활에서 실재한 비범한 인간이거나 현실 생활에 기초하여 형상화
한 인간이다.

　전설은 민화, 동화, 우화와도 밀접히 연계되어 있으며 이것들을 포괄
적으로 나타내는 설화형식이기도 하다. 전설에서는 민화적인 내용을
담아 나타낼 수 있으며 동화와 우화적 무대를 이용하여 이야기를 전개
시켜 나가기도 한다.

　전설은 존재방식에서 구전화 되는 이야기방식을 취한 설화형태이다.
전설은 무엇보다 구체적인 사실, 연원과 결부되어 이야기가 시작되는
연기성을 가진 이야기며 실재한 사실로부터 출발하여 실제 있는 사실
처럼 전달하는 실제성을 가진 설화방식이다. 전설이 구체성과 역사성
또는 향토성을 가지지 않고 또 그 실제와 동떨어지거나 구체적인 연원
과 관련되는 실화적 전제가 없다면 전설이 될 수 없다. 따라서 전설은
어느 것이나 구체적 인물, 역사적 사실, 향토, 풍물적인 것과 결부되어
전하여지는 이야기라고 할 수 있다.

전설에서는 이야기의 전제와 연원이 있음으로 하여 이야기 거리가 생기고 그와 관련한 지식을 주게 되며 흥미를 끌게 된다. 이야기의 전제와 연원은 이야기의 시작이나 출발에서 그치는 것이 아니라 이야기가 전개되고 해결되는 전반 구성에 걸쳐 작동하게 되어 전설의 의미구조에 맞물려있어야 한다. 다시 말하면 구체적인 이야기가 전개되는 인물, 지물, 사실적인 것이 단순히 외적으로만 주어질 것이 아니라 이야기의 전반 얽음새 발전에 맞물려서 내용이 전개되고 해결되며 구성이 제약되어 있도록 하여야 한다.

전설의 전제는 주제를 밝혀주는 것으로 되어야 하며 전설을 이루는 전제와 연원은 언제나 이야기의 구성 속에 매개되어 있어야 한다.

전설은 환상적 수법으로 당시 사회현실에서는 실현할 수 없는 인민들의 지향을 실현하기 위한 예술적 표현의 수단으로 쓰인다. 전설에서의 환상적 수법은 설정된 인물의 비범성을 나타내는 데 이용되거나 특수한 환경에서 비범한 힘의 작용으로 이용되기도 한다.

전설에서 환상적수법의 이용은 주제를 실현하고 인민들의 지향과 염원을 해결하는 방도로 되어있다. 사회현실에서는 인민들의 지향과 요구를 환상적수법이 아니고서는 현실적으로 도저히 해결할 수 없었다. 인민들의 지향과 요구를 실현할 수 있는 그러한 가상적 수법으로는 현실을 환상의 세계로 바꾸어 해결하는 그것밖에 다른 방도가 없었다. 중세기적인 환상은 인민들의 지향과 요구를 실현하기 위한 조건적 수법으로 씌어진 것이며 그것으로 표현하기 위하여 나온 것이다.

전설은 그 역사적 특성에 따라 고대전설과 중세전설 등으로 나누며 형태상의 특성에 따라 인물전설, 지명전설, 풍물전설, 역사적 사화전설 등으로 나눈다.

전설집『평양의 금란화』는 평양성 안팎에서 발생한 이야기를 전설로 묶은 책이다. 이 전설집에는 도합 33편의 전설을 수록하였다. 「쇠메장군」, 「록족부인과 두 아들」 등은 인물전설이고 「'왕성탄'의 유래」, 「오탄 '까마귀여울'의 유래」 등은 지명전설, 「평양의 아홉 개 우물」, 「떠내려 온 능라도」 등은 풍물전설, 「내가 임중량이다」, 「온달장군」 등은 사화전설에 속한 것이다. 「활줄을 끊은 모란봉의 쥐들」은 동화와 결부된 전설이다. 이런 전설들은 여러 형태의 유형들로 씌어졌다고 하지만 그 기본 의미 구조면에서는 공통성을 가진다.

전설의 공통된 의미 구조를 해명하여 보이면 다음과 같다.

첫째, 전설에서는 인물이 제시된다.

인물의 제시에는 그 인물이 활동하는 시대와 어떤 인물이라는 신분이 밝혀진다. 어떤 전설에서는 인물의 출생과정도 밝혀진다.

이 전설집에는 고구려 시대를 반영한 전설로 「평양의 금란화」, 「주암산의 이야기」, 「장수각의 불기와」, 「온달장군」, 「록족부인과 두 아들」, 「'왕성탄'의 유래」, 「안악궁의 산호벽돌」, 「쇠메장군」 등이 있고 임진왜란을 배경으로 한 전설로는 「계월향의 연」, 「돌장군의 피눈물」, 「대들보에 박혀서 운 칼」, 「내가 임중량이다」, 「오탄 '까마귀여울'의 유래」 등이 있고 조선 시대를 반영한 전설로는 「형제못 이야기」가 있다. 이밖에 「청류벽에 깃든 전설」, 「다섯 마리의 꼬마황소」, 「은혜 갚은 연광정 까치들」, 「평양의 아홉 개 우물」, 「병 속의 즐거운 세상」, 「구룡못의 오누이」 등 적지 않은 전설들은 '옛날', 또는 '몇백 년 전'이라는 막연한 시대를 배경으로 하여 쓴 것이다. 「모란봉의 젊은 신선」, 「아기사슴과 처녀사슴」, 「대동강의 선녀 옷」 등은 그 시대를 밝히지 않았지만 먼 옛날에 있은 일을 배경으로 한 것만은 사실이다.

전설에서는 인물이 제시되기 마련이다. 인물이 나오지 않는 전설이란 있을 수 없다. 인물전설이거나 사화전설에서는 제시된 인물의 비범성에 대하여 이야기가 전개되는 것만큼 인물이 나오지 않을 수 없고 지명전설, 풍물전설에서도 구체인물의 활동과 연관되어 있어 그와 관련한 인물이 등장하게 된다. 인물이 없는 전설은 이야기 거리가 이루어질 수 없다.

예로 「주암산의 이야기」는 풍물전설에 속한 것이지만 여기에는 아버지에게 효성스러운 아들이 이야기의 중심인물로 등장되었고 「떠내려온 능라도」에서는 평양감사와 성천부사의 모순갈등, 고을관속과 백성들의 활동이 나오고 백성들 가운데 한 젊은이가 떠내려간 섬을 찾은 이야기가 수록되어 있다.

이 전설집에 수록된 인물들을 보면 처녀총각이 등장하거나 부모에게 효성스러운 자식, 싸움을 잘하는 명장들, 힘이 센 장사, 애국지사, 재간이 뛰어난 사람, 병법에 능한 선생, 학식이 높은 사람, 왜장, 기생, 폭동군, 여관주인, 마음씨 착한 어부, 신선, 선녀, 귀공자, 어린 종, 머슴, 마님, 인색한 사람, 지주, 부자, 왕, 왕의 귀비, 권세 높은 사람 등이 등장인물로 출현한다. 그리고 의인화된 형상으로 모란봉의 쥐들, 덕암소의 용과 주암소의 용, 용왕, 아기사슴, 잉어, 까치 등이 등장한다.

이런 인물들의 출현은 각이한 처지, 각이한 계층 사람들의 생활형편과 사회의 모순, 인간관계에서의 갈등의 설정에 조건을 지어준다. 전설을 이루고 있는 인물에 대한 파악은 전설의 성격을 밝히는 데 필수적으로 작용한다. 전설이 인간의 의식과 사회현실과의 대응관계에서 이루어지는 체험의 총화라는 견지에서 볼 때 전설에서 주체는 어디까지나 인간이며 인간관계에 의하여 사건이 벌어진다.

전설에서 명장이 등장하면 원수와의 싸움에서 용맹을 떨치는 것으로 사건이 벌어질 것이고 마음이 착한 사람이 등장하면 착한 일을 많이 하는 장면들이 설정될 것이고 효성스러운 사람이 등장하면 부모에게 효성을 다하는 일, 의협심이 강한 사람이 등장하면 남의 어려운 사정이나 딱한 형편을 희생적으로 도와나서는 일을 하는 장면이 펼쳐지게 될 것이다. 또한 처녀총각이 등장하면 사랑의 이야기가 벌어지기 마련이고 지주와 머슴이 등장하면 착취와 피착취 사이에서 벌어지는 일들이 생길 것이다. 이와 같이 제시되는 인물의 성격은 사건을 전개하여 나가는 데 결정적인 요인으로 된다.

둘째, 이야기의 계기이다.

이것은 인물의 견지에서 보면 인간관계의 본질에 대한 제시로 되며 기본모순의 출발점, 갈등의 설정으로 된다. 전설의 이야기 거리는 어떤 계기에 의해 생기게 된다. 이야기의 계기가 없는 전설은 있을 수 없다. 어떤 것은 인기 끄는 사실의 발견으로 문제의 제기가 되고 그것이 이야기의 계기로 된다.

예로 「장수각의 불기와」에서는 평양대성산 밑에 안학궁을 일떠세우고 고구려의 수도를 옮겨온 소식이 전해지자 용왕은 큰 거부기 잔등에 보물 기와 한 장을 지워 장수왕에게 보내온 사실을 썼다. 용왕이 선물을 보내왔다는 것과 그 선물은 다른 것도 아니고 기와라는 것에 주목한다. 용왕은 무엇 때문에 기와를 선물로 보냈으며 그것을 어디에 쓰기에 보배선물이라고 하는가? 그것이 보배선물이라는 것은 누구에 의하여 어떻게 발견되며 보배선물을 둘러싸고 어떤 일들이 벌어지는가? 이런 이야기의 계기는 전설의 이야기전개에서 중요한 고리로 된다.

전설 「록족부인과 두 아들」에서는 병법에 능하고 학식이 높은 우경선생이 나라를 지켜낼 인재를 기르고 있었다. 우경선생의 학생들 가운데는 을지문덕 장군도 있었다. 현숙하고 총명한 우경선생의 부인은 발생김새가 사슴 발과 같아서 '록족부인'이라는 것과 그의 두 아들의 발생김새도 어머니를 닮았다는 것이다. 우경선생이 세상을 뜬 다음 어머니는 두 아들과 생이별하게 된다. 그런데 사슴 발과 같은 발의 생김새 특성이 20년 후에 두 아들과의 상봉에서 증거물로 된다. 총명하고 용력이 비상한 두 아들은 20년 후에 어머니를 만날 때에는 의병부대를 인솔한 두 장군으로 된다.

록족부인과 두 아들에서 우경선생의 학생 을지문덕 장군의 출생과정도 경의적인 이야기 거리로 형상화 되었다. 즉 을지문덕 장군은 석다산 밑 적선골이라는 마을에 사는 마음씨 어진 한 여인이 밭김을 매고 오다가 많은 날짐승들이 큰 알을 품고 있는 것을 보고 그 알을 안아다

깨웠는데 그 속에서 태어났다는 것이다. 그가 힘이 장사였다는 놀라운 사실로는 을지문덕 장군이 어려서 소금을 지고 밤길을 가는데 한 짐승이 자주 길을 막으며 방해를 놀아서 장때기로 때려잡고 보니 큰 범이었다는 것이다. 고구려를 지켜 외적을 물리치는 싸움에서 을지문덕 장군은 드디어 용맹을 떨치고 대승리를 이룩한다.

온달장군에서 온달은 키가 8척이고 장대한 체격에 나뭇짐을 져도 남의 두 몫, 세 몫을 지고 다닌다는 것과 벼슬아치들이 행차할 때 사람들은 모두 길가에 머리를 조아리고 엎드리는데 온달만은 **뻣뻣**이 서서 있었다는 사실들은 온달장군이 젊은 시절에 벌써 힘이 장사였고 대가 센 장군의 기질을 타고났다는 것이다. 그가 '바보온달'로 불리운 것은 가난한 가정의 출신이었기 때문에 벼슬아치들은 '바보'로 보고 천시했다는 것, 왕의 귀에까지 그 소문이 퍼지여 우는 딸을 달랠 때엔 바보온달한테 시집보내겠다고 한 사실이 후에 와서 공주와 온달의 인연이 맺어질 수 있는 계기로 되었던 것이다.

「주암산의 이야기」에서는 효성스러운 한 아들이 아버지를 모시고 살았는데 아버지가 술을 몹시 즐기었다. 아들은 살림살이가 구차하여 아버지에게 술 한 사발 대접하기도 어려운 처지였다. 이런 사실은 주암산 이야기를 전개하여 나갈 수 있는 계기로 된다. 이런 전제가 없다면 아들의 효성에 신선이 감동될 수 없고 더구나 불로주를 내어줄 수도 없다. 또한 지주와의 새로운 모순투쟁이 발생되지 않을 수도 있다. 욕심 많은 지주는 술이 솟아나는 바위가 발견되자 어느 누구도 얼씬하지 못하게 하고 자기만 허무하게 욕심 부리다가 나중에는 술이 나는 바위에 깔리어 천벌을 받게 되는 이야기를 썼다.

셋째, 이야기의 전개에 따라 갈등이 첨예화된다.

전설에서는 계급의 대립, 선악의 대립을 주선으로 하여 이야기가 전개됨에 따라 조화될 수 없는 모순이 격화되고 갈등이 첨예화된다. 민족적 모순이 날카로워질 때에는 외적과의 대립 면이 갈등의 주요 측면을 이룬다.

전설 「온달장군」에서 온달총각과 벼슬아치, 부자 놈과의 모순, 평강 왕과의 모순투쟁도 갈등의 한 측면을 이루지만 외적을 몰아내는 싸움 에선 민족모순이 더욱 날카로워진다. 온달은 외적이 쳐들어올 때 선봉 장이 되어 원수를 족치고 고구려를 지켜낸다. '바보'라로 불리던 온달 은 평강공주와 배필이 되고 평강왕의 버림을 받던 데로부터 총애를 받 아 고구려의 명장이 되고 조국을 지켜내는 싸움터에서 수많은 위훈을 떨친다.

「록족부인과 두 아들」에서 모순갈등은 권세 있는 사람과 록족부인, 두 아들 사이에서 일어난다. 우경선생이 사망된 다음 어느 하루, 두 아 들이 군사놀이대장질을 하며 놀다가 고을의 세도 있는 집 아이가 군사 규율을 잘 지키지 않아서 처벌하였는데 그 아이가 제 잘못으로 벼랑에 서 떨어져 죽는다. 권세 있는 사람과의 갈등은 이로부터 첨예화된다. 록족부인은 하는 수 없이 두 아들을 데리고 집을 떠나 서해기슭으로 가서 두 아들과 생이별한다. 20년 후 나라에 큰 외적무리가 들이닥칠 때 의병부대를 일으켜 을지문덕 장군과 배합하여 가지고 적들에게 여 지없이 타격을 가한 두 용장이 바로 록족부인의 두 아들이었다고 한다.

모순갈등이 이와 같이 계급모순으로부터 민족모순으로 발전하여 첨 예화되면서 총명하고 용력이 비상한 두 아들은 애국명장으로 성장한다.

전설 「쇠메장군」에서는 갈등이 계급모순으로부터 민족모순으로 번져 가면서 첨예화된 투쟁 속에서 성장되는 쇠메장군의 굴할 줄 모르는 투 쟁정신을 썼다. 전설은 야장장이 총각 쇠메와 야장장이 아저씨의 딸 봉선이와의 사랑관계로부터 이야기가 시작되었다. 쇠메가 군정으로 뽑 혀간 다음 벼슬아치 김덕구는 봉선이를 고관 놈의 첩으로 섬겨 바치고 제 이속을 차리자는 야망이었다. 김덕구와 봉선이와의 모순갈등을 통 하여 당시 봉선이와 같은 최하층 사람들의 불우한 생활처지를 보여주 고 인민들에게 가혹한 불행과 재화를 가져다주고 행복을 여지없이 짓

밝은 통치배들의 비도덕적이고 비인간적인 죄상을 여지없이 폭로하였다. 김덕구의 야망은 쇠메장군에 의하여 멸망을 선고한다. 봉건통치배들의 부패 무능함은 백일하에 드러난다. 쇠메장군은 오학 선생에게서 계급적으로 각성하게 되며 한 사람의 원수만을 갚을 것이 아니라 봉선이의 소원대로 부자 놈의 발밑에서 눈물에 젖고 원한에 사무쳐있는 만백성의 원수를 갚을 쇠메를 높이 든다. 그리고 나라를 지켜내고 용기와 지혜를 길러야 한다는 오학 선생의 가르침을 마음에 새기고 온갖 어렵고 힘든 훈련과제를 마친다. 오학 선생의 부탁대로 쇠메는 세상의 악을 치고 외적과의 거듭되는 싸움에서 백성을 위하여 용맹을 떨치고 고구려의 영예를 빛낸다.

전설 「떠내려 온 능라도」는 대동강의 지류인 성천 땅 비류강의 섬이 평양 대동강 모란봉 옆으로 떠내려 왔다는 사실을 쓴 것이다. 그러나 이 전설은 단순히 떠내려 온 섬의 풍물에 대해서만 쓴 것이 아니라 섬의 소속문제를 놓고 성천부사와 평양감사 사이의 이해관계에 의한 모순충돌을 썼다. 성천부사와 평양감사와의 갈등은 백성들의 고혈을 빨아먹는 통치배들의 내부의 모순투쟁으로 충만 되었다. 인색하기 그지없는 통치배들이 한 치의 땅이라도 양보하지 않고 백성의 피 한 방울 남을 때까지 서로 긁어가려는 파렴치하고 악랄한 심보에 대하여 여지없이 폭로 비판하였다.

넷째, 이야기에서 갈등의 해결이다.

갈등의 해결방식에는 주로 두 가지가 있다. 그 하나는 갈등을 만드는 맞선 대상을 없애버리는 방식이고 다른 하나는 대립되는 대상을 전부 없애버리는 방식이다. 그밖에 어떤 것은 대립을 초래한 불평등 조건을 없애버리는 방식으로 갈등을 해결하는 것도 있다. 일반적으로 대립 면을 없애버리는 방식으로 갈등을 해결하는 경우가 많다.

「대들보에 박혀서 운 칼」에서는 왜놈장수 소서비의 멸망, 김응서 장군의 승리로 끝난다. 이런 전설은 원수들이 제 아무리 날고뛰는 재간을 가지고 있다 하더라도 필경은 멸망의 말로를 면치 못한다는 것과 만백성을 위하여 나라를 지켜 싸우는 의로운 용사들은 불패의 위력을 가지고 있다는 것을 보여주고 있다.

「아기사슴과 처녀사슴」, 「청류벽에 깃든 전설」에서는 권선징악적인 이야기의 구성을 가지고 대립되는 대상을 없애버리는 방식으로 갈등을 해결하였다.

「아기사슴과 처녀사슴」에서 고향산천과 사람들을 사랑하고 짐승들까지 귀여워하는 마음씨 착한 처녀머슴 만옥이는 사슴들이 대준 삼밭에서 캔 산삼을 나무대신 한 짐 지고 마을로 내려와 가난한 사람들에게 나누어준다. 그리하여 처녀머슴과 같은 마음씨 착한 사람들은 다 잘 살게 되고 권세 높은 홍진사와 그의 마누라는 큰 구력을 메고 삼밭에 찾아가 욕심 부리다가 영영 돌아오지 않았다고 한다. 이런 전설은 비현실적인 환상적 제재를 쓰고 있으며 또 권선징악적인 이야기구성을 가지고 문제를 해결하였다.

「청류벽에 깃든 전설」에서 설씨 총각은 아버지에게 효성을 다하고 가난한 사람을 극력 도와 나선다. 그는 나무 판 돈으로 잉어를 사서 대동강에 다시 놓아주는 그것과 같은 어진 마음을 가진 사람이다. 설씨 총각의 어진 마음은 용왕의 환심을 사게 되며 은혜를 입게 된다. 반면에 악질지주는 마땅한 징벌을 받아 물에 잠긴다. 전설은 인민들의 지향세계를 자연 징후적 조건과 결부시켜 반영하고 있으며 설씨 총각의 자신의 이익보다 백성들이 물난리에 고통을 겪고 있는 것을 가슴 아파하는 무엇보다 공통의 이해관계를 첫 자리에 놓는 아름다운 소행과 품성을 찬양하였다.

그러나 이런 전설들은 어진 마음을 가졌기 때문에 은혜를 입게 되고 더러운 심보를 가졌기 때문에 징벌을 받는다는 권선징악적인 처리 방식을 씀으로써 계급사회에서의 인간관계를 계급관계로 보는 것이 아니라 선악관계로 해소시키는 데서 오는 제한성을 가지고 있다.

「다섯 마리의 꼬마 황소」에서의 갈등해결은 빈부의 차이를 없애는 방식으로 하였다. 전설에서 인색하기 짝이 없는 '띠껍진이'는 가난한 사람들의 주머니를 털어서 큰 부자가 되었는데도 어쩌다가 환갑잔치를 차려놓고는 술값, 안주 값, 간장 값, 고춧가루 값까지 결산한다. 그 꼴을 본 길손이 주머니 속에서 황소 다섯 마리를 불러내어 이 집의 곡식, 돈, 빚 문서, 비단, 낟가리를 모조리 먹어버리게 한다. 여인숙 주인과 가난한 사람들 사이의 갈등을 이런 방식으로 해결한 것은 백성의 피땀을 빨라먹는 여인숙 주인에 대한 통쾌한 징벌로 되며 가난한 사람들의 부자 놈에 대한 불타는 증오로 된다. 계급적으로 각성하지 못한 그 당시 사람들의 분노에 찬 복수심과 원한을 중세기적 환상의 방법으로 풀어나가는 것은 전설이 가지는 하나의 특성으로 된다.

「구룡못의 오누이」에서는 의협심이 강한 차돌이와 마음씨 착한 버들아기와 부자 두타부와의 모순갈등을 대립되는 쌍방을 모두 없애버리는 방식으로 해결하였다. 효자 오누이는 아버지가 3년 동안이나 부잣집 소를 먹여주고 겨우 얻어온 송아지 한 마리를 가난에 쪼들리면서도 애지중지 기른다. 하건만 그것마저도 기우제의 제물로 **빼앗긴다**. 신병으로 시달리던 아버지는 돌아가고 버들아기도 하는 수 없이 부잣집 머슴으로 들어간다. 악이 오른 차돌이는 시퍼런 도끼를 둘러메고 달려가 백성들의 고혈을 빨아먹는 두타부 놈과 다른 벼슬아치들을 쓸어 눕힌다. 그리고는 사람들을 못살게 구는 아홉 용을 박살내려고 구룡못에 뛰어든다. 버들아기도 오빠의 이런 소식을 듣자 구룡못 속에 몸을 던진다.

이와 같이 「구룡못의 오누이」의 모순갈등은 대립되는 쌍방을 전부 없애버리는 방법으로 해결하였다. 차돌이는 원혼이 되어 백성들이 착취계급에 대한 분노에 찬 울분을 토로한다. 이것은 또한 불합리한 착취제도를 뒤엎기 전에는 백성들이 기구한 운명에서 벗어날 수 없다는 이치를 깨우쳐주고 있다. 전설에서의 제약성은 차돌이와 버들아기가

계급적으로 각성하지 못하고 오직 개인적인 보복과 분풀이에만 그치고
그것을 전 사회적인 문제로 보지 못한 데 있다.

**다섯째, 전설의 결론부분에서는 증거물을 제시하거나 어떤 성과를 평
가적인 입장에서 개괄하거나 어떤 현상을 특징지어 나타낸다.**

전설의 의미 구조에서 결론부분은 흔히 증거물의 제시로 되어있다.
증거물을 제시하는 방식에는 다음과 같은 몇 가지가 있다.

사람의 이름을 고장이름으로 바꾸어 나타낸다. 사람이름을 고장이름
으로 포착하는 것은 그 삶의 영웅적 업적을 기념비적으로 나타내기 위
한 것이다.

「'미천호'에 깃든 전설」에서는 미이천이 나라를 끝까지 지켜내기 위
하여 장수각 지붕 위에 감춘 봉화불기와의 비밀을 목숨으로 고수한 영
웅적 사적을 길이 기념하기 위하여 그의 아들 네 형제가 힘을 모아 대
성산성 안에서 물줄기를 찾고 호수를 만들어서 그 호수의 이름을 '미
이천호'라고 하였다. 후에 '미천호'로 고쳐서 불렀다고 한다.

「청류벽에 깃든 전설」에서 설씨 총각이 자기보다 백성의 질고를 먼
저 생각하여 범람하는 대동강의 물머리를 모란봉 쪽으로 돌리게 한 것
을 기념하여 평양사람들은 자그마한 사당을 지어 그 사당을 '설수당'이
라 하고 그곳을 설수당골로, 그가 살던 마을을 설씨리로 불렀다. 후에
설씨리를 설수리로 불렀다고 한다.

「모란봉의 젊은 신선」에서는 모란봉 신선이 인간 세상이 그리워 인
간 세상에 내려와 자리 잡고 모란이와 같이 살았다는 미담을 전하기
위하여 그 고장을 '강선 땅(선녀가 내린 땅)'이라고 하였다.

사람의 이름을 어떤 물건의 이름에 고착시킨 것도 있다.

「계월향의 연」에서는 계월향이가 왜놈들의 귀중한 정찰자료를 수집
하여 연으로 띄워 원수들을 타승 한 것을 기념하기 위하여 사람들은
계월향이가 띄운 연을 '계월향의 연'이라고 불렀다는 것이다.

증거물의 제시는 어떤 현상으로부터 특징지어진 것도 있다.

「주암산 이야기」에서는 늙은 아버지를 모신 효자아들의 효성에 감동
되어 불로주를 샘물로 내보낸 바위를 '주암산(술이 솟아나는 바위)' 또
는 '효자산'이라 하였다.

「오탄 '까마귀여울'의 유래」에서 중 하나가 까마귀가 모였던 여울목
으로 건너가서 왜군들이 표시한 푯말을 뽑아 깊은 물에 옮겨놓음으로
써 원수를 무리죽음을 당하게 하였는데 그것을 기념하여 그 여울목을
'까마귀여울'이라고 불렀다고 한다.

「평양의 아홉 개 우물」에서는 금수산(모란봉)의 신선이 왕에게 명령
하여 가물을 막아내고 백성을 구원한 것을 기념하여 아홉 개 우물을
팠던 곳을 구정이라고 불렀다.

어떤 흔적으로 증거물을 제시하기도 한다.

「병 속의 즐거운 세상」에는 모란봉 노인이 험악한 현실사회를 벗어
나 착취와 억압이 없는 즐거운 세상을 신선이 준 병 속에 들어가 겪어
보고 그것을 갈망하고 바라는 마음에서 그 병의 모양과 관련하여 '장
방호(항아리 같은 긴 방)'이란 글자를 바위에 크게 새겼다고 한다.

「열두 뿌리의 산삼」에서는 어머니에게 효성이 지극한 문효성이 어머
니 병을 치료하려고 두 친구와 산삼 캐러 떠났는데 심보가 나쁜 두 친
구가 문효성이 캔 산삼을 가지고 도망치다가 날벼락을 맞아 벼랑에 굳
어져 흔적을 남기었다고 한다.

어떤 현상이 증거물로 생기거나 상징적으로 나타나기도 한다.

「구룡못의 오누이」에서는 인색한 부자 놈의 억압착취와 기만책에 못
이겨 도끼로 부자 놈의 목을 자르고 구룡못에 뛰어든 차돌이와 그의 동
생 버들아기의 소행을 잊지 못해 구룡못 밑에는 하얀 차돌이 깔려있고
못 둘레에는 버들아기의 넋인 푸른 버들이 실실이 늘어져있다는 것이다.

「달맞이 꽃」에서는 시족원 처녀가 사랑하는 총각이 성 쌓으러 나간
다음에 곽부자의 꾐에 넘어가지 않고 곽가의 가슴에 비수를 박고 자기
도 자결하는 행동으로 절개를 지켜낸 사실을 썼다. 그 후 처녀가 쓰러

진 곳에 해마다 달맞이꽃이 무성하게 피어났다고 한다.

「빨간 봉선화」에서 백화는 왜놈에게 잡혀간 후 온갖 난관을 물리치고 작전문건을 내다 아버지에게 넘겨주어 원수를 짓부수게 한 후 자기는 우물 속에 몸을 던진다. 그 후부터 그가 생전에 새끼손톱에 물들이던 빨간 봉선화가 해마다 우물가에 무더기로 피어났다고 한다.

전설의 결론부분에서 신분을 새롭게 밝혀놓거나 다시 확인하여 놓는 것도 있다.

「쇠메장군」에서 백성을 위하여 쇠메를 높이 든 야장장이 총각과 송죽 같은 절개를 가진 처녀 봉선이는 원수를 물리치는 싸움터에서 여러 차례 용맹을 떨쳐 불후의 공적을 남겼으나 싸움이 끝난 다음에는 어디론가 사라진다. 그들은 나라와 인민 앞에 불행이 닥칠 때마다 나타나 위기를 막았지만 벼슬자리거나 돈벌이에는 나서지 않아서 누구도 몰랐다. 그 후 풍설에 의하면 양덕골 깊은 골짜기에 한 늙은 부부가 농사를 지으며 살았는데 그것이 쇠메장군과 봉선이었다고 결론부분에서 신분을 밝혀놓았다.

「돌장군의 피눈물」에서 국난이 닥쳐와 임진조국전쟁이 시작되기 전야인데 왕과 대신들은 태평가를 불렀고 조정대신이란 사람들은 당파싸움에만 열중하고 있었지만 그때 평양감영 앞에서 국난이 닥쳐오니 정신 차리라고 소리친 백발노인은 그 부산고개의 돌장군이었고 그날 둔덕에서 가슴을 치며 나라를 걱정하던 사람은 평양의 '열장사'로 부리던 의병부대 중심인물들 중의 두 사람이었다고 한다.

전설의 결론부분에서 어떤 특징적인 것으로 인상을 깊게 하거나 결과적 또는 평가적 입장에서 이야기를 마무리기도 한다. 「온달전」에서는 결론부분에서 장군의 애국심은 사람들의 끝없는 애대와 존경을 받아 장군이 세상을 떠날 때 관이 땅에 떨어지지 않았다고 한다.

「대들보에 박혀서 운 칼」에서는 왜놈장수 소섭의 칼이 김응서 장군의 용천검에 부러져 나갔는데도 청허관 대들보에 박혔던 자리에서 울고 있었다고 하였다. 이것은 김응서 장군의 불패의 위력을 과시한다.

「안학궁의 산호벽돌」에서는 결론부분에서 오늘도 안학궁터에서 나오는 붉은 벽돌이 천오백여 년을 내려왔지만 옛 모습대로 흠집 하나 없다고 함으로써 당시 이사달을 비롯한 벽돌기능공들의 지혜와 애국심을 엿볼 수 있다.

「평양의 금란화」에서 금란화는 나라를 지켜 싸우는 군사의 약혼녀답게 절개를 지켜 병마사 놈들과 맞서 싸우다가 대동강에 몸을 던졌다. 평양처녀들도 일시에 그의 뒤를 따라 강물에 뛰어들었다. 그 후부터 대동강의 물이 찌면 밤알만큼씩 한 갈게들이 부지런히 금란화를 찾고 있는데 그것은 금란화를 따라 물에 빠진 평양처녀들의 넋이라고 전설의 결론부분에서 말하고 있다.

「은혜 갚은 연광정까치들」에서는 평가적 입장에서 이야기를 마물려 놓았다. 이 전설에서는 까치새끼를 해치려 달려드는 구렁이를 대동강 어부가 쳐 죽였다. 그랬던 죽은 구렁이의 짝이 어부가 쪽잠 자는데 배전에 기어올라 해치려 한다. 이 위기일발의 시각에 연광정까치들이 모여 울고 종도 울리어 어부는 사경에서 벗어난다. 종 밑에는 머리가 터지고 부리가 부러진 두 마리의 까치가 떨어져 죽었는데 그 까치들이 어부가 구원해준 새끼까치의 어미 한 쌍이었다는 것이다. 결론부분에서 짐승에게도 은혜를 잊지 않는 그런 아름다운 마음이 있는데 하물며 인간에게 있어서랴 하는 생각을 어부가 했다는 것이다.

제2절 시에서의 공감각적 의미
전이현상에 대한 분석

인간은 새로운 사물, 현상이 나타남에 따라 그것을 인식하고 이름

져 부름으로써 새로운 언어를 창조한다. 그러나 인간의 언어에는 제한 성이 있다. 무한히 배출되는 새로운 사물, 현상, 관념에 대하여 일일이 이름 져 나타낼 수는 없다. 그것은 일정하게 제한된 언어로 무한한 세 상만물을 죄다 반영할 수가 없기 때문이다. 따라서 인간이 창조한 이 미 있는 언어를 가지고 이에 연상되는 새로운 사물, 현상, 관념에 그 의미를 옮겨 쓰려는 의도와 심리적작용으로 하여 언어의미의 전이현상 이 일어난다.

언어의 다양한 감각적 전이현상은 수사법에서 일반적으로 은유 또는 차유에 의하여 일어난다. 두 사물, 현상, 개념 간의 연관관계에 의하여 인간의 연상 작용이 일어나는데 이때 연관관계는 전신 감각으로 지각 된다. 한 관념으로부터 다른 한 새로운 관념으로 전이되는 적용과정을 거쳐 한 사물을 표시하는 의미가 다른 한 대상에 전이 확장되어 감각 적의미의 전이현상이 일어난다.

공감각적 의미의 전이현상은 의미의 변화와는 다르다. 의미의 변화 는 단어에 그 의미가 고착되어 나타나지만 감각적의미의 전이현상은 문맥 속에서 임시적으로 주어지며 일반적 의미의 변화보다 의식적이며 미적표현을 목적으로 하는 의도적인 의미의 전이로서 더 구체적이다. 왜냐하면 그것은 인간의 지각을 통한 인식과정에서 인체의 감각기관을 통한 감각은 비교적 구체적 구분이 가능하기 때문이다.

※ 울만의 기능론적 의미변화체계에서 의미의 유사성은 객관적 유사성과 감각적 유사성으로 양분할 수 있는 은유를 말하며 감각적 은유는 이 가운데 감각적 유서성에 속하는 한 현상으로서 미적표현을 목적으로 하는 의도적 의미전이현상을 말한다.

의미의 전이는 유사감각에 의한 연상 작용에서 이루어지고 감각적 현상은 감각기관의 유사지각에 의한 연상 작용에서 온다. 이런 의미에 서 감각적 현상은 의미전이과정에서도 가장 실증이 가능한 구체적 현상의 하나이다.

인간의 감각유형을 보면 신체외부에서 오는 외부감각과 신체내부에서 오는 내부감각이 있다. 외부감각은 다섯 개 감각기관의 한 감각을 말하고 내부감각은 내장감각, 호흡감각, 소화감각, 혈액순환감각 등을 말한다.

우리가 말하는 감각은 내부감각이 아니라 일반적으로 외부와의 접촉으로부터 오는 외부감각을 말한다. 외부감각은 인간의 경험 속에서 감각기관의 작용에 의하여 감수되는 시각, 청각, 후각, 미각, 촉각 등 다섯 가지 감각으로서 인간지각의 핵심을 이룬다.

시각 즉 빛 감각은 눈의 감각을 통하여 빛의 파장과 강도를 갈라보는 시각에 의한 광선감각이다. 청각 즉 소리 감각은 공기진동의 음향의 자극으로 시작되는 청각에 의한 소리 감각이다. 후각 즉 냄새 감각은 후각에 의한 기체 감각이다. 후각물질은 순전히 후각만이 아니라 미각도 아울러 흥분시키는 경우가 많다. 미각 즉 맛감각은 혀를 비롯한 감각기관의 맛으로 감수되는 미각에 의한 감각이다. 우리가 맛으로 볼 때에는 차고 더운 것, 향기롭고 맛 좋은 것을 포함한 감각으로 맛보게 한다. 촉각 즉 느낌 감각은 피부의 감각으로 이루어지는 놀라움, 아픔, 차가움, 더움 등 촉각에 의한 감각이다.

인간의 감각이 발달됨에 따라 감각어도 발달되었다. 감각어 가운데서도 시각, 청각과 관련한 감각어가 더 발달되어 문학적 표현에서 빛 감각어와 소리 감각어가 많이 쓰이며 감각적 유사성에 의한 지각에 따르는 연상 작용도 다양하게 발달되었다.

김소월 시에서 나타난 감각어들의 분포율을 보면 다음과 같다.

빛 감각어	소리 감각어	냄새 감각어	맛 감각어	느낌 감각어	합계
339	270	20	4	24	657
52.1%	41.5%	3.0%	0.6%	3.8%	100%

도표에서 보여준 바와 같이 감각어 가운데서 빛 감각어가 52.1%를 차지하여 제일 많이 쓰이고 그 다음 소리 감각어가 많아 쓰이었다. 빛 감각어가 이와 같이 시어에 많이 나타나고 있는 것은 그것이 언어의 표현심리와 밀접히 연관되어있기 때문이다.

푸른색, 흰색, 붉은색의 심리작용을 보면 다음과 같다.

감정 정서적 표현으로 푸른색은 상쾌함, 불안함, 쓸쓸함, 비통함, 냉담한 것과 관련되어 쓰이고 흰색은 깨끗한 것, 텅 빈 것, 모르는 것 등과 관련되어 쓰이고 붉은색은 분노, 열애, 격정, 정열적인 것 등과 관련되어 쓰인다.

빛깔은 다른 사물을 연상시키는 역할도 한다. 이를테면 푸른색은 푸른 하늘, 가을날, 바닷물, 달빛, 겨울, 남성 등을 연상시키고 흰색은 눈, 백지, 북극, 간호원 등을 연상시키고 붉은색은 피, 태양, 불, 붉은기, 공산당, 여름, 여성 등을 연상시킨다.

공감각(共感覺)은 심리적인 용어로서 한 자극에 대하여 감수되는 감각이 잇달아 유기적으로 일어나는 다른 영역의 감각으로 이행하여 이루어지는 감각이다. 어떤 소리를 듣고 달콤한 맛을 느끼듯 하거나 구수한 냄새를 맡는 듯하거나 보드라운 감촉을 느끼는 듯하거나 눈부신 빛깔을 보는 듯한 것은 공감각에 의한 의미의 전이현상을 의미한다.

감각기관을 통하여 여러 감각들 사이의 심리적으로 유기적 이행이 이루어지는 공감각 현상에는 의미의 변화를 일으키는 언어적 요인, 역사적 요인, 사회적 요인, 심리적 요인 등 제 요인들 가운데서도 심리적 요인이 주도적 작용을 한다.

공감각적 은유의 표현은 문맥적인 임시적 의미에서 더욱 발달하여 정서적 의미를 동반하는 것이 필수적이다. 단어의 기본적 의미가 파생적 의미로 전이되는 현상은 공감각적 은유의 표현으로 될 수 없다. 정서적 의미가 공감각적 은유의 표현에 동반될 수 있는 것은 개인의 생활경험, 사상, 인생관에 따라 특수하게 주관적 정서나 기분 면에 연상

되는 정서적 요인이나 색채 정서적 가치나 기분 등을 동반하는 언어의
미의 함축된 가치가 나타나기 때문이다. 공감각적 의미의 전이는 사전
적의미로 수록될 수 없는 예술적인 문학어 특히는 시어에서 환기되는
독특한 기분을 자아내는 연상적 의미로 이루어진다.

공감각 현상에는 감각 간에 전이되는 순수한 공감각 이외에도 감각
어가 어떤 대상, 정신상태, 관념에 전이되거나 구체적인 감각이 추상
적인 감각에로, 추상적인 감각이 구체적인 감각에로 전이되는 유사 공
감각도 들어있다. 예컨대 '붉은 마음'은 빛 감각어가 관념에로 전이된
것이고 '맑은 정신'은 빛 감각어가 정신에로, '희미한 생각'은 빛 감각
어가 사고에로, '검은 손'은 빛 감각어가 대상에로 전이된 것이라 할
수 있다.

『김소월시선집』에서 예를 들면 '젊음의 붉은 이슬', '희미하게 흐르
는 푸른 달빛', '붉은 조수', '붉은 풀', '파랗게 조히 물든 밤빛하늘', '흰
달이 금물결에 노를 저어라'와 같이 빛 감각어가 어떤 대상에 전이되
는 현상이 없고 '괴로운 바다', '털털한 배암나무 무늬양산', '서느러운
여름밤', '쓸쓸한 긴 겨울', '산산이 부서진 이름', '잘 가라는 듯이 살살
부는 새벽의 바람'에서와 같이 촉 감각어가 대상에 전이된 현상도 적
지 않다. '해달같이 맑은 마음'은 빛 감각어가 관념에 전이된 것이고
'불러도 주인 없는 이름'은 소리 감각어가 대상에 전이된 것이고 '오기
를 기다리는 봄의 소리'는 어떤 대상이 소리 감각어에 전이된 현상으
로 볼 수 있다. '외로움이 깊은 근심'과 같은 표현은 촉 감각어와 빛
감각어가 어울리어 사고에 전이된 현상으로 보아진다. 이러한 전이현
상은 유사 공감각에 속하는 것으로서 전형적인 공감각 현상으로는 분
석되지 않는다.

※ 아래에 나오는 모든 예들은 『김소월시선집』의 것이고 『시선집』이라고
   한 것은 바로 김소월의 시를 가리킨다.

시선집에서 공감각적 의미의 전이현상은 다양하게 나타나고 있다. 시선집에서의 형식적 및 수사학적 견지에서 본 직유에 의한 내시적 공감각 현상은 그만두고라도 주로 은유 또는 차유에 의한 외시적공감각 현상을 다루어보면 다음과 같다.

먼저 빛 감각어가 소리 감각어에로 전이된 현상을 보기로 하자.

> 그리운 우리 님의 맑은 노래는
> 언제나 제 가슴에 젖어있어요
>
> 긴 날을 문 밖에서 서서 들어도
> 그리운 우리 님의 고운 노래는
>
> 해지고 저물도록 귀에 들려요
> 밤 들고 잠 들도록 귀에 들려오

시인은 「님의 노래」에서 언제나 제 가슴에 젖어있는 그리운 임의 노래를 '맑은 노래', '고운 노래'라고 함으로써 자나 깨나 잊지 못할 그리운 임에 대한 절절한 마음을 공감각적인 전이현상으로 나타내었다. 시인은 의식적으로 시각적인 빛 감각어를 소리 감각어에 전이시켜 보고 듣는 감을 생동하게 느끼게 한다.

시인은 「옛이야기」에서 임의 곁에 있을 때에는 눈물도 설움도 모르고 자그마한 세상을 보내던 것이 임이 간 뒤에는 모든 것이 없어지고 한때 외워두었던 옛이야기만 남아 그 이야기가 부질없이 제 몸을 울리는 환경을 공감각적 전이현상으로 다음과 같이 묘사하였다.

> 고요하고 어두운 밤이 오며는
> 어스름한 등불에 밤이 오며는
> 외로움에 아픔에 다만 혼자서
> 하염없는 눈물에 저는 웁니다

여기서 '고요하고 어두운 밤'은 소리 감각어가 빛 감각어와 어울리어
다시 어떤 대상에 전이된 것이고 '어스름한 등불'은 빛 감각어가 어떤 대
상에 전이된 것이다. 그것이 나중에는 눈물 흘리며 '우는' 소리 감각어로
끝나버렸다. 외롭고 쓸쓸한 가슴 아픈 환경, 하염없이 눈물 흘리는 환경
을 눈앞에 보듯 시인은 공감각 전이현상으로 인상 깊게 그려내었다.

        당신님의 편지를
        받은 그날로
        서러운 풍설이 돌았습니다
        …

        흘려 쓰신 글씨나마
        국문글자로
        눈물이라 적어 보내셨지요

        물에 던져 달라 하신 그 뜻은
        뜨거운 눈물 방울방울 흘리며
        마음 곱게 읽어달라는 말씀이지요

    시인은 '고적한 날'에서 국문글씨로 적어 보낸 임의 편지내용을 언제
나 잊지 말고 '마음 곱게 읽어달라는' 간곡한 부탁을 공감각적 전이현
상으로 생동하게 그려냈다. '마음(이) 곱다'는 차유의 방식으로 '사유'를
빛 감각어에 전이시키고 다시금 소리 감각어 '읽어달라는 말씀'에 머물
게 하였다.

        붉은 전등
        푸른 전등
        널따란 거리면 푸른 전등
        막다른 골목이면 붉은 전등

전등은 반짝입니다
전등은 그므립니다
전등은 또다시 어스럿합니다
전등은 죽은듯한 긴 밤을 지킵니다

나의 가슴의 속모를 곳의
어둡고 밝은 그 속에서도
붉은 전등이 흐드겨 웁니다
푸른 전등이 흐드겨 웁니다
…

머나먼 밤하늘은 새캄합니다
머나먼 밤하늘은 새캄합니다
…
나의 가슴에 속모를 곳의
푸른 전등은 고적합니다
붉은 전등은 고적합니다

서정시 「서울 밤」에서 서울 밤거리는 붉은 전등, 푸른 전등으로 장식되어 남들은 좋다고들 하지만 시인의 마음속만은 흐드겨 울고 고적하다고 함으로써 현실사회에 대한 불만과 암흑상을 그대로 드러냈다.

시인은 전등 빛이 '붉다', '푸르다', '반짝이다', '그므리다'라는 빛 감각어와 '흐드겨 울다', '고적하다'라는 소리 감각어를 가지고 서로 다른 사회계층사람들의 형편을 '전등'에 비기어 각이한 정도를 그려냈다. 빛 감각이 소리 감각으로 바뀐 것은 시의 감정의 승화부분이다. 시인은 감각전환의 방식으로 당시 사회현실에 대한 울분을 토로하였으며 암흑면을 폭로하였다.

다음으로 느낌 감각어 또는 향 감각어가 빛 감각어에로 전이된 현상을 볼 수 있다.

　　시인은 서정시 「상쾌한 아침」에서 무연한 벌에 봄비가 내려 '가냘픈
빗줄'은 신개지, 뚝가의 개버들, 난벌에 파릇한 파밭을 적시는 상쾌한 아
침의 전경을 보여주고 가시나무 밭에 깃들인 까치 떼, 개울가의 오리와
닭들을 묘사함으로써 한결 흥겹고 신선한 아침의 전경을 펼쳐주었다.
　　시인은 버림받은 무연한 벌에 대하여 이렇게 쓰고 있다.

　　　　무연한 이 벌 심거서 자라는 꽃도 없고 메꽃도 없고
　　　　이 비에 장차 이름모를 들꽃이나 필는지?
　　　　상쾌한 바닷물결 또는 구릉의 미묘한 기복도 없이
　　　　다만 되는 대로, 되고 있는 대로 있는 무연한 벌!
　　　　그러나 나는 내버리지 않는다, 이 땅이 지금 쓸쓸타고
　　　　나는 생각한다 다시금, 시원한 빗발이 얼굴에 칠 때
　　　　예서뿐 있을 앞날의 많은 전변이후에
　　　　이 땅이 우리의 손에서
　　　　아름다워질 것을!
　　　　아름다워질 것을!

　　시인은 결코 무연한 벌이 황폐하고 쓸쓸하다고 내버리는 태도를 취하
지 않았다. 시인은 오직 우리의 두 손으로, 자체의 힘으로 아름답게 가꾸
어 전변시키고 말겠다는 굳은 신념과 불타는 결의로 가슴 벅차하였다.
　　이 시의 환경묘사에서 '가냘픈 비줄'은 소리 감각어가 대상에 전이되
어 '비줄'을 사상 감정화 하는 데 효과적으로 쓰이게 하였으며 '시원한
빗발이 얼굴에 칠 때'는 그 전체가 느낌감각으로 되고 그것이 '이 땅에
우리의 손에서 아름다워질 것을!'에서와 같이 빛 감각으로 바뀌면서 아
름다운 미래를 황홀경으로 펼쳐 보인다.
　　이 시선집에는 느낌 감각어와 빛 감각어가 아울러 소리 감각어에로
전이되는 현상도 볼 수 있다.
　　시인은 「가을아침」에서 '퍼스럿한 하늘', '회색의 지붕', '안개가 어스

레히 흘러 쌓이는' 메골의 가을아침 전경을 빛 감각어로 묘사하고는
이렇게 쓰고 있다.

> 아아 이는 찬비 온 새벽이러라
> 냇물도 입새 아래 얼어붙누나

여기서 시인은 이른 새벽의 찬 날씨를 '찬비', '얼어붙다'라는 느낌감
각어로 바꾸어 나타내었다.

> 눈물에 째여오는 모든 기억은
> 피 흘린 상처조차 아직 새로운
> 가주 난 아기같이 울며 서두는
> 내 영을 에워싸고 속살거려라

시인은 다시 소리 감각어 '울다'와 '속살거리다'로 바꾸어 눈물겨운
지난날의 회억을 더듬으며 사상을 감정화 하여 나타내었다.

> "그대의 가슴속이 가벼웠던 날
> 그리운 그 한때는 언제였었노ㅡ"
> 아아 어루만지는 고운 그 소리
> 쓰라린 가슴에서 속살거리는
> 미쁨도 부끄럼도 잊은 소리에
> 끝없이 하염없이 나는 울어라

여기서 '어루만지는 고운 소리'는 느낌감각어가 빛 감각어와 아울러
소리 감각어에 전이된 것이다. 이러한 공감각적 전이현상은 시점이 사
랑하는 사람에게 돌려진 조건하에서 이루어진 것이다.
  이 시에서 시점관계를 보면 시 전체가 3개의 연으로 쓰이었는데 첫

연과 두 번째 연의 앞부분 '얼어붙누나'까지는 시점이 가을날 새벽의 전경에 머물고 '눈물에 쌔여오는 모든 기억은'으로부터는 기본적으로 시점이 사랑하는 사람에게 옮겨졌다가 시의 마지막 행인 '끝없이 하염없이 나는 울어라'에 이르러서는 시인 본신에게 시점이 돌려지면서 소리 감각어가 작자의 주정토로로 넘어감과 동시에 결말이 지어졌다.

이상과 같이 『김소월시선집』에서 공감각적 전이현상 분석을 보면 빛 감각어가 소리 감각어로 전이된 현상이 제일 많고 그다음으로는 느낌 감각어가 소리 감각어로, 느낌 감각어 또는 향 감각어가 빛 감각어에로 전이되거나 느낌감각어가 빛 감각어와 소리 감각어에로 전이되는 현상들도 찾아볼 수 있다.

공감각적 전이현상을 분석하고 일반적인 규칙성을 더듬어낸 학자로서는 울만이 있다. 그는 영어와 프랑스어를 중심 대상으로 하여 조사하였다. 울만이 키츠와 고띠에 두 사람의 시작품전부를 통계적으로 연구한 결과는 다음과 같다.

	느낌감각	온감각	맛감각	향감각	소리감각	빛감각	합계
느낌감각	1/5			2/5	39/70	14/55	56/135
온감각	2			1	5/4	11/11	19/15
맛감각	1	1		1/4	17/11	16/7	36/22
향감각	2		1		2/5	5/1	10/6
소리감각	/2	/1		/1		12/13	12/17
빛감각	6/3	2/1	1/1	/1	31/34		40/39
합계	11/5	4/6	2	4/11	94/124	58/87	173/234

앞 도표의 가로 부분은 전이의 출발점을 가리키고 세로 부분은 전이의 도달점을 가리킨다. 도표에서 두 사람의 시작품에서의 통계수는 키츠／고띠에 와 같이 갈라 표시하였다. 도표에서 보여주는 바와 같이 울만은 6개의 출발점과 5개의 도달점으로 되는 30개의 이론점으로 가능한 범주를 설정하였다. 이 도표에서 표시된 수는 느낌 감각어가 시발점으로 되고 전이의 도달점이 소리 감각어로 된 것이 많다. 그 다음으로 느낌 감각어가 빛 감각어에로 이르는 전이현상을 들 수 있고 빛 감각어가 소리 감각어에로 이르는 전이현상을 들 수 있다. 빛 감각어가 소리 감각어에로, 소리 감각어가 빛 감각어에로 전이되는 현상도 그 수가 적지 않다. 다른 작가들의 것도 이와 비슷한 범주를 설정하고 조사하였는데 느낌 감각어에로부터 소리 감각어에 이르는 전이현상이 많이 나타났다고 한다.

우리말 표현에 나타난 공감각적인 의미 전이현상에서는 전이과정이 대체로 빛 감각어에서 소리 감각어에로의 이행을 중심으로 하여 소리 감각을 도달 감각으로 하는 경우가 우세임을 『김소월시선집』에서도 여실히 보여주고 있다. 이런 전이현상은 아름답고 황홀한 공감각의 정서적의미를 환기시키고 있다.

울만의 통계자료에서 공감각전이현상의 규칙성을 더듬어보면 감각중추의 최하위수준인 느낌감각이 감각이행의 주요 출발감각이 되고 감각중추의 최상위수준인 시각, 청각 중에서 청각이 감각이행의 도달감각으로 되고 있는 것이 많다는 것을 알 수 있다. 또한 울만이 작성한 도표에서 공감각의 분포현상은 중추 뇌의 하역감각인 미분화감각에서 상역감각인 분화감각으로 상승하는 경향을 보인다. 공감각적 의미의 전이현상은 문학적인 표현에 있어서 문맥적 의미와 정서적 의미를 불러일으키는 역할을 한다. 따라서 공감각적인 전이현상에 대한 연구는 문학과 언어학에서의 의미론적 및 문체론적 연구 분야의 대상으로 될 뿐만 아니라 의학, 철학, 사회학, 미학을 연구하는 학자들의 주목을 끄는 흥미 있는 연구대상으로 되고 있다.

제3절 갈등중재이론에 의한『구운몽』의 의미 구조적 분석

1. 갈등중재이론의 도입

갈등중재이론은 레비슈트리우스가 신하의 변이체계와 그것이 나타나는 사회역사적인 전후관계와의 상관성을 추적하기 위해 추상적인 기초로써 공식화하여 만들어낸 것이다. 갈등중재이론은 주로 신화를 대상으로 하여 만들어진 것이지만 어떤 학자들은 이 공식을 이용하여 민담과 속담 및 수수께끼 등을 분석하고 그 후 여러 학자들도 소설의 의미 구조적 분석에 이 이론을 직접 도입하여 적지 않은 연구 성과를 올리고 있다.

갈등은 소설에서 인물성격을 창조하거나 소설의 구성을 전개하여 나가는 데 주요한 역할을 한다. 서정장르와는 달리 서사장르는 언제나 하나 또는 그 이상의 갈등을 가지고 있다. 갈등은 대립되는 모순의 주요 측면들로 구성된다. 모순이 격화되어 절정에 오르면 모순의 해결에 의해 갈등은 해결된다. 서사장르에서 갈등이 둘 또는 그 이상으로 이루어지면 갈등의 중재가 일어난다. 서사진행이 연장되며 갈등의 중재가 생기고 중재자가 있기 마련이다.

레비슈트라우는 갈등의 중재공식을 다음과 같은 기호로 표시하였다.

$$Fx(a) : Fy(b) : : Fx(b) : Fa^{-1}(y)$$

이 공식에서 a와 b는 주어진 역할을 수행하는 행위자를 가리킨다. a나 b는 어느 한 집단의 세계관이 반영된 상징적인물이다. 여기서 a는 하나의 가치관만을 고수하는 단선적인물이고 b는 이중적 가치관의 소유장이다. x나 y는 a나 b에 의해 구체화되는 기능이다. x는 부정적 기능을 수행하고 y는 긍정적 기능을 수행한다. x나 y의 기능은 고정적이다. 그리고 a나 b는 다양하게 변이될 수 있다. 즉 a는 a^1, a^2, a^3…, b는 b^1, b^2, b^3…로 변이될 수 있지만 그들이 수행하는 기능 x나 y는 언제나 일정하다. 이 공식은 초기상황에서 Fx를 끄집어내는 a와 Fy를 수행하는 b 사이에 갈등이 드러나고 이 갈등을 해결하기 위해 중재자가 등장한다는 것이다. a는 하나의 가치관만을 고수하므로 중재의 자격이 없다. b가 중재의 주체(Fx(b))가 되어 중재의 결과로 갈등은 완전히 해결된다. 갈등의 해결은 $Fa^{-1}(y)$로 표시된다. 중재가 높은 지위에 오르거나 결혼을 하거나 예기한 목적을 달성하면 갈등의 해결로 표시된다. 중재가 성공하면 서사진행이 끝나버릴 수 있지만 중재가 실패로 돌아가면 서사진행의 결말은 지연된다.

김만중의 소설 『구운몽』은 전기체소설로서 신화나 전설의 구조와 유사한 점들이 많다. 갈등중재이론의 공식을 도입하여 소설 『구운몽』에 의미 구조적 분석을 가하는 것은 중세기 전기체소설의 의미 구조를 파악하는 데 도움이 되리라 본다.

2. 『구운몽』의 구조분석

『구운몽』은 장회체소설 형식으로 씌어졌다. 작가 김만중은 도합 52개 장으로 나누어 소제목을 달고 구성을 짜놓았다. 이것을 다시 사건의 순차에 따라 기능별로 갈라놓으면 다음과 같다.

A: ① 육관대사의 제자 성진이가 용왕을 찾아 동정용궁으로 들어가다.

② 성진이가 돌아오는 길에 돌다리에서 팔선녀와 만나다.

③ 성진이가 선녀들을 그리며 세상 생각을 하다.

④ 성전이가 육관대사의 벌을 받고 양가의 집에서 인간 세상에 태어나다.

B: ⑤ 양소유가 화음현에서 진채봉을 만나고 통신연락을 가지다.

⑥ 양소유가 람전산에서 도사를 만나 거문고와 통소를 배우고 도술을 적은 책을 받다.

⑦ 양소유의 고민과 어머니 유씨의 경계가 심해지다.

⑧ 양소유가 천진 교주루에서 계섬월을 만나고 계섬월은 절색을 추천하다.

⑨ 양소유가 거짓 여관으로 가장하고 거문고를 타서 정소저(경패)를 만나고 정사도의 사위로 되다.

⑩ 정소저가 십삼랑으로 하여금 묘계를 꾸미게 하다.

⑪ 양한림이 동구에 들어가 선녀를 만나다.

⑫ 양한림의 앞에서 가춘운이 선녀도 되고 귀신도 되다.

⑬ 두진인이 양한림의 상을 보다.

⑭ 양한림이 정사도 집에서 의심을 품다.

⑮ 양한림이 연나라에 사신으로 가다.

⑯ 양한림이 천진교에서 계섬월을 다시 만나서 적백란(경홍)의 꾀임에 들다.

⑰ 양한림이 벼슬에 올라 란양공주의 옥통소소리를 화답하고 봉래전에서 궁녀들에게 글을 지어주다.

⑱ 진채봉이 다시 양상서를 알아보고 탄식하다.

⑲ 어명으로 정사도 집에 양소유의 예폐를 물리라 하니 양소유 상소하여 옥에 갇히다.

⑳ 양상서 토번을 쳐 원수가 되다.

㉑ 양원수 군중에서 심요연을 만나다.

C: ㉒ 양원수 백룡담에서 백릉파를 만나고 용왕의 안내 하에 명산을 구경하다.

㉓ 정경패가 발원서를 올리다.

㉔ 란양공주가 정소저를 찾아가 그와 더불어 가마를 같이 타고 양소유의 두 부인 되기를 허락받다.

㉕ 정소저가 영양공주가 됨을 영광으로 생각하고 그 모친도 입
조하다.

㉖ 양승상이 가춘운의 꾸며낸 말을 듣다.

㉗ 양승상이 두 공주와 더불어 성례한다.

㉘ 계교로 서로 속은 일을 알다.

㉙ 양승상이 대부인을 모셔 잔치를 베풀다.

㉚ 양승상이 월왕과 낙유원에서 만나 사냥과 풍악으로 즐기다.

㉛ 양승상이 월왕을 골려주고 희첩을 많이 둔 죄로 벌주를 마시다.

㉜ 양승상의 두 부인과 여섯 첩이 결의하다.

㉝ 양승상이 사직하고 황상이 취미궁을 빌리다.

D: ㉞ 양태사 취미궁의 높은 봉에 올라 먼 데를 바라보다.

㉟ 성진이가 팔선녀 꿈을 깨고 참에 돌아오다.

소설 『구운몽』은 구성상에서 크게 4부분으로 나눌 수 있다. 첫 부분은 신선세계, 둘째 부분과 셋째 부분은 인간세계로 펼쳐진 부분이다. 이 부분은 소설구성의 중심을 이룬다. 인간세계 부분을 크게 두 부분으로 나누면 인간세계가 펼쳐진 데로부터 『구운몽』 상책이 끝난 데까지 한 부분으로 되고 하책의 시작으로부터 사직을 알리기 전까지 다른 한 부분으로 된다. 소설의 넷째 부분은 취미궁에 가서 극락세계로 가려 하는 부분이다.

소설의 첫 부분을 A로 표시하고 둘째 부분을 B로, 셋째 부분을 C로, 넷째 부분을 D로 표시하면 작품의 구성은 다음과 같다.

부분별 \ 단락별	단락	무대
A	1~4	신선세계(전세)
B	5~21	인간세계(현세)
C	22~33	
D	34~35	극락세계(내세)

작품의 첫 부분: A: (1-4)

작품의 첫 부분에서는 양소유의 전세인 신선세계에서 성진이의 신분, 총명성, 뛰어난 재질에 대한 정보를 제공하고 육관대사의 훌륭한 제자임에도 불구하고 그와의 모순갈등을 통해서 불교의 교리에 반대하여 나선 성진이의 성격적 특징을 보여준다. 여기서 얼핏 보기에는 육관대사가 주요인물로 등장하는 것만큼 갈등의 중재자로 착각할 수 있다. 그러나 갈등의 중재자는 육관대사가 아니라 그의 제자 성진이다. 육관대사는 단선적인 인물로서 중재의 기능을 수행할 수 없다.

육관대사는 불교의 선전자이다. 육관대사는 연화봉에 큰 법당을 지어놓고 5, 6백 명의 제자를 거느리고 있다. 그는 절간에서 모든 제자들을 불도에 어그러지지 않도록 엄격히 단속하면서 불도를 열심히 닦고 있다. 제자들 가운데서 총명하기 으뜸인 성진이는 불교의 경전에 능통하여 육관대사의 총애를 받는다.

어느 하루, 성진이는 대사의 명을 받고 동정용궁으로 가서 동정용왕에게 대사의 사의를 표시하고 돌아오는 길에 팔선녀를 만난다. 성진이는 팔선녀와 돌다리에서 길을 다투다가 길 값으로 여덟 개 맑은 구슬을 주고 법당으로 돌아온다. 팔선녀는 옥황상제의 명을 받고 일하는 남악부인의 휘하에 있었다. 남악부인과 육관대사는 같은 산봉우리를 가운데 두고 서로 동서로 나누어져 살고 있었다. 남악부인은 선도를 닦고 육관대사는 불도를 닦고 있었다. 팔선녀는 남악부인의 선물 천화보배를 육관대사에게 가져다주고 돌아가는 길에 성진이와 만난다.

성진이는 법당에 돌아와서도 낮에 만났던 아름다운 선녀들의 생각에 좀처럼 잠을 이루지 못한다. 성진이는 인간의 생활에 애착을 가지게 되면서 자기들이 닦는 불도에 대하여 의심을 품게 된다. 인간의 참생활에 비겨볼 때 불교의 도를 닦는 일이란 그야말로 적막하기 그지없었다. 날마다 한 그릇 밥과 한 잔 정화수를 떠놓고 수십 권 경문에 염주를 목에 걸고 설법을 하는 외에 다른 것이 없었다. 성진이는 갈수록 인간생활에서 부귀공명을 누려보려는 욕망이 불타오른다. 이런 생각에 모대기고 있을 때 육관대사는 성진이를 불러다가 엄한 책벌을 주게 된다. 성진이의 죄명은 용궁에서 술을 마셨다는 것, 팔선녀를 희롱하였다는 것, 불법을 잊어버리고 인간 세상의 부귀공명을 꿈꾸었다는 것이다. 육관대사는 성진이를 황건 역사에게 맡겨 지옥에서 염라대왕의 심문을 받게 한다. 한참 심문을 받고 있을 때 팔선녀들도 끌려온다. 팔선녀들도 성진이와 길 다툼한 죄로 남악부인의 엄벌을 받았던 것이다.

엄한 심문 끝에 염라대왕은 성진이와 팔선녀 아홉 사람을 인간 세상에 내려 보내어 사면팔방으로 흩어져 태어나게 한다. 성진이는 수주현에 사는 양처사의 집 유부인의 몸에서 태어나 성은 양씨요, 이름은 소유하고 하였다.

성진이가 인간 세상에서 태아나기 전의 A부분의 기능을 단락의 구분에 따라 긍정적 징표(+)와 부정적 징표(−)로 갈라 보이면 다음과 같다.

단락	부정	긍정
1		+
2		+
3	−	
4	−	

양소유의 전세인 신선세계에서 갈등중재의 성공과 실패여부를 쉽게 판별하기 위하여 그림으로 그려 보이면 다음과 같다.

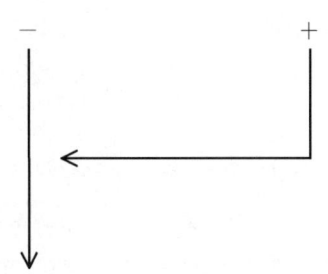

그림에서 +에서 -로 향한 화살표는 중재를 의미한다. 성진이의 중재노력에도 불구하고 -의 부정적 기능은 지속된다.

작품의 첫 부분에서 보여준 중재공식은 다음과 같이 변형된다.

a: 육관대사, 염라대왕

b: 성진

x: 구속

y: 자유

$Fx(a) > Fy(b)$

성진이의 염원은 좌절되고 징벌을 받아 지옥에 간 것은 중재가 실패됨을 의미한다. 인간 세상에서 다시 태어나게 된 것은 중재가 지속됨을 의미한다.

작품의 둘째 부분 B: (5-21)

인간 세상에서 흩어져 태어난 팔선녀들은 양소유의 노력에 의하여 한사람씩 찾아서 만나게 된다. 전세의 인연은 현실생활에서 꽃피어난다.

양소유는 가난한 가정에서 태어났지만 용모가 아름답고 총명하고 글재주가 있었다. 나라에서 인재를 선발한다는 소식을 들은 양소유는 어머니를 하직하고 과거보러 떠난다. 양소유는 화주 화음현에 이르러 양류사를 지어 읊음으로써 진어사의 딸 진채봉과 인연을 맺게 된다. 양소유는 전세에서 불교의 교리를 배운 적이 있고 현실에서는 람전산에 가서 도사를 만나 거문고와 퉁소를 배우고 도술을 적은 책을 받는다. 양소유가 진어사의 집을 찾아가니 진어사가 역적의 벼슬을 했다는 구실로 진소저를 서울로 잡아갔다고 한다. 양소유는 슬픈 감정에 휩싸인다. 양소유는 또 낙양에서 계섬월을 만나고 장안에 이르러 정경패를 만난다.

양소유는 풍채가 늠름한데다가 일대 문장가여서 과거에 장원급제한다. 정사도는 과거방에서 양소유를 사윗감으로 고른다. 정소저는 자기의 몸종 춘운을 시켜 선녀도 되고 귀신도 되게 하면서 양한림의 무료

함을 풀게 한다.

양한림이 과거에 장원급제한 후 정사도의 사위가 되고 어머니를 서울에 모셔가려 할 때 조나라, 위나라, 연나라에서 군사를 일으켜 천자는 근심에 싸인다. 양한림이 조서를 지어 천자에게 드리었더니 조나라와 위나라는 조정의 명에 복종하나 연나라 왕은 굴복하지 않는다.

양한림이 연나라에 사신으로 가자 연나라 왕은 그 위풍에 눌리어 사죄하고 항복한다. 양한림은 돌아오는 길에 한단 땅에 일러 동자차림을 하고 나타난 적백란(경홍)을 만나고 낙양에서 계섬월을 다시 만난다. 섬월은 한림에게 경홍을 추천한다.

서울에 당도한 양한림이 천자 앞에 사업보고를 올리자 천자는 대단히 기뻐한다. 이리하여 양한림은 예부상서 겸 한림학사의 높은 벼슬을 하게 된다. 그때 황태후에게는 아들 둘과 란양공주 하나가 있었다. 아들 하나는 황상이고 다른 하나는 월왕이었다. 란양공주의 이름은 소화이다. 황태후는 란양공주의 배후자가 선택되지 않아 늘 염려하고 있었다. 그런데 란양공주와 양상서의 옥퉁소소리에 청학이 날아와 춤을 추는 것을 보고 과연 이 두 사람이 인연이 있다고 궁중사람들이 의논한다. 양상서는 나이가 공주와 배우자로 되게 알맞고 그 풍채와 재주가 뛰어나 누구도 그와 견줄 사람이 없었다. 황태후는 양상서를 란양공주의 배우자로 만들자고 눈독을 들이고 있었다.

그러던 어느 하루, 천자가 봉래전에서 양상서를 불러다가 글재주 있는 궁녀 십여 명(여중서)과 더불어 글을 짓게 한다. 양상서 채색 붓을 들자 '풍운이 일고 번개같이 날려' 주옥같은 시구를 쏟아놓는다. 천자는 읽어보고 칭찬이 자자했다. 십여 명의 글재주 있는 궁녀로 뽑힌 가운데는 진채봉도 들어있었다. 봉래전에서 황태후를 모시고 여중서와 더불어 양상서의 글을 받을 때 진채봉은 양소유를 대뜸 알아보고 옛정을 억누를 수 없어 '마음이 타는 듯, 살이 녹는 듯' 슬픔의 눈물이 비오듯 한다. 진채봉은 양상서의 글 밑에 시구를 써서 읊는다. 그것이 발각되자 내관이 황상의 명으로 글 쓴 부채를 찾는다. 양상서가 정사도의 딸과 정혼한 사실을 알게 된 황태후는 어명으로 정사도 집에 양소유의 예폐를 물리라 한다. 양상서가 춘운을 보내어 혼인에 대한 상소를 한 탓으로 황태후는 양소유를 옥게 가둔다.

바로 이때 토번이 강성하였다. 십만 대군이 일어나 변방고을을 연이어 함락하고 선봉이 위교에 이름을 알린다. 황상이 제신들을 모아놓고 계교를 묻는다. 양소유가 계략을 대여 군사 삼만을 거느리고 나서서 토번을 들이쳐 승전한다. 토번의 좌현왕도 사로잡힌다. 양소유는 승전하는 기회를 놓치지 말고 계속 쳐서 소굴을 깡그리 없애버리자고 상소한다. 황상은 그 뜻을 장하게 여겨 양소유에게 어사대부 겸 병부상서, 정서 대원수라는 높은 벼슬을 준다.

양 원수는 군사를 몰아 몇 달 사이에 잃었던 오십여 고을을 수복하고 적설산 아래에 이른다. 양 원수가 장막에 앉아 병서를 보는데 심요연이 서릿발 같은 비수를 들고 들어온다. 심요연은 전생의 연분이 당나라에 있기에 귀인을 만나 연분을 가지자는 것이었다. 심요연은 양원수에게 원수를 쳐부술 모략과 계책을 대주고 사라진다.

이상의 내용으로 『구운몽』 상책이 구성되었다. B부분 (5-21)을 구성한 기능요소들은 다음과 같은 징표를 짓는다.

단락	부정	긍정	단락	부정	긍정
5		+	15	−	
6		+	16	−	
7	−		17		+
8		+	18	−	
9		+	19	−	
10	−		20		+
11		+	21	−	
12	−				
13		+			
14		+			

　중재의 성공여부를 판별하기 위해 그림으로 그려 보이면 다음과 같다.

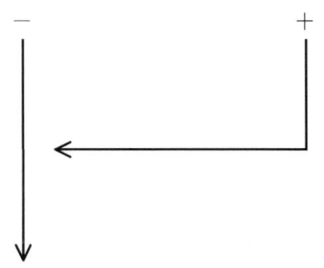

　B부분에서는 인간 세상에서 전세에 인연이 있던 사람들을 다시 만나서 현실생활에서 사랑의 꽃을 피운다. 이와 같이 사랑선을 주선으로 볼 때 어명으로 정사도의 집에 양소유의 예폐를 물리게 되고 양소유는 옥에 갇힌 것으로 사랑관계가 중단된 셈이다. 하여 중재는 실패로 돌아갔다. B부분의 20-21은 외적과의 싸움도 승승장구고 승전은 하고 있으나 결속된 것이 아니다. 드디어 양소유가 거느린 군사들은 반사곡에 이르러 온갖 애로를 다 겪게 된다. 사건은 다음 장에서 계속 이와 같이 물고나간다.

　중재공식은 무대가 신선세계의 공간에서 현실세계의 공간으로 옮겨왔을 뿐 A에서와 크게 다름없다.

　　a: 황태자, 천자

　　b: 양소유

　　χ: 파혼

　　y: 결혼

$$F\chi(a) > Fy(\sum^{\infty} b^i)$$

　양소유가 정소저를 아내로 삼기 위해 여러 차례 노력을 경주하며 상소도 하였지만 사랑관계가 파괴되고 노력을 경주한 행위는 실패로 돌아감을 의미한다. 중재의 실패로 하여 서사결말은 지연된다.

작품의 셋째부분 C: (22-33)

이 부분에서는 현실생활에서 인연을 맺은 대상들이 파란곡절을 거쳐 한집에 모이여 사랑의 꽃을 피우고 부귀공명을 누리게 된다.

C부분의 이야기줄거리는 이러하다.

양 원수의 군대는 백룡담에 이르러 큰 연못에서 물을 마시고나서 전신이 푸르고 기색이 창백하여 죽을 지경이 된다. 양 원수는 몸이 피곤하여 장막에 앉아 조는데 여동자가 나타나 양 원수를 수부로 모셔간다. 동정용왕의 끝에 딸 백릉파가 나와서 원수를 뵈옵고 자기는 전신이 선녀로서 죄를 범하고 귀양 와서 왕의 딸이 되었다고 한다. 전세의 인연인 백릉파의 도움을 받아 물맛도 좋아지고 병든 군사도 완쾌하게 된다. 양 원수는 남해군을 격파하고 용자를 잡아들인다. 양 원수는 용왕이 베푼 잔치에 나가 명산까지 구경하고 절에 가 향불을 올리고 꿈을 깬다. 병사가 힘을 얻어 일어났다는 소식을 들은 도적들은 항복한다.

양 원수가 나간 틈을 타서 황태후는 조서를 내어 정녀를 다른 사람과 결혼시키고 양 원수가 돌아온 다음 란양공주와 혼인을 시키려 한다. 황태후의 주장과는 달리 란양공주는 정소저와 양 원수가 이미 정혼한 사이이니 자신까지 두 부인이 함께 양 원수를 섬기자는 것이었다. 란양공주는 사복을 하고 스스로 정경패를 찾아간다. 황태후도 정소저를 보겠다고 하여 란양공주는 그와 가마를 타고 장신궁에 가서 칠보시를 짓는다. 황태후는 정소저를 양녀로 삼고 란양공주와 형제를 맺게 한 후 정소저를 영양공주라고 부른다. 영양공주의 나이가 한살 위여서 형으로 되고 란양공주가 동생으로 된다. 황태후는 두 공주와 함께 양소유의 부인이 되는 것을 허락한다. 영양공주의 모친도 입조하며 그 후 영양공주의 시녀 춘옥도 불러 같이 있게 한다. 황태후와 영양공주는 춘운에게 양상서가 돌아오면 "정소저가 우연히 병이 들어 불행하였다."고 말하게 한다. 양상서가 승전하고 돌아온 후 위국공신으로 대승상이 된다. 그는 정사도 집에 이르렀을 때 춘운의 계교에 속고 만다.

양승상이 두 공주와 더불어 성례하고 영양공주를 좌부인, 란양공주를 우부인, 진채봉을 숙인으로 삼는다. 양승상은 춘운의 속임에 넘어간 연유를 알고 옛정을 되살린다. 양승상은 늙으신 어머님을 모셔다 잔치를 베푼다. 낙양의 계섬월과 하북의 적경홍도 이르게 된다. 계섬월은 기생 동부 40명을 거느리게 하고 적경홍은 기생 서부 40명을 거느리게 한다.

하루는 월왕이 양승상과 더불어 낙유원에 모여 사냥도 하고 풍악도 하며 즐겨보자고 한다. 승상은 이에 응낙하고 팔십 명의 기생을 동원하여 만단의 준비를 갖춘 후 월왕의 앞에서 본때를 보이려 한다. 토번을 칠 때 얻은 심요연과 동정용녀 백릉파도 당도하여 무예를 보고 비파를 탄다. 월왕은 사냥으로나 풍악으로는 비길 수 없으니 시기 질투하여 황태후에게 양승상이 희첩을 많이 두고 방탕함을 고한다. 그러나 양승상은 사직지신이라 죄를 주기 어려우니 술로 벌을 주기로 한다.

이후부터 양승상과 두 아내, 여섯 첩이 서로 친함은 골육보다 더하고 정은 형제 같았다. 두 부인과 춘운, 섬월, 경홍은 남자애를 낳고 채봉, 릉파는 여자애를 낳아 잘 길러서 높은 벼슬을 시키고 즐거운 나날을 보낸다.

양승상은 세상의 부귀영화를 다 누리고 모든 것이 극진하였으니 사직 상소하여 승상에서 물러난다. 그 후 황상이 위국공신으로 그에게 태사벼슬을 더 봉하고 취미궁을 벌린다.

이상이 『구운몽』 하책, 셋째 부분 C의 이야기줄거리다.

C부분 (22-33)을 구성한 기능요소들의 징표는 다음과 같다.

C부분에서 이야기의 주선인 사랑선은 성공적으로 이어졌다. 인간 세상에서 흩어져 태어난 팔선녀는 B부분에서 대부분 찾게 된다. C부분에 와서는 찾지 못한 선녀들도 다 찾게 되고 우여곡절을 겪으면서 양소유의 곁에 모두 모이어 부인으로 되거나 첩으로 된다. 부모들도 모셔오고 자식까지 낳아 기르며 단란한 가정을 이루고 호부호형하고 부귀공명을 다 누린다.

단락	부정	긍정	단락	부정	긍정
22		+	29		+
23	−		30		+
24		+	31	−	
25		+	32		+
26	−		33		+
27		+			
28	−				

　외적과의 싸움에서 위국공신으로 되는 것은 양소유가 부귀공명의 단계에 오르는 조건으로 된다.

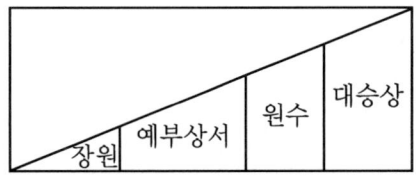

　양소유의 벼슬자리가 높아짐에 따라 부귀공명은 단계적으로 높아지고 온갖 애로가 돌파되면서 사랑의 인연이 현실적으로 맺어져 꽃피고 열매 맺는다.

　C부분을 구성한 기능요소들의 징표는 −의 기능이 +로 이끌려나와 지속된다.

　이것을 그림으로 보이면 다음과 같다.

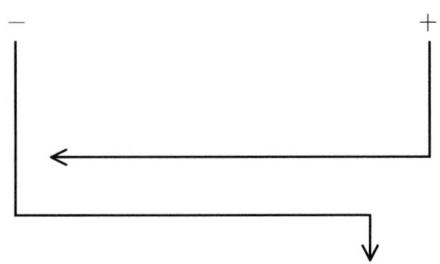

따라서 중재공식은 다음과 같다.

　　a: 황태후, 천자

　　b: 양소유

　　x: 파괴

　　y: 안정

　　$Fx(a) : Fy(b) :: Fx(b) : Fa^{-1}(y)$

양소유의 중재로 $Fx(a)$라는 기능이 상실되고 $Fa^{-1}(y)$의 긍정적 상황으로 바뀌었다. 이것은 중재가 성공적으로 이루어졌음을 나타낸다.

소설의 다음 단계에서는 요직에서 물러나 극락세계를 꿈꾸는 장면이 펼쳐진다.

작품의 넷째 부분 D: (34-35)

요직에서 물러난 양소유는 취미궁에 이르러 자녀들을 모아놓고 생진잔치를 굉장히 베푼다. 양소유는 여덟 명의 여인을 데리고 취미궁 서편에 있는 높은 봉우리에 올라가서 끝없이 넓은 자연의 조화와 지난날의 역사의 자취를 굽어본다. 북으로는 진시황의 아방궁이 보이고 서로는 한무제의 무릉, 동으로는 현종황제가 양귀비와 노닐던 청화궁이 보인다. 이 세 사람은 만고의 영웅이었지만 지금 어디에 있는가? 우리가 돌아간 후이면 세인들이 '이난 곧 양태사의 모든 낭자로 더불어 노닐던 곳이라, 대승상의 부귀풍류와 모든 낭자의 옥안화태 이미 적막하였다' 하리니 이것이야말로 내가 세 임금의 궁과 능을 보는 것과 같을 것이 아닌가. 양소유는 슬픔이 앞을 가려 지금까지 살아온 인간 세상의 생활이 한순간의 꿈처럼 느껴졌다.

양소유는 벼슬자리에서 물러난 후 날마다 부처 앞에 염불하며 불멸의 도를 얻으려 한다. 여인들도 양소유가 내세에 밝은 스승을 만나 큰 도를 이루어 가르쳐주기를 바란다. 양소유와 팔선녀는 한마음 한뜻이 된다.

양소유가 바로 불멸의 도를 얻으려 하는데 육관대사가 불쑥 앞에 나타났다. 대사는 소유의 전세의 이름 성진이를 부르며 "네가 인간 유회

하는 일을 꿈꾸었다."고 하였다. 좀 있더니 위부인의 시녀 팔선녀도 이르러 참회하면서 인간의 한 꿈을 꾸었으니 밝은 교훈으로 깨우쳐달라고 한다. 이들은 머리를 깎고 중이 되어 맹세한다. 이에 육관대사가 설법을 하니 성진이와 팔 여승은 불계에 있는다. 육관대사는 서천으로 가고 성진이는 불경을 물려받아 연화봉 도장에서 여승에게 설법한다. '일심정념 극락세계'.

D부분은 작품의 결말로 되어 있는 부분이다. 양소유가 인간 세상에서 어머니를 모시고 부귀영화를 다 누리다가 마침내 벼슬을 버리고 취미궁에서 한가한 여생을 보내면서 불도를 닦아 팔선녀와 더불어 극락세계로 돌아가려 한다는 것으로 끝난다.

D부분을 구성한 기능요소들의 징표는 다음과 같다.

단락	부정	긍정
34	−	
35		+

이것을 그림으로 그리면 다음과 같다.

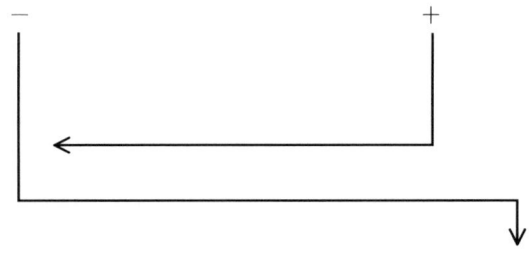

갈등중재공식으로 표시하면 다음과 같다.

　a: 육관대사

　b: (양소유) 성진

　χ: 허무

y: 극락

$F\chi(a) : Fy(b) :: F\chi(b) : Fa^{-1}(y)$

이 중재공식은 무엇을 의미하는가? 벼슬자리에서 물러난 것은 중재의 실패이다. 취미궁에서 양소유의 생활은 인간세계와는 동떨어진 것으로써 모든 향락을 마음껏 누리면서도 그것이 또한 싫증나고 적막하기 그지없어한다. 그리하여 양소유는 영생불멸의 극락세계로 가려 한다. 소설은 육관대사가 다시 나타나서 불도를 닦는 극락세계로 성진이를 끌로 가는 것으로 내세를 보이었다.

이상의 것을 종합하면 A와 B에서 해결되지 못한 갈등은 C에 이르러 해결된 셈이다. D에서는 새로운 모순갈등이 생겨서 다시 해결된다.

A에서는 성진이가 팔선녀와 한번 만나서 몇 마디 말을 건 것이 죄가 되어 성진이와 팔선녀는 염라대왕의 처벌을 받게 되고 B에서는 양소유가 인간 세상에서 다시 태어난 정경패, 진채봉 등과 만나 사랑을 기약한 것이 죄가 되어 황태후, 천자가 옥에 가두게 한 것들이 C에 와서는 순조롭게 풀린다. B와 C에서 외적의 침략으로 하여 불안한 상태가 조성된 것도 C단계에서 전부 해결되어 양소유는 승상의 자리에까지 오르게 된다. D에 와서는 취미궁에 이르러 모순갈등이 해소되고 극락세계로 들어감으로써 $F\chi(a)$의 상황은 모두 청산된다.

이 서사체의 전체를 단일한 공식으로 정리하면 다음과 같다.

	A	B	C	D
a	육관대사	황태후	황태후	육관대사
b	성진	양소유	양소유	성진
x	구속	파혼	파괴	허무
y	자유	결혼	안정	극락

$F\chi(a) : Fy(b) :: F\chi(b) : Fa^{-1}(y)$

3. 『구운몽』의 의미론적 분석

먼저 『구운몽』에서 작용하는 종교의 유형과 그 범위에 대하여 보기로 하자. 이에 대한 이해를 깊게 하기 위하여 『구운몽』의 공간적 구조를 그림으로 보이면 다음과 같다.

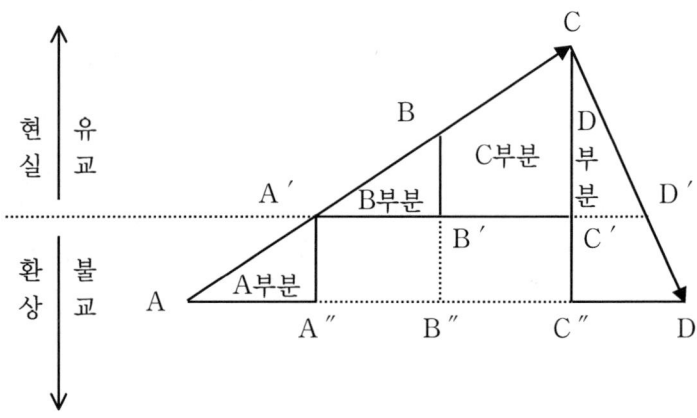

이 공간구조의 그림에서 볼 수 있는바와 같이 삼각형 AA´A˝는 소설 A부분의 공간을 표시하고 삼각형 A´BB´는 소설 B부분의 공간을 표시한다. 사각형 BCC´B´는 소설 C부분의 공간을 표시하고 삼각형 CDC˝는 소설 D부분의 공간을 표시한다.

여기서 A부분의 공간과 D부분의 일부 공간이 불교의 교리가 작용하는 범위이고 B부분의공간과 C부분의 공간 그리고 D부분의 일부 공간이 유교의 교리가 작용하는 범위이다. D부분은 유교의 교리와 불교의 교리가 얽히어 작용한다고 볼 수 있다.

소설 『구운몽』은 유교사상이 우세인 현실생활을 묘사함에 있어서도 그 기저에는 불교사상이 안받침 되어 있다는 것을 알 수 있다. 그 관계는 삼각형 A´CC´는 삼각형 ACC˝의 안에 들어있으며 삼각형

A´CD´는 삼각형 ACD의 안에 들어있음으로 하여 그 기저에는 불교사상이 안받침 되어 있다는 것이 설명된다. 그러면 유교사상의 작용권은 그림 A´CD´의 공간이고 불교사상의 작용권은 그림 AA´D´D의 공간이라는 것을 알 수 있다.

소설『구운몽』구성의 공간도는 삼각형을 연상시킨다. 소설에서 이야기의 주선은 사랑선이다. 사랑관계를 둘러싸고 갈등선이 얽혀져있다. 사건의 발전에 따라 갈등선은 단계적으로 높아지며 작용한다. 이것은 삼각형 ACD에서 AC는 상승선이다. 여기에서 표시된 바와 같이 A단계와 B단계를 거쳐 C단계에 이르러서는 양소유의 벼슬자리가 높이 오르고 사랑관계도 자기들의 소원대로 원만히 해결된다. CD선은 하강선이다. D관계에 이르러 양소유는 벼슬자리에서 물러난 후 현실생활과 이탈되면서 적막감을 느끼고 불멸의 도를 찾아 또다시 불교의 지배권 안으로 돌아감을 표시한다.

다음으로 중재활동의 성공여부로부터 소설의 의미를 분석해보기로 하자. 중재활동의 성공여부를 단계별로 개괄하면 다음과 같다.

단계	무대		중재여부
A	전세	환상	실패
B	현세	현실	실패
C		현실	성공
D	내세	환상	성공

이 도표에서 구성상 전세, 현세, 내세에서의 중재의 성공여부를 보여준 것만큼 작품의 이야기 형식은 환상적일 수밖에 없다. 이것은 이 소설의 구성이 현실생활 그대로 받아들이는 보통 소설작품의 구성과는 달리 환상적인 요소를 다분히 가지고 있다는 것을 보여준다.

소설『구운몽』에서는 A단계에서 중재실패는 신선세계에서 닦고 있는 불도에 대한 주인공의 반항으로 된다.

성진이는 불도를 닦는 연화도장에서 죄를 지고 쫓겨나는 것으로 중재실패를 보여준다. 성진이의 죄명을 보면 도를 닦는 중이 용궁에 들어가 술을 마셨다는 것, 돌아오는 길에 돌다리에서 복숭아꽃가지를 꺾어 팔선녀들을 희롱했다는 것, 법당에 들어와서는 불법을 잊어버리고 인간 세상의 부귀공명을 꿈꾸었다는 것이다. 성진이가 불계에서 쫓겨나 인간 세상에 내려오게 된 주요한 원인도 팔선녀를 만나서 인간적인 감정을 느끼고 인간의 아름다운 생활을 그리는 데로부터 마음속의 동요를 일으켜 불교의 도에 대해 의문을 품고 불교의 금욕주의를 어긴 데 있다.

그러면 B단계에서 중재의 실패는 무엇을 의미하는가?

인간 세상에서 다시 태어난 주인공 양소유는 전생에 지은 '죄'를 씻기 위하여 불교의 교리에 따라 뉘우치고 고치려고 한 것이 아니라 불교와는 다른 유교의 교리대로 살아보려 한다. 그러나 양소유는 결코 유교의 신봉자가 아니다. 양소유는 유교의 도덕규범을 난폭하게 위반하여 행동한다. B단계에서 중재의 실패는 바로 이 점을 설명한다. 양소유는 고루한 봉건유교도덕의 규범에 구애되지 않고 팔선녀의 후선인 여러 여인들과 자유롭게 서로 만나서 사랑을 주고받으며 인연을 맺는다. 그러나 봉건사회 유교도덕은 그것을 용납하지 않았다. 황태후는 양소유가 정소저와 정혼한 사실을 알게 되자 정사도의 집에 어명으로 예폐를 물리게 하였고 양소유가 혼인에 대한 상소를 하니 그를 옥에 가둔다. 하여 중재의 노력은 실패로 돌아가고 만다. 이것은 유교도덕과 왕도가 빚어낸 사회적 죄악으로 된다. A단계에서와 B단계에서의 중재의 거듭 실패는 그 당시 불교와 유교의 교리가 사회에 얼마나 뿌리 깊이 박혀 작용하고 있는가를 말해준다.

C단계에서 중재의 성공은 주인공 양소유와 여덟 여인들이 유교교리에 맞서나가면서 사랑에 대한 자기들의 지향을 실현하려는 정신세계를 보여준다.

D단계에의 중재의 성공은 무엇을 보여주는가?

주인공 양소유가 현실생활에서 자기가 누려본 부귀영화는 꿈과 같고 그것도 또한 전생에서 느껴본 바와 같은 적막감을 금할 수 없었다는 것으로서 봉건사회에서 인간생활에 대한 양반사대부들의 허무적인 태도와 그들이 내세운 부귀공명이란 부질없는 것이라는 부정적인 태도를 보여준다.

소설 『구운몽』에서 각이한 등장인물들 사이의 모순갈등, 기타 외적의 침입으로 조성된 여러 모순갈등들이 있지만 그 사이에 엉켜져 있는 중요한 갈등선은 주로 불교를 신봉하는 육관대사와 그것을 거역해나서는 양소유 간의 갈등관계와 왕권을 휘두르며 부마가 되라고 위협하는 왕실과 양소유 사이의 갈등관계다. 작자는 바로 이러한 갈등선을 통하여 전세에서는 불교의 교리에 항거하고 현실세계에서는 유교도덕규범을 거슬러서 행동하는 주인공 양소유의 성격적 특징과 자기의 개성적 요구대로 생활하려는 낭만적인 지향을 보여주었다.

· 저자 ·   유은종

· 약력 ·   1942년 3월 8일 돈화현에서 출생
1962.8~1967.7 연변대학 조선어문학부 졸업
1978.8~1982.7 연변대학 조선어문학부 석사
1987.8~1990.4 조선 김일성종합대학 어문학부 박사
1969.9~2005.1 연변대학 사범학원 교수, 박사 학부장 역임
2005.2~현재 절강성 월수외국어대학 동방언어학원 부원장, 한국문화연구소
소장
중국민족도서 1등상, 국가도서 3등상, 국가급 우수성과상
길림성 사회과학 우수성과상, 동북3성 조선문 우수도서상
길림성 노동모범, 한글발전 유공자 문화포장 등 다수 수상

· 주요논저 · - 연구논문」
『중한 문법비교연구』,『문장의 정보연결』,『수수께끼의 유형과 그 분석』,
『신체어연구』,『조선어 어휘규범원칙에 대한 사적고찰과 향후 방향』등
80여 편
- 저서
『조선말규범집』(공저),『맞춤법이 달라진 단어들』,『조선말맞춤법사전』
(공저),『조선어동의어연구』,『현대조선어어휘론』,『조선말 동의어, 반
의어, 동음어』,『조선말규범집 해설』(공저),『조선어의미론연구』,『최신
조선말 동의어, 반의어, 동음어 사전』, 등 다수

조선어의미론 연구

· 초판 인쇄   2006년 12월 30일
· 초판 발행   2006년 12월 30일

· 지 은 이   유은종
· 펴 낸 이   채종준
· 펴 낸 곳   한국학술정보㈜
경기도 파주시 교하읍 문발리 526-2
파주출판문화정보산업단지
전화   031) 908-3181(대표) · 팩스   031) 908-3189
홈페이지 http://www.kstudy.com
e-mail(출판사업부) publish@kstudy.com
· 등   록   제일산-115호(2000. 6. 19)
· 가   격   28,000원

ISBN   89-534-6172-3 93810 (Paper Book)
89-534-6173-1 98810 (e-Book)